文春文庫

11/22/63
上

スティーヴン・キング
白石 朗訳

文藝春秋

ゼルダに。

やあ、ハニー。パーティーへようこそ。

ちっぽけな男がたったひとりで巨人を――それも麾下のリムジン隊と麾下の軍団、支持者の大群衆と警備陣に囲まれている巨人を――倒したというのは、われわれの理性からすれば受け入れがたいといってもいい。かりにそんな取るに足りない人物が世界最強の国家の指導者を死に追いやったのなら、われわれは均衡をうしなった世界にすっぽりくるみこまれ、われわれは不条理な大宇宙に住んでいることになる。

――ノーマン・メイラー

惚れた目で見りゃ、あばたもえくぼ。

――日本のことわざ

ダンスは人生だ。

目次

（中巻につづく）

主な登場人物

【現在】

ぼく……………………………………ジェイク・エピング　本編の語り手
　　　　　　　　　　　　　　　　　リスボン・ハイスクールの英語教師
アル・テンプルトン…………………〈アルズ・ダイナー〉店主
ハリー・ダニング……………………リスボン・ハイスクールの校務員
クリスティー…………………………ぼくの元妻

【過去】

ジョージ・アンバースン……………ぼくの「過去」での名前
〈イエロー・カード・マン〉………ホームレス
フランク・アニセッティ……………〈ケネベク・フルーツ商会〉店主
キャロリン・ポーリン………………ハンターの誤射で半身不随となった少女

アンドルー・カラム……………………キャロリンを誤射したハンター
ジョン・F・ケネディ…………………63年11月22日に暗殺されたアメリカ大統領
【デリー】
フランク・ダニング…………………58年に妻子を惨殺するはずの男　ハリーの父
ドリス・ダニング……………………フランクの妻　ハリーの母
トロイ・ダニング……………………ダニング家の長男　ハリーの長兄
タッガ・ダニング……………………同次男　ハリーの次兄
エレン・ダニング……………………同長女　ハリーの妹
チャズ・フレーティ…………………質店の主人　ユダヤ人
【テキサス】
リー・ハーヴェイ・オズワルド………ケネディ大統領暗殺犯
マリーナ・オズワルド………………リーの妻　ロシア人

11／22／63

ぼくは世にいう泣き虫だったためしはない。

別れた妻はぼくを〝感情欠損傾向〟にあると評し、それをぼくと別れるいちばん大きな理由にあげていた（いやはや、ＡＡこと〈無名のアルコール依存症者たち《アルコホーリクス・アノニマス》〉の会合で出会った男の存在はなんの関係もないといわんばかりに）。ぼくはクリスティーの父親の葬式でも泣かなかったが、それはまだ許せるような気がする、ということだった——とはいえ、そもそも義父と知りあってわずか六年だったし、義父がどれほどすばらしく気前のいい人物かも理解していなかった（たとえば、娘のハイスクールの卒業祝いにマスタングのコンバーティブルを贈るとか）。しかしそのあと、ぼくが両親のどちらの葬式でも泣かなかったという事件があり——両親はわずか二年の間隔で世を去った（父は胃《い》癌《がん》、母の場合はフロリダのビーチを散歩中、青天の霹靂《へきれき》のように襲ってきた心臓発作だった）——クリスティーはそれをきっかけに、〝感情欠損傾向〟がいかなるものかを理解しはじめた、といった。ＡＡ流にいいなおせば、ぼくには〝自分の感情を感じることができない〟となる。

「あなたが涙を流すところを一度も見てないわ」クリスティーはいった。しかもその口調は、人が人間関係においていっさいの交渉を頓挫させる、絶対的かつ最終的な通告を表明するときだけにつかう平板なものだった。「アルコール依存症のリハビリに行け、行かないのなら別れる、とわたしに申しわたしてきたときにもね」

この会話の六週間後、クリスティーは自分の荷物をまとめて車に積みこみ、街の反対側へ行ってメル・トンプスンと同棲しはじめた。「ＡＡというキャンパスはボーイ・ミーツ・ガールの場」――これも連中の会合でいいならわされる言葉だ。

出ていく妻を見おくったときにも、ぼくは泣かなかった。赤ん坊の来なかった家、この先も来る見こみのないささやかな家に帰ったときにも泣かなかった。多額の住宅ローンが残っているささやかな家に帰ったときにも泣かなかった。ぼくは自分ひとりのものになったベッドに寝ころがると、片腕で目もとを覆い、嘆き悲しんだだけだった。

涙をひと粒も流さずに。

そんなぼくだが、感情に障害があるわけではない。クリスティーは勘ちがいをしている。あれは九歳のころだ、学校から家に帰ると母が玄関でぼくを待っていた。母はぼくにいった――ぼくが飼っていたコリー犬のラグズが、トラックに撥《は》ねられて死んだ、トラックはとまりもせずに走り去った、と。ラグズを埋葬したときには、たとえ泣いても馬鹿にする者はひとりもいないと父からいわれたが、それでも泣かなかった――けれども母から話をきいたときには泣いた。ひとつには、生まれて初めて死を身近に体験したからだった。そしていちばん大きな理由は、ラグズが安全な裏庭から決して外に出ないよう確実を期すのが、このぼくの役目だったからだ。

母の主治医から電話があって、あの日ビーチでなにが起こったかを知らされたときにも泣いた。

「お気の毒ですが、助かる見こみはありませんでした」医師はいった。「きわめて突然起こる場合もありまして、われわれ医者はそれを不幸中のさいわいと見るようにしています」

その場にクリスティーは居あわせなかった——その日は学校に遅くまで残って、息子のいちばん新しい成績表について質問があるという母親と面談しなくてはならなかったのだ。しかし、そう、ぼくは泣いた。わが家の狭い洗濯室へ行き、バスケットから汚れたシーツをとりだして顔を覆って泣いた。長いこと泣いていたわけではないが、涙は流した。あとでこのことをクリスティーに明かしてもよかった。けれども、意味があるとは思えなかった。クリスティーに〝同情乞い〟をしていると思われたくなかったことも理由だし（ちなみにこの言葉は断酒会語ではないが、採用してもいいのではないか）、ここぞのタイミングでわんわん声をあげて号泣できる能力が結婚生活を成功させる必須条件に思えなかったことも理由だった。

いまふりかえれば、父が泣くところを見たことはない。もっとも感情がたかぶったときであれば、重々しいため息を洩らしたり、気が進まないようすで含み笑いの二、三回も洩らしたりしたかもしれない——ウィリアム・エピングは、拳で胸を叩いたり腹をかかえて大笑いしたりすることと無縁の男だった。父は強靭で物静かなタイプであり、だいたいにおいて母も同様だった。となると、たやすく涙を流さないのは遺伝かもしれない。しかし、感情に障害がある？自分の感情を感じることができない？よしてくれ、そんな病気にかかったことはない。

母の死の知らせを受けたとき以外に、成人してから涙を流して泣いた記憶があるのはあと一回だけだ。校務員の父親にまつわる物語を読んだときだった。そのときぼくはひとり、リスボン・ハイスクールの職員室で椅子にすわり、成人むけ英語講座の生徒たちが書いた作文の山にとりくんでいた。廊下の先からはバウンドするバスケットボールの鈍い音やタイムアウトを告げるブザーの大きな音、そしてスポーツアニマル同士が戦う試合を見て観衆があげている叫び声などがきこえていた——リスボン・グレイハウンズ対ジェイ・タイガース、つまり猟犬と虎の戦いだ。

人生がどう転ぶかわからない転換点がいつ、そしてなぜ訪れるのか、そんなことがわかる人がいるだろうか？

ぼくが出した作文のテーマは「わが人生を変えた一日」だった。提出されてきた作品は大半が誠実だが、おぞましい作品だった——妊娠したティーンエイジャーを受け入れてくれた親切なおばだの、勇気という言葉の真の意味を身をもって示してくれた陸軍での相棒だの、有名人との偶然の出会いだのにまつわる感傷的な作品ばかり（ちなみにその有名人は〈ジェパディ！〉で司会をつとめるアレックス・トレベクだと思うが、ひょっとしたら俳優のカール・マルデンかもしれない）。これを読んでいる人のなかに、ハイスクール同等課程修了証書を得ようと勉強中の成人むけの授業を引きうけて、年収に三、四千ドルを上乗せしたことのある教員がいれば、こういった作文をひたすら読むのがどれほど気の滅入る仕事かもご存じだろう。しかも成績にはほとんど関係しない——少なくともぼくの場合には、まったく勘案しなかった。どうせ全員を合格させるのだ。ここから出ていこうという努力さえしない成人の学生には、これまでひとりもお目にかかったことがない。なにか書いてありさえする紙を提出すれば、リスボン・ハイスクール英語科のジェイク・エピングからCをもらえることは確実。おまけに紙の上の文章がまっとうな段落でもつくっていようものなら、最低でもBマイナスは確実だ。

この仕事を厄介にしているのは、ぼくの主要な教育ツールが口ではなく、もっぱら赤ペンだったことで、ぼくは文字どおり赤ペンをつかいつぶしていた。この仕事で気が滅入るのは、こうした赤ペン教育で授けた知識が生徒たちの頭にほとんど残らないからだった。正しい綴りも知らずに（〝まったく〟は totally であって todilly ではない）、あるいは大文字にするべき箇所は大文字にすることも知らず（〝ホワイトハウス〟は White House であって white-house ではない）、あるいは名詞だけではなく動詞もそなわった文章を書くことも知らないまま二十五歳や三十歳になっていたら、そのあとそういった知識が身につくことはおそらく一生ない。それでもぼくたち兵士はあきらめずに雄々しくふるまい、〝夫はわたしをやたら生急に判断した〟という文章を見れば書き誤っている単語を丸で囲み、〝そのあとわたしは、その浮き台までよく及いでいったものだ〟という文章を見れば〝及いで〟をバツで消して、〝泳いで〟と書き添えつづける。

その晩もぼくは労多くして功少ない、そして救いのないこの仕事をつづけていた。一方、ほど遠からぬところでは、ハイスクールのバスケットボール試合が試合終了を告げるブザーの瞬間に着々と近づき、世界に終末が訪れることはなかった。アーメン。当時はクリスティーがリハビリテーション施設を退院してきたばかりだった。だから——かりになにか考えていたとすればの話——ぼくは、家に帰ったとき妻がしらふでいてくれたらいいのにと願っていたと思う（妻はしらふだった——ぼくの妻の座に腰をすえるよりも、しらふの座に腰をすえるほうがずっと上手な女だった）。そのとき軽い頭痛に悩まされていて、ちょっとした小言が轟然《ごうぜん》たる胴《どう》間声《まごえ》にエスカレートするのを防ごうとする人そのままに、こめかみを揉んでいたことは覚えている。それに、こんなふうに考えていたことも。《あと三つは読もう。三つだけだ。そうすれば、ここから帰れる。家に帰りついたら、大きなカップにインスタントココアをつくって、ジョン・アーヴィングの新作長篇の世界に没頭できるんだ——誠実ではあれ、下手くそきわまりないこの文章が、頭にこびりついていない状態で》

作文の山のてっぺんから校務員の作品を手にとって前に置いたときにも、ヴァイオリンの音や警報ベルの音が鳴りわたることはなかった——ぼくのささやかな人生がまもなく変化することを告げる兆候はいっさいなかった。しかし、そんなことが事前にわかる人はいないのでは？人生は一瞬にして方向を変える。

校務員は安物のボールペンで作文を書いており、五ページのそこかしこにインクの染みができていた。手書き文字はふらつきがちだったが、まずまず読める程度。おそらく、かなりの筆圧で書いたにちがいない。安物のノートのページに、単語が文字どおり刻みつけられるように書かれていた。目をつぶって、ノートからちぎりとられた用紙の裏側に指先を滑らせれば、点字を読むような気分になれただろう。どの小文字のyも、終端部の線が装飾文字のようにわずかに湾曲していた。そのことはいまでもとりわけ鮮明に覚えている。

校務員の作文がどんなふうにはじまっていたのかも覚えている。いまでも誤字をふくめて一言一句たがわずに思い出せる。

あれは昼間でなくて夜だった。わたしの人生を変えた夜はわたしの父が母とふたりの兄とを殺してわたしにひどい乱棒をはたらいた夜だ。父は妹にもひどい乱棒をしてそのせいで妹はこんすい状態になつた。妹はいっぺんも起こることなく三年あとに死んだ。妹の名前はエレンでわたしは妹をうんと愛してた。エレンはよく花を積んできては花びんにいけていた。

最初のページを半分まで読んだところで、目がしくしくと痛みはじめ、ぼくは信頼できる赤ペンをおろしていた。校務員が、目にまで血が流れこんだ状態でベッドの下にもぐりこむところにさしかかるころには《血はのどにも流れおちてきてひどくいやな味だつた》、ぼくは泣きはじめていた——クリスティーが見ていたら、きっと誇らしい気持ちになってくれただろう。ぼくは赤ペンを一回もつかわず、最後まで読みとおした。そのあいだも、校務員が多大な努力をはらった成果にちがいない用紙を濡らしてはならないと、ずっと涙を手で拭いどおしだった。それまでぼくは、あの校務員のことをまわりよりもちょっと頭が鈍い男だと考えてはいなかったか？　かつて〝学習遅滞児〟と呼ばれていた人々よりも、ようやく半歩だけ進んでいるにすぎないと？　それに、校務員の足が不自由になった理由もわかった。そもそも、いま生きていることが奇跡だった。しかし、あの男は生きている。いつも顔ににこやかな笑みをたたえ、子どもたち相手にも決して声を荒らげない気だてのいい男。かつて地獄をくぐりぬけ、いまはハイスクール同等課程修了証書を取得しようとして——そういった者たちの多くの例に洩れず、進み方は遅々たるものだが、希望を捨てることなく——勉学に励んでいる気だてのいい男。それでも、これから先もずっと校務員のままだろう——緑か茶色の制服を着て、箒《ほうき》をつかっているか、尻ポケットに常備しているパテナイフで床にこびりついたガムの食べかすを剝がしている男。過去のある時点でちがう人間になれるチャンスもあっただろうが、ある夜を境に人生が一瞬にして変わり、いまはカーハートの作業服を身につけて、歩き方から子どもたちに〈ぴょこたん蛙《がえる》のハリー〉と呼ばれる男になった。

だからぼくは泣いた。本物の涙、心の奥底からこみあげた涙だった。廊下の先のほうでは、リスボン校のバンドが勝利の曲を演奏しはじめた——ホームチームが試合に勝ったのだ。よくやった。あと少しすればハリーとそのふたりばかりの同僚が収納式の観客席を片づけて、その下に散らばっているごみをきれいに掃除するだろう。

ぼくは用紙のてっぺんに、赤で大きくAを書いた。そのあと自分が書いた文字をしばし見つめていたのち、その横に赤で大きく＋を書き添えた。すばらしい作文だったからだし、ぼくという読者から感情面での反応を引きだしたからだ。そもそも、Ａ＋の成績がつく作文はそういったものではないのか？　反応を引きだすものでは？

ぼくとしては、当時エピングという苗字だったクリスティーの意見が正しければよかったと思わないではいられない。いっそ感情障害だったほうがよかった。なぜなら、これにつづいた出来事のすべては——あの恐ろしい出来事の一切合財は——このときの涙からあふれだしてきたからだ。

第一部　分水嶺

第一章

1

ハリー・ダニングはすばらしい成績で卒業した。ぼくはリスボン・ハイスクールの体育館で開催された、ハイスクール同等課程修了を祝うささやかな式典に出席した――ハリーに招かれたのだ。ハリーにはほかに誘うあてがなく、ぼくは喜んで招きに応じた。

祝辞のあと（ちなみに祝辞担当は、リスボン・ハイスクールの式典をめったに欠席しないバンディ神父）、ぼくは群れあつまっている卒業生の友人や親戚たちをかきわけて、波打つような黒のガウン姿でひとり立っていたハリーに近づいていった。ハリーは片手に修了証書を、反対の手にレンタル品の式帽をもっていた。ぼくは式帽を受けとって、ハリーと握手をした。ハリーがにやりと笑うと、そこかしこに隙間があるばかりか、何本も傾いている歯ならびがあらわになった。しかし、そんなこととは関係なくお日さまのように魅力的な笑顔だった。

「わざわざ来ていただいてありがとうございました、エピング先生。本当に感謝してます」

「こっちこそお招きありがとう。ぼくのことはジェイクと呼んでほしいな。これはね、父親でもおかしくない年齢の生徒たちに与えることにしているちょっとした特典なんだ」

ハリーはしばらく腑《ふ》に落ちない顔を見せていたが、やがて声をあげて笑いはじめた。「おれはそんな年だっていうことか？　こりゃまいったね！」

ぼくも声をあげて笑った。まわりでも、たくさんの人たちが笑っていた。もちろん泣いている顔もあった。ぼくにとっては簡単に出てこない涙だが、あっさりと流せる人は大勢いる。

「それにあのＡ＋！　まいったね！　自慢じゃないが、あれが生まれて初めてのＡ＋だったよ。予想もしてなかったし！」

「当然の結果だよ、ハリー。さて、ハイスクールの卒業生として、まっさきになにをするつもりだい？」

つかのま、ハリーの笑みがわずかに翳《かげ》った――これまで考えていなかったことを質問されたからだ。「とりあえず家に帰るかな。ゴダード・ストリートの小さな借家に住んでるんだ」いいながら修了証書をかかげる――それもインクがかすれるのを心配しているように、指の先だけで左右をつまんでいた。「こいつを額に入れて壁に飾るよ。それからグラスにワインを注いでソファに腰を落ち着け、寝る時間までじっくりとながめていようと思ってる」

「すてきな計画だね」ぼくはいった。「でも、その前にぼくにつきあってハンバーガーとフライドポテトでも食べにいかないか？　いっしょに〈アルズ・ダイナー〉に行こうじゃないか」

最初はてっきり渋面《じゅうめん》が返ってくるものと思っていた。当然のことだが、ハリーもわが同僚の教師たちとおなじだろうと勝手に思っていたからだ。ぼくたちが教えている生徒の大多数にいたってはいわずもがな。彼らはみな〈アルズ・ダイナー〉を疫病の巣みたいに避け、学校の筋向かいにある〈デイリークイーン〉や、州道一九六号線ぞいの〈リスボン・ドライブイン〉が昔あった場所にある〈ハイ・ハット〉あたりに足しげく通っている。

「そりゃうれしいね、エピング先生。喜んでつきあうよ！」

「ジェイクだ。忘れたのかい？」

「ジェイクね。わかった」

そこでぼくはハリーを連れて、〈アルズ・ダイナー〉に行った。教員でこの店の常連になっているのはぼくだけだった。この年の夏にはウエイトレスをひとり雇っていたが、いまは店主のアルが給仕をこなしていた。いつものように、煙がくすぶるタバコを口の端にくわえ（公共の飲食店での喫煙は違法だったが、そのくらいでタバコをあきらめるアルではなかった）、そちら側の目を煙たそうに細めていた。折りたたんである卒業生用のローブを目にして、なんの行事があったかを悟ると、アルはきょうの勘定は店の奢《おご》りだといってきかなかった（どんな勘定になろうともだ。といっても〈アルズ・ダイナー〉の料理は昔からずっと驚くほど安価で、これが近所一帯で迷子になったペットの動物がたどった運命にまつわる噂のもとになっていた）。アルはさらにぼくとハリーの写真も撮り、後日〈街の有名人の壁〉にかかげた。ほかの〝有名人〟たちには、ダントン宝石店の創始者であるアルバート・ダントンや、元リスボン・ハイスクール校長のアール・ヒギンズ、ジョン・クラフツ自動車販売の創業者であるジョン・クラフツ、そしてもちろんセント・シリル教会のバンディ神父（神父の写真は教皇ヨハネス十三世の肖像画とペアになっていた――教皇は地元民ではないが、〝善良なる猫舐め《キャットリック》〟を自称するアルが崇拝していたのだ）。この日アルが撮った写真のハリーは、満面の笑みを顔に見せていた。ぼくはその隣に立って、ハリーといっしょに修了証書をかかげていた。ハリーのネクタイはちょっぴり斜めになっていた。そんなことを覚えているのは、斜めになったネクタイを見て、ハリーが小文字のyの最後にかならず小さな曲線を書き添えていたことを思い出したからだ。ぼくはなにもかも覚えている。そのことは鮮やかに覚えている。

2

その二年後の学年末の最後の日も、ぼくはおなじ職員室の椅子に腰をおろして、成績優秀者限定のアメリカ詩セミナーの生徒たちが学年末に提出したエッセイの山を読み進めていた。生徒たちはすでに下校して、今年もやってきた夏のなかに解き放たれ、ぼくもまもなくおなじことをするはずだった。しかしまだいまのところは、ここにいるだけで楽しかったし、日ごろめったに味わえない静けさがうれしかった。ここを引きあげる前に、食器棚のスナック類を残らずさらっていってもいいかもしれない、とも思っていた。なんといっても、だれかが片づけなくてはならないのだから――ぼくは思った。

この日の早い時間、ハリー・ダニングがホームルームの時間のあとで（学年末の最後の日には教室や学習室がそうなる傾向にあるが、このときにはことのほかやかましかった）足を引きずりながらぼくに近づいてきて、片手をさしだしてきた。

「いろんなことをひっくるめて、あんたにお礼をいいたくてね」ハリーはいった。

ぼくはにやりと笑った。「ぼくの記憶が正しければ、お礼は前にいってもらってるよ」

「ああ。でも、きょうでおれの勤めが最後なんだ。退職する。だから、もういっぺん忘れずちゃんとお礼をいいたかったのさ」

ハリーと握手をかわしているとき、ひとりの生徒がそばを通りかかった。できたばかりのにきびや、あごの先にぽつぽつと生えているひげ――山羊ひげに憧れているらしいが、当人は真面目に伸ばしていても、はた目には滑稽だった――から察するに二年生以上ということはなさそうだった。その生徒が小声でこんなことをいった。「〈ぴょこたん蛙のハリー〉、ど・おーろをぴょこたん歩いてく」

ぼくはこの生徒を引きとめようと手を伸ばした。謝罪させるつもりだった。しかし、ハリーがぼくをとめた。顔には感情を害されていないことを示す気やすげな笑みがたたえられていた。

「いやいや、いいってことよ。こっちは慣れてる。なに、ただの子どもじゃないか」

「そのとおり」ぼくはいった。「そういった子どもたちを教育するのがぼくらの仕事でね」

「わかってる。それにあんたは教えるのが上手だ。だけど、だれかの……なんていえばいい？……ああ、手近な教材にされるのはおれの仕事じゃない。とくにきょうはね。どうか、あんたも体に気をつけてくれよ、エピング先生」ハリーはぼくの父親でもおかしくないほど年上だが、どうやら〝ジェイク〟という呼びかけはこの先もずっと手にあまるらしい。

「あんたもな、ハリー」

「あのA＋のこと、おれはずっと忘れないよ。あの作文も額にいれて飾ったんだ。修了証書のすぐ隣にね」

「いいことをしたね」

そのとおりだった。いいことずくめだった。ハリーの作品は、いってみれば素人芸術家《プリミティブ・アート》の作品だ。しかしグランマ・モーゼズのどの絵にもひけをとらないほど力強く、真実に満ちていた。いま読んでいるしろものよりも、はるかに優れていることは確実だった。成績優秀者によるエッセイは、単語の綴りはおおむね正確、言葉づかいは明晰だが（とはいえ、ぼくのなかにいる〝大学進学希望者よ、ゆめゆめ危険な橋をわたるなかれ〟と注意したくなる用心ぶかい部分は、受動態を前にすると思わずひるむ傾向にあった）、できあがってきたエッセイは気が抜けていた。退屈だった。ぼくが受けもっていた優秀者は一年生だったが――上級生たちは英語科主任のマック・ステッドマンが自分の受けもちにしていた――文章となると、まるで小さな老人と小さな老嬢そのものだった。だれもかれもおちょぼ口で、《あらあら、その水たまりに張った氷で滑らないようにお気をつけあそばせ、ミルドレッド》とかなんとかいっている。文法の誤りや苦心惨憺《さんたん》のあともあらわな筆記体の文字にもかかわらず、ハリー・ダニングは英雄のように文章を書いた。少なくとも、あのときばかりは。

積極的に打ってでるタイプの文章と守りの姿勢の文章のちがいについて考えをめぐらせていたとき、壁のインターコムが咳ばらいをして話しはじめた。「エピング先生は西棟の職員室にいらっしゃいますか？　まだ、そこにいるということはない、ジェイク？」

ぼくは立ちあがると、ボタンを押して話しかけた。「まだここにいるよ、グロリア。なんの因果かね。で、用件は？」

「あなたに電話がかかってきてる。アル・テンプルトンという男の人から。お望みなら、そっちに電話をまわすわ。それとも、きょうはもう帰宅したといっておく？」

アル・テンプルトン――語り手をつとめるぼく以外、リスボン・ハイスクールの教職員全体が訪問を避けている〈アルズ・ダイナー〉のオーナー店長だ。尊敬をあつめるわが英語科主任でさえ——ケンブリッジの学長のような調子で話すことを心がけ、定年退職の年齢に近づきつつある——あの店の〈アルの名物ファットバーガー〉のことを〈アルの名物キャットバーガー〉と呼ぶほどだ。

《もちろん、ほんとに猫の肉をつかってないのはわかりきった話さ》人々はそういうだろう。

《そう、猫の肉じゃないかもしれない。でも、本物の牛肉をつかってるはずもない。だって、たった一ドル十九セントだぞ》

「ジェイク、わたしと話しながら寝ちゃった？」

「いや、ぱっちり目を覚ましてるさ」同時に、アルがなぜ学校にまで電話をかけてきたのかという好奇心も感じていた。いや、それをいうなら、なんでぼくにわざわざ電話を？　アルとぼくの関係は、これまで一貫して〝コックと客〟に限定されてきた。ぼくはアルの料理をありがたく楽しみ、アルはぼくが常連であることをありがたく思っている。「その電話をこっちにまわしてもらえるかな」

「ところで、どうしてまだ職員室にいるの？」

「自分で自分を鞭《むち》で打ちすえているのだ」

「まあっ！」グロリアがいい、ぼくは長い睫毛《まつげ》をぱちぱちさせているグロリアを想像した。「あなたの下ネタ話は大好き。じゃ、そっちでちりんとベルが鳴るのを待ってて」

グロリアが電話を切った。ついで内線電話の呼出音が鳴り、ぼくは受話器をとりあげた。

「ジェイクかい？　そっちにいるのはおまえさんだな？」

最初、グロリアが名前をききまちがえたのかと思った。というのも、断じてアルの声ではなかったからだ。この世界でもっとも悪性の風邪でも、人の声がここまでしわがれてしまうことはない。

「どちらさま?」

「アル・テンプルトン。さっきの女からきいてないのかい? まいったね。保留中のあのひどい音楽といったら。コニー・フランシスはどこに行った?」アルは激しく咳こみはじめ、そのあまりの音の大きさにぼくは思わず受話器を耳から離していた。

「なんだかインフルエンザにでもなったような咳だね」

アルは笑った。同時になお咳こみつづけている。笑いと咳の同居に背すじが寒くなる思いだった。「ああ、病気なのはまちがいないさ」

「なににしても、ずいぶん進行が早いようだな」ついきのうも〈アルズ・ダイナー〉で早めの夕食をとったばかりだ。ファットバーガー、フライドポテト、それにストロベリー・ミルクシェイク。ぼくは、ひとり暮らしの男たる者、主要な食品群を残らず摂取するのが大事だという説の信奉者だ。

「そうもいえるだろうな。いや、しばらく時間がかかったともいえる。正しいのは、そのどちらかだ」

これにはどう答えたものかわからなかった。ダイナーに通いだしてから六年か七年になり、アルともずいぶん会話をかわしてきたし、アルが妙なことをいいだすこともあった——たとえば、ニューイングランド・ペイトリオッツをボストン・ペイトリオッツといったり、往年の

〝打撃の神さま〟ことテッド・ウィリアムズのことを兄弟同然の知りあいのような口調で語ったりした。しかし、きょうのように不穏な雰囲気の会話をかわしたためしはない。

「ジェイク、おまえさんに会う必要がある。大事な件だ」

「どんな用件なのかをきいても――」

「そりゃ、ききたいことはどっさり出てくるだろうさ。ちゃんと答えるとも。でも、電話では話せない」

声がすっかり嗄れてしまうまでに、アルがどれほどの答えを口にできるのかはわからなかったが、とりあえずぼくは一時間ばかりあとで店に立ち寄ると約束した。

「恩に着るよ。できたら早めに来ることを心がけてくれ。ほら、時間はなにより大事だ、というじゃないか」アルはいきなり電話を切った――切りぎわの挨拶の言葉ひとついわずに。

それからぼくは成績優秀者のエッセイを二篇読んだ。残りはわずか四篇にまで減ったが、気分よくはならなかった。調子に乗れなくなっていた。そこで残ったエッセイをまとめてブリーフケースに入れて、帰ることにした。二階のオフィスへ行って、グロリアに楽しい夏休みを祈る言葉をかけようかとちらりと思いはしたが、結局はやめた。どうせグロリアは来週も学校へやってきて、帳簿締めの仕事で新年度にそなえるはずだし、ぼくはぼくで月曜日にはここに顔を出して、食器棚のスナック類を一掃するつもりだった――これは自分で自分にした約束である。片づけておかないと、夏休みのあいだ西棟職員室をつかう教師たちは、この部屋がゴキブリだらけになっているのを目にすることになる。

もし未来になにが待っているかを知っていたら、このときグロリアに会いにいっていたことは確実だ。それればかりか、過去二カ月ばかりぼくたちのあいだでひらひら舞っていたキスをグロリアに与えていたかもしれない。しかし、いうまでもなくぼくはなにも知らなかった。人生は一瞬で方向を変える。

3

〈アルズ・ダイナー〉があるのは、メイン・ストリートから鉄道線路をはさんで反対側、昔のウォランボ紡織工場が影を落とす銀色のトレーラーハウスのなかだった。こういった店がみすぼらしい外見になることもないではないが、アルはトレーラーハウスの土台のコンクリートブロックをきれいな花壇で巧く隠していた。それればかりか、小ぎれいな芝生まであった。アルみずからが旧型の手押し式芝刈機で、きちんと刈りこんでいる芝生だ。この芝刈機も、花壇や芝生とおなじく丹念に手入れされていた——鮮やかな色に塗られ、音をたてて回転するブレードには小さな錆のひとつさえなかった。一週間前に地元の〈ウエスタンオート〉で買ってきたばかりでもおかしくなさそうだった……が、それはこのリスボンフォールズの街にまだ〈ウエスタンオート〉があればの話だ。かつてあった支店は、大規模小売店舗の進出のあおりで世紀の変わり目に閉店していた。

ぼくは舗装された通路を歩いて入口前の階段をあがり、そこで足をとめて顔をしかめた。これまで入口に出ていた《ようこそ、アルズ・ダイナーへ——ファットバーガー専門店》というプレートがなくなっていた。代わりに出ていたのは、こんな文句が書かれた四角いボール紙だ

った――《閉店＆店主病気のため再開の予定なし。長年にわたるご愛顧に感謝します。みなさまに神のご加護を》

　ぼくはまもなく非現実の霧につつみこまれることになるけれど、この時点ではその霧にまだ足を踏みいれていなかった。しかし、霧の最初の触手がじわじわとまわりから忍び寄っており、その気配は感じられた。アルの声をあそこまでかすれさせ、しわがれた咳を出させていたのは、ただの夏風邪ではなかった。インフルエンザでもなかった。ボール紙の掲示を見たかぎり、もっと重篤な病気だった。しかし、たった二十四時間で重症化するのはどんな病気だろうか？　いや、現実にはもう少し短い時間だ。いまは二時半。きのう店をあとにしたのは夕方の五時四十五分で、そのときアルは元気だった。それどころか、いささか昂奮したようすだった。自分の店のコーヒーを飲みすぎたんじゃないかとたずねたことは覚えているし、いや、休暇をとることを考えていただけだというアルの返事も覚えている。病気になっている人間が――それもひとりで二十年以上も切り盛りしていた店をたたむほどの病気になっている人間が――はたして休暇を話題にするだろうか？　しないとはいえないだろうが、多くはないだろう。

　ドアノブにむかって手を伸ばすと同時に、ドアが内側からひらき、アルがぼくを見つめて立っていた。笑顔ではなかった。アルをまじまじと見つめかえすうちにも、例の非現実の霧がまわりで濃くなってくるのが感じとれた。暖かい日だったが、霧は冷たかった。この時点なら、まだきびすを返して外に逃げだし、六月の日ざしのなかに引き返すこともできたし、それを望んでいた部分もあった。しかし、ぼくは驚きと狼狽《ろうばい》で凍りついてしまった。さらに恐怖も感じていたことは認めておくべきだろう。重い病気はまちがいなく人に恐怖を感じさせるからだし、アルが重い病気にかかっていたからだ。ひと目でそうわかった。〝重い〟というより、むしろ〝命にかかわる〟といったほうがいいだろう。

いつもはつややかに赤らんでいる頬が、土気色になって垂れていただけではなかった。青い目は涙に覆われ、その青い瞳も色褪《いろあ》せ、近視になったようにじっとこちらを見つめていたが、それだけではなかった。以前はほとんど黒一色だった髪が、ほぼ残らず白髪になっていたが、それだけではなかった――前々から見栄を張るための白髪染めをつかっていたのに、ふとした気まぐれでシャンプーですっかり洗い流し、地色にもどしただけかもしれない。

どう考えてもありえないと思えたのは、この前ぼくが顔をあわせてからの二十二時間で、アル・テンプルトンが少なくとも十三キロほども痩せていたことだ。いや、ひょっとしたら十八キロほども痩せていたかもしれない――これはアルの以前の体重の、じつに四分の一だ。一日にも満たない短期間で十三キロとか十八キロの単位で体重が減る者はいない――だれひとり。しかし、いまぼくはその実例を目にしていた。いまにして思うなら、例の非現実の霧がぼくをすっぽりと包みこんだのはこの時点のことだった。

アルが笑みをのぞかせると、体重だけではなく歯も減っていることに気づかされた。歯茎は妙に白々として、いかにも不健康そうだった。

「さあ、新しいおれを見たご感想は？」そういうなりアルは咳こみはじめた――体の奥底からこみあげる、途切れることのない野太い音が響いた。

ぼくは口をひらいた。なんの言葉も出てこなかった。逃げようという思いが、ぼくの心の唾棄《だき》すべき臆病な部分に兆《きざ》していたが、たとえその部分がぼくのすべてを配下におさめていたとしても、やはり逃げることはできなかっただろう。足が地面に根を生やしたようになっていたからだ。

アルは咳を抑えこむと、尻ポケットからハンカチを抜きだした。そのハンカチで口もとと手のひらを拭う。アルがポケットにもどす前に、ハンカチが赤く染まっているのが見えた。

「さあ、はいってくれ」アルはいった。「話しておきたいことがどっさりとあって、しかも耳をかたむけてくれそうな相手はおまえさんしか思いつかなかった。話をきいてもらえるか？」

「アル」ぼくはいった。といってもあまりにもかぼそく、力のない声だったので、自分にさえろくにきこえなかった。「いったいなにがあった？」

「話をきいてもらえるか？」

「もちろん」

「いろいろ質問したくなるはずだし、おれもできるだけ多くの質問に答えよう。ただし最小限に絞ってくれ。もうじき声がすっかり出なくなりそうだからね。声どころか、体力だってじきにすっかり底をつきそうだ。さあ、こっちにはいってくれ」

ぼくは店にはいっていった。ダイナーは薄暗く、ひんやりとしていて、うつろな雰囲気だった。カウンターは、ちりひとつなく磨きあげてある。コーヒーポットは磨かれて、ぴかぴかに光っていた。《おれたちの街が気にくわなければ時刻表をさがすんだな》という標語のはいったプレートは、スエダ製のレジの横という定位置にあった。欠けているものはひとつだけ、客だった。

いや、もちろんコック兼店長もいなかった。アル・テンプルトンに代わってそこにいたのは、病みさらばえた高齢の亡霊だった。亡霊がドアの掛け金をかけてぼくたちふたりを店内に閉じこめると、その金属音がやけに大きく響いた。

4

「肺癌だよ」アルは、ぼくをダイナーのいちばん奥にあるボックス席に案内したあとで、こともなげにいった。それからシャツの胸ポケットを叩く。見るとポケットは空《から》だった。そこに常備されていたフィルターなしキャメルの箱がなくなっていた。

「そう驚くにはあたらんさ。十一のときから吸いはじめて、告知されたその日まで吸ってたんだからな。五十数年以上だ。それも二〇〇七年に値上げになるまでは日に三箱だぞ。あの値上げのときは、身を切るような思いで日に二箱にまで減らしたんだ」そういってアルは、ぜいぜいと息の音がまじる笑い声をあげた。

計算がまちがっているぞ、といいたい気分になった。というのも、アルの本当の年齢を知っていたからだ。この前の冬のある日、店を訪れたぼくはアルに、どうして子ども用の誕生日帽子をかぶっているのかとたずねた。そのときアルは、ステーキソースの商品名にひっかけて、《きょうで五十七になったからだ。おれも正式に〈ハインツ〉の仲間いりさ》といったのだ。しかしアルからは、どうしてもという場合以外には質問を控えろといわれていたし、話の腰を折ってまで訂正を求めることも質問に含まれているのだろう、とぼくは解釈した。

「まあ、おれがおまえさんなら――まあ、本気でそう願ってはいるんだが、いまのおれのざまを見れば、おまえさんがおれになればいいとはぜったい思えないな――こんなふうに考えるはずさ。『こんな妙な話はあるか。一夜にして肺癌がこれほど進行するはずはない』とね」

ぼくはうなずいた。図星もいいところだ。

「答えは簡単だ。一夜じゃないからだ。脳味噌まで出そうな激しい咳の発作が最初に起こったのは、そうさな、七カ月前の五月だ」

これはまったくの初耳だった。そんな咳に悩まされていたのなら、ぼくが店に来ていないときのことだろう。おまけにここでもアルは計算まちがいをやらかしていた。「アル、大丈夫かい？ いまは六月だ。七カ月前は十二月じゃないか」

アルはさっと手をふった――指は痩せ細り、かつてはぴったりだった海兵隊の指輪が指からぶらさがっている。そのしぐさは、《いまはきき流しておけ、きき流すんだ》と語っているかのようだった。

「最初は、性質《たち》のわるい風邪にかかっただけだと思ってたよ。だが熱が出るわけでもなく、咳だってそのうち消えるかと思いきや、どんどんわるくなるばかりだった。ついでに、体重が減りはじめた。おれだって馬鹿じゃないし、いつ〝ガ〟の字がやってきてもおかしくないってのはわかってた……いくら親父とおふくろが両方とも煙突みたいなヘビースモーカーで、それでいて八十代まで生きていたといってもね。人間ってやつは、体にわるい習慣をつづけるための口実をいつだって見つけだすものなんだろうよ」

アルはふたたび咳こみだして、ハンカチを抜きだした。発作がおさまると、アルは言葉をつづけた。

「話の横道にそれる余裕なんぞありゃしないが、こっちは生まれてこのかた横道にそれっぱなしだ。そう簡単にやめられるか。はっきりいえば、タバコより横道のほうがやめるのがむずかしい。この次おれの話がわき道にそれたら、頼む、指で自分ののどをかっさばく真似をしてくれるか？」

「オーケイ」ぼくはそれなりに愛想よく答えた。このころには、一切合財が夢なのではないかという思いも浮かんでいた。これが夢なら、やけに真に迫った夢だ――それこそ回転しているシーリングファンが落とす影が、《当店のいちばんの資産、それはお客さま》と書かれたテーブルマットの上を走りぬけていくところまで再現されているのだから。

「長い話を手短にすると、医者へ行ってレントゲン写真を撮ってもらったところ……いたんだよ。でっかい相棒が。腫瘍がふたつ。壊死《えし》が進行してた。手術は不可能」

《レントゲンだって？》ぼくは思った。《――そんなもの、いまどき癌の診断につかっているのか？》

「それでもしばらくはあっちにいたんだが、結局はもどってくるしかなかったね」

「どこから？　ルイストンかい？　メイン州中部総合病院から？」

「休暇からさ」アルは黒々と落ちくぼんだ目をまったく動かさずに、ぼくを見つめていた――目玉はそのくぼみに吸いこまれそうになっていた。「ただし、休暇でもなんでもなかったわけだが」

「アル、話がさっぱりわからないよ。だって、あんたはきのう店に出ていたし、なにより元気そのものだったじゃないか」

「おれの顔をじっくり確かめてみろ。まずは髪の毛からはじめて、だんだん下に目をむける要領でな。癌がおれにしたことは無視して——あの病気が人の見た目を変えまくるのはまちがいないね——いまのおれと、おまえさんがきのう見たおれが同一人物かを教えてほしい」

「そうだね。まず髪を黒く染めていたヘアカラーを落として——」

「そんなものはつかったことがないね。わざわざいわなくても、歯には注意をむけてくれそうだな。おれが……あっちにいるあいだに抜け落ちた歯だよ。レントゲンの機械のせいだと思うか？ それとも牛乳に含まれてたストロンチウム90のせいか？ ところがこっちは、その日最後に飲むコーヒーにひと垂らしするだけで、それ以外に牛乳は飲まないんだぞ」

「ストロンチウム……なんだって？」

「気にするな。おまえさんのなかにある、ほら、女っぽい部分と相談してみるといい。女の目でおれを見てくれ——女がほかの女を見て、年齢の見当をつけるときの目で」

その言葉に従おうとしてみた。ぼくの観察が法廷で証拠として通用することはまずなかっただろうが、それでも確証は得られた。アルの両目の目尻には放射状の網目めいた筋があった。筋をよく見ると、そこにはかぼそい産毛が逆立っている微細な皺があった——シネコンのチケット売り場で、わざわざ高齢者優遇パスを提示しなくてもよくなった人々の顔に見られるような皺だ。またひたいには、きのうはなかった正弦波のような溝が刻みこまれていた。さらに二本の——そしてもっと深い——皺が、口を両端からはさみこんでいた。あごは前よりも細く尖り、首の皮膚はたるんで垂れ落ちていた。あごが尖って首の肌が垂れたのは、劇的なほど減った体重のせいかもしれないが、顔の皺の数々は……それに、髪の件での言葉が嘘ではないとしたら……。

アルは薄笑いを見せていた。沈鬱な笑みだったが、本物のユーモアがひとかけらもないわけではなかった。なぜかそのことが、笑みをいっそう不気味にしていた。「三月のおれの誕生日のことを覚えてるかい？　『心配するなよ、アル』そうおまえさんはいったたな。『グリルの上に乗りだしているときにその馬鹿みたいなパーティー用の帽子に火がついても、ぼくがすぐ消火器をもってきて、あんたの火を消してやるさ』覚えてるか？」

覚えていた。「それから、『おれも正式に〈ハインツ〉の仲間いりさ』ともいってたな」

「ああ、いった。で、いまのおれは六十二歳だ。癌のせいで見た目がもっと老けこんだのはわかってる。でもこれや……これは……」アルはいいながら、指先をひたいにあてがい、次に片方の目尻を指さした。「どれも、まぎれもない年寄り印の刺青《いれずみ》だ。ある意味では名誉の勲章ともいえるな」

「アル……水を一杯もらえないかな？」

「ああ、いいとも。さぞやショックだったんだろう？」アルは同情のまなざしをぼくにむけた。「どうせいま、『自分の頭がいかれたか、こいつの頭がいかれたか、それともどっちも頭がいかれているか、そのどれかだ』と考えているんだろう？　わかる。おれもおなじ思いを経験したからね」

そういうとアルは大儀そうに腕を突っぱってボックス席から立ちあがると、なんとかして体をつなぎとめておこうとしているかのように、右手をもちあげて左の腋の下にはさんだ。ついでアルは、ぼくをカウンターの内側に案内した。ここでもまた、現実とは思えない今回の対面の場をつくっている要素のひとつに気づかされた。セント・シリル教会でおなじ信徒席についているときや（といっても、そんな機会はめったになかった——子どものころに宗教教育を受けはしたが、ぼくはそれほど熱心なキャットリック教徒ではない）、街で偶然に顔をあわせた以外で、コック用のエプロンをしていないアルを見たのは初めてだ。

　アルはぴかぴか輝くグラスを手にとり、ぴかぴか輝くクロームめっきの蛇口から水を注いだ。ぼくはアルに礼をいうと、体の向きを変えてボックス席にもどろうとしたが、アルに肩を叩かれた。できれば、そんなことはやめてほしかった。結婚式へむかう三人のうち、ひとりを呼びとめたという、あのコールリッジの詩の老水夫に肩を叩かれたような気分だった。

「またあっちの席に腰を落ち着ける前に、ぜひ見てほしいものがある。こっちから行ったほうが近道だ。いや、〝見る〟というのは正しい言葉じゃないな。むしろ〝経験する〟といったほうが近いだろうよ。さあ、水を飲み干すんだ」

　ぼくはグラスの水を半分飲んだ。冷たくておいしい水だったが、アルから目を離せなかった。ぼくのなかの例の卑怯な部分は、ぼくが飛びあがって驚くのを期待していた——それも、いかれ者が野ばなしになっている映画、題名にかならず通し番号がついているようなあの手の映画で、不注意によって最初に犠牲になる者そっくりに。しかし、アルは片手をカウンターについて静かに立っていただけだった。手は皺だらけで関節ばかりが大きかった。たとえ癌を患っているにしても、ぜったいに五十代の手ではなかったし、しかも——

「それは放射線のせい？」ぼくはいきなりそう質問していた。

「それというのは？」

「だって日焼けしてるじゃないか。手の甲の茶色い斑点はいうにおよばずね。そうなるのは放射線を浴びたときか、そうでなかったら日にあたりすぎたときだから」

「そうか……放射線治療は受けていないから、そうなると残るは日光だけだな。まあ、ここ四年以上はたっぷりと太陽の日ざしを受けていたし」

ぼくの知っているかぎり、アルは過去四年間の大部分を蛍光灯のもとで、ハンバーグをひっくり返したりミルクシェイクをつくったりすることで過ごしてきたはずだが、ぼくは黙っていた。残っていた水を飲んだだけだ。フォーマイカ製のカウンターにグラスを置いた拍子に、自分の手がかすかに震えていることに気がついた。

「オーケイ。ぼくに見せたいというのはなに？　いや、経験させたいというのは？」

「こっちへ来てくれ」

アルはぼくの先に立って、細長い調理エリアを抜けていった——ダブル・グリルの前を通り、電気フライヤーの前を通り、シンクとフロストキング製の冷蔵庫の前を通り、低い動作音をたてている腰までの高さしかない冷凍庫の前を通った。それからアルは音をたてていない食洗機の前で足をとめ、厨房のつきあたりにあるドアを指さした。低いドアだった——アルが通りぬけるには腰をかがめる必要がありそうだったし、そんなアルでも身長は百六十七センチ程度だ。ぼくは百九十センチ。生徒のなかには、ぼくを〈ヘリコプター・エピング〉と呼ぶ者もいる。

「あれだ」アルはいった。「あのドアをくぐれ」

「あっちは食品庫じゃないのかい？」とたずねはしたが、これは形ばかりの質問だった。缶詰やポテトの袋や乾物の袋をあの奥から運びだすアルの姿なら、何年ものあいだにいやというほど見ているのだから、ドアの先になにがあるかはよく知っていた。

　ぼくの声はアルの耳に届いていないようだった。「おれが最初にこの店をあけたのはオーバーンだったことは知ってたかい？」

「いや」

　アルはうなずいたが、それだけの動作もまたもや咳の発作を引き起こすには充分だった。アルはその咳を、しだいに陰惨なものになりつつあるハンカチで押さえこもうとしていた。この最新の発作がようやくのことでおさまると、アルは手近なごみ箱にハンカチを投げ捨て、カウンターのディスペンサーから紙ナプキンをつかみとった。

「こいつはアルミネア・ハウス、一九三〇年代につくられたトレーラーハウスで、精いっぱいのアールデコ・スタイルになってる。まだ小さなガキのころ、親父に連れられてブルーミントンの〈チャット&チュウ〉に行ったときから、自分でも欲しいと思いつづけていたんだ。設備がすっかり整っているのを買って、オーバーンのパイン・ストリートに店をひらいた。そこで、一年ばかりは商売したかな——それで、そのまま粘っても一年後には破産だとわかった。そのあたりには、ほかにも手軽に食事のできる店が多すぎるほどたくさんあってね。いい店もあれば、ろくでもない店もあり、それでも全部に常連がついていた。おれは、いってみれば定評ある三百代言どもが十人もそろっている街で看板をかかげて商売をはじめた、ロースクールを出たばかりの駆けだし弁護士みたいなものだったわけさ。それから、当時〈アルの名物ファットバーガー〉は二ドル五十セントだった。一九九〇年当時とはいえ、二ドル五十セントが精いっぱい、ぎりぎりの価格設定だったんだ」

「だったら、どうしていまの時代にその半額以下で出せるんだ？　まあ、本当に猫の肉でもないかぎり」

アルはふんと鼻を鳴らした——その音がアルの胸の奥深くで、痰を思わせる音になって響いた。「いいか、店で出しているのは百パーセント純粋なアメリカ産牛肉、世界でも最高の品だ。人がどんな噂をしてるか知っているかって？　知ってるさ。無視するだけさ。ほかにどうしろと？　人の口に戸を立ててまわるか？　そんなことをしても、風が吹かないようにあくせくするもおなじさ」

ぼくは指を自分の首にあてがって、さっと横に滑らせた。アルがにやりと笑った。

「ああ、たしかに、また話が横道にそれちまったな。自分でもわかってるが、ともあれこれだけは話の一部なんだ。

そのままだったら、おれはパイン・ストリートの店でずっと壁にがんがん頭をぶつけてただけだったかもしれない。でも、イヴォンヌ・テンプルトンが育てた息子は馬鹿じゃなかった。イヴォンヌは子どもたちに、『いっそ逃げだし、日を改めて戦ったほうがまし』とよくいっていたんだよ。そこでおれは残っている資金のありったけをつかみ、銀行をうまく説得して新たに五千ドルを融資してもらい——どうやったのかはきかないでくれ——ここ、リスボンフォールズに引っ越してきた。商売上々というわけにはいかなかったよ——景気があんな塩梅《あんばい》だったし、人々がおもしろおかしく〈アルのキャットバーガー〉だのドッグバーガーだの、はてはスカンクバーガーだの、その手の馬鹿な噂を流していたんだからね。でも、やがてわかったんだ——おれはほかの連中とはちがって、景気に縛られてはいないってね。それもこれも、すべてはあのドアの先にあるもののおかげさ。オーバーンで店をあけたときには、あんなものはなかった——三メートルの高さに積みあげた聖書の山に誓ったっていいさ。こっちに引っ越してから出現したんだ」

「いったいなんの話をしてるんだい？」

アルは涙っぽい目、一気にすっかり年老いたばかりの目でぼくを見つめていた。「とりあえず、話はおしまいだ。あとは自分の目で確かめてもらう必要がある。さあ、先に進んで、あのドアをあけるんだ」

ぼくは疑わしい気持ちでアルに目をむけた。

「死にかけた男の最後の頼みごとだと思ってくれ」アルはいった。「行くんだ、相棒。おまえさんが本当におれの相棒ならの話だがな。ドアをあけろ」

5

ノブをまわしてドアを引きあけるなり、心臓がいきなり高いギアに切り替わるようなことはなかった……といえば、嘘つきになる。自分がなにに直面することになるのかは見当もつかなかったが（とはいえ、すっかり皮を剝がれて、あとは電動肉挽き器にかけるばかりの猫の死体がならんでいる光景が脳裡をかすめたことだけは覚えている）、アルがぼくの肩ごしに手を伸ばして明かりのスイッチを入れたとき、目にうつったのは——

そう、食品庫だった。

狭い食品庫は、ダイナーのほかの部分と同様に整理整頓がゆきとどいていた。左右の両側が棚になっていて、業務用の大きなサイズの缶詰がならべてあった。天井がカーブしてくだっている食品庫のつきあたり部分には掃除用品が置いてあったが、そのあたりでは天井までの高さが一メートルを切っていたので、箒やモップは横に寝かせておくしかなかった。床はダイナーとおなじくダークグレーのリノリウムだったが、ダイナーには火を通した肉の香りがかすかにただよっているのに引き換え、ここにはコーヒーと野菜とスパイスの香りがただよっていた。いや、それ以外のにおいも感じられた――ごくかすかなにおいだが、決して気分のいいにおいではない。

「オーケイ」ぼくはいった。「ここは食品庫だ。きれいに整頓されていて、充分な在庫がある。食材管理学なんてものがあれば、Aの成績がとれるだろうね」

「なんのにおいがする？」

「おおむねスパイスの香りかな。それにコーヒー。芳香剤の香りがするような気もするけど、確かなことはわからない」

「ほほう、おれがつかっているのはグレイド製の芳香剤だよ。ほかの悪臭を消すのにね。ほかにはなんのにおいもしないと、そういいきれるかい？」

「たしかに、ほかのにおいもするね。硫黄《いおう》っぽいというか。マッチを燃やしたときを思わせるにおいだ」昔、母さんが土曜の夕食に豆料理を出すと、そのあとぼくや家族が噴出した毒ガスのことも連想したが、あえて口に出したい話ではなかった。癌治療を受けると、やたらに屁をこくようになるのか？

「硫黄だよ。ほかの物質のにおいもまじってるが、どれひとつとってもシャネルの五番とは大ちがいだ。これは紡織工場のにおいだよ、相棒」

いかれた話がまたひとつ出てきた。しかしぼくの口から出たのは（それも馬鹿げたカクテルパーティー用の丁寧な口調で出てきたのは）、「ほんとに？」というひとことだけだった。

アルはまたにやりと笑い、ついきのうまで歯があったところの隙間を見せつけてきた。「おまえさんは礼儀正しく口にするのを控えてるが、どうせウォランボ工場は――昔からの言いまわしでいえば――ヘクターがまだ子犬だったころに閉鎖されたと考えてるんだろう？　それに、工場の大部分は八〇年代の末にほぼ全焼したし、いまあそこに建ってるのは――」いいながら、突き立てた親指で肩の後方をさし示す。「――紡織工場のアウトレットストアにすぎない。〈ヴァケーションランド〉ことメイン州へやってくる観光客御用達の定番スポットだ、清涼飲料水の〈モキシー〉が一世を風靡《ふうび》した時代の〈ケネベク・フルーツ商会〉みたいなものだ、とね。それに、そろそろ携帯電話をとりだして、白衣の男たちに来てもらう頃合いだとでも思っているのかも。大方そんなところじゃないかな、相棒？」

「だれも呼ぶつもりはないよ。あんたは頭がおかしいわけじゃないんだから」とはいえ、確信はまったくなかった。「それでもここは食品庫にちがいないし、ウォランボ紡織工場はこの二十五年ばかり、たったひと巻きの布もつくっていないんだ」

「おまえさんはだれにも電話をかけやしない。いまここで携帯をおれにわたすからだ。それから財布とポケットのなかの現金、コインもふくめて一切合財を出してもらうよ。いやいや、強盗なんかじゃない。あとでちゃんと返す。従ってもらえるか？」

「でも、あとどのくらいの時間がかかるんだい？　今年度の成績表をまとめる前に、優等生たちのエッセイに目を通して添削する仕事が待ってるんだ」

「時間は好きなだけかけるがいいさ」アルはいった。「どうせ必要なのは二分だけだ。いつだって二分しかかからない。一時間かけて、ゆっくり見てまわってもいい。でも、おれなら初めてのときには控えるね。そりゃもう、心身ともに大ショックだからさ。おまえさんにもわかる。おれの言葉を信じてくれるな？」どうやらぼくの顔になにかを見てとったらしい、アルは衰えた歯ならびを覆う唇をきゅっと引き結んだ。「頼む。頼むよ、ジェイク。死にかけた男の最後のお願いだ」

このときには、アルは頭がおかしくなっているにちがいないと確信していたが、同時に病状についての言葉が真実であることにも同等の確信をいだいていた。こうやってふたりで話していたわずかな時間のうちにも、アルの両目はさらに眼窩《がんか》の深くに落ちくぼんだかのようだった。同時に、見るからに疲れてもいた。ダイナーのいちばん奥のボックス席から、ダイナーの反対側の端にある食品庫まで、わずか二十歩ばかり歩いただけなのに、体が不安定に揺れていた。それに、あの血だらけのハンカチを忘れるな——ぼくは自分を戒めた。あの血だらけのハンカチを忘れてはならない。

それに……ときには相手に調子をあわせるだけのほうが楽な場合もあるのでは？「運にまかせて天にまかせよ」というのは、別れた妻が顔を出していた会合でいわれていた文句だ。とはいえこの場合は、「運にまかせてアルにまかせよ」というべきだろう。いずれにしても、ある時点まではそれだけじゃない——ぼくはひとりごちた——このごろでは、ただ飛行機に乗るだけでも、これ以上にややこしい手続をくぐり抜けなくちゃならないんだ。でもアルは、ここで靴を脱いでベルトコンベヤに乗せろなどといっているわけじゃない。

ぼくはベルトにクリップで留めていた携帯電話をはずして、ツナ缶詰の箱の上に置いた。そこに財布と小さく畳んだ紙幣の束、合計で一ドル五十セントばかりの小銭、さらにキーホルダーもくわえていく。

「鍵はもっていってもいい。関係ないからな」

いや、ぼくには関係が大ありだ。しかし、ぼくは口を閉ざしていた。

アルはポケットに手を入れて、先ほどぼくが箱の上に供出したものよりもずっとぶあつい紙幣の束をとりだしてきた。その束をぼくにわたして、アルはいった。「小づかいだ。記念の品なりなんなりを買いたくなったときのためにね。遠慮しないで受けとれ」

「それなら、なぜ自分の金をつかっちゃいけないんだ？」自分では、しごくもっともな質問に思えた。このいかれきった会話が、すべて筋の通ったものだとでもいうように。

「いまはその心配はするな」アルはいった。「実際に体験すれば、おまえさんの質問にはあらかた答えが出る——たとえ体調が文句なしのときのおれが、片っぱしから質問に答えてもかなわないくらいにね。ついでにいっておけば、いまのおれの体調は文句なしとは正反対だ。とにかく金を受けとれ」

ぼくは金を受けとり、めくって中身をあらためていった。いちばん上にあったのは一ドル紙幣で、なんの問題もないように見えた。ついで五ドル紙幣に行きあたった——問題がないようでもあり、問題があるようにも見えた。エイブ・リンカーンの肖像の上に《銀証券》という文字があり、顔の左側に大きな青い《5》が刷りこまれている。ぼくは明るいところに紙幣をかかげた。

「そう考えているといけないので話しておくが、そいつは偽札なんかじゃない」アルは倦《う》み疲れながらもおもしろがっている口調だった。

偽造品ではないかもしれない——じっさい見た目も手ざわりも本物そっくりだ。しかし、裏抜け印刷の部分がなかった。

「本物だとしても昔のお札だね」

「なにもいわず、金をポケットにしまうんだ、ジェイク」

ぼくはその言葉に従った。

「電卓をポケットにしまったままにしてないか？　それ以外に、電子機器のたぐいをもってないか？」

「なにもないよ」

「だったら、もう行っていい。ふりかえって、食品庫の奥を目指して進め」しかしぼくがその言葉に従わないうちに、アルは自分のおでこをぴしゃりと叩いてこういった。「これはしたり、おれの脳味噌はどこに行った？〈イエロー・カード・マン〉のことを忘れてたよ」

「だれだって？　そいつは何者なんだ？」

「〈イエロー・カード・マン〉だ。というか、おれはそう呼んでいるだけでね。本名は知らない。さあ、これを受けとれ」アルはポケットをかきまわして、五十セント硬貨をわたしてきた。もう何年も見たことがない硬貨だ。子どものときに見たきりかもしれなかった。

　ぼくは手のひらに硬貨を載せた。「あっさりぼくにくれるのはまずいんじゃないかな。もしかしたら値打ちものかもしれないし」

「値打ちがあるに決まってる——一ドルの半分の値打ちがね」

　アルが咳こみはじめた。今回の発作は強風のようにアルの体を揺さぶっていたが、ぼくが引き返しかけると、アルは手をふってぼくを遠ざけた。アルはぼくが所持品を置いた箱のある棚によりかかると、ひとつかみの紙ナプキンに唾を吐き、そこに目をむけて渋面をつくると、ナプキンをぐいっと握りつぶした。やつれきったその顔に、いまは滝のような汗が流れていた。

「ホットフラッシュか、その手の症状だよ。忌ま忌ましい癌のやつ、おれのクソみたいな体をめちゃくちゃにするついでに、体内サーモスタットまで狂わせやがった。〈イエロー・カード・マン〉の話だったな。アル中のホームレスで、無害な男さ。ただし、ほかの連中とはまったくちがう。なにかを知ってるみたいだ。たぶん偶然だろうと思う。たまたま、これからおまえさんが行く場所に行きついていたっていうだけの話さ——それでも、おまえさんには事前に教えておきたかったんだ」

「事前に教える仕事がまるで下手なんだね。だって、あんたがなにを話してるのか、まったく見当さえつかないんだから」

「その男はこう話しかけてくるはずだ。『おれはグリーンフロントからイエロー・カードを支給されてる。それにきょうは半額セールの日だから一ドルよこせ』とね。わかったか？」

「ああ、わかった」このクソだめは、ますます深くなっていくばかりだ。

「男は本当に黄色いカードをもってるんだ。帽子のつばにはさんである。おおかた、ただの夕クシー会社のカードだか、そのへんの側溝で拾った〈レッド&ホワイト〉の値引きクーポンだかだろうな。ところが男は安ワインに脳味噌をすっかりやられてるもんで、そいつを夢のチョコレート工場への金色の招待カードみたいなもんだと思いこんでるみたいだ。だから、『一ドルはやれないが、ここに半ドルあるぞ』と答えて、さっきの硬貨をわたせ。すると男はこんなことをいうかもしれない……」アルは、いまや骨と皮ばかりになっている指の一本を立てた。「そう、やつはこんなことをいうかもしれない……『なぜここにいる』とか『おまえはどこから来た』とか……はては、『前に来たやつとはちがう顔だな』とまでいうかもしれない。そんな言葉が出るとは思えないが、出てもおかしくはないな。これについては、知らないことがたんまりある。男がなにをいおうとおまえさんは男を乾燥小屋のそばに残して進んでいって――ああ、男は乾燥小屋のところにすわってるんだ――ゲートを抜けて外へ出ていけばいい。おまえさんが立ち去ろうとすると、男は『一ドル出せることはわかってるんだぞ、このケチなクソ野郎め』というかもしれない。でも、気にかけてはだめだ。ふりかえるな。線路をわたれば、その先にメイン・ストリートとリスボン・ストリートの交差点がある」アルはぼくに皮肉のこもった笑みをむけた。「そこを越えれば、相棒、世界はおまえさんのものだ」

「乾燥小屋だって？」いわれてみれば、いまこのダイナーがある場所の近くになにかがあったような漠然とした記憶があった。ひょっとしたら、それが昔のウォランボ工場の乾燥小屋だったのかもしれない。しかしなにがあったにせよ、もうとうの昔に消え去っている。このアルミネア製の狭くて居ごこちのいい食品庫に窓があったとしたら、そこから外をのぞいても煉瓦《れんが》の壁に囲まれた中庭と、〈ユア・メイン・スナゲリー〉というアウターウエアの専門店しか見えないはずだ。あの店ではクリスマスの直後にノースフェイスのパーカを買った――それもかなりお得なバーゲン価格で。

「乾燥小屋のことはどうでもいいから、おれが話したことはくれぐれも忘れないようにな。さあ、あらためて向こうをむくんだ――そう、それでいい。そこから二、三歩だけ先に進め。少しずつ進め。ベビーステップの要領だ。明かりがすっかり消えているなかで、階段のいちばん上の段をさがしてるふりをしろ――そのくらい慎重にな」

いわれたとおりにしながら、ぼくは世界一の間抜けになった気分を味わっていた。一歩進む……アルミの天井にこすらないように頭をさげて……二歩進む……これで本格的にしゃがんでいる体勢になった。さらに数歩進めば、いよいよ膝をつかずにいられなくなりそうだ。そんなことをするつもりはなかった――たとえ死にかけた男の頼みだろうとなんだろうと。

「アル、こんなのは馬鹿げてるぞ。このフルーツカクテルだか、小さな容器にはいってるゼリーの箱だかをぼくにとってきてほしいのならともかく、それ以外ぼくにできることなんかなにも――」

そのとき、ぼくの片足がふっと下に沈みこんだ。階段をおりはじめる最初の一歩の感覚にそっくりだった。とはいえぼくの足は、あいかわらずダークグレーのリノリウムをしっかりととらえていた。はっきりと見えていた。

「さあ、行け」アルはいった――いまだけのことかもしれないが、声からしゃがれた響きが消えていた――その言葉は満ちたりた思いがもたらす穏やかな調子を帯びていた。「おまえさんは見つけたんだよ、相棒」

しかし、ぼくがなにを見つけたというのか？　いったい、いまぼくは正確になにを経験しているのか？　催眠術めいた暗示の力を体験中といったあたりが答えだろうか。というのも、床を踏みしめている足が見えていたからだ。ただし……。

まぶしい日ざしのなかでぎゅっと目を閉じると、その寸前まで見ていたものの残像がどんなふうに瞼《まぶた》の裏に見えるかはみなさんもご存じだろう。ちょうどそんな感じだった。自分の足に目を落とせば、床を踏む足が見えた。しかし、まばたきをすると——目を閉じる千分の一秒前か、千分の一秒あとかはわからない——階段を踏みしめている足が見えてきた。しかも足を照らしているのは、六十ワットの電球の光ではなかった。まぶしいほどの日ざしだった。

ぼくは凍りついた。

「そのまま進め」アルがいった。「おまえさんの身になにかが起こる気づかいはないぞ、相棒。そのまま進むだけでいい」アルは激しく咳こんだのち、必死の願いがこめられたうなり声をあげた。「おまえさんにやってもらわなくちゃならないんだ」

そこで、ぼくは先に進んだ。

ああ、神よ。ぼくは進んだのだ。

第二章

1

ぼくはまた一歩前に進み、階段をまた一段おりた。両目はまだ自分が〈アルズ・ダイナー〉の食品庫にいると告げていたが、いまは背をまっすぐ伸ばして立っており、頭のてっぺんはもはや食品庫の天井をかすってはいなかった。もちろん、そんなことはありえない。この知覚の混乱に反応して胃が不穏にうねりだし、昼食に食べたエッグサラダのサンドイッチとアップルパイが逆流開始のボタンを押す準備をととのえているのが感じられた。

背後からアルの声が——本来ならわずか一メートル半ほどしか離れていないはずなのに、なぜか十五メートルばかり遠くにいるような響きの声が——きこえた。「目をつぶってるんだ、相棒。そのほうが楽に進めるから」

そのとおりにすると、知覚の混乱は一瞬でおさまった。交差法で立体写真を見ていたのをやめるようなものだった。いや、3D映画を見るための特殊な眼鏡をかけたときと似た感覚……というほうが近いだろうか。右足を動かして、また一段おりる。まちがいない、階段だ。視力を封じこめたいま、ぼくの体はこれが階段であることに確信をもっていた。

「あと二歩進んだら、目をあけてもいいぞ」アルがいった。その声はこれまで以上に遠くなっていた。食品庫のドアの前ではなく、ダイナーの反対の端にいるかのよう。

ぼくは左足を動かして一段おりた。また右足で一段おりる。そのとたん、頭のなかでなにかが〝ぽん〟と鳴った。飛行機に乗っていて気圧がいきなり変化したときに感じるものとまったくおなじだった。瞼の裏に広がっていた暗い領域が赤く変わり、肌にぬくもりが感じられた。直射日光。まちがいない。さらには例のかすかな硫黄臭がわずかに強くなり、嗅覚スケールでは〝あるかなきかのにおい〟から〝かなり不快〟のレベルに高まった。その点にも疑いの余地はなかった。

ぼくは目をあけた。

そこはもう食品庫ではなかった。それをいうなら、もう〈アルズ・ダイナー〉でさえなかった。食品庫から外界に通じているドアはなかったが、ぼくは戸外にいた。いまいるのは中庭だった。しかし地面は煉瓦敷きではなかったし、中庭をかこんでいたアウトレットストアも消えていた。ぼくは崩れかけている汚れたコンクリートの上に立っていた。〈ユア・メイン・スナゲリー〉があるべき場所にはのっぺりした白い壁があるばかりで、壁ぞいに大きな金属の容器がいくつかならんでいた。容器にはなにかがうずたかく積みあげられ、船の帆ほども大きい茶色の目の粗い麻布をかぶせられていた。

ぼくはふりかえって、〈アルズ・ダイナー〉のある大きな銀色のトレーラーハウスに目をむけた……しかし、ダイナーは消えていた。

2

ダイナーがあるべき場所にあったのは、ウォランボ紡織工場のなんともディケンズ風な巨大な建物だった。しかも工場はフル稼働していた。染色機や乾燥機の雷鳴のような音がきこえたし、かつて工場の二階を占めていた巨大な織機があげる《しゃっ－ふうしゅっ、しゃっ－ふうしゅっ》という音も耳についた（アッパー・メイン・ストリートにある小ぢんまりとしたリスボン歴史協会の建物を訪れたさいに、ヘッドチーフをかぶってつなぎの服を着た女性たちに案内され、そのときに写真を見せられたことがある）。三本の高い煙突から淡い灰色の煙が立ち昇っていた――この煙突は八〇年代の暴風雪で倒壊していたはずだった。

ぼくが立っている場所の横には、緑に塗られた四角く大きな建物があった――これが乾燥小屋だろう。小屋といっても中庭の半分を占め、高さは六メートルほどか。ぼくは階段をおりてきた。しかし、その階段はどこにもない。帰り道がないのだ。パニックがこみあげてきた。

「ジェイク？」アルの声だったが、ききとれないほどかすかな声だった。ぼくの耳に届いた声にしても、純粋に音のいたずらによるものとしか思えないほどだった――たとえるなら、細長い峡谷で風が何キロも遠くに届ける人の話し声のような。「もどるときには、さっきとおなじようにすればいい。階段を足でさぐるんだ」

左足をもちあげて下におろすと、階段の存在が感じとれた。パニックが退いていった。

「さあ、行け」自身の谺《こだま》から力を得ているように思える声がいった。「少しあちこち見てまわったら、ここへもどってくるんだ」

最初のうち、ぼくはどこに行くこともなく、おなじ場所にたたずんだきり、手のひらで口を拭っていた。両目がいまにも眼窩から飛びだしてしまいそうだった。頭皮も、背骨にそって腰までくだっている細長い皮膚もちりちりと粟立《あわだ》っていた。ぼくは怯えていた——それどころか恐怖に震えあがっていた。しかしその恐怖を打ち消し、パニックを瀬戸際で堰《せ》き止めていたのは圧倒的な好奇心だった。コンクリートの地面に落ちているぼく自身の影が見えた。影は黒い布から切り抜いたかのようにくっきりとしていた。乾燥小屋を中庭のほかの部分と区切っている鎖には、錆めいたものが積もっていた。三本の煙突がもくもくと吐きだす煙にふくまれている強烈な廃物のにおいときたら、目がしくしくと痛むほどだった。環境保護庁の検査官なら、この有害物質の悪臭をひと嗅ぎしただけで、ニューイングランド基準の一分以内に工場の全操業停止を命じるだろう。ただし、この近辺に環境保護庁の検査官がいるとは思えなかった。それどころか、環境保護庁がすでに設立されているかどうかもさだかではなかった。自分がどこにいるかはわかっていた——メイン州アンドロスコッギン郡の内陸深くにあるリスボンフォールズの街だ。

真の問題は、いま自分がいるのはいつなのか、ということだった。

3

鎖にはプレートが吊られていたが、なんと書いてあるのかは読めなかった——裏返しになっていたからだ。いったんそちらに歩きかけたが、すぐにふりかえった。ついで目を閉じ、片方の足の爪先に反対の足の踵《かかと》をふれさせながら歩くベビーステップを心がけるように自分を戒めつつ、そろそろと足を進めていく。〈アルズ・ダイナー〉の食品庫に通じている階段（そのとおりであることを全身全霊で祈った）の最下段に左足が軽くぶつかると、ぼくは尻ポケットから折りたたんだ紙を抜きだした——わがやんごとなき英語科主任閣下による「楽しい夏休みを。七月の登校日をくれぐれもお忘れなく」という伝言メモだった。来年度にジェイク・エピングが〈時間旅行の文学〉という六週間の特別講座をおこなうという話をきいたら、学科主任はどう思うだろうか……という疑問がちらりと頭をかすめた。ついでぼくはメモ用紙の上の部分を細長くちぎりとり、くしゃくしゃに丸めてから、目には見えない階段の最下段に落とした。もちろん紙は地面に落ちたが、いずれにしても場所の目印になってくれる。暖かな陽気の穏やかな午後だったので、風で吹き飛ばされる心配はなさそうだったが、万一を考えて小さなコンクリートのかけらを見つけ、ペーパーウェイト代わりにした。かけらは階段に落ちたが、同時に紙切れの上にも落ちた。なぜなら、階段は存在しないからだ。昔の流行歌の一節が、いきなりぽんと頭に湧いてきた——《最初そこには山があり、次にその山なくなって、そしたらまたや山がある》

アルは少しあたりを見てまわれといっていたし、ぼくはそうする肚《はら》をくくった。いままで正気をうしなわずにいられたのだから、あとしばらくは大丈夫だろう。といっても、それはピンクの象の行進が見えてきたり、ジョン・クラフツ自動車販売の上空に浮かぶＵＦＯが見えたりしなければの話。そのあいだもずっと自分にむけて、これは現実じゃない、こんなことが現実のはずがないといいきかせはしたものの、あたりの光景はいっこうに消えてくれなかった。哲学者や心理学者といった面々なら、なにが現実で、なにが現実ではないかという問題について議論を戦わせるものだが、ごく普通の日常生活をおくっているぼくたち大多数の人間は、自分をとりまく世界の手ざわりを知っていて、それを当たり前に受けいれている。そしてこれは現実だった。ほかのなにを差し引いてもいい、ただの幻覚がここまで悪臭ふんぷんたるものであるわけがなかった。

ぼくは腿の高さに張られている鎖に歩みよると、その下をくぐった。プレートの表側には黒いステンシル文字で《**下水管修理工事終了まで、これより立入禁止**》と記されていた。いったんふりかえったが、修理の工事がまもなくはじまる気配がなかったので、ぼくは乾燥小屋の角をまわりこみ……その先で日光浴をしていた男をあやうく踏みつけそうになった。日光浴とはいったが、日焼けはあまり期待できそうもなかった。男が古びた黒いコートを着ており、そのコートを形のさだまらない影のように周囲に広げていたからだ。左右どちらの袖も、乾いた鼻汁がこびりついていた。コートにくるまれた男そのものは骨と皮ばかり、痩せ衰えていると形容できそうなほどだった。鉄灰色の髪はもつれあったまま、もじゃもじゃのひげが生えた頰をとりまくように垂れ落ちていた。アル中のホームレスというものがいるとすれば、この男こそその見本だった。

やや反らし気味にして頭にかぶっているのは、女という女が巨乳のもちぬし、男はみんなタバコを口の端にくわえて早口でしゃべる一九五〇年代のフィルムノワールの世界からもちだしてきたような不潔な中折れ帽《フェドーラ》だった。そのハットバンドには、昔気質《むかしかたぎ》の新聞記者が取材記者証をはさみこむように、一枚の黄色いカードがはさみこまれていた。かつては鮮やかな黄色だったようだが、汚らしい指でいじりすぎたのか、いまではすっかり薄汚れてしまっていた。

ぼくの影が膝に落ちると、〈イエロー・カード・マン〉はこちらに顔をむけ、かすんだ目でぼくをじろじろと見た。

「いったいだれだ、おまえは？」男は質問してきた。とはいえその声は《いってえ・られら・おまあは？》としかきこえなかった。

アルからは質問にどう答えればいいのかという詳細な指示は受けていない。そこでぼくは、いちばん安全と思われる答えを口にした。「あんたには関係ないよ」

「だったら失せやがれ」

「いいね」ぼくは答えた。「意見が一致した」

「はあ？」

「いい一日を」ぼくは鉄のレールが敷かれて、いまはあいたままになっているゲートにむかって歩きはじめた。ゲートの先は、以前にはなかったはずの駐車場になっていた。駐車場は満車状態で、ならんだ車の大半はくたびれた外見をしていたばかりか、どれをとっても自動車博物館に収蔵されそうなほど昔のものだった。車体側面にポートホールがあるビュイックや、先細りになっている魚雷《トーピード》ノーズ・タイプのフォードがあった。

《ここにあるのは、本物の工場労働者たちの車だ》ぼくは思った。《いま工場のなかにいて、時給いくらで働いている本物の工員たちの車なんだ》

「おれはグリーンフロントからイエロー・カードを支給されてる」アル中のホームレスがいっ

た。獰猛《どうもう》でありながら、同時に不安そうでもある口調だった。「それにきょうは半額セールの日だから一ドルよこせ」

ぼくは五十セント硬貨を男に差しだし、芝居で科白《せりふ》がひとつだけの役をもらった役者になった気分でいった。「一ドルはやれないが、ここに半ドルあるぞ」

アルからは《さっきの硬貨をわたせ》といわれていたが、その必要はなかった。〈イエロー・カード・マン〉がぼくの手から硬貨をひったくり、顔に近づけてまじまじと検分しはじめたからだ。一瞬、本当に男が硬貨に歯を立てるのではないかと思ったが、指の細長いその手で拳をつくって硬貨を隠しただけだった。ついで男はふたたびぼくの顔をのぞきこんだ。男の顔には滑稽とさえいえそうなほどの不信の表情があった。

「おまえはだれなんだ？　ここでなにをしている？」

「それがわかれば苦労はないね」ぼくはそう答えると、ふたたび体の向きを変えてゲートにむかった。てっきり、男がさらなる質問を投げかけてくると思ったのだが、もうなにもきこえてこなかった。ぼくはゲートの外へ出た。

4

駐車場でいちばん新しい車は、五〇年代中盤か後期につくられた――ぼくにはそう思えた――プリマス・フューリーだった。ナンバープレートは、うちのスバルの車体後部についているプレートの考えられないほど古いバージョンといった感じだった――スバルのプレートは、別れた妻の希望で乳癌撲滅キャンペーンのピンクリボンを配したものだ。いま目にしているプレートにもメイン州のニックネームである《ヴァケーションランド》の文字があるにはあったが、プレートそのものは白地ではなくオレンジ色だった。大多数の州と同様にメイン州もいまではアルファベットと数字の組みあわせによる登録番号を発行している——わがスバルのナンバーは《２３３８３ＩＹ》だ——が、車体が赤くてルーフ部分が白い新車同然のプリマス・フューリーの後部についているプレートに記載されていたのは《９０－８１１》。アルファベットはない。

　トランクに手を触れてみた。固く、日ざしで熱くなっていた。現実の物体だった。

《線路をわたれば、その先にメイン・ストリートとリスボン・ストリートの交差点がある。そこを越えれば、相棒、世界はあんたのものだ》

　昔の紡織工場の前には鉄道線路などなかった——少なくともぼくの時代には。しかし、ここにはちゃんと存在していた。それも、とり残された歴史の遺物などではなかった。レールは磨きあげられ、ぴかぴかに輝いていた。どこか遠くから、本物の列車の《しゅっ－ぽっ》という音もきこえていた。最後に列車がリスボンフォールズを走っていたのはいつだったか？　工場が閉鎖され、建設会社のＵＳジップサム社が昼夜かまわず走りまわるようになる以前の話にはちがいない（ちなみに地元民のあいだでは、この会社はＵＳ〝やつらをぶっとばせ《ジップ・ゼム》〟の愛称で親しまれている）。

《ただし、ここでは昼夜かまわず走りまわったりはしてないな》ぼくは思った。《金を賭けてもいい。なんなら、あの工場も賭けてやる。なぜなら、いまはもう二一世紀の一〇年代ではな

いから》

　ぼくは自分でも意識しないうちに、また歩きはじめていた――夢のなかの人のような足どりだった。そしていまぼくは、メイン・ストリートと州道一九六号線の交差点に立っていた。後者の道路には、オールド・ルイストン・ロードという名前もある。しかし、いま見ている道路には〝古い《オールド》〟ところはひとつもなかった。そして交差点をはさんで対角線上の角にあったのは

――

〈ケネベク・フルーツ商会〉だった。ぼくが十年前にリスボン・ハイスクールで教師として働きはじめて以来、ずっと忘却のへりをよろよろ歩きつづけている――と、ぼくには思える――店にしてはずいぶんと仰々しい名前だ。この店のおよそ信じられそうもない存在理由《レゾン・デートル》にして生き残りの秘訣は、もっともおぞましいソフトドリンク〈モキシー〉である。〈ケネベク・フルーツ商会〉の店主はフランク・アニセッティという人あたりのいい年配の男で、かつてぼくにこんな話をしてくれたことがある。世界の全人類はその性格で（および、おそらくは遺伝的な傾向でも）大きくふたつのグループにわけることができる――ありとあらゆる飲み物のうち〈モキシー〉をもっとも贔屓《ひいき》にする幸運なエリートと……それ以外の全員だ、と。店主のフランクはこのそれ以外の全員を〝恵まれない不幸な多数派〟と呼んでいた。

　ぼくの時代の〈ケネベク・フルーツ商会〉は色褪せた黄色と緑の箱形の建物であり、汚らしいショーウインドウには商品がひとつもならんでいなかった――いつも寝ている猫が売り物でないかぎり。屋根はたび重なる冬の大雪で中央がへこんでしまっていた。店内にも、〈モキシー〉関連グッズ以外の商品はほとんどならんでいなかった。《**モキシーをゲットだぜ！**》と書

いてある鮮やかなオレンジ色のTシャツ、鮮やかなオレンジ色の帽子、ビンテージものの昔のカレンダー、ビンテージもののように見えるものの、おおかた中国あたりで去年つくられたばかりのブリキの看板。一年の大半を通じて客はなきに等しく、陳列棚には商品がほとんど見あたらない……とはいえ、砂糖をたっぷりまぶしたスナックやポテトチップスくらいなら買えないこともない（といっても、あくまでも塩&ビネガー味のチップスが好物ならの話だ）。ソフトドリンクの冷蔵庫には〈モキシー〉以外の品はない。ビール用の冷蔵庫は空《から》だ。

そして毎年六月になると、リスボンフォールズの街で〈メイン州モキシー祭り〉が開催される。楽隊が出て、花火が打ち上げられ、〈モキシー〉をテーマにした山車《フロート》がメインになって——誓って嘘じゃない——さらに地元の美人コンテストの女王たちが〈モキシー〉色のワンピースの水着姿になって参加するパレードが街をねり歩く。〈モキシー〉色というのは、すなわち網膜が火傷《やけど》するほどまばゆいオレンジ色だ。先頭に立つドラムメジャーは、毎年〈モキシー・ドク〉の扮装をすると決まっている。白衣を着て聴診器を首からぶらさげ、さらに例の珍妙な鏡つきのヘッドバンドを頭につけるのだ。二年前にドラムメジャーをつとめたのはリスボン・ハイスクールの校長、ステラ・ラングリーだったが、この経験を乗り越えることは一生なさそうだ。

この祭りのあいだ、〈ケネベク・フルーツ商会〉は息を吹きかえし、商売は大繁盛する。金を落としていくのは、おおむねメイン州西部のリゾート地にむかう途中の、頭が朦朧《もうろう》とした観光客たちだ。それ以外の時期は、〈モキシー〉の香りがほのかにただよっているだけの店の脱け殻にすぎなくなる。その香りでぼくが連想するのは——どうせぼくが恵まれない不幸な多数派のひとりだからだろうが――〈マステロール〉だ。子どものころぼくが風邪をひくと、母はあの悪臭で鼻が曲がりそうなしろものを、のどと胸に塗らせろといってきかなかった。

それなのにいまオールド・ルイストン・ロードの反対側に見えていたのは、一生の最盛期にあって商売繁盛を謳歌している商店だった。ドアにかかっているプレート（上のプレートには《セブンアップで気分も上々《アップ》》、下のプレートには《ようこそ、ケネベク・フルーツへ》とある）はきらきらと光っていて、ぼくの目に陽光の矢を射てくるほどだった。ペンキは塗られたばかり、店の屋根は雪にへこんだりしていない。客がひっきりなしに出入りしていた。そしてショーウインドウに見えたのは猫ではなくて……。

これはびっくり、オレンジだ。〈ケネベク・フルーツ商会〉は、かつては果物《フルーツ》を売っていたのだ。だれにわかる？

道路をわたりかけたところで、都市間連絡バスが近づいてきたことに気づいて、あわててあとずさった。左右ふたつに分割されたフロントガラスの上には、《急行・ルイストン》という表示が出ていた。バスが踏切近くの停留所でとまると、乗客の大半がタバコを吸っていることに気づかされた。あれでは車内の空気は、大ざっぱに地獄の大気に似かよっているにちがいない。

バスが出発していくと（あとには生焼けのディーゼルオイルの臭気が残され、ウォランボ工場の煙突がげっぷのように吐きだしている腐った卵めいた悪臭とまざりあっていた）、ぼくは道路をわたっていったが、そのあいだちらりと、もしさっきのバスに撥《は》ねられていたらどうなったのだろうか、と思った。一瞬にしてぼくという存在が消えるのか？　目覚めると、アルの食品庫で横たわっている？　たぶん、どちらでもないだろう。おそらく、ここで死ぬだけだ——ここ、すなわち多くの人々が郷愁をいだくこの時代で。郷愁をいだくのも、人々がじっさいにはここがどれほどの悪臭に満ちていたかを忘れたからだろうし、あるいは〝小粋な《ニフティ・》五〇年代《フィフティーズ》〟のその側面を一回も考えなかったからかもしれない。

〈ケネベク・フルーツ商会〉の外にひとりの若者が立っていた。黒いブーツの片足の膝を折って、店の羽目板に足をひっかけている。シャツの襟のうなじ部分を立てていて、髪の毛はぼくにも（もっぱら古い映画で見覚えがあるために）初期エルヴィス風だとわかるスタイルできっちりと整えられていた。授業でしじゅう目にする若者たちと異なり、この若者は山羊《やぎ》ひげを生やしてはいなかった。あごの下には、わずかなひげさえない。それを見て、いま訪問中のこの世界では（そう、訪問しているだけであることをぼくは祈った）、顔からわずか一本でもひげが突きだしていたら、リスボン・ハイスクールから叩きだされてしまうのだ、と気がついた。それも即座に。

ぼくは若者に軽く会釈をした。ジェイムズ・ディーンくんは会釈をかえし、こういった。

「ハイーホー、ダディーーオー」

ぼくは店に足を踏みいれた。ドアの上でベルがちりんと鳴った。ぼくの鼻がとらえたのは、埃とゆっくり腐敗しつつある食べ物のにおいではなく、オレンジと林檎《りんご》とコーヒーのにおいとタバコのゆたかな芳香だった。右手には、表紙を破りとられたコミックスのラックがあった——《アーチー》《バットマン》《キャプテン・マーヴェル》《プラスチックマン》《テイルズ・フロム・ザ・クリプト》。このお宝コレクションの上には、ｅＢａｙ中毒者たちが卒倒しそう

な掲示が出ていた——《コミックス　一冊＝五セント　三冊＝十セント　九冊＝二十五セント
買う気のない立ち読みはお断わり》

左手には新聞のラックがあった。ニューヨーク・タイムズ紙は見あたらなかったが、ポートランド・プレス・ヘラルド紙はあったし、ボストン・グローブ紙も一部残っていた。グローブ紙の大見出しが高々と《**中共軍が台湾撤退なら譲歩も——ダレス国務長官が示唆**》と叫んでいた。どちらの新聞の日付も、一九五八年九月九日（火曜日）だった。

5

ぼくは一部八セントのグローブ紙を手にとると、大理石のカウンタートップがあるソーダ・ファウンテンに近づいた。ぼくの時代にはなかったものだ。カウンターのなかに立っていたのはフランク・アニセッティだった。まちがいなくフランクだ——それこそ左右の耳の上にある翼のような目立つ白髪にいたるまで、ただしこちらのバージョン——フランク一・〇と呼ぼう——は太っておらずに痩せていて、縁なしの遠近両用眼鏡をかけていた。それに背も高くなっている。ぼくは自分の体に見知らぬ人物がはいっている気分を味わいながら、スツールのひとつに腰かけた。

フランクは新聞にむかってうなずきかけた。「それだけでもかまわんよ。それとも、なにかファウンテンの飲み物をご所望かな？」

「〈モキシー〉以外の冷たい飲み物ならなんでも」自分がそう答えているのがきこえた。

フランク一・〇はこれににやりと笑った。「うちの店には入れてないよ。代わりにルートビアはどうかな？」

「うまそうだね」嘘ではなかった。のどは渇いていたし、頭はのぼせていた。熱が出ているような気分だった。

「五、それとも十？」

「ええと、どういうことかな？」

「五セントか十セント、どっちのルートビアにするかってことさ」フランク一・〇は〝ビア〟をメイン流に発音していた――〝ビイヤア〟と。

「なるほど。だったら十セントがいいだろうね」

「ああ、それが正解だ」フランク一・〇はアイスクリーム用の冷凍庫をあけると、レモネード・ピッチャーほどの大きさの霜がおりたジョッキをとりだした。フランクがそこにタップから飲み物をなみなみと注ぐと、ぼくの鼻は深みのある濃厚なルートビアの香りをとらえた。泡があふれそうになると木のスプーンの柄で切るようにとり除き、あらためてルートビアをジョッキの縁にまで注いでからカウンターに置く。「はい、お待ち。そいつと新聞を合わせたお代は十八セント。追加で州知事の分が一セントだ」

ぼくはアルから受けとったアンティークものの一ドル紙幣をわたし、フランク一・〇が釣銭をよこした。

ジョッキのいちばん上を覆っている泡ごしにルートビアをひと口飲んだぼくは、内心で目をみはった。なんというか……濃厚だった。とことんたっぷり滋味に満ちている。というか、それ以外にこの味をどう表現すればいいのかわからない。五十年前のこの世界は、こうやって来なければ想像もできなかったほどの悪臭に満ちていたが、こと味の面でいえばくらべものにならないほどすばらしかった。

「最高にうまいね」ぼくはいった。

「そうかい？　気にいってもらえてなによりだ。ときに、お客さんはこのへんの人じゃないね？」

「ああ」

「ほかの州から来たのかい？」

「ウィスコンシンだ」ぼくは答えた。まったくの嘘でもない——もともと一家はミルウォーキーに住んでいたのだが、ぼくが十一歳のとき、父がポートランドにある南メイン州立大学で英語を教えるという職を得た。それ以来ぼくは、州内のあちこちを転々としてきた。

「だったら、あんたはいい時期を選んだよ」フランク・アニセッティはいった。「夏の避暑客はもうあらかた引きあげていったし、連中がいなくなればすぐにも物価が下がる。そのいい例が、いまあんたの飲んでるルートビアだ。労働者の日《レイバー・デイ》のあとは、十セントのルートビアが一セントになる」

ドアの上にとりつけられたチャイムが鳴り、床板がきしんだ。親しみのもてるきしみ音だった。ぼくが最後に〈ケネベク・フルーツ商会〉に足を踏みいれたときには——胃薬の〈タムズ〉を買おうと思ったのだ（が、あてがはずれた）——床板がうめき声をあげていた。

十七歳くらいに見える若者がカウンターの内側に身を滑りこませてきた。黒っぽい髪はクルーカットとはいえないまでも、短く刈りこまれていた。ぼくにルートビアを出した男と似かよっていることは一目瞭然で、ぼくはこの若者こそが自分の知っているフランク・アニセッティであると気がついた。ルートビアの余分な泡をこそげとった男は、その父親だ。フランク二・○はぼくには目もくれなかった。この男にとって、ぼくはただの客なのだ。

「タイタスがトラックを修理用のリフトに入れたよ」フランク二・○が父親にいった。「五時までには修理がおわるってさ」

「ああ、そりゃよかった」アニセッティ父がいい、タバコに火をつけた。そのとき初めて、ソーダ・ファウンテンの大理石のカウンターに、小さな陶器の灰皿がならんでいることに気がついた。灰皿の側面には《ウィンストンこそタバコの理想の味！》との文字がある。父親はあらためてぼくに目をむけると、こういった。「ルートビアにバニラアイスをひとすくい入れるかい？　店のサービスにするよ。うちは観光客を大事にするんだ——季節おくれで来た客はなおさらね」

「ありがたいが、このままでいいよ」ぼくは答えた。嘘ではなかった。これ以上甘くなったら、頭が破裂してしまいそうだった。しかもかなり強い——炭酸いりのエスプレッソを飲んでいるような気分だった。

フランク二・○は、霜のおりたジョッキのなかの飲み物なみに甘い笑みをぼくにむけた——店の外にいたエルヴィス志願の若者からは、面白半分の軽蔑めいた内心が発散されているのが感じとれたが、そんなものはひとつもなかった。

「学校でこんな話を読んでるんだ」フランクはいった。「シーズンオフになってからやってくる観光客を、地元の住民たちがとって食うっていう話でね」

「フランキー、お客にそんな話をするなんて失礼だぞ」アニセッティ父がいった。しかしそう口にしながらも、にやにやと笑っている。

「いや、いいんだ」ぼくはいった。「その短篇なら教材につかったことがある。作者はシャーリイ・ジャクスンじゃないか？『夏の終り』だ」

「そう、それだ」フランクはうなずいた。「よくわからなかったけど、気にいったよ」

またひとロルートビアを飲み、ジョッキをもどしたとき（ちなみに大理石のカウンターに当たると、ジョッキは満ちたりたような〝どすん〟という大きな音をたてた）、すでに中身がほとんどなくなっていることに気づいても格別の驚きはなかった。

《このぶんだと中毒になってもおかしくないな》ぼくは思った。《こいつの前では〈モキシー〉なんか目じゃないね》

年上のアニセッティは天井にむかって煙を吐きだした。天井でまわっているシーリングファンが、煙を引き寄せて物憂げな青い垂木に変えていた。「じゃ、ウィスコンシンでは先生をしているのかい、ミスター――？」

「エピング」ぼくはいった。質問があまりにも不意討ちだったので、偽名を口にすることにまで頭がまわらなかった。「そう、教職についてる。でも、いまはサバティカルでね」

「一年間の休暇中っていうことさ」フランクがいった。

「その言葉の意味なら知ってる」アニセッティ父がいった。苛立った声を出そうとしているようだったが、芝居はからきし下手だった。ルートビアにも負けないくらい、この親子が好きになってきていた。それどころか、店の外にいた野心たっぷりの十代の不良にも好意を感じた――いや、本人はまだ自分のような存在がステロタイプ化していることを知らないことだけが好意の理由だとしても、だ。ここには人を安心させるなにかが、あるいは――どういえばいいのか――すべての運命があらかじめ定まっているかのような雰囲気があった。それがまやかしなのは確実だし、この世界もほかのどの世界にも負けず劣らず危険に決まっている。けれどもいまのぼくが知っていることがある――きょうの午後までは、そんな知識をそなえられるのは神だけだと思っていた。というのもぼくは、シャーリイ・ジャクスンの短篇を（たとえ「よくわからなかった」にしても）楽しみ、いまはにこやかに微笑んでいる若者がこの一日を生きぬくばかりか、これから五十年以上もの日々を生きのびると知っていたのだ。交通事故や心臓発作で死ぬこともなければ、父親のタバコの副流煙が原因で肺癌になることもない。フランク・アニセッティの前途は洋々としている。

　ぼくは壁の時計に目をむけた（《一日を笑顔ではじめよう》文字盤はそう語りかけていた。《元気づけにコーヒーを飲もう》）。十二時二十二分だった。なんの意味もない時間だったが、ぼくは驚いたふりをしてから、残っていたビイヤアを飲み干して立ちあがった。「そろそろ行かないと、キャッスルロックでの友人との待ちあわせに遅れそうだ」

「州道一一七号線で飛ばすのは禁物だぞ」アニセッティがいった。「あれはひでえ道路《バガー》だからな」その単語は〝バッガア〟ときこえた。ここまで強いメイン訛《なまり》はもう何年も耳にしたことがない。そう考えてから、文字どおり〝何年も〟きいていなくてあたり前だと気づくなり、あやうく笑いだしそうになった。

「気をつけるよ」ぼくは答えた。「ありがとう。それから、きみ？　例のシャーリイ・ジャクスンの小説のことだ」

「なんですか、サー？」よりにもよってサーときた。しかも、皮肉な響きはいっさいなかった。ぼくは、一九五八年はかなりいい時代だという結論に達していた。紡織工場の悪臭とタバコの煙がなければという条件つきで。

「あの小説にわかるべきことはないんだ」

「ない？　でもマーチャント先生はそう話してなかったけど」

「マーチャント先生に敬意を払うのにやぶさかじゃない。でも先生には、ジェイク・エピングがこういっていたと話すんだ――ときに葉巻はいい煙になり、小説は小説でしかない、とね」

このキプリングの名文句をもじった言葉にフランクは声をあげて笑った。「話すよ！　あしたの午前中の三時間めだ！」

「いいぞ」ぼくは父親にうなずきながら、こう教えてあげられればいいのにと思っていた――この店は〈モキシー〉のおかげで（店には入れてない……いまのところは）あんたが死んでからも、ずっとあとまでメイン・ストリートとオールド・ルイストン・ロードの交差点で商売をつづけていられるんだぞ、と。「ルートビアをごちそうさま」

「またいつでも来てくれ。大ジョッキの値下げを考えてるところでね」

「一セントに？」

アニセッティはにやりと笑った。息子とおなじく、気安げであけっぴろげな笑顔だった。

「あんたも事情通になってきたじゃないか」

ベルの音が鳴りわたった。三人の女性客がはいってきた。スラックス姿はひとりもいない。三人全員がほぼ脛《すね》にまで達する長さのヘムラインがついているワンピースを身につけていた。それに帽子！　ふたりの女が、白いふわふわした小さなヴェールつきの帽子をかぶっていた。三人はふたのない木箱にはいっている果物を品さだめしながら、完璧な品をさがしはじめた。ぼくはいったんソーダ・ファウンテンから離れかけたが、ふっと思いついて引き返した。

「〝グリーンフロント〟ってなんのことか、教えてもらえるかな？」

父と息子は愉快そうに顔を見あわせた。それを見て、ぼくは昔からのジョークを思い出した。シカゴから高級なスポーツカーを飛ばして田舎へやってきた旅行者が、一軒の農家の前で車をとめた。農家のポーチには年老いた農夫がすわって、コーンパイプをふかしていた。旅行者はジャガーから身を乗りだしてたずねた。「おおい、じいさん。イーストマシアスに行くにはどうすればいい？」年寄りの農夫は考え深げに一度、二度とパイプをふかしてから、こう答えた。「そこを一センチも動かなくていいさ」

「やっぱり、本当にほかの州から来たんだね？」フランクがたずねた。メイン訛は父親ほどきつくない。《父親よりもたくさんテレビを見てるんだろうな》ぼくは思った。《地方色ゆたかな方言を食いつぶすものがあるとすれば、その筆頭はテレビだからだ》

「そのとおり」ぼくは答えた。

「それにしても妙だな。だって、あんたの言葉にはわずかだけど、まぎれもない北部人《ヤンキー》流の鼻声がききとれたんだから」

「ユーパー方言だよ」ぼくはいった。「ほら、アッパー半島の方言だね」とはいえ──しまった！――アッパー半島があるのはミシガン州だ。

しかし、ふたりのどちらにも気づいたようすはなかった。フランクはすでに顔をそむけて、食器を洗いはじめていた。手の動きでそれとわかった。

「グリーンフロントというのは酒屋のことさ」アニセッティがいった。「ちょっとばかり酒が欲しいのなら、すぐ向かいにあるぞ」

「ぼくにはルートビアで充分だと思うな」ぼくはいった。「ちょっと不思議に思っただけでね。じゃ、いい一日を」

「あんたもな、友人。またいつでも寄ってくれ」

ぼくは低い声で「失礼、ご婦人がた」とつぶやきながら、果物の品さだめに余念のない三人組の横を通りぬけた。どうせなら、ちょっと指を添えられるように帽子をかぶっていればよかったと思った。中折れ帽《フェドーラ》がいいかもしれない。

そう、昔の映画でよく見るような帽子だ。

6

野心あふれる不良少年は、もうさっきの場所からいなくなっていた。このままメイン・ストリートを歩いていって、なにが変わったのかを確かめようと思ったが、それも一瞬だった。自分の幸運をあまりあてにしないほうが無難だ。だれかに服装のことをたずねられたらどうする？　スポーツジャケットとスラックスは、まずまず問題ないとは思ったが、そう断言できるだろうか？　なにより、ジャケットの襟にふれるほど伸びている髪の毛のことがある。ぼく自身の時代でなら、ハイスクールの教師としてはまったく問題ないと――さらにはいささか保守的だと――見なされるかもしれないが、うなじを剃りあげるのが理髪店の標準的なサービスで、もみあげを残しているのはぼくに〝ダディー-オー〟と呼びかけてきたようなロカビリー男だけという時代では、好奇の視線をあつめるかもしれない。もちろん、自分は旅行者だとか、ウィスコンシンの男はみんな髪を長く伸ばしている、これが最新流行だとか話すことはできる。しかし、ヘアスタイルと服装は――まるで中途半端にしか人間に変装できていない宇宙人のように、自分がやたらに目立っているという感覚は――問題の一部にすぎなかった。

　おおまかにいえば、ぼくはひたすら異様なまでの昂奮状態にあった。精神が転びかけていたのではない。それなりに適応力をそなえた人間の精神は、実際に転んでしまうまでにも、多くの奇怪な現実を受けとめることができるのではないかと思うが、そう、異様なまでの昂奮状態におちいることはある。あの裾の長いワンピースを着て帽子をかぶっていた三人のご婦人たち、人前でブラジャーのストラップの一部をあらわにするだけでも恥じいるだろうご婦人たちのことが頭から離れなかった。そして、あのルートビアの風味も。なんと濃厚な味だったことか。

　道の反対側には目立たない商店があり、小さなショーウインドウの上に浮き出し文字で《**メイン州酒類販売店**》と出ていた。なるほど、店の正面《フロント》の壁は淡いグリーンのペンキで塗られていた。店内に目をむけると、乾燥小屋の前で会った友人の姿が見わけられた。黒のロングコートが、コート用ハンガーめいた肩から垂れ下がっている。帽子をとった頭からは、アニメ番組で自分の指Aを電気コンセントBに突っこんだ間抜けよろしく、髪が四方八方にむかって突き立っていた。男は両手をさかんに動かして店員に話しかけていた。その片手に、大事な黄色いカードがあるのが見えた。反対の手には、アル・テンプルトンの半ドルが握られていることだろう。毎年恒例のパレードで〈モキシー・ドク〉がまとう白衣にそっくりな白く丈の短いチュニックを着た店員は、露骨なまでに無関心だった。

ぼくは交差点にむかうと、車の流れが途切れるのを見はからって、オールド・ルイストン・ロードのウォランボ工場がある側へとわたった。ふたりの男がタバコを吸い、声をあげて笑いながら、布地を積んだ台車を押して中庭を横切っていた。はたしてふたりは、タバコの煙と工場の汚染物質が組みあわさって、それぞれの肉体にどんな影響をおよぼしているかを少しでも知っているのだろうか？　いや、なにも知らないだろう。知らないことが救いかもしれない。ただしこれは、むしろ哲学教師が考えるべき問題だった――十六歳の生徒たちにシェイクスピアやスタインベックやシャーリイ・ジャクスンの驚異を紹介することで、日々の糧《かて》を稼いでいる教師の。

ふたりが台車を押しながら、三階ぶんの高さのある錆だらけの金属の顎めいた入口をくぐって工場内に姿を消すと、ぼくは《**これより立入禁止**》のプレートが吊られた鎖のところまで引き返していった。そのあいだも、あまり早足で歩くな、周囲をやたらにきょろきょろ見まわすな――人の注意を引きかねない行動はいっさいつつしめ――と自分をいさめていたが、これはそう簡単ではなかった。こうして、この時代に来るときにつかった出入口に近づいたいま、一刻も早く行きつきたい気持ちは抑えがたいほどだった。口がからからに干あがり、大ジョッキで飲んだルートビアが胃のなかで波打っていた。もし帰れなくなったらどうなる？　地面に置いた目印がなくなっていたら？　目印が残っていても、あの階段がなくなっていたら？

《落ち着け》自分にいいきかせる。《落ち着け》

鎖をくぐる前に、周囲をすばやく見わたす誘惑をこらえきれなかった。しかし、中庭にはだれもいなかった。どこか遠いところから――さながら夢で耳にする音のように――ディーゼル機関車の低い《しゅっーぽっ》という音がふたたびきこえてきた。その音が、別の歌の別の一節を思い起こさせた。《この列車が歌うのは消えゆく鉄道のブルースさ》

乾燥小屋の緑の側面に近づいていくあいだ、心臓は激しく鼓動を搏《う》ちながら、胸のなかで高くまで迫《せ》りあがっていた。コンクリートのかけらを重石《おもし》にした紙切れは、まだそこにあった――よし、ここまでは順調。ぼくはそっとその重石を蹴った――《神さま、お願いです、成功させてください。お願いです、神さま、ぼくを元の時代に帰してください》と祈りながら。

靴の爪先がコンクリートのかけらを蹴った――かけらが地面をかすめながら飛んでいくのが見えた――しかし、かけらは同時に階段にもあたり、鈍い音とともにぴたりと静止した。理屈で考えれば、このふたつが両立するはずはない。しかし、どちらも現実に起こった事象だった。いま狭い通路にいるぼくの姿を中庭にいるだれかが目にするとすれば、たまたまその人物がこの通路の両端どちらかの真正面にいた場合にかぎられる。それでも、ぼくはいま一度あたりを見まわした。だれもいなかった。

ぼくは階段を一段あがった。足には階段が感じられたが、目はいまでもぼくの足が中庭のひび割れた舗装を踏みしめている、と告げていた。胃のなかでまたしてもルートビアが、警告するように大きくうねった。目を閉じると、少しはましな気分になった。二段めに足をかけ、三段まであがる。いずれも段差は浅かった。四段めまであがると、それまでうなじに感じられていた夏の暑さが消えていき、瞼の裏に広がっていた闇がなおいっそう暗くなった。五段めに足をかけようとしたが、五段めは存在していなかった。頭のてっぺんが食品庫の天井にぶつかっただけだった。だれかに前腕をいきなりつかまれて、あやうく悲鳴をあげかけた。

「落ち着け」アルの声がいった。「落ち着くんだ、ジェイク。おまえさんは帰ってきたんだよ」

7

アルはコーヒーをすすめてくれたが、ぼくは頭を左右にふって断わった。胃のなかがまだ泡立っていた。アルは自分のカップにコーヒーをそそぎ、ぼくたちはこの奇想天外な旅の出発点であるボックス席へと引き返した。ぼくの財布と携帯電話と現金が、テーブル中央に積みあげてあった。アルは痛みに小さな声をあげながら腰をおろし、安堵の吐息をついた。前よりもわずかながらやつれた感じが薄れ、わずかながら楽になっているように見うけられた。

「さてと」アルはいった。「向こうへ行って、こうして帰ってきた。ご感想は？」

「どんな感想をもてばいいのかさえわからないよ。自分という人間を土台ごと揺さぶられたんだ。あれは偶然見つけたのかい？」

「まったくの偶然だ。こっちに越してきて店をひらいてから一カ月もしないころだった。まだ靴には、パイン・ストリートの土埃がついていたにちがいないね。最初は、あの階段から文字どおり落っこちていったんだよ。兎の穴に落ちてったアリスみたいにね。てっきり、自分が正気をなくしたと思いこんだ」

想像できた。ぼくには多少の——どれほど貧弱なものではあれ——予備知識があった。しかし、そもそも過去への時間旅行者に心がまえをさせる適切な方法があるというのだろうか？

「ぼくが向こうに行っていた時間は？」

「二分。話したじゃないか、いつだって二分きっかりだと。向こうでどれだけ長く過ごそうとも関係ない」アルはまた咳こみ、新しい紙ナプキンの束に唾を吐いてから、丸めてポケットにしまいこんだ。「階段をおりていった先は、いつも決まって一九五八年九月九日の午前十一時五十八分だ。旅は毎回、最初の旅。おまえさんはどこへ行った？」

「〈ケネベク・フルーツ商会〉。ルートビアを飲んだ。すばらしくおいしかった」

「ああ、食べ物や飲み物は向こうのほうがうまいな。合成保存料だかなんだかが少ないんだろうよ」

「フランク・アニセッティを知ってるかい？　十七歳のときのあの男に会ってきた」

これまでの経緯にもかかわらず、ぼくはてっきりアルが笑うものと思っていた。しかしアルは、ぼくの話を当たり前のものとして受けとめていた。「そうとも。おれもフランクにはなんべんも会ったよ。しかし、あの男はおれに一回しか会ってない——過去の世界ではという意味だ。フランクにとっては、毎回の出会いが最初の出会いだ。やつは店にあとから来たんだろう？　〈シェヴロン〉まで出かけてたんだ。『タイタスがトラックを修理用のリフトに入れたよ』あいつはそう父親にいうんだ。『五時までには修理がおわるってさ』とね。あの言葉を最低でも五十回はきいたよ。いや、過去にもどるたんびに〈ケネベク〉へ行ったわけじゃない。

でも店に行けば、その言葉がきこえた。そのあと、ご婦人たちが店に来て、果物を選びはじめる。ミセス・サイモンズとその友だちだ。おなじ映画を何度も何度も、くりかえしくりかえし見てるようなものだな」

「毎回の出会いが最初の出会い」ぼくは単語のあいだに空白をはさみながら、ゆっくりとそのフレーズを口にした。頭のなかで、その言葉に筋を通そうとしながら。

「そのとおり」

「つまり、向こうでだれと会っても——それまでに何回会った相手であろうが——相手にとっては初めての出会いになるということだね」

「そのとおり」

「ぼくがまた過去に行ってフランクやその父親と話をしても、ふたりは前のことを覚えていないんだ」

「またしてもそのとおり。といっても、前とちがうことをすれば——たとえばルートビアの代わりにバナナスプリットを注文すれば——会話の流れは前とはちがってくる。なにかが妙だと怪しんでいるように見えるのは、〈イエロー・カード・マン〉だけだよ。といっても、あれだけ脳味噌が酒びたりだと、自分がどう感じているのかもわかるまいな。おれの見立てが正しくて、あの男がなにかを感じていればの話だ。なにかを感じていたとすれば、あの男がたまたま兎の穴のすぐ近くにすわっているからにすぎない。いや、兎の穴でもなんでもいいがね。もしかしたら、あれはある種の力場だかなんだかを広げているのかもしれない。そしてあの男は——」

しかしそこでアルは また咳こみはじめて、先をつづけられなくなった。体をふたつ折りにしてわき腹を押さえ、どれほど痛むのかを――そして、あれが体を内側からどんなふうに引き裂いているのかを――ぼくに見せまいとしているアルの姿は、見ているだけでこちらが痛みをおぼえるほどだった。

《このままじゃアルは長くもちそうもないぞ》ぼくは思った。《あと一週間もしないうちに入院が必要になる……いや、あと何日もしないうちかも》

ぼくに電話をかけてきたのは、それが理由ではないか？　癌に口を永遠に封じられてしまう前に、この驚くべき秘密をだれかに伝えたかったのでは？

「午後のうちには、秘密のありったけを話せると思ったのに、これでは無理みたいだな」発作から自分をとりもどすと、アルはいった。「こうなると家に帰って薬を飲み、なにもせずに横になって休むしかない。生まれてこのかたアスピリンよりも強い薬を飲んだためしがなくてね。あのオキシなんとかって薬は、明かりのスイッチを切るみたいにおれを眠らせてくれるんだ。六時間ばかりぐっすり寝れば、具合もちょっとはましになるだろうさ。少しは力もはいるようになる。夜の九時半ごろ、うちに来てもらえるか？」

「ああ。あんたの自宅のありかを教えてもらえればね」ぼくはいった。

「ヴァイニング・ストリートの小さなコテージだ。一九番地。ポーチの横に芝生用の地の精《ノーム》の置物があるのが目印だ。なに、見のがしっこない。旗をふってるノームだ」

「それで、なにを話しあうことになる？　というのも……あんたはもうぼくに見せてくれた。いまではあんたを信じてる」そう、信じていた……しかし、この先どのくらい信じていられる？　短時間の一九五八年への旅の記憶は、早くも夢とおなじような薄れて消えてゆくものの性質を帯びはじめていた。あと数時間もすれば（あるいはあと数日もすれば）、あれはすべて夢だったのだと自分に信じこませることもできそうだった。

「話しあうことはどっさりあるさ、相棒。来てくれるか？」アルが《死にかけた男の頼みごとだ》とくりかえすことはなかったが、その思いは目のなかに読みとれた。

「ああ、わかった。家まで車で送っていこうか？」

この言葉にアルが目をきらりと光らせた。「いや、自分のトラックがあるし、たったの五ブロックだ。そのくらいなら自分で運転できるさ」

「ああ、できるだろうね」いいながらも、内心で思っている以上の自信たっぷりな声が出せていることをぼくは祈っていた。ついで立ちあがって、携行品をポケットにもどしはじめる。アルにもらった現金の束に指先がふれたので、ポケットから出した。そのとき初めて、五ドル紙幣のどこが現行の紙幣とちがっているかがわかった。ほかの紙幣にも、やはりちがう点があるのだろう。

ぼくが現金をさしだしても、アルは頭を左右にふった。「いいや、とっておけ。どうせたくさんある」

しかし、ぼくは紙幣をテーブルに置いた。「でも、毎回の旅が最初の旅になるのなら、どうしてもち帰ってきた現金をそのまま手もとにおいていられるんだろう？　次に過去へ行ったときに消えないのはどうして？」

「見当もつかないよ、相棒。いっただろう、おれにもわからないことだらけなんだ。ルールはたしかにある。いくつかは解き明かせたが、その数は多くない」弱々しくはあったが、心からの笑みがアルの顔を輝かせた。「おまえさんだってルートビアをもち帰ってきたんじゃないのか？　いまもまだ、腹のなかで波打ってるんだろう？」

実際、そのとおりだった。

「さあ、もう帰ってもいいぞ。今夜また会おう。そのころにはおれも体を休めて、ふたりですっかり話しあえるようになってるさ」

「あとひとつだけ、ききたいことがあるんだけど」

アルはぼくにむけて、さっと手をふった。〝もう帰れ〟というジェスチャーだった。その拍子に、これまでいつも細心の注意を払って清潔にたもたれていた爪が、いまは黄色く変色してひび割れていることがわかった。これもよくない兆候だ。体重が十四キロ近くも減ったことほどあからさまではないが、わるい兆候であることに変わりない。父が口癖のようにいっていたが、爪の状態を見れば、その人の健康状態について多くのことがわかる。

「名物ファットバーガーのことだよ」

「それがどうかしたか？」しかしアルの口の端には、微笑みがのぞいていた。

「あんなに安く出せるのは、安く仕入れられたからだ――そうだろ？」

「〈レッド＆ホワイト〉で首まわり肉の挽肉を買うんだよ」アルはいった。「五百グラムあたり六十セントだ。週に一回仕入れにいく。いや、いちばん最近の冒険の前までだ――この冒険では、リスボンフォールズからずいぶん遠くまで足を伸ばしたよ。仕入れ先は精肉部門のミスター・ウォレン。挽肉を五キロ欲しいといえば、ウォレンは『すぐ用意する』といってくれる。

これが六キロとか七キロだと、『新しい肉を挽いてくるから、ちょっくら待ってくれ。家族のあつまりでもあるのか？』といってくる」

「いつもおなじ言葉を？」

「そうだ」

「なぜなら、毎回の出会いが最初の出会いだから」

「いかにも。考えてみれば、聖書に出てくるパンと魚の話にそっくりだな。おれは毎週毎週、おなじ肩まわり肉の挽肉を買ってくるわけだ。くだらないキャットバーガーがらみの噂なんかとは関係なく、その肉をこれまで数百だか数千だかのお客に食べさせてきたわけだよ。しかも、肉は毎回新しいものになってるわけだ」

「あんたはまったくおなじ肉を、くりかえし何度も買っているわけか」そのことを自分の頭に叩きこもうとしながら。

「おなじ肉を、毎回おなじ時間に、おなじ店からね。その店の主人も、こっちがちがう言葉をかけないかぎり、毎回おなじことをしゃべる。そりゃね、あの男につかつか歩み寄っていって、こんな言葉をかけたい気分になったこともあると認めるにやぶさかじゃない――『やあ、調子はどうだ、ミスター・ウォレン、このハゲの下衆《げす》野郎。最近も、あったかい鶏の穴をファックしてるのかい？』どうせ、次に会ったときには覚えてないんだからね。でも、やったことは一度もない。ウォレンが気だてのいい男だからさ。向こうで会った人たちの大半が気だてのいい人たちだったよ」そういいながら、アルはわずかに夢見るような表情になった。

「どうすれば向こうで肉を買って……こっちで料理にして出して……またおなじ肉を買えると

いうのが、どうしても理解できないな」

「おれもお仲間だよ、相棒。いまのおれはただ、おまえさんがここにまだいるってことだけで、心底ありがたいと思ってる——おまえさんがいなくたって、おかしくない。それをいうなら、おれが学校にかけた電話だって、おまえさんが受ける義理はなかったんだし」

ぼくのなかには、あの電話を受けなければよかったと思っている部分があった。しかし、そのことを口にはしなかった。いや、口にするまでもなかったかもしれない。アルはたしかに病気だが、目まで見えなくなっていたわけではないのだから。

「ともかく今夜うちに来てくれ。おれが考えてることをそっくり話す。おまえさんはそのうえで、最善と思えることをやればいい。ただし、とにかく急いで決断をくだしてもらう必要がある。なぜなら、残された時間がわずかだからだ。これはまた皮肉な話だと思わんか？　うちの食品庫の見えない階段がどこに通じているかを考えればね」

ぼくは、これまで以上にゆっくりとした口調でいった。「毎回の……旅……が……最初の……旅」

アルはまた微笑んだ。「そこのところだけはわかったようだな。よし、また今夜会おう、いいな？　ヴァイニング・ストリート一九番地。旗をもったノームの置物が目印だ」

8

〈アルズ・ダイナー〉をあとにしたのは午後三時半。それから夜の九時半までの六時間は、五十三年前のリスボンフォールズを訪問していた時間ほど異様なものではなかったが、その差はあるかなきかのものだった。時間はのろのろとしか進んでいないように思えながらも、同時にたちまち過ぎ去っていくかにも思えた。ぼくはまずサバタスに買った家まで車で帰った（クリスティーとぼくはリスボンフォールズに買った家を売り、結婚という企業を解消すると同時に手もとの金を分割したのだ）。昼寝でもしようかと思ったが、当たり前のことながら眠れなかった。二十分ばかり、火かき棒のように体をまっすぐにして仰向《あおむ》けに横たわり、ひたすら天井を見あげていたあげく、バスルームへ行って小便をした。しぶきをあげて便器に落ちていく小便を見ながら、ぼくは思った──《一九五八年のルートビアが処理された結果だ》しかし同時に、あんなことは夢まぼろしのたぐいだ、どうやったかアルがぼくに催眠術をかけたのだ、とも考えていた。

ほら、ものが二重に見えてきたじゃないか。

最後まで残っていた優等生のエッセイを読みおえてしまおうとも思ったが、読みおえられないことがわかったところで、これっぽっちも驚かなかった。エピング先生の恐怖の赤ペンを思うぞんぶんふるう？　批評眼をもって判定をくだす？　お笑いぐさだった。単語をつなげることすらできなかった。そこで結局はブラウン管にむきなおると（これは、〈小粋な五〇年代〉への先祖返り的な表現だ──いまどきのテレビにはブラウン管など*ない*）、しばらくはあちこちの局をチャンネルサーフィンして見てまわった。ＴＭＣでたまたま〈ドラッグストリップ・ガール〉という古い映画に行きあたった。古い車と怒りにつき動かされる十代の若者たちをあまりにも熱心に見ていたせいだろう、やがて頭が痛くなってテレビを消した。そのあと手早く炒め物をつくった。しかし空腹にもかかわらず、まったく食べられなかった。ぼくはすわったまま、皿の上の料理をじっと見つめて、アル・テンプルトンが何年も何年ものあいだ、おなじ五キロだかそのくらいの挽肉を、何度もくりかえしくりかえし調理しては客に出していた話に思いをめぐらせた。たしかにパンと魚の奇跡の話にそっくりだ。だったら、アルの料理が安価だという理由でキャットバーガーだのドッグバーガーだのという噂が出まわったところでなんだというのか？　アルの肉の仕入れ価格を考えれば、ファットバーガーをひとつ売るたびに、あの男は法外なまでの利益を得ていたはずだ。

自分がキッチンをうろうろ歩きまわっているだけであることに気がつくと——眠ることもできず、なにかを読むこともできず、テレビを見ることもできず、非の打ちどころのない出来ばえの炒め物はシンクの肥やしになった——ぼくは車に乗ってリスボンフォールズの街へ引き返した。時刻は七時十五分前で、メイン・ストリートには車をとめる場所がふんだんにあった。〈ケネベク・フルーツ商会〉の向かいに車をとめて運転席にすわったまま、かつては小さな街で大いに繁盛していたものの、いまではペンキが剝がれかけた遺物になっている建物を見つめる。きょうはもう店を閉めていることもあって、いますぐ解体作業用の鉄球をあてられてもおかしくないように見えた。人間がまだ住んでいることを示しているのは、埃だらけのショーウインドウに飾られた数枚の〈モキシー〉の宣伝プレートだけ（そのうち最大のものには、《**モキシーを飲んで健康になろう！**》とあった）。どのプレートもあまりに古色蒼然としていて、何年も放置されていたとしてもおかしくなかった。

〈ケネベク〉の建物の影が長く伸びて、ぼくの車にかかっていた。右側の、かつて酒屋があった場所に目をむけると、そこにあるのはキー銀行の支店がはいっている小ざっぱりとした煉瓦づくりの建物だった。州内のどこの食料品店にふらりとはいっていっても、ジャックダニエルをひと瓶なりコーヒーブランディをひと瓶なり買って出てこられるいま、だれがグリーンフロントを必要としているだろう？　しかも買った酒がはいっているのは薄っぺらい紙袋ではない。いまどきはビニールのレジ袋をつかうのだよ、諸君。千年はもつ品だ。食料品店といえば、〈レッド＆ホワイト〉という店名はきいたことがなかった。リスボンフォールズで食品を買おうと思ったら、一九六号線を一ブロック行ったところにある〈ＩＧＡ〉へ行けばいい。昔、鉄道駅舎があったところとは道をはさんで反対側だ。そして駅舎はいま、Ｔシャツ・ショップ兼タトゥー・パーラーになっている。

それにもかかわらず、過去は非常に身近なところに存在しているように感じられた——たぶん、傾きを増しつつある夏の黄金色の日ざしのせいだろう。こういった日ざしは、いつもそこはかとなく超自然的なものに感じられる。たとえるなら一九五八年がすぐそこにあるような感覚、あいだにはさまれた歳月というごく薄い膜の下に隠れているだけだという感覚だった。そしてきょうの午後、ぼく自身が体験したことが夢でなければ、まさにそのとおりなのだ。

《アルはぼくになにかをさせたがっている。アルは過去へ行って、四年間過ごしてきたと話していたが（少なくともそう話していたように思えた）、やりたいことのためには四年では足りなかったんだ》癌のせいでできなくなったなにかを。できることなら自分でやりたかったのに、

ぼくは本気でふたたびあの階段のところにおもむき、四年以上の歳月を向こうで過ごしたいと思っているだろうか？　基本的には向こうに住むことになっても？　こっちには二分後に帰

ってくるが、そのころぼくはもう四十代、髪の毛にちらほら白いものが混じるようになっていても？　そんなことをしている自分は想像もできなかったが、そもそも過去の世界でアルが見つけたそれほど重要なものがなんなのか、そちらも想像できなかった。ひとつだけわかっているのは、ぼくの人生の四年だか六年だか八年だかは、たとえそれが死にかけた男の頼みごとではあっても、頼みすぎだということだった。

アルの家を訪ねる予定の時刻までは、まだ二時間以上もあった。ぼくはいったん家へ帰って食事をつくり、今度こそは力ずくでも自分に食べさせようと思い立った。そのあと、優等生のエッセイを読みおわるという仕事に再度チャレンジするのもいい。なるほど、ぼくは過去への時間旅行をなしとげたきわめて少数の人間のひとりかもしれない――それをいうなら、世界史上でも過去に旅をしたのはアルとぼくだけかもしれない――が、ぼくが詩を教えている学生たちは、それでもなお最終成績をつけてほしがっているのだ。

街にむけて車を走らせているあいだ、ラジオはつけていなかったが、今度はラジオのスイッチを入れた。わが家のテレビと同様に、このラジオも番組をコンピューター制御で動く人工衛星から受信しているし、その衛星は高度三万五千キロもの上空で地球を周回している――そんなことを教えてやれば、あの時代の十代のフランク・アニセッティは目を丸くして驚嘆するにちがいない（といっても、頭から信じないこともないだろう）。ラジオを〈シクスティーズ・オン・シックス〉の局にあわせると、ダニー＆ザ・ジュニアーズが〈ロック・アンド・ロール・イズ・ヒア・トゥ・ステイ〉を歌っているところだった――三、四人のせっぱつまったような声が和音をつくり、削岩機めいたピアノにあわせて歌っていた。つづいて流れてきたのはリトル・リチャードが声をかぎりに絶叫して歌う〈ルシール〉だった。そのあとはアーニー・ケイ・ドウが苦しみにうめくように歌う〈いじわるママさん〉。《自分じゃお助け気分のアドバイス、でもママさん、黙っててくれるのがいちばんナイス》いきなり、そのすべてが新鮮で甘い響きを帯びてきこえはじめた。それこそ、ミセス・サイモンズとふたりの友人が、あの日の昼過ぎに品さだめをしていたオレンジにも負けないほど。

音楽が新しくきこえた。

過去で何年ものあいだ暮らしたいと思っていただろうか？　ノー。しかし、過去へ帰りたいと思っていたのは事実だった。まだポップスの頂点に君臨していたころのリトル・リチャードの音楽をきいてみたかった。あるいは靴を脱がず、全身スキャンを受けず、金属探知機をくぐり抜けることもないまま、トランスワールド航空の飛行機に乗ってみたかった。

そして、あのルートビアをまた味わいたくもあった。

第三章

1

置物の地の精《ノーム》の手にはたしかに旗があったが、アメリカ国旗ではなかった。箆鹿《へらじか》が描いてあるメインの州旗でもなかった。ノームがもっていた旗は左三分の一が青く、残った部分が上下に白と赤で色わけされていた。さらに青い部分にひとつだけ星印が描かれていた。ぼくは横を歩きながらノームのとんがり帽子の先端を軽く叩いてやり、ヴァイニング・ストリートのアルの小さな家の玄関に通じる階段をあがっていった。そのあいだも頭では、レイ・ワイリー・ハバードの愉快な歌のことを考えていた——〈ふざけんな、おれたちはテキサス者だぞ〉という歌のことを。

ぼくが呼び鈴を鳴らす前に、ドアがあいた。アルはパジャマの上にバスローブを羽織った姿だった。新たに白くなった髪の毛がねじれあい、もつれあっていた——以前にも目にした経験があれば、深刻な寝癖症候群とでも名づけたいところだ。しかし睡眠をとったことが（いうまでもなく鎮痛剤を服用したことも）、アルにいい影響をおよぼしていた。いかにも病身に見えることに変わりなくとも、口のまわりの皺はそう深くもなく、ごく短い廊下を歩いて居間にぼくを案内していくあいだの足どりも、前よりはしっかりしているようだった。それに、いかにも自分の体をつなぎとめているかのように、右手で左の腋の下を押さえているようなこともなかった。

「少しは昔のおれに近づいたように見えるだろう?」アルはしゃがれた声でたずねながら、テレビの前の安楽椅子に腰をおろした。いや、正確には〝腰をおろした〟わけではなく、いったん姿勢をつくってから、そのまま体を椅子に落としたのだ。

「たしかにね。医者はなんといってる?」

「ポートランドで診てもらった医者には、化学療法と放射線療法でも見こみはないといわれたよ。ダラスで診てもらった医者とまったくおなじ科白だったな。一九六二年でのことだ。世の中に変わらないものがあると思うといい気分にならないか?」

ぼくは口をひらき、また閉じた。いうべきことがないときもある。途方にくれるしかないときもある。

「藪をつつきまわしていたって意味がないさ」アルはいった。「死を見せつけられると、人がいたたまれない気分になることは知ってる。死にかけてる者が、その原因になった褒められない習慣にどっぷりつかっていたとあれば、なおさらだ。でも、おれにはお上品ぶった遠まわしで無駄にしている時間はない。どうせじきに入院するしかなくなる。自力じゃトイレまでの往復すらおぼつかないっていう理由しかないにしてもだ。すわったまま、脳味噌を吐きだすような咳をしながら、自分の糞にケツがどっぷり埋もれるようなざまは願いさげさ」

「ダイナーはどうなる?」

「ダイナーはもう店じまいだよ、相棒。たとえ馬車馬なみに健康だとしたって、今月末には店を閉める予定だったんだ。おれが昔からあの土地を借りてただけだってことは知ってただろう？」

知らなかったが、わからない話ではなかった。ウォランボはいまでもウォランボと呼ばれてはいるが、基本的にあそこは流行の先端をいくショッピング・センターであり、つまりはアルがどこかの企業に借地料を支払っているということだ。

「借地の契約が更新時期を迎えるんだ。で、ミル・アソシエイツ社はあの土地を欲しがってる。なんでも——おまえさんは気にいるだろうが——〈LLビーン・エクスプレス〉とかいう名前の店を出したいんだそうだ。おまけに連中は、わがちっぽけなアルミネアのトレーラーハウスが景色の汚点になってる、といいやがった」

「そんな馬鹿な！」ぼくはいった。この思いがけない純粋な怒りの噴火に、アルはくすくすと笑った。ふくみ笑いが咳の発作へと変化しかけたが、アルは巧く押さえこんだ。自宅というプライバシー空間では、アルは咳に対応するにあたって、ティッシュもハンカチもつかわず、紙ナプキンもつかわなかった。椅子の隣のテーブルに、生理用品の箱が置いてあったのだ。ぼくの目は幾度となくその箱に吸いよせられた。自分の目にむけて視線をそらせと命じ、壁にかかっている写真を——アルが美しい女性の肩に腕をまわしている写真を——見るように命じてみたが、気がつけば視線は箱に逆もどりしていた。ここには、人間の状態を語るうえで偉大なる真実のひとつがあった——病にむしばまれた肉体がつくりだす痰などの粘液を吸わせるのにステイフリー社の生理用品が必要になったら、その人物は笑いごとではないほど深刻な容体にある、という真実が。

「そういってもらえるとうれしいよ、相棒。その言葉に乾杯してもいいくらいだ。あいにく、おれがアルコールをたしなめる日々はおわっているが、冷蔵庫にアイスティーがある。よければ、おまえさんがホストをつとめてくれ」

2

アルはレストランでは頑丈なノーブランドのグラス類をつかっていたが、アイスティーを入れてあるピッチャーはぼくにはウォーターフォードに見えた。表面には、風味が滲みだすよう皮に切れ目を入れたレモンがひとつ、静かに浮かんでいた。ぼくはふたつのグラスに氷を満たしてアイスティーをそそぐと、居間へ引き返した。アルは自分のグラスの中身をゆっくりと深く味わいながら飲み、うれしそうに目を閉じた。

「いやはや、なんといい味なんだ。いまこの瞬間、アルの世界にはすばらしいものばかりだね。あの薬もすばらしい発明だよ。そりゃ、もちろん強い中毒性がある。それでもすばらしい薬だ。あれを飲むと、咳さえ多少はおさまる。まあ、日付が変わる時刻になれば、痛みがじわじわぶり返してくるだろう。だが、それだけの時間があれば、おれたちは話をすっかりおわらせられる」アルはふたたびグラスに口をつけると、悲哀まじりの微苦笑めいた目をぼくにむけた。

「最期が近づくと、人間にかかわる一切合財がすばらしく思えてくるみたいだな。これまでは思いもよらなかったが」

「アル、もしあんたのトレーラーハウスが撤去されて、そこにアウトレット店が建設されたら、あの……あの過去へ通じている穴はどうなる？」

「おれが知ってるのは、おなじ肉をくりかえし何度も買うための方法だけで、それ以上はなにも知らん。ただし、そうなったらあの穴は消えるんじゃないかと思う。あれは、自然の異常現象じゃないかな。ただし、イエローストーンにある間歇泉《かんけつせん》の〈オールド・フェイスフル〉とか、オーストラリア西部にある奇妙なバランスをたもっている岩とか、月の変化がある段階のときだけ、逆に流れる川とかとおなじようにね。ただし、その手のものはあっけなく壊れてしまうんだよ。地球の地殻がちょっとずれたり、気候が変わったり、ダイナマイトの五、六本をつかったりすれば、あっという間に消えるんだ」

「だとすると、消えるときになにか、その……どういえばいいかな……大災害のようなものが起こるとは思えない？」そうたずねたとき脳裡に思い描いていたのは、高度一万メートル以上を飛行中の旅客機でキャビンの壁の一部が破れ、乗客をふくめてあらゆるものが機外へと吸いだされていく光景だった。前に映画でそういうシーンを見たことがある。

「そんなことはないと思うが、断言できる者はいないな。おれが知っているのは、どちらにしろ手も足も出せないということだけだ。そりゃ、そこの借地権をおまえさんが譲ってほしいといえば話は別だ。そのくらいならできる。そのあと国定史跡保存協会に行って、連中にこういえばいい。『やあ、きみたち。昔のウォランボ紡織工場の中庭にアウトレット店をつくるなんてもってのほかだ。あそこにはタイムトンネルがあるんだぞ。すぐには信じられない話なのはわかってる。だから、諸君をご案内しよう』」

一瞬だが、この案を前向きに考えさえした。なぜなら、アルの見立てが正しいかもしれないからだ。過去に通じているあの裂け目が、あっけなく壊れてしまってもおかしくない。ぼくが（あるいはアルが）なにも知らない以上、アルミネアのトレーラーハウスが強く揺すぶられただけで、石鹸の泡のようにぱちんと弾けて消えることも考えられる。ついで連邦政府に存在を知られた場合のことを思った——そんなことになれば、連中が特殊工作員を過去に送りこんで、なんでも思うがままに改変できることになる。そんなことが可能かどうかはわからない。しかしもし可能なら、生物兵器やコンピューター誘導のスマート爆弾といった楽しい遊び道具をぼくたちに授けたような連中がなにやら企んで、人々が生きているあの無防備な過去の世界へ潜入するようなことだけは実現してほしくはなかった。

そんな考えが頭に浮かぶと同時に——いや、考えが浮かんだその瞬間に——アルがなにを考えているかがわかった。欠けていたのは具体的な部分だけだった。ぼくはアイスティーのグラスを置いて立ちあがった。

「だめだ。ぜったいに断わる。いやだ」

アルはこれを冷静に受けとめた。アルがオキシコンチンの効き目で酔ったようになっていたからだといいたい気持ちはあったが、そうでないことは知っていた。それにアルはぼくがどう返事をしようとも、ここからあっさり出ていくつもりがないことを見ぬいていた。おそらくぼくの頭には、好奇心が（過去の世界に魅せられている気持ちはいうまでもなく）ハリネズミの針のように突き立っていたのだろう。というのも、ぼくのなかにはもっと具体的なことを知りたがっている部分もあったからだ。

「そのようすだと、前置きめいた話はいっさい省いて、本題にとりかかってもよさそうだな」アルはいった。「よかったよ。とにかく、すわれ、ジェイク。おれが手もとにあるピンクの小さな錠剤のありったけを、いっぺんに飲んだりしていないたったひとつの理由を、これから教えてやろう」それでもぼくが立ったままだと――「話をきいてみたい気持ちはあるんだろう？なんの害がある？　たとえ、二〇一一年のいま、ここでおまえさんになにかを無理じいできたとしても――実際には無理だが――過去の世界へ行けば、おれにはどうともできない。おまえさんが過去へ行けば、あっちじゃアル・テンプルトンはインディアナ州ブルーミントン住まいの四歳の子どもだ。ローンレンジャーのマスクをつけて裏庭を駆けまわり、昔ながらのトイレトレーニングの面じゃ、いささか心もとない部分のある子どもさ。だから、まあ腰をおろせ。テレビショッピングの決まり文句じゃないが、話をきくだけなら、なんの義務も生じないんだ」

そのとおり。ただし、母親ならこんな警句を口にするところだ。《悪魔の言葉は心地よく響くもの》。

しかし、ぼくは腰をおろしていた。

3

「〝分水嶺的瞬間〟という言葉を知ってるかい、相棒？」

ぼくはうなずいた。英語の教師でなくても知っている言葉だ。それどころか、文学に親しんでいる必要もない。ケーブルテレビのニュース番組にくりかえし出てきては人を苛立たせる、お手軽な決まり文句のひとつだからだ。類似の言いまわしには、〝これらの点を結びあわせると〟や〝現在の時点においては〟などがある。なかでももっとも苛立たしいのは（明らかに退屈しきっている生徒たちを前にして、これまでにくりかえし何度も、くどいくらい何度もこの言いまわしを非難してきた）とことん無意味な〝なかにはこう話す人もいますが〟と〝多くの人々が信じているところによれば〟だ。

「どこから来た言葉かは知ってるか？　言葉の起源は？」

「いや、知らない」

「地図製作だよ。分水嶺というのは、川の流れをふたつ以上にわけている土地のことで、だいたいは山か森林だ。そして歴史は川でもある。そういえるとは思わないか？」

「そうだね、まちがいじゃないと思うよ」

「そして歴史を変える大事件となると、広い範囲に影響が出る——分水嶺の全域に長期にわたる大雨が降れば、川の水が増水して土手からあふれてもおかしくはない。ただし、よく晴れた日だって川が洪水を起こすことはある。分水嶺のなかのごく小さな一部分にだけ、長期にわたる大雨が降ればいいんだ。歴史を見ても、そういった鉄砲水があるにはある。例をあげてみようか？　9・11はどうだ？　二〇〇〇年の大統領選で、ブッシュがゴアに勝ったのは？」

「全国的な選挙と鉄砲水をくらべるのは、さすがに無理があるよ」

「まあ、大方の大統領選挙はちがうかもしれんが、二〇〇〇年の選挙は特例中の特例だ。たとえばあの年の秋のフロリダにもどれたとして、アル・ゴア当選のために二十万ドルばかり注《つ》ぎこんだとしたらどうなる？」

「それには問題がふたつあるな」ぼくはいった。「その一——二十万ドルなんていう大金はもってない。その二——ぼくは学校の教師だ。トマス・ウルフの母親への固着については語れても、こと政治となると森のなかの赤ん坊なみになにも知らないね」

アルは苛立ちもあらわにさっと手をふった。その動作のせいで、あやうく肉の落ちた指から海兵隊の指輪が飛びそうになっていた。「金は問題にならない。その点は、とりあえずおれの言葉を信じてくれ。予備知識があれば、おおむね経験なんぞ屁でもない。フロリダ州での票差は、たぶん六百票以下だ。煎じつめれば買収だとしても、二十万ドルあれば国民選挙日に六百票を買えるとは思わないか？」

「もしかしたら」ぼくはいった。「買えるかもしれないね。やるとすれば、まず無関心が支配していて、伝統的に投票率の低いコミュニティをいくつか選りわけて——それほど調査しなくても見つかると思う——あとは昔から頼りになるキャッシュ持参で乗りこむな」

アルはにやりと笑い、欠けた歯の隙間と不健康な歯肉をのぞかせた。「なぜいけない？　シカゴでは何年も前からつかわれている手だぞ」

メルセデス－ベンツ二台にも満たない金額で大統領の椅子を買えるという話に、ぼくは言葉をうしなった。

「しかし、こと歴史という川において、もっとも変化しやすいと思われるのは暗殺だ——成功した暗殺も、失敗した暗殺もだ。オーストリア皇太子のフランツ・フェルディナンド大公は、ガヴリロ・プリンツィプという精神的に不安定だった小物に射殺され、それが第一次世界大戦のきっかけになった。反対に、クラウス・フォン・シュタウフェンベルクが一九四四年にヒトラーの暗殺に——惜しくもあと一歩のところで——失敗して以来、戦争はさらにつづいて、死者がさらに数百万人も増えた」

その映画なら、ぼくも見たことがあった。

アルはいった。「フェルディナンド大公やアドルフ・ヒトラーについては、おれたちにはどうすることもできない。どうあがいても手が届かないからな」

〝おれたち〟と当たり前のように複数形で話していることについてアルをとがめようと思ったが、ぼくは口を閉ざしていた。わずかながら、暗いことこのうえない本を読んでいるような気分になってきた。たとえば、トマス・ハーディの小説だ。どんな結末を迎えるかはもうわかっている。しかし、それで先を読む楽しみが減じるどころか、かえって物語に引きこまれてしまう。たとえるなら、子どもが鉄道模型を走らせていて、どんどんスピードをあげていくのを見ながら、カーブのひとつで脱線する瞬間をいまかいまかと待っているようなものだ。

「9・11が起こらないようにしたかったら、四十三年ばかり待たなくちゃならない。そこまで生きのびられたとしても、おまえさんは八十歳近くになっちまう」

ここへ来て、あの〝ひとつ星《ローン・スター》〟の旗が意味をそなえはじめた。あれは、アルがいちばん最近過去を訪れたさいの記念品なのだ。「そうか、六三年までもちこたえられなかったんだね？」

これにはアルはなにも答えず、ぼくを見つめていただけだった。きょうの午後ダイナーにぼくを招き入れたときには、濁っていてぼんやりしていたアルの目が、いまはきらきらと輝いて見えた。まるで若返ったかのように。

「だって、あんたはその話をしているんだろう？　ちがうか？　一九六三年のダラスの話なんだね？」

「そうともさ」アルはいった。「作戦を放棄するしかなかった。でも、相棒、おまえさんは病気じゃない。健康そのもので、いまが人生の盛りだ。だから向こうへいって、あれを阻止できる」

アルは身を乗りだしてきた。その目はただ輝いているばかりではなかった——爛々《らんらん》と燃えさかっていた。

「いいか、歴史を変えられるんだぞ。わかっているのか？　ジョン・ケネディは死なずにすむんだ」

4

なにがサスペンス小説の基本かは知っている——その手の小説をそれなりに読んでいるからだ。第一の鉄則は、読者に先の展開を伏せて気を揉ませつづけることにある。しかし、もしこれを読んでいるあなたがぼくの性格をいささかなりとも把握していたら、きょうこの身を見舞った奇想天外な出来事をもとにして考え、ぼくが説得されているにちがいないと見ぬくにちがいない。クリスティー・エピングがクリスティー・トンプスンになったいま（ＡＡというキャンパスでのボーイ・ミーツ・ガールの物語——覚えているだろうか？）、ぼくはひとり暮らしの男だ。争いの理由になるような子どもはいない。得意としている仕事にもついている……が、意欲をかきたててやまない仕事だと答えれば嘘になる。いままでの人生でいちばん冒険に近いものといえば、大学の最上級生のときに友人とふたり、ヒッチハイクでカナダをまわったくらい。それもカナダ人がおおむね陽気で親切だったおかげで、冒険といえるほどのものではなかった。それがいまなんの前ぶれもないまま、ぼくはアメリカの歴史のみならず全世界の歴史において大役を果たす機会をさしだされていた。イエス、イエス、イエス、ぼくは説得されたがっていた。

しかし、同時に恐れも感じていた。

「でも、もしまちがった方向に進んだら？」ぼくは残っていたアイスティーをゆっくりと時間をかけて飲み干した。グラスの氷が歯にあたって涼しげな音をたてた。「方法はともあれ、とにかくあれを阻止したとしても、そのあと世の中の流れがよくならず、かえってわるくなったら？　現在に帰ってきたら、アメリカがファシスト国家になっていたらどうする？　あるいは環境汚染がとんでもなく深刻になってて、だれもかれもガスマスクをつけて街を歩いていたら？」

「だったら、また過去へもどればいい」アルはいった。「一九五八年九月九日の正午二分前に。すべてを取り消せばいいさ。忘れたのか、旅は毎回、最初の旅だ」

「いい話だね。でも変化があんまり激しすぎて、あんたの小さなダイナーさえもう存在しなくなっていたら？」

アルはにやりと笑った。「そうなったら、過去で生きていくしかないな。しかし、そうわるいものでもないんじゃないかな？　英語教師なんだから、売りこみにつかえる資格もある。だけど、そんなことをする必要もないぞ、おれはあっちで四年暮らしてて、そのあいだにひと財産つくった。どうやったかはわかるか？」

知識にもとづく推論を披露することもできたが、ぼくは黙ってかぶりをふった。

「ギャンブルだよ。慎重にやったさ——人から怪しまれたくなかったのもあるし、ノミ屋がさしむけるちんぴらに追いかけられるのも願い下げだったからね。しかし、一九五八年の夏から一九六三年の秋までの時期にひらかれた、ありとあらゆる大きなスポーツ・イベントでどっちが勝ったかを勉強しておけば、慎重な態度をとる余裕も生まれる。王侯貴族のような暮らしができるとはいわんぞ——そんな暮らしは危険だ。しかし、いい暮らしができない理由はなにもない。それに、いざ成功したってダイナーはあそこにあると思う。おれが帰ってくれば、いつも変わらずあそこにあった——おれが過去にいろいろ手をくわえたのにな。だれだって時間の流れを変えてるんだよ。街を一ブロック歩いてパンを一斤《いっきん》買い、牛乳を一本買うだけだって時間の流れを変えている。バタフライ効果というのをきいたことがあるかい？　なにやらしゃれた科学理論でね。まあ、そのいわんとするところを煎じつめて簡単にいえば——」

アルはふたたび咳こみはじめた。ぼくを家に入れてから初めての、長い発作だった。アルは箱から生理用品をひとつつかみあげると、さるぐつわの要領で口にあてがい、つづいて体をふたつに折った。胸の奥から、忌まわしいえずきの音がこみあげていた。アルの内臓がみんなばらばらになり、遊園地のゴーカートのように体内でぶつかりあいながら走りまわっているかのような音だった。そしてようやく発作がやんだ。アルは生理用品に目を落として顔をしかめ、折りたたんで投げ捨てた。

「すまんな、相棒。口が生理になるなんて厄介きわまる話だよ」

「なにをいうんだ、アル！」

アルは肩をすくめた。「なんであれ冗談の種にできないなら、そんなものになんの値打ちがある？　さて、どこまで話したっけな？」

「バタフライ効果」

「ああ、そうだった。この理論がいってるのは、小さな出来事であっても大きな……なんていうんだっけな……副次的影響をおよぼすことがある、ってことだ。たとえるなら中国でひとりの男が蝶を殺すと、四十年後——あるいは四百年後——にはペルーで大地震が起こるとか、そういう話だな。おれにはいかれた話に思えるが、おまえさんにもそう思えるかい？」

同感だったが、ぼくは時間旅行にまつわる古くさいタイム・パラドックスの話を思い出して話題にした。「ああ。でも、もし過去にもどって、自分自身の祖父を殺したらどうなるんだろう？」

アルは困惑した顔でぼくを見つめた。「なんでまた、そんなことをするんだ？」

じつに鋭い質問だった。そこでぼくは、アルに話のつづきをせがんだ。

「きょうの午後、おまえさんは過去にありとあらゆる小さな変化をもたらした。たとえば、〈ケネベク・フルーツ商会〉に足を踏みいれたことだけでもね……だが、食品庫にあがって二〇一一年にもどるための階段は変わらずそこにあった。リスボンフォールズだって、出発したときとおんなじだった」

「たしかにおなじに思えたね。でも、あんたが話そうとしているのは、もっとでっかいことだ。

はっきりいえば、ＪＦＫの命を救おうという話だね」

「いや、それだけじゃなく、もっといろいろな話をしているんだよ。なぜなら、これは中国の蝶の話とはわけがちがうからさ、相棒。ロバート・Ｆ・ケネディの話もしてる。ジョンがダラスで命拾いをすれば、ロバートはおそらく一九六八年の大統領選に出馬しないからだよ。アメリカは、死んだケネディの代わりに別のケネディを用意しなくてよくなるんだ」

「それは断言できないんじゃないか」

「いや、とにかく話をきいてくれ。おまえさんが首尾よくジョン・ケネディの命を助けたとする。それでもなお、ロバートが一九六八年六月五日の午前〇時十五分に、ロサンジェルスのアンバサダー・ホテルにいたと思うか？　かりにいたとして、暗殺犯のサーハン・ベシャラ・サーハンはホテルの厨房で働いていただろうか？」

働いていたかもしれないが、その可能性はかぎりなくゼロに近いにちがいなかった。ひとつの方程式に百万もの変数を導きいれれば、当然答えは変わってくる。

「あるいは、マーティン・ルーサー・キング牧師は？　それでもやはり、六八年四月にはメンフィスにいただろうか？　いたとしても、やはりジェイムズ・アール・レイが牧師を射殺した正確な時刻にローレイン・モーテルのバルコニーに立っただろうか？　どう思う？」

「さっきのバタフライ理論が正しければ、そうならないだろうね」

「おれも同感だ。そしてもしキング牧師があそこで死ななければ、そのあとにつづいた人種暴動は起こらなかったはずだ。となれば、フレッド・ハンプトンがシカゴで射殺されないことになる」

「それはだれ？」

アルはぼくの質問を無視した。「それをいうなら、シンバイオニーズ解放軍《SLA》の結成もなくなる。ＳＬＡがなければ、パティ・ハースト誘拐事件もなくなり、白人中流層のあいだにあった黒人への恐怖心が、わずかとはいえ、大きな意味をもつほど減少するだろうな」

「話がよくわからなくなってきたよ。忘れたのかい、ぼくは英文学専攻だったんだ」

「話がわからないのは、おまえさんがケネディ暗殺以後、この国をずたずたに引き裂いた戦争のことをろくに知らず、むしろ十九世紀の南北戦争のほうをよく知ってるからだ。たとえばここで、映画〈卒業〉の主演はだれだったかをきけば、おまえさんは教えてくれるだろうな、しかし、リー・ハーヴェイ・オズワルドがケネディを撃ち殺したほんの数カ月前に、いったいだれを暗殺しようとしたかと質問したら？　おまえさんは、『はあ？』となるだろうね。というのも、その手の知識はいまではすっかりうしなわれているからだ」

「オズワルドがケネディの前にも、だれかを暗殺しようとしていた？」初耳だった。といっても、ケネディ暗殺にまつわるぼくの知識の大半はオリヴァー・ストーンの映画から仕入れたものだ。いずれにしてもアルは答えを口にしなかった。いまアルは波に乗っていた。

「じゃ、ヴェトナムについては？　あの正気とは思えない戦争拡大策をはじめたのはジョンソンだ。ケネディは冷戦の戦士だった。その点は疑いないが、ジョンソンはそれを次の段階にまで推し進めた。あいつは、〝おれのほうが、おまえよりも金玉がでかい〟コンプレックスのもちぬしだったからね——後年、ブッシュがカメラの前で『来るなら来い』と啖呵《たんか》を切ったときにも、そんなコンプレックスを見せていたな。ケネディなら考えなおしたかもしれない。ジョンソンとニクソンには、考えなおす頭がなかった。あのふたりのおかげで、おれたちはヴェトナムで約六万ものアメリカ軍兵士をうしなった。ヴェトナム人となれば、南北ひっくるめて数百万人も死んだんだぞ。もしケネディがダラスで死ななかったら、戦争の犠牲者はここまで膨れあがっただろうかね？」

「ぼくにはわからないし、あんたにだってわからないことさ、アル」

「そのとおり。しかし、おれもアメリカ現代史を熱心に勉強したんだよ。その結果、ケネディを救えば、事態がずいぶん改善される見こみがかなりあると思うようになった。それに、掛け値なしにいってマイナス要素は見つからない。もしくじってクソみたいな展開になったら、そのときは全部ふりだしにもどせばいい。黒板から下品な言葉を消すみたいに簡単さ」

「あるいは、ぼくがもどれなくなるかもしれないし、その場合ぼくには先がどうなるかが永遠にわからないわけだ」

「馬鹿いっちゃいけない。まだ若いだろうが。うっかりタクシーに轢《ひ》かれるとか心臓発作を起こすとかでないかぎり、おまえさんなら長生きして、物事がどんなふうになったかを見とどけられるさ」

「暗殺事件やオズワルドについての本をずいぶんたくさん読んだみたいだね」

「手にはいるかぎりの本はね、相棒」

「でも、なぜオズワルドが犯人だとそこまで確信できるんだい？　だって、巷《ちまた》には一千もの陰謀説があるじゃないか。ぼくだって知ってるくらいだ。ぼくが過去へ行ってオズワルドを阻止したはいいけれど、だれか別の人間が〝草の生えた《グラシー・》山《ヒル》〟だかなんだかから銃でケネディの頭を破裂させたらどうなる？」

「〝草の生えた丘《グラシー・ノル》〟だ。それにいまではおれも、犯人がオズワルドだったことにほぼ確信をもっている。そもそも、陰謀論のたぐいはみんないかれた説だし、長年のあいだには大半が否定された。たとえば、実際の狙撃犯はオズワルドではなく、きわめてよく似た別人だったという説がある。そのオズワルドの遺体は一九八一年に墓から掘りだされて、ＤＮＡ鑑定がおこなわれてる。その結果、遺体はまちがいなくオズワルドだった。そう、ぞっとするようなあのちび助さ」アルは間を置いてから、こういい添えた。「やつに会ったんだよ」

　ぼくはまじまじとアルを見つめた。「嘘だろ」

「本当だよ。話しかけられた。フォートワースでのことさ。リー・オズワルドはマリーナ――妻でロシア人だよ――といっしょに、フォートワースにあったオズワルドの兄ロバートの家を訪ねてた。リーが本気で愛していた人物がいたとすれば、兄貴のロバートだな。おれはロバート・オズワルドの自宅を囲む杭垣のそばで一本の電柱によっかかり、タバコを吸いながら新聞を読んでいるふりをしてた。心臓ときたら、一分間に二千回も搏《う》っているように思えるほど激しく動いてた。リーとマリーナがいっしょに家から出てきた。マリーナは娘のジューンを抱いててね。まだ小さな赤ん坊だった――生まれて一年にもなってなかった。赤ん坊は寝てたっけ。リーはカーキ色のチノパンにアイヴィーリーグ風のボタンダウンのシャツ。シャツの襟まわりは、すっかり毛羽立ってた。スラックスにはきっちり折り目こそついちゃいたが、汚れていたな。海兵隊流に刈りこんだヘアスタイルをあきらめてはいたけれど、まだ手でつかめるほどには伸びてなかった。マリーナは――いやはや、はっとするほどの美人だったぞ！　黒い髪、まばゆく輝くブルーの瞳、染みひとつない肌。まるで映画スターみたいだった。あんたがやることになったら、ぜひ自分の目で確かめるといい。ふたりで肩をならべて道に出てくるあいだに、マリーナがなにやらロシア語でリーに話しかけた。リーがそれに答えてた。その答えを口にするときには笑顔だったくせに、そのあといきなりマリーナを突き飛ばしやがった。マリーナはあやうく転んで倒れそうになってね。赤ん坊が目を覚まして泣きはじめた。そのあいだ、オズワルドはずっとにやにや笑ってたよ」

「そんな光景を見たんだ。ほんとに見たんだ。あの男を見たんだね」自分でも過去にさかのぼる旅を体験したくせに、このときぼくは少なくとも、アルの言葉がただの幻覚の産物か、そうでなければまっ赤な嘘にちがいないとまだ半分本気で信じていた。

「見たともさ。そのあとマリーナが門から出てきて、ずっと顔を伏せたまま赤ん坊をしっかりと胸に抱いて、おれの前を通りすぎていった。おれがその場に存在しないかのように。でもオズワルドのほうはおれに近づいてきた――それも、汗くさい体臭を隠そうとしてつけていた〈オールド・スパイス〉の香りがはっきりと嗅ぎとれるほど近くにまで。鼻のてっぺんは黒いにきびだらけだった。着ている服を見れば――ついでにくたびれて、踵《かかと》のところがつぶれている靴を見れば――小便をする壺ばかりか、その小便を投げ捨てる窓もないほどのひどい貧乏暮らしだってことはわかった。でも、やつの顔を見てわかったね――やつには貧乏も問題ではなかった。そうさ、オズワルドには貧乏など目じゃなかったのさ。やつは自分を大物だと思いこんでた」

アルはちょっと考えこんでから、頭を左右にふった。

「いや、いまの言葉は引っこめる。やつは自分が大物だと知ってた。あとは、世界がその事実に追いついてくるのを待っているだけだった。で、やつはすぐそこに、目の前にいた。息苦しいほどの近さにね。勘ちがいするなよ――おれの頭にだって、ある考えが浮かばなかったわけじゃない――」

「だったら、なぜそうしなかった？　いや、もっとはっきりいえば、なぜそこでオズワルドを射殺しなかった？」

「女房と赤ん坊の目の前でか？　自分ならそんなことができると思うか？」

長々と考える必要はなかった。「無理だろうね」

「おれにも無理だった。それ以外にも理由があった。そのひとつは、州刑務所に入れられるのを避けたかったからだ……あるいは電気椅子送りになるのをね。忘れちゃいないだろうが、おれたちがいたのは白昼の往来だったんだぞ」

「ああ」

「そう、〝ああ〟さ。で、おれに近づいてきたときにも、やつはまだにやにや笑っていた。傲慢でありながらも、同時に女々しい感じの笑い方だった。だれに撮られた写真でも、ほとんどすべてであいつはそんな笑顔を見せてるよ。大統領を殺し、そのあと逃げようとしたときに立ちふさがってきた巡査を殺したあとで逮捕され、ダラス市警察に連行されたときにも、やっぱりにやにや笑っていたな。で、やつはおれにいった。『なにをじろじろ見てるのかな？』おれは答えた。『いや、とくになにも』やつはいった。『だったら、おれのことはほっとけ』マリーナは歩道の五、六メートル先で赤ん坊をあやして寝かしつけようとしながら、やつを待ってた。そりゃもう地獄なみに暑い日だったが、マリーナは当時のヨーロッパ人の女がよくしていたように頭をすっぽりとスカーフでつつんでたよ。やつは妻につかつか歩みよって肘をいきなりつかむと——亭主どころか警官みたいな剣幕だったな——こういった。『歩け《パホーダ》！歩け《パホーダ》！』マリーナがなにか話しかけた。ちょっとのあいだ赤ん坊を抱いててくれないかと頼んだのかな。いや、これはおれの当て推量だ。でも、やつはとにかく女房の体を押しながら、『歩け《パホーダ》、クソ女《ツィーカ》！』というだけさ。マリーナは従った。それからふたりと赤ん坊は、道の先にあるバス停にむかった。話はそれだけさ」

「ロシア語を話せるのかい？」

「いいや。ただ、鋭い耳とコンピューターがある。いや、こっちへ帰ってくれればね」

「ほかにオズワルドを目にしたことは？」

「あとは遠くから見ただけだ。そのころには病気がかなり重くなっててね」アルはにやりと笑った。「テキサス州広しといえども、フォートワースほどバーベキューがうまいところはほかにない。それなのに、おれは食えなかった。世界はときに残酷な場所さ。おれは医者に診てもらいにいき、そのころには自分でもくだせたはずの診断を受けて、二一世紀に帰ってきた。どのみち、基本的にはほかに見るべきものなどなかった。いずれ有名人になるのを待っている、瘦せっぽちのDV野郎というだけさ」

アルが身を乗りだしてきた。

「アメリカの歴史を変えた男がどんなやつだったかを知ってるか？　やつは、ほかの子どもに石を投げつけて、走って逃げるようなガキだった。海兵隊に入隊したが——崇拝していた兄貴のロバートみたいになりたかったんだな――それまではニューオーリンズからニューヨーク・シティにいたるまで、二十近い土地を転々としてきてた。頭には壮大な考えが詰まってるのに、どうして他人が耳を傾けてくれないのかが理解できなかった。そのことで頭から湯気を噴きあげるほど、かんかんに怒っちゃいたが、あの気どった女々しい笑みが顔から離れることはなかった。ウィリアム・マンチェスターがオズワルドをどう評したかは知ってるか？」

「知らないよ」というか、そもそもウィリアム・マンチェスターが何者なのかも知らなかった。

「哀れな宿なし男。マンチェスターが論じていたのは、暗殺と……オズワルド自身が射殺されたあと、どっさりと出現した陰謀論の数々でね。ところで、オズワルドが射殺されたのは知ってるな？」

「もちろん」ぼくはいささかむっとしながら答えた。「ジャック・ルビーという男に殺されたんだ」とはいえ、ぼくがあれだけ知識の欠落ぶりを披露していたのだから、アルが疑問に思うのも当然だった。

「マンチェスターはこういってる。天秤の片方に殺された大統領を置き、反対側にはオズワルドを――哀れな宿なし男を――置いても釣りあいがとれない。どうしたって、釣りあうわけがない。ケネディの死になんらかの意味を与えたければ、反対の皿にはもっと重いものを置くしかない。これで、陰謀論がうじゃうじゃ湧いてきたことにも説明がつく。たとえば、殺したのはマフィアだ――カルロス・マルセロが暗殺指令を出した。あるいはＫＧＢが殺した。あるいはカストロが殺した――かつてＣＩＡが毒いりの葉巻をカストロに吸わせようとしたことの仕返しだ。いまにいたるも、大統領になりたい一心でリンドン・ジョンソンがケネディを殺したと信じている者もいる。しかし結局のところは……」アルはかぶりをふった。「オズワルドが犯人だったことはほぼ確実だよ。オッカムの剃刀《かみそり》という言葉をきいたことは？」

　なにかについて確固とした知識があるのは気分のいいものだ。「基本的な公理のひとつで、ときには〝節倹律〟とも呼ばれてる。『すべてが等価であるならば、もっとも単純な説明こそが正しい説明だ』ということだ。だったら、オズワルドが往来で妻や子どもといっしょにいたわけではなかったとき、どうしてあの男を殺さなかったんだい？　あんたも海兵隊出身者だ。自分の病気がどれほど重いかを知ったときに、どうしてそのちびの人でなし野郎をあっさり殺さなかった？」

「九十五パーセントまでの確証は百パーセントではないからさ。くそったれ野郎ではあっても妻子もちだったからだ。逮捕されたあとでオズワルドは自分を〝捨て駒〟だと話していて、それが嘘だと自分で確かめたかったからだ。このいかれきった世界では、どんなことであれ百パーセントの確証を得られる人間なんかいないと思うが、それでもせめて九十八パーセントにまで高めたかった。といっても、十一月二十二日を待って、テキサス教科書倉庫でオズワルドを阻止しようとは思っていなかった——それではあまりにもきわどい綱わたりになる。それには大きな理由があって、それをおまえさんに話しておかなくちゃならん」

　アルの目はもう前ほど輝いてはいなかったし、顔の皺はまた深くなりつつあった。アルの体力のたくわえがどれほどわずかになっているかを思って、ぼくはそら恐ろしくなった。

「おれはすべてを書きとめておいた。それを読んでほしい。はっきりいって、がむしゃらになって頭にすべてを叩きこんでほしい。テレビの上を見てくれ、相棒。どうだ、その気はあるか?」アルは疲れた笑みをのぞかせて、いい添えた。

　青い表紙のぶあついノートだった。表紙にはられた値札には二十五セントという文字がある。まったく知らないメーカーの品だった。「この〈クレスギーズ〉というのは?」

「いまでは〈Kマート〉の名前で知られているデパートのチェーンだよ。表紙なんかどうだっていいから、中身に集中しろ。オズワルドのタイムラインだ……加えて、あの男に不利な証拠のありったけを積みあげてもある……ただし、おれの頼みを引きうけるなら、そっちは読む必要がない。というのも、おまえさんはあの小ずるい鼬野郎《いたち》を一九六三年の四月に……つまり、ケネディがダラスに来るよりも半年も前に……阻止することになるからだ」

「なぜ四月に?」

「なぜならその年の四月に、何者かがエドウィン・ウォーカー陸軍少将を殺そうとしたからだよ……いや、そのときにはもう少将じゃなかった。一九六一年にJFKその人によって解任されたんだ。ウォーカー元少将は人種差別的な文学作品を部下の兵士たちにくばって、読むように命令したんだよ」

「その元少将を銃で撃ち殺そうとしたのがオズワルドだった?」

「おまえさんはそのあたりを確かめる必要がある。おなじライフルがつかわれたことに疑いの余地はない。弾道学的検査で立証されてる。おれはやつがライフルを発射するところを見ようと待っていた。傍観できる余裕はあったよ。このときオズワルドは目標を撃ち損じたからだ。弾丸はウォーカー家のキッチンの窓中央の木枠にあたって進路をそれた。ごくわずかな狂いだったが、それでぎりぎり充分だった。弾丸は文字どおりウォーカーの髪をわけ、桟から飛び散った木端《こっぱ》がウォーカーの腕に小さな切り傷をつくった。負った怪我はこれだけだ。死んで当然の男だったとはいわないよ——いきなり銃で撃たれて死ぬのが当然という人間はまずいない。しかし、できるものなら、なんとしてもウォーカーとケネディを取り替えたい気分だよ」

アルの発言の最後の部分にはろくに注意を払っていなかった。アルの〈オズワルド・ノート〉のページを繰っていたからだ。めくってもめくっても、小さな字がぎっしりと書きこまれていた。最初のうちは読むのにまったく支障のない字だったが、おわりに近づくにつれて読みにくくなっていた。最後の数ページにいたっては、重い病におかされた者の殴り書きになっている。ぼくはぱたんとノートを閉じた。「オズワルドがウォーカー元少将暗殺未遂事件の犯人だという確証がとれれば、あんたの疑惑も解消されるのかな？」

「いかにも。オズワルドにそれだけの能力があったことを確かめたいんだ。オズワルドは悪党だぞ、ジェイク——一九五八年当時は、ごろつきと呼ばれていたような男だ。しかし、いくら自分の女房を殴り、英語が話せないという理由で女房を事実上ずっと家に監禁していた男だからといって、それだけでは人殺しをしたとはいえない。話はほかにもある。〝ガ〟の字ではじまるこの大病にやられなかったとしたところで、もしオズワルドを殺したあと、ほかのやつがやっぱり大統領を撃つようなことになっても、やりなおせるチャンスはなかっただろうし。だいたい人間六十をすぎれば、とっくの昔に保証期間切れだ——どういう意味かはわかるな」

「殺すよりほかに方法はないのかな？　オズワルドを、その……どういえばいい……なにか罪をでっちあげて罠にかけるだけじゃいけない？」

「その手もあったかもしれない。しかし、そのころにはもう病気だった。いや、たとえ健康だったとしても、やりとげられたかどうかは自信がない。すべてひっくるめると、ひとたび確証が得られたら、あとはあっさりやつを殺すほうがずっと簡単に思える。刺される前に蜂を叩きつぶすようなもんだ」

ぼくは黙ったまま考えをめぐらせていた。壁の時計は十時半を示していた。会話をはじめるにあたって、アルは夜中の十二時ごろまでは体力がもつだろうと話していた。しかしいまのアルをひと目見れば、その言葉がかなり楽観的すぎたことがわかった。

ぼくはアルと自分のグラスをキッチンに運んでいって洗い、水切り用のバスケットにおさめた。ひたいの裏側で巨大な竜巻が荒れ狂っているような気分だった。といってもその竜巻は牛やフェンスの支柱や紙切れではなく、いくつもの名前を吸いこんで、ぐるぐると回転していた――リー・オズワルド、ロバート・オズワルド、マリーナ・オズワルド、エドウィン・ウォーカー、フレッド・ハンプトン、パティ・ハースト。竜巻のなかでは、まばゆく輝く頭字語も――高級車のボンネットから剝ぎとられたクロームめっきのオーナメントのように――ぐるぐる回転していた。JFK、RFK、MLK、SLA。竜巻には音もそなわっていた。ふたつのロシア語の単語が、平板に母音を引き伸ばす南部風の発音で何度も何度もくりかえされていた――《パホーダ、ツィーカ》。

歩け、クソ女。

5

「ぼくが決断をくだすまでには、どのくらいの時間がある？」ぼくはたずねた。

「そんなに余裕はないな。今月末にはダイナーがなくなる。多少の時間稼ぎをしようとして弁護士に相談したが——連中を訴訟で縛りつけるとかね——望み薄だという意見だった。ほら、家具屋の店頭でこんな掲示を見たことはないか？《リース契約終了。全商品在庫一掃セール》」

「ああ、あるよ」

「十のうち九までは、売らんかな精神による嘘っぱちだ。ただ、この場合にかぎっては十番めのケースでね。しかも跡地にはいりこもうとしてるのは、安物を売る一ドル・ショップなんかじゃない。ＬＬビーンだ。ことメイン州の小売業の世界では、ＬＬビーンはジャングルでいちばん大きな猿なんだよ。七月一日になったとたん、ダイナーはエンロン同然に消え失せる。しかし、それはたいした話じゃない。問題は、七月一日が来るころには、このおれも消えているかもしれないってことだ。風邪にかかっただけで、三日以内に肺炎でお陀仏だ。心臓発作か脳卒中を起こすかもしれない。いや、あの忌ま忌ましいオキシコンチンをうっかり大量に飲んで自分を殺してしまうかも。訪問看護師が毎日おれにきくんだよ。服用量を越えないように注意しているかとね。ああ、ちゃんと注意はしてる。それでも看護師が不安を感じているのはわかるんだ。ある朝この家にやってきたら、おれが死んでいるんじゃないかとね。薬で頭が朦朧となって、うっかり数えまちがいをしでかして。おまけにあの薬は呼吸を阻害するうえ、おれの肺はもうぼろぼろだ。なによりかにより、すっかり体重が落ちちまってる」

「ほんとに？　ぜんぜん気がつかなかったよ」

「へらず口で気分をよくする者はいないぞ、相棒——おれの年になりゃ、おまえさんにもわかるさ。どちらにしても、そのノートのほかにこいつもわたしておきたい」アルは一本の鍵をかかげた。「ダイナーの鍵だ。あしたここへ電話をかけて、訪問看護師からおれが夜のあいだに死んだときかされたら、とにかく急いで行動してくれ。といっても、どれもこれもあんたが動いてくれると仮定しての話だが」

「アル、まさか妙な気を起こしているんじゃ——」

「万一のことを考えているだけさ。なぜなら、これは重大な問題だからだよ。おれにいわせれば、こんなに大事なことはないってぐらい大事だ。世界を変えたいと一度でも思ったことがあるのなら、これこそがその実現のチャンスだぞ。ケネディを救い、その弟を救え。マーティン・ルーサー・キングを救え。人種暴動をとめろ。ヴェトナム戦争だってとめられるかもしれん」アルは身を乗りだした。「いいか、哀れな宿なし男ひとりをつまみだすだけで、何百万もの人の命を救えるんだぞ」

「すごい売りこみ文句だな」ぼくはいった。「でも、ぼくにはその鍵は必要ない。あしたの朝になっても、あんたはこの地球という大きな青いバスにちゃんと乗ってるさ」

「確率でいえば九十五パーセントはね。しかし、それだけじゃ充分とはいえない。この忌ま忌ましい鍵をもっていけ」

ぼくは忌ま忌ましい鍵をうけとり、ポケットにおさめた。

「おまえさんを帰す前に、あとひとことだけいっておく。あんたにはキャロリン・ポーリンとアンディ・カラムの話をしておかなくちゃならん。もういっぺん腰をおろすんだ、ジェイク。

話には数分ばかりかかるからね」

ぼくは立ったままだった。「まったくもう。体力の限界だよ。そろそろ寝なくちゃだめだ」

「死んだらたっぷり寝られるさ。さあ、すわれ」

6

〝兎の穴〟と名づけた場所を見つけたのち――と、アルは話した――しばらくは食材や消耗品の仕入れに利用し、たまにルイストンで見つけたスポーツ賭博のノミ屋を通じて数ドルばかり賭け、五〇年代の現金を着々と貯めこむだけで満足していた。おりおりに週なかばに休暇をとり、セバーゴ湖で過ごすこともあった。湖には、美味で、しかも食べてもまったく安全な魚がうようよと泳いでいた。人々のあいだには、原子爆弾による核実験の放射性降下物への懸念こそあったが、汚染された魚によって水銀中毒になることへの恐怖はまだ先の話だった。アルはこうした過去への跳躍《ジョウント》を〝ミニ休暇〟と呼んでいた（いつもは火曜と水曜の二日間だったが、ときには金曜まで滞在することもあった）。いつも好天に恵まれ（なぜなら、行った先はいつもおなじ天気だったからだ）、釣りはすばらしい成果をあげた（くりかえし何度も釣られた魚も何尾かはいたことだろう）。

「こういう話をきいて、おまえさんがどんな気分になるかはよくわかるよ。このおれも最初の数年間はショック状態だったからね。なにに頭がこんぐらがったかを知りたいか？　北東の風がいちばん強くなる一月に、あの階段をおりていくと、まばゆい九月の日ざしのなかに出ることさ。半袖がふさわしい陽気だよ——わかるか？」

ぼくはうなずき、話をつづけるようにうながした。この家に来たときにはアルの頬にもささやかながら血色があったが、いまはもう完全に失せていたし、また一定の間隔で咳こむようにもなっていた。

「だけど、人間ってやつは充分な時間さえあれば、なんにだって慣れるものだ。ようやくショックが薄れはじめると、あの兎の穴を見つけたことにも理由があるんじゃないかと考えはじめた。そのころだよ、ケネディについて考えだしたのは。でも、そこでおまえさんが口にした疑問が醜い頭をもたげてきた——はたして過去は変えられるのか？　結果については心配していなかった——少なくとも最初のうちはね。考えていたのは、はたして過去は変えられるのかどうかってことだけだ。それであるとき、セバーゴ湖までのいつもの旅にナイフをもっていき、滞在してたキャビンの近くにあった一本の木に**《アル・T　二〇〇七より》**と彫りこんでみた。そのあとこっちへ帰ると、すぐ車に飛び乗ってセバーゴ湖に急いだ。滞在していたキャビンはなくなっていた——その場所には観光ホテルが建っていた。でも、木はまだそこにあった。おれが彫りこんだ字もそのままだった。年月がたって、なめらかになってはいたが、ちゃんと残っていたんだ。それで、過去は変えられるとわかった。そのときだよ、バタフライ効果のことを考えはじめたのは。

当時のリスボンフォールズには、リスボン・ウィークリー・エンタープライズ紙という週刊紙があってね、二〇〇五年には図書館が収蔵していたマイクロフィルムの中身をすべてコンピューターに入れていた。これでずいぶん検索のスピードがあがったよ。さがしていたのは、一九五八年の秋か初冬に起こった事故の記事だ。それも、ある種の条件を満たすような事故だ。必要とあれば一九五九年のはじめまで調べるつもりだったが、さがしていたような事故が五八年十一月十五日に起こっていた。キャロリン・ポーリンという十二歳の少女が、ダーラム郡のボウイヒルという土地の川の向こうで、父親といっしょに狩りをしていた。その日の——というのは土曜日——午後二時ごろダーラムからやってきたアンドルー・カラムというハンターが、森のおなじあたりにいた鹿を狙って発砲した。弾丸は鹿をそれたが、少女に命中した。四百メートルも離れていたのに、女の子に命中させたんだ。そのことを考えてしまうよ。オズワルドがウォーカー少将を狙って銃を撃ったとき、その距離は五十メートル以下だった。それなのに弾丸は窓の中央の木枠から木端を削りとり、ウォーカーには当たらなかった。キャロリンの体を麻痺させた弾丸は、四百メートルほども飛んで——それもケネディを殺した弾丸よりもずっとずっと速いスピードで——しかも途中にあった木々の幹だの灌木の茂みだのにはひとつも当たらなかった。もしどこかの小枝ひとつへし折っていれば、それだけでキャロリンには当たらなかったはずだといえる。そうとも、考えてしまうんだよ」

《人生は一瞬で方向を変える》という言葉が最初に頭に浮かんだのは、このときだった。最後ではなかった。アルはまた生理ナプキンをひとつ手にとると、咳をして唾を吐き、ごみ箱に投げ捨てた。ついで、アルなりに精いっぱい深呼吸に近いものをしようとして息を吸いこみ、いかにも苦しげに話をつづけた。あえてとめたりはしなかった。このときもまた、ぼくはアルの語る物語に魅了されていた。

「少女の名前をエンタープライズ紙のデータベースの検索欄に入力すると、ほかにも少女についての記事がいくつか見つかった。キャロリンは一九六五年にリスボン・ハイスクールを――かつての同級生の一年遅れで――卒業し、メイン州立大学へ進んだ。経営学専攻だ。そのあと会計士になった。いまは、おれがミニ休暇で行ったセバーゴ湖から十五キロも離れていないグレイの街に住んでて、フリーの会計士としていまも仕事をしてる。いちばん大口の客のひとりがだれかを当ててみないか？」

ぼくはかぶりをふった。

「まさにこのリスボンフォールズにあるジョン・クラフツ社だ。営業マンのひとりのスクィーギー・ウィートンがダイナーの常連客でね。会社で年に一回の棚卸《たなおろし》があって、そのときには〝数字のレディ〟が来社して帳簿をすっかり調べるという話をきかされて、その日とるものもとりあえず車で会社へ行き、その姿をひと目拝ませてもらった。いまじゃキャロリンも六十五歳だ……なあ、そのくらいの年齢になっても本当にきれいな女がいることは、おまえさんも知ってるだろう？」

「ああ」ぼくはいった。考えていたのはクリスティーの母のことだった。ずっと若々しい外見で、年相応の容貌になったのは五十代になってからだった。

「キャロリン・ポーリンは、まさにそういう女だよ。昔ながらの美人の顔だちでね。二、三百年前の画家が惚れこんだような顔だ。髪は雪のように白くて、長く伸ばして背中に垂らしてる」

「なんだか恋に落ちたような話しぶりだぞ、アル」

アルにもまだ、憤然と中指をぼくに突きつけるだけの体力があった。

「それに、体力もいまだに立派なものだった――いや、そのくらいはだいたい想像できるんじゃないか？　独身の女性で、いまでも毎日自力で車椅子に乗り降りし、特殊仕様のヴァンにも乗り降りして、そのヴァンを自分で運転しているんだ。いうまでもなくベッドの出入りもシャワーの出入りも、そのほか一切合財もね。なにもかも自分だけでやってのけてる――スクィーギーがいうには、キャロリンは完璧に自立しているらしい。感心するほかはなかったね」

「そこで、キャロリンを救おうと決めたわけだね。一種の実験として」

「おれは兎の穴をおりていった。ただしこのときには、セバーゴ湖畔のキャビンに二カ月以上滞在したよ。所有者には、叔父貴が死んだときにそれなりの遺産を受けとったと説明した。覚えておくといいぞ、相棒――金持ちの叔父がいたという話はつかえることは実証ずみだ。みんな信じるよ。みんな、そういう叔父が欲しいからね。さて、いよいよ問題の日になった。一九五八年十一月十五日。ポーリン家の人にはいっさい接触しなかった。オズワルドを阻止するのが目的である以上、こっちの関心はむしろ銃を撃った側のカラムにあった。カラムのことも調べて、この男がボウイヒルに住んでいることもつきとめていた。昔、ダーラム郡の農民共済組合のホールがあった場所の近くにね。だから、カラムが狩りのために家を出る前に、こっちが家を訪ねようと思ったんだ。ただし、ことは思ったようには運ばなかった。

まず、セバーゴ湖畔のキャビンを早めに出発した。結果的にはよかったよ。というのも、道を走りはじめてから一時間もしないうちに、〈ハーツ〉で借りたレンタカーのタイヤの一本がパンクしたからだ。スペアをとりだしてタイヤを交換した。どこからどう見ても問題のないタイヤに見えたにもかかわらず、一キロ半も進まないうちにこいつもパンクした。

それでヒッチハイクで、なんとかネイプルズにあった〈エッソ〉のガソリンスタンドにたどりついた。しかし整備工の男がいうには仕事が立てこみすぎていて、とても出張して〈ハーツ〉のシボレーのタイヤを交換できる状態じゃないという。土曜日なのに狩りに行けずにむしゃくしゃしていたんだと思う。チップを二十ドルわたすと、整備工の気が変わったがね。しかし、結局のところダーラムに着いたのは昼過ぎだった。おれが通ったのは昔のランアラウンド・ポンド・ロードだ。いちばんの近道だから選んだんだが、なにがあったと思う？　チャックル・ブルックにかかっていた橋が川に崩落していやがったんだ。赤と白の大きなバリケード、霜よけのいぶし器、そして《通行止》という大きなオレンジ色の道路標識。このころになると、なにが起こっているのかの察しはつきはじめたし、このぶんでは朝の出発時にはやりとげるつもりだったことが、結局はやれずじまいになるんじゃないかという暗い気分になってきた。万一のことを考えて安全策をとってきたおれが、午前八時に出発したことを忘れないようにな。それなのに四時間かかっても、進めたのは三十キロにも満たない距離だった。それでも、おれはあきらめなかった。迂回してメソジスト・チャーチ・ロードに行き、ぽんこつレンタカーに鞭をくれて限界まで飛ばさせ、うしろに雄鶏の尻尾みたいな土埃を長々となびかせていったさ——そうそう、当時あのあたりの道はどこも舗装なんかされていなかったからね。

　そのうち道の両側や森林道路の入口のあるあたりに乗用車やトラックがとまっているのが、そこかしこで目につくようになってきた。それぞれの銃を折った状態で腕にかけて歩いているハンターたちの姿も見えた。ハンターたちはひとり残らず、おれに手をふって挨拶してきたよ——五八年の人々のほうが愛想がいい、その点には疑いの余地はないね。おれも手をふりかえしたが、内心ではいつまたタイヤがパンクするんじゃないかと冷や冷やしてた。あるいはタイヤが破裂するんじゃないかとね。そんなことになれば車が路肩から飛びだして側溝に落ちたかもしれない。というのも、少なくとも時速百キロ近いスピードを出していたからだ。いまでも覚えているが、ハンターのひとりがおれにむかって、空気を両手ではたくようなしぐさをしてみせたよ――だれかに〝落ち着け、のんびりいけ〟というときみたいにね。でも、おれは注意を払わなかった。

おれは猛然とボウイヒルをのぼっていった。古いフレンド派集会所の前を通りすぎてすぐ、墓地の前にピックアップトラックがとまっているのがちらりと見えた。トラックのドアには《ポーリン建設＆建築》という字がはいっていた。車内は無人だった。つまり、ポーリンと娘のキャロリンはもう森のなかにいる……いまごろはどこかの空地に腰をおろしてランチを食べながら、父と娘ならではの会話をかわしているのかもしれない。いや、これはあくまでもおれの想像ってだけで、決してこの目で確かめたわけ――」

ここでまたしても長時間にわたる咳の発作が起こり、なにかが詰まったような、おぞましい水っぽい音とともにおさまった。

「ええい、くそっ。こうも痛まなくたっていいだろうに」アルはうめいた。

「もう休んだほうがいい」ぼくはいった。

アルはかぶりをふり、下唇を濡らして光っていた血を掌底《しょうてい》でさっと拭った。「それより話をおわらせるほうが大事だ。だから、よけいなことはいわず、おれに話をさせろ。

おれはたっぷりと長いこと、そのトラックを見つめてた――百キロ近いスピードで車を走らせたままだった。それで道路に目を落としたら、前方に一本の木が横倒しになって道をふさいでるじゃないか。正面から突っこむ寸前で、なんとか車をとめたよ。それほどの大木じゃなかったし、こんなふうに癌にむしばまれる前はかなりの力もちだったからね。それに、はらわたが煮えくりかえるような思いでもあった。おれは車から降りて、倒木と格闘しはじめた。おれがそうしているあいだに――同時に頭がぶっ飛びそうなほど毒づきまくっていたあいだに――反対方向から一台の車が近づいてきた。車がとまり、ひとりの男が外に出てきた。狩猟用のオレンジ色のベストを着ていたよ。目あての男かどうかはわからなかった――エンタープライズ紙には写真が掲載されていなかったからね。しかし、年格好はそれらしく見えた。

男はいった。『おれにも手伝わせてくれよ、先輩』

『これはありがたいね』おれはそういって握手の手をさしのべた。『ビル・レイドロウだ』

男はその手を握って、『アンディ・カラムだ』といった。そうだよ、目あての当人だ。ダーラムにたどりつくまでの災難つづきを思うと、これが現実だとは信じられなかったね。宝くじに当たったみたいな気分だった。おれたちは木をつかみ、ふたりで力をあわせて道路から移動させたよ。その仕事がすむと、おれは道ばたにすわりこんで胸をぎゅっとつかんだ。カラムが大丈夫かときいてきた。おれは、『いや、わからん。心臓発作を起こしたことはないが、これがその本物だっていう気がするよ』と答えた。ミスター・アンディ・カラムが十一月のあの日の午後、まったく狩りをしなかったのも、その結果として少女を誤射してしまうようなことがなかったのも、これが理由だよ。カラムはおれをルイストンにあるメイン州中部総合病院へ運んでいくのに大忙しだったんだ」

「じゃ、やりとげたんだな？　本当にやりとげた？」

「そのとおり。病院で質問されたから、昼には〝ビッグ・オールド・ヒーロー〟を食べたと答えた——当時はイタリアン・サンドイッチをそんなふうに呼んでいたんだ。その結果、〝急性消化不良〟と診断されたよ。おれが現金で診察代の二十五ドルを払うと、病院はとっととおれを追いはらった。カラムはおれを待っててくれたばかりか、〈ハーツ〉のレンタカーを置いた場所まで送ってくれた——どうだ、この親切心といったら。そしておれは、その夜まっすぐ二〇一一年に帰ってきた……といっても、もちろん帰りついたのは出発のわずか二分後だったがね。まったく、あんなことをしてると、飛行機に乗ってもいないのに時差ボケになっちまう。

　おれがその足でまず行ったのは街の図書館だった。そこで、ふたたび一九六五年のハイスクールの卒業式をあつかった記事をさがしたんだ。前は記事に、キャロリン・ポーリンの写真が添えられてた。当時の校長——アール・ヒギンズという男で、とうの昔に天国に召されたよ——が体をかがめ、帽子からガウンまですっかり卒業生の衣装に身をつつんで車椅子にすわっているポーリンに卒業証書を授与している写真だった。その下に添えられてたキャプションには、《回復までの長い道にあるキャロリン・ポーリンは大きな目標をひとつ達成した》とあった」

「まだちゃんとあった？」

「それが卒業式の記事のことなら、ああ、あったとも。あんたも知ってのとおり、小さな街では卒業式の話がつねに一面のトップになるんだ。だがおれが五八年から帰ってきたこのとき、写真は演壇に立っている中途半端なビートルズ風の男子生徒のものに変わってた。キャプションは《卒業生一同にむけてスピーチ中の卒業生総代・トレヴァー・〝バディ〟・ブリッグズくん》というものに変わってた。紙面には全卒業生の氏名が掲載されていたが――といってもわずか百名そこそこだ――そのなかにキャロリン・ポーリンの名前はなかった。そこでおれは、さかのぼって六四年の卒業式の記事をさがしてみた。脊椎《せきつい》に弾丸が命中したことで、その療養に大幅に時間をとられるようなことがなかったら、キャロリンは六四年に卒業していたはずだからね。これが大当たりだった。写真もなければ、特別な言及もなかったが、苗字のＡＢＣ順になった卒業生一覧で、デイヴィッド・プラットとステファニー・ルーシアのあいだにはさまれていたよ」

「〝輝かしき行列と儀式〟へとむかう生徒のうちのひとりというだけ？」

「そのとおり。エンタープライズ紙データベースの検索欄にキャロリンの名前を入れたところ、一九六四年以降もいくつかの記事がヒットした。多くはなかった。三つ、いや、四つか。それも、ごく普通の人生を歩んでいる、ごく普通の女性といえば予想できるような記事ばかりでね。キャロリンはメイン州立大学に進んで経営学を専攻、そのあとニューハンプシャーの大学院に進んだ。もうひとつの記事も見つけた。エンタープライズ紙の廃刊も近づいてきた一九七九年の記事だ。《リスボンフォールズの元住民にして卒業生が全国黄菅《きすげ》コンテストで優勝》とあった。写真もあったよ。ちゃんと自分の二本の足で立って、優勝した黄菅の花束を手にした姿でね。住んでいるのは……住んでいたのは……どっちが正しいのかたまにわからなくなるが、どっちも正しいんだろうよ……ニューヨーク州オルバニーの郊外の街だったな」

「結婚は？　子どもは？」

「それはないと思う。写真のキャロリンは優勝した黄菅の花束をもっていたが、左手に指輪が見あたらなかったからね。いまおまえさんがなにを考えてるかはわかる――自分の足で歩けるようになったこと以外は、たいした変化ではないと思ってるだろう？　しかし、本当のことがだれにわかる？　いまでは別の土地に住んでいて、その影響がどれだけの数の人々におよんでいるかはだれにもわからないんだぞ。カラムが撃った弾丸が命中して、そのあともリスボンフォールズに縛りつけられていたら、決して出会うことのなかった人々だ。いってる意味がわかるか？」

見たところ、どちらかを断じるのはどう考えても無理としか思えなかったが、とりあえずアルに同意した。倒れてしまう前に、アルに話をおわらせてほしかったからだ。ぼくはアルがちゃんとベッドにはいったのを確かめてから、この家を辞去するつもりだった。

「いま話しているのはだな、過去はたしかに変えられるが、おまえさんが考えているほど簡単には変えられない、ということだ。あの日の朝、おれはまるでナイロンストッキングから懸命に外に出ようとしている男みたいな気分だった。多少は伸びてくれても、たちまち強い力で引っぱられて元にもどっちまう。それでも、最後には引き破って外に出ることができたがね」

「どうしてそんなにむずかしいんだろう？　もしや過去は変えられたくないと考えているのかな？」

「過去を変えられることを望まないなにかが存在してるんだ――そのことにはかなりの確信がある。しかし、変えられないことはない。抵抗されることを最初から勘定に入れておけば、変えられないことはないんだ」アルはげっそりとやつれた顔に目ばかりをぎらぎら光らせて、ぼくを見つめていた。「さて、すべてをひっくるめて、キャロリン・ポーリンの物語の締めくくりは『それからキャロリンはずっと幸せに暮らしましたとさ』になったと思うだろう？」

「ああ」

「さっきわたしたノートの裏表紙をひらいてみれば、その考えも変わるかもしれないぞ、相棒。おれがきょうプリントアウトした、ちょっとしたものがはいってるから」

いわれたとおりにすると、厚紙でつくられたポケットが見つかった。オフィスのメモや名刺のたぐいを入れておくためのものだろう。一枚の紙が折りたたまれて差しこまれていた。紙を抜きだして広げたぼくは、長いことその紙を見つめていた。週刊リスボン・エンタープライズ紙の一面のプリントアウト。社名ロゴの下にある日付は、一九六五年六月十八日。見出しは《リスボン・ハイスクール六五年度卒業生、涙と笑いで未来へ一歩》というもの。紙面の写真では、頭の禿げた男（頭にかぶっていては転げ落ちてしまうからだろう、式帽をわきの下にはさんでいる）が、車椅子にすわる笑顔の少女にむかって身をかがめていた。男は卒業証書の片側に手を添えている。そして少女は反対側に手を添えていた。キャプションは、《回復までの長い道にあるキャロリン・ポーリンは大きな目標をひとつ達成した》というものだった。

ぼくは狐につままれた気分で顔をあげて、アルを見つめた。「あんたが未来を変えてこの少女を助けたのなら、なぜこんなものがいま手もとにあるんだい？」

「過去への旅をするたびに、それまでのすべてがリセットされるんだよ、相棒。忘れたのか？」

「ああ……そうか。つまり、あんたがオズワルドを阻止するために過去へ引き返したことで、キャロリン・ポーリンを救うためにとった行動のすべてが消されたということだね」

「その答えはイエスであり……ノーでもある」

「どういう意味なんだ、イエスとノーの両方というのは？」

「ケネディを助けるための旅が最後の旅になるはずだったが、なにもテキサスへ急いで駆けつけたわけじゃない。どうして急ぐ道理がある？　一九五八年の九月には、〝兎のオジー〟は――海兵隊の仲間からそう呼ばれていたんだ――アメリカ国内にさえいなかった。南太平洋を所属部隊ともども陽気にめぐっては、日本と台湾の民主主義の安全を守っていたんだよ。そこでおれは、セバーゴ湖畔の〈シェイディサイド・キャビン〉へ引き返し、十一月十五日まで滞在した。二度めさ。しかし、いざその当日になったとき、おれは前よりももっと朝早く出発した。これはおれにとって、とびっきり賢明な判断だったよ。というのも、今回はただタイヤの二本がパンクしただけでおさまらなかったからだ。忌ま忌ましいレンタカーのシボレーのロッドが折れたんだ。結局はネイプルズのガソリンスタンドの男に六十ドルもチップをはずんだうえ、追加の保証金代わりに海兵隊の指輪まで置いていって、ようやくそいつの車を借りる算段をつけた。ほかにも、前回とは異なる冒険はしたが、それをいちいち話す手間はかけたくないし――」

「ダーラムの橋は前とおなじく崩落したままだった？」

「知らないね、相棒。そっちの道は試そうともしなかったよ。はばかりながらいわせてもらえば、過去から学ばない者は大馬鹿だ。おれが過去から学んだことのひとつは、アンドルー・カラムがどっちの方向から来るかということだった。だから時間を無駄にせず、その地点を目指した。いざ着くと、前とまったくおなじに倒れた木が道路をふさいでいた。おれがその木と格闘しているときにカラムがやってきたのも、まったくおなじさ。それからほどなく、やっぱり前とおなじように、おれは胸の痛みを訴えた。おれたちは喜劇を演じきったよ。キャロリン・ポーリンは父親といっしょに土曜日を森のなかで過ごし、その二週間後、おれはヤッホーのかけ声とともに列車に乗って、テキサスへむかった」

「だったら、なぜいまでも車椅子で卒業式に出ているキャロリンのこの写真があるんだろう？」

「なぜなら、兎の穴をおりて過去へ行く旅は、そのつどリセットすることだからさ」そういうとアルはぼくが理解したかどうかをさぐる目で見つめてきた。ややあって、ぼくは理解した。

「ぼくが――？」

「ご明答だ、相棒。きょうの午後、おまえさんは自分に十セントのルートビアをおごった。同時におまえさんは、キャロリン・ポーリンをふたたび車椅子にもどしたんだよ」

第四章

1

アルは寝室に引っこむのにぼくが手を貸すのを許したばかりか、ぼくが床にひざまずいて靴紐をほどいて靴を脱がせてやったときには、「すまんな、相棒」と低くつぶやきさえした。アルが声を荒らげたのは、洗面所に行くのに手を貸そうかと申し出たときだけだった。

「世界をいまよりもいい場所にするのは大事な仕事だ。でもな、自力だけでトイレに行けるということだって、おなじように大事なんだ」

「といっても、まちがいなくひとりで行けるとわかっている場合だけだよ」

「今夜のところはひとりで大丈夫だ。あしたのことは、あした心配すればいい。さあ、もう家に帰れ。あのノートの中身を読むんだ——読むべきものはたくさんある。ひと晩寝て考えろ。朝になったら、またおれのところに来て、どう決めたかを教えてくれ。朝になっても、おれはここにいるから」

「九十五パーセントの確率で?」

「最低でも九十七パーセント。それに、いまはおおむね気分爽快でね。おまえさんにここまでたくさん話せるかどうか、自信がなかったんだよ。こうやって話せただけで——おまけに信じてもらえただけでも——心の重荷をおろせた気分だ」

きょうの午後には自分が冒険してきたというのに、ぼくはまだ自分が本当に信じたかどうか心もとなかった。しかし、そのことは黙っていた。ぼくはアルにおやすみをいい、錠剤の数えまちがいに気をつけるよう釘を刺し（「わかった、わかった」）、アルの家を辞去した。外に出るとひととき足をとめて、ひとつ星《ローン・スター》の旗をもった地の精《ノーム》の置物をながめてから、前庭の道を歩いて自分の車にむかった。

《テキサスに手を出すな》ぼくはあの州の有名なスローガンで自分を戒めたが……手を出すことになるのかもしれなかった。さらに過去を変えようとしたアルがさまざまな困難に遭遇したように——タイヤのパンク、エンジン機器の故障、崩落した橋——このまま突き進めば、逆にテキサスがぼくに手を出してくるような気がしてならなかった。

2

これだけの体験をしたあとなのだから、夜中の二時か三時までは寝つけないものと覚悟していたし、一睡もできなくてもいっこうにおかしくはないとも思っていた。しかし、肉体がそれ自身の命令に勝手に従うこともある。自宅に帰って、自分用に弱い酒を用意しているあいだにも（こうして自宅にふたたび酒類を常備できるというのは、独身状態に逆もどりして得られた小さな利点のひとつだ）、瞼がぐんぐん重くなってきた。スコッチを飲み干し、アルの〈オズワルド・ノート〉の最初の九ページか十ページを読みおわるころには、まともに目をあけていられなくなった。

ぼくはシンクでグラスを洗うと、寝室へ引きあげ（歩きながら脱いだ衣類を点々とその場に落としながら――クリスティーが見ればひと悶着の種になったところだ）、いまではひとりで《シングル》寝ているダブルのベッドに倒れこんだ。ナイトスタンドのスイッチを切ろうとは思ったが、腕が重く、やたらに重く感じられた。奇妙なほど静まりかえった職員室で優等生のエッセイを添削していたことが、いまではずいぶん遠い昔の出来事に思えた。といっても、これは奇異にあたらない。だれもが知っていることだ――時間はあれだけ情け容赦がないくせに、伸び縮みするという類のない性質もそなえている。

《ぼくは、あの少女を不自由な体にしてしまった。車椅子生活に逆もどりさせた》

《きょうの午後、食品庫であの階段をおりていったときには、キャロリン・ポーリンが何者かも知らなかったんだ。だから馬鹿なことをいうな。それに、どこかでキャロリンが歩いているかもしれないじゃないか。あの穴を通り抜けることで、ここことは異なる現実なり時間の流れなり、とにかくその手のしろものが新たにつくられるのかもしれないんだから》

車椅子にすわって卒業証書を授与されているキャロリン・ポーリン。ザ・マッコイズの〈ハング・オン・スルーピー〉が全米ヒットチャートで第一位になった年のことだ。

一九七九年、つまりヴィレッジ・ピープルの〈ＹＭＣＡ〉が全米チャートで第一位になった年、丹精した黄菅の庭を歩いているキャロリン・ポーリン。おりおりに片膝をついて雑草を引き抜いては、身軽なしぐさで体を起こし、また歩きつづける。

父親と森にいるキャロリン・ポーリン――まもなく体が不自由になろうとしている。父親といっしょに森のなかにいるキャロリン・ポーリン――まもなくありふれた小さな街で思春期に歩み入ろうとしている。ラジオやテレビの速報がアメリカ合衆国第三十五代大統領がダラスで暗殺されたことを報じたそのとき、こちらの時間の流れではキャロリンはどこにいたのだろう？

《ジョン・ケネディは死なずにすむ。おまえならケネディを救えるんだ、ジェイク》

それで世の中が本当によくなるのだろうか？　そんな保証はない。

《まるでナイロンストッキングから懸命に外に出ようとしている男みたいな気分だった》

目を閉じると、飛ぶようにめくられていくカレンダーのページが見えてきた――昔の映画で歳月の経過をあらわすのによくつかわれていた陳腐な手法そのままに。カレンダーのページは、寝室の窓から外へ鳥のように飛び立っていった。

完璧に眠りこむ前に、また別の思いが頭に浮かんできた。間抜けな二年生、本人以上に間抜けな山羊ひげをあごに生やしていたあの生徒が、にやにや笑いながら低い声でこういっている。《〈ぴょこたん蛙のハリー〉、ど・おーろをぴょこたん歩いてく》ぼくがそのことで生徒をとがめようとすると、ハリーがぼくを制止する。《いやいや、いいってことよ》といって。《こっちは慣れてる》

それっきり意識が途切れ、ぼくは深く眠りこんでいた。

3

早朝の光と鳥の歌のさえずりで目を覚ますと、すぐに顔を手でさぐった。目覚める直前に泣いていたにちがいないと思ったからだ。夢を見た。どんな夢かは思い出せなかったが、とにかくとても悲しい夢だったことはまちがいないし、そもそもぼくは世にいう泣き虫だったためしはない。

頬は乾いたままだった。涙は流れていなかった。

枕に載せたまま頭をめぐらせてナイトスタンドの時計に目をむけると、午前六時まであとわずか二分という時刻であることがわかった。朝日の具合から察するに、すばらしく美しい六月の朝になりそうだったし、おまけに学校はもう休みにはいった。夏休み初日を幸せに感じるのはなにも生徒たちだけではなく、教員もおなじだが、ぼくは悲しい気分だった。悲しみ。しかもその理由は、困難な決断を迫られていることだけではなかった。

シャワーを浴びている最中に、ふっとこんなフレーズが頭に浮かんできた──《たまげた《カワバンガ》な、バッファロー・ボブ》

ぼくは手をとめ、裸のまま、ドレッサーの上にかかっている鏡に映った自分を見つめていた。夢の中身も思い出された。悲しい気分になったのも無理はなかった。夢でぼくは職員室にいて、成人むけ英語講座の課題の作文を読んでいた。そのあいだ廊下のずっと先にある体育館では、いつもの学校対抗バスケットボールの試合が、試合終了のブザーにむかって進んでいるところだった。妻はリハビリ施設を退院してきたばかり。ぼくは帰宅したときに妻が在宅していることを祈り、一時間ばかりも電話をかけまくったあげく、ようやく居場所をつきとめ、地元のどこかの居酒屋から妻を連れ帰る羽目にならないことを祈っていた。

夢のなかで、ぼくはハリー・ダニングの作品を山のいちばん上に移して、中身に目を通しはじめていた。《あれは昼間でなくて夜だった。わたしの人生を変えた夜はわたしの父が母とふたりの兄とを殺してわたしにひどい乱棒をはたらいた夜だ……》

この書きだしには注意をすっかり引き寄せられた――それも即座に。いや、だれだって注意を引かれて当然ではないか。しかし目がしくしくと痛みはじめたのは、そのときハリーがなにを着ていたかを述べたくだりにさしかかってからだった。ハリーの服装は、当たり前すぎるほど当たり前のものだった。秋の特別な夜、外に出かけていく子どもたちは空《から》の袋をぶらさげて、帰りにはその袋がお菓子でずっしり重くなることを期待しているものだが、彼らの扮装はそのときどきの流行を反映している。数年前、わが家を訪れた少年たちの半分はハリー・ポッターの眼鏡をかけ、ひたいに稲妻形の傷のシールを貼っていた。ぼくがお菓子ねだり師としての処女航海に乗りだしたとき、がちゃがちゃ音をさせながら歩道を歩いていたぼくは（といっても、ぼく自身の必死の頼みで、母が三メートルうしろを歩いていた）、〈スター・ウォーズ／帝国の逆襲〉に出てきたスノートルーパーに仮装していた。だとしたら、ハリー・ダニングが鹿皮をまとっていたとしても、なんの不思議もないのでは？

「たまげたな《カワバンガ》、バッファロー・ボブ」そう鏡の自分に語りかけるなり、ぼくは書斎へ急いだ。あらゆる生徒の作品を保管しているわけではないし、そんな教師はひとりもいない――そんなことをすれば作品の海で溺れてしまう！　しかし、最優秀作品のコピーは手もとにおいておく習慣だった。すばらしい教材になるからだ。ハリーの作文については、内容があまりにも私生活に立ち入っているために授業でつかうつもりはなかったが、それでもコピーをとっておこうと思った。このぼくの感情に強い反応を引き起こさせたからだった。いちばん下の抽出をあけ、ファイルやばらばらの書類がつくる鼠の巣をひっかきまわす。汗まみれになってさがすこと十五分、目あての作文が見つかった。ぼくはデスク前の椅子に腰かけて、作文を読みはじめた。

4

あれは昼間でなくて夜だった。わたしの人生を変えた夜はわたしの父が母とふたりの兄とを殺してわたしにひどい乱棒をはたらいた夜だ。父は妹にもひどい乱棒をしてそのせいで妹はこんすい状熊になつた。妹はいっぺんも起こることなく三年あとに死んだ。妹の名前はエレンでわたしは妹をうんと愛してた。エレンはよく花を積んできては花びんにいけていた。まるでホーラー映画みたいな出来事だった。わたしはホーラー映画をぜったい見にいかない。なぜなら一九五八年のハロウィンの夜、わたしはホーラー映画をじっさいに体研したからだ。

兄のトロイはもう、お菓子をくれなきゃいたずらするぞをするには大きすぎた（十五）。トロイは母とテレビを見ていてわたしたちが帰ってきたら袋のお菓子を食べるのを手伝ってやるといい、エレンはそんなのだめ、お菓子がほしかったら着がえて自分でお菓子をもらってきなさいというとみんなが笑った。なぜならわたしたちみんながエレンを愛してて、エレンはまだたった七つだったけどみんなを笑かすことができた。父さえもだ（でもお酒をのんでないときの話で、酔っているときにはいつも怒ってた）。エレンはサマーフォール・ウィンタースプリング王女（ここはちゃんと調べて、つずり方を確かめた）のかっこで、わたしはバッファロー・ボブで出かけることになっていた。どっちも好きで見ていたテレビの〈ハウディ・ドゥーディ・ショー〉に出てくる。「さあ、子どもたち、いまは何時かな？」とか「ピーナッツ・ギャレリーにきいてみよう」とか「たまげたな《カワバンガ》、バッファロー・ボブ!!!」とかだ。わたしとエレンはあの番組が大好きだった。エレンが好きなのは王女さまでわたしが好きなのはバッファロー・ボブでふたりともハウディが大好き！　わたしたちは兄のタッガ（ほんとの名前はアーサーだけどだれもがタッガと呼んでたけど理由は思いだせない）には〝フィネアス・T・ブラスター市長〟になってほしいといったけど、兄はいやだといい、〈ハウディ・ドゥーディ〉は赤んぼむけのテレビだといいエレンがあのマスクはおっかないといっても〝フランケンシュティーン〟のかっこうで行ってやるといった。それにタッガはわたしがデイジー製の空気銃をもちだすことにもテレビのバッファロー・ボブは銃なんかもっていないからといって、××みたいな汚いことばで文句をいった。でも母はこういった。「もっていきたければもっていっていいのよハリー本当の銃じゃないんでしょ。それに銃をうつフリをしてもバッファロー・ボブは気にしないはずよ」って。それが母がわたしに話しかけた最後のことばになった。やさしい言葉だったのがうれしいのはこれで母を覚えてられるからだ。

わたしたちぜんいんの出かける準備ができて、わたしはみんなちょっと待ってて。こうふんしすぎてトイレに行きたくなったといった。みんながわたしを笑った。ソファにいた母とトロイも笑ったくらいだ。でもここでおしっこに行ったからわたしは助かった。父がハンマーをもって家に来たのがこのときだったから。父は酒に酔うとざんこくになって〝くりかえし何度も〟母を殴ったりしてた。前にいっぺんトロイが父をせっとくして乱棒をやめさせようとしたら父はトロイの腕の骨を折った。そのときには彼はあやうく刑務所いきになりかけた（彼というのは父のこと）。とにかくわたしが書いているこのとき母と父は〝別居中〟で、母は父と離婚することを考えていたけれど昔の一九五八年にはいまとちがって離婚はそんなに簡単じゃなかった。

とにかく父はドアからうちにはいってきて、ぼくはトイレでおしっこをしてて、「それをもったまま家から出ていって、だいたいあんたはここに来ちゃいけない決まりになってるのよ」という母の声がきこえた。そしてそのつぎに母は悲鳴をあげはじめた。それからそのあとは悲鳴ばっかになった。

作文にはまだ先が――恐怖に満ちた三ページ分が――あったが、これを読まなくてはならない人物はぼくではなかった。

5

まだ六時半の数分前だったが、ぼくはアルの名前を電話帳で見つけるなり、ためらいもせずに番号を打ちこんでいた。ぼくの電話がアルを起こしたわけでもなかった。アルは最初の呼出音で電話に出た。そのときの声ときたら、人間の話し声というよりも、むしろ犬の吠え声に似ていた。

「おや、相棒。ずいぶん早起きじゃないか」

「あんたにぜひ見てもらいたいものがある。受けもった生徒のひとりが書いた作文だ。書いたのは、あんたも知ってる人物だ。知ってるはずさ——なにせその男の写真を店の〈有名人の壁〉に飾ってるんだから」

アルは咳をしてから答えた。「〈有名人の壁〉にはどっさり写真が飾ってあるんだぞ、相棒。それこそ、最初の〈モキシー・フェスティバル〉のころに撮ったフランク・アニセッティの写真もあるかも。ちょっくらヒントを出してもらえるか」

「それより現物を見せたほうがいいな。いまから行ってもいい？」

「おれがバスローブ姿でもいいのなら、来るがいいさ。しかし、おまえさんもひと晩寝てじっくり考えただろうから、いまこの場でずばりと質問させてもらうよ。決心はついたか？」

「そのためには、もう一回過去へ行く必要があると思うんだ」

アルがそれ以上の質問を口にする前に、ぼくは電話を切った。

6

居間の窓ごしに射しいってくるふんだんな早朝の日ざしのもとでは、アルはこれまで以上に具合がわるく見えた。白いタオル地のバスローブが、つぶれたパラシュートのように体から垂れ落ちていた。化学療法を受けたとはいっても髪の毛は残っていたが、いまでは薄くなりかけて、一本一本が赤ん坊の毛のように細くなっていた。さらに両目は、これまで以上に眼窩の奥に沈みこんでいるように見えた。アルはハリー・ダニングの作文をまず二回読み、いったんは下に置きかけながら、さらにいま一度目を通していた。それがすむと、ようやく顔をあげてぼくを見つめ、こういった。「こりゃまた、とんでもない話、滅相《めっそう》もない話もあったもんだな」

「最初に読んだとき、ぼくは泣いたよ」

「無理もないな。おれがやられたのはデイジー製の空気銃のくだりだ。五〇年代には、ラックにならんだほとんどすべてのコミックブックの裏表紙に、デイジーの空気銃の広告が出ていたものでね。近所の子どもたちが——いや、少なくとも男の子にかぎっては——みんなこぞって欲しがっていたのは、ふたつの品物だけだ。デイジーの空気銃と、デイヴィ・クロケットがかぶるような尻尾つきの洗い熊の毛皮の帽子だよ。ハリーが書いているとおりだ。銃弾なんかはいっていなかった。模造の弾丸さえなかった。それでもおれたちは、ジョンソンのベビーオイルをちょびっとだけ銃身の内側に垂らしたもんだ。それから空気をなかに詰めて引金を引くと、青い煙が立ち昇ってね」アルは、ふたたび作文のコピーに目を落とした。「この下衆野郎は、妻と三人の子どもをハンマーで殺しただと？　ひでえもんだ」

父はハンマーをふるいはじめたところだった。わたしが居間に走ってもどると壁にいっぱい血が飛び散ってソファには白っぽいものがあった。母の脳みそだった。エレンは妹は床に倒れてて足の上にゆり椅子がのっかってて両方の耳とか髪の毛とかから血が流れてた。テレビはつけっぱなしで、まだそのときも母が好きなドラマ、エレリー・クイーンが事件をかいけつするドラマをやってた。

その夜起こった事件は、エラリー・クイーンが解決するような血が一滴も見あたらない優雅な事件ではなかった——大量虐殺そのものだった。ハロウィンの〝お菓子をくれなきゃいたずらするぞ〟に出かける前におしっこをしていた十歳の少年がトイレからもどると、酒に酔って荒れ狂っている父親が、〝タッガ〟こと兄のアーサー・ダニングの頭を叩き割っているところだった。タッガは這いずってキッチンに逃げようとしていた。ついで父親は体の向きを変えてハリーを見つけた。ハリーはデイジー製の空気銃をかまえてこういった。「ぼくに手出しをするなよ、父さん。でないと撃つからね」

ダニングは血まみれのハンマーをふりまわしながら、猛然とハリーにむかってきた。ハリーは父親にむかって空気銃を撃ち（実物を撃ったことは一度もなかったが、それでもぼくの耳には空気銃から出たにちがいない〝かーぽんっ〟という音がきこえた）、すぐ銃を捨てて、このときにはすでに死んでいた兄タッガと共用していた寝室を目指して走って逃げはじめた。この家に押しいってきたとき、父親は玄関の扉を閉めることもしていなかったので、どこからか――校務員になったハリーの作文によれば「一千キロも遠くに思えるところから」――隣人たちの叫びかわす声や、〝お菓子をくれなきゃいたずらするぞ〟の最中だった子どもたちの悲鳴がきこえていた。

そのままだったらダニングは、ひとりまだ生き残っていた息子も殺していたかもしれない。しかしダニングは、ひっくりかえっていた〝ゆり椅子〟に足をとられた。床に倒れこんだ父親はふたたび立ちあがって、三男の部屋へと走った。ハリーはベッドの下に隠れようとしていた。父親はその体をつかんで引きずりだし、側頭部に一撃をくわえた。この一撃でハリーが死んでもおかしくはなかったが、血塗られた柄《え》で父親の手が滑ったために命拾いをした。そのためハンマーはハリーの頭蓋骨を叩き割るまでにいたらず、右耳の上にへこみをつくったにとどまった。

気絶はしなかったけど気が遠くなりかけた。わたしはそのままベッドの下に這いずりつずけた。父がそのあいだもわたしの足をハンマーで殴りつずけていたのは知らなかったけど父は殴りつずけていて足の骨があわせて4か所で折れた。

一ブロック先の家に住んでいて、このときには娘ともども近所をめぐってお菓子あつめをしていた男が、この時点でハリーの家に飛びこんできた。居間の惨劇を目のあたりにしても、男にはキッチンの薪ストーブの横にあった道具入れから灰をかきだすためのシャベルをつかみあげるだけの冷静な部分が残っていた。男は、血を流して意識をうしないかけた息子にとどめを刺すべくベッドをひっくりかえそうとしていたダニングの後頭部にシャベルを叩きつけた。

そのあとわたしはエレンみたいに意識をなくしたけど運がよかったことに目を覚ました。医者たちはわたしの足を切断しなくちゃならないかもと話していたけど結局は切断しなかった。

そう、ハリーは足を切断されずに、やがてリスボン・ハイスクールの校務員となり、何世代もの生徒たちから〈ぴょこたん蛙のハリー〉として知られるようになった。そんなふうにハリーが足を引きずるようになった原因を知ったら、生徒たちはもっとやさしく接しただろうか？ そんなことはあるまい。十代の若者というのは、感情が繊細で、とびきり傷つきやすいくせに、一方では共感に乏しいからだ。共感がそなわるのは——そなわるとすれば——もっと人生経験を積んでからだ。

「一九五八年十月」アルは犬が吠えるときのようなしゃがれた声でいった。「おれはこれを偶然だと信じろといわれてるのかな？」

ぼくは、十代のフランク・アニセッティにむかってシャーリイ・ジャクスンの短篇がらみでいった言葉を思い出して微笑んだ。「ときには葉巻がただの煙になることもあれば、偶然がただの偶然になることもある。わかっているのは、いままた分水嶺的瞬間についての話をしているということだけさ」

「では、おれがこの事件の記事をエンタープライズ紙のバックナンバーから見つけられなかったのも？」

「このあたりで起こった事件ではないからさ。もっと州の北方の街、デリーでの事件なんだ。退院できるまでに回復したハリーは、デリーの南四十キロのヘイヴンの街に住んでいる叔父夫妻といっしょに住むことになった。夫妻はハリーを養子にとり、そののちハリーが学業についていけないことが明らかになると、一家が経営していた農場で働かせはじめた」

「『オリヴァー・トゥイスト』あたりを思わせる話だな」

「いや、これがハリーに幸いした。この時代にはまだ補習授業はおこなわれていなかったし、〝発達障害〟というフレーズもまだ発明されておらず——」

「知ってる」アルがそっけなくいった。「いまでいう〝発達障害〟は、当時ならただ馬鹿とか、のろまとか、あっさり〝おつむが弱い〟とかいわれてたもんだ」

「でも昔のハリーはそうではなかったし、いまだってちがう」ぼくはいった。「本当はちがうんだ。そんなことになったのは、おおかたショックのせいだと思うんだよ。トラウマだ。あの夜の事件をハリーが乗り越えるまでには何年もかかった。ようやく乗り越えられたときには、もう学校へ通う年齢じゃなくなっていたんだよ」

「少なくともハイスクール同等課程修了証書を得ようとして学校にもどるまではね。そして、いざそのときには老人になりかけた中年になっていたわけだ」アルはかぶりをふった。「なんという浪費か」

「そんなことがあるものか」ぼくはいった。「いい人生は決して浪費されるものじゃない。もっとすばらしい人生になった可能性は？　あった。では、ぼくがそれを実現させられるか？　きのうの経験をもとにすれば、変えられるかもしれない。でも、本当に大事なのはその点じゃない」

「だったら、どの点だ？　というのもおれには、キャロリン・ポーリンの件をまた最初からくりかえすだけとしか思えないからだし、どういう結果になるかはすでに証明されてる。そうだとも、過去を変えることはできる。それに過去を変えたところで、世界がいきなり風船みたいにぱちんと弾けることはない。わるいが、コーヒーのお代わりをもらえないか？　ついでに自分の分も用意するといい。まだ熱いし、いまのおまえさんはコーヒーが必要な顔をしてる」

コーヒーをカップに注いでいて、スイートロールがあることに気がついた。アルに食べるかとすすめてみたが、アルはかぶりをふってこう答えた。

「固形物を食べると、落ちていくあいだに痛むんだよ。しかし、もしどうしてもおれに栄養をとらせようという一念にこり固まっているのなら、冷蔵庫に栄養剤の〈エンシュア〉がはいってる。おれにいわせれば、冷やした鼻水そっくりの味しかしないが、あれならなんとか飲み下せるからな」

その栄養剤を食器棚で見つけたワイングラスにそそいで運んでいくと、アルは大笑いした。

「それで、こいつが少しでもましな味になるとでも？」

「もしかしたらね。ピノノワールだというふりをすればいい」

アルは中身を半分ほど飲んだ。飲み下すにあたって、アルが自分の食道と格闘しているのが見てとれた。この戦いには勝ったものの、アルはグラスを押しやって、ふたたびコーヒーカップを手にとった。ただし中身には口をつけず、両手でカップを包みこんでいただけ——そのぬくもりを多少なりとも体にとりこもうとしているように。そのようすを見ながら、ぼくはアルにどれほどの時間が残されているだろうかと頭のなかで再計算していた。

「さてと」アルはいった。「これはどこがちがう？」

ここまで病気が重くなければ、アルにもちがいがわかったにちがいない。頭の鋭い男だからだ。「キャロリン・ポーリンは、実験例としてあまりいいものではなかったからさ。あんたはキャロリンの命を救ったわけじゃない。救ったのは足だけだ。どちらの道筋においても——カラムに撃たれたほうの道筋でも、あんたが介入して無事だったほうの道筋でも——キャロリンはすばらしい、それでいてごく普通の暮らしを送ることになった。どちらの道筋でも結婚しなかった。どちらの道筋でも子どもをもうけなかった。だから、いってみれば……」ぼくは口ごもった。「気をわるくしないでほしいけど、アル、あんたのやったことは、医者が炎症を起こした盲腸を切除したようなものなんだ。盲腸のことを思えばすばらしいさ。でも、いくら健康にいいといったって、本質には関係していない。なにをいっているのかはわかるね？」

「ああ、わかる」アルは答えたが、いささか機嫌をそこねた顔つきだった。「見つけられた範囲では、キャロリン・ポーリンの事件がいちばんいい例に思えたんだよ。この年になると、たとえ病気ひとつなくたって時間がかぎられてる。それに、おれが目をむけていたのは、もっとでっかい賞品だった」

「くさしてるわけじゃないよ。でも、ダニング家の事件のほうが実験例としてもっとふさわしい。そりゃ若い娘が半身不随になるのは、本人とその家族にとっては恐ろしい悲劇だけど、ダニング家の事件はそこにとどまるものじゃない。四人が殺され、五人めが一生治らない障害を負わされた事件なんだ。それに、ぼくたちが当人を知ってもいる。ハリーがハイスクール同等課程修了証書を授与された日、ぼくは卒業式のあとでハリーをダイナーに連れていき、いっしょにバーガーを食べた。ハリーの式帽とガウンを見て、あんたは店のおごりにしてくれたんだ。覚えてるかい？」

「ああ。そのときだったな、〈壁〉に飾るための写真を撮ったのは」

「もしぼくにできたら——ハリーの父親がハンマーをふるうのを阻止できれば——どうかな、そのときもあの写真はまだ残っているだろうか？」

「さあ、わからん」アルはいった。「なくなるのかも。そしておれは、そんな写真が以前はあったことさえ思い出せなくなっているかもしれない」

その点は理論的すぎて、ぼくにはわからなかったので、なにもいわずにきき流した。「それに三人の子どものことも考えるといい——トロイとエレンとタッガのことを。この三人が大きくなっていれば、だれかが結婚していたっておかしくない。エレンが有名なコメディアンになっていたかもしれないぞ。ハリーは作文のなかで、エレンはルシール・ボールなみに笑いをとっていたと書いていたじゃないか」ぼくは身を乗りだした。「ぼくはただ、分水嶺的瞬間に過去を変えたときになにが起こるのか、そのいい実例を知りたいだけさ。ケネディ暗殺のような規模の大きなものに手を出すのなら、その前にちゃんと知っておきたいんだよ。どう思う、アル？」

「いいたいことはわかった——と思うよ」アルは苦労して立ちあがった。「見ているだけでもっらくなる光景だったが、ぼくが腰を浮かせると、アルは手をふってぼくを押しとどめた。「いや、そこにいろ。おまえさんにわたしたいものがある。ほかの部屋にあるんだ。いまとってくる」

7

小さな箱だった。アルは箱をぼくにわたすと、それをもってキッチンに来るようにいった。中身を広げるのにテーブルのほうが楽だから、という話だった。ぼくたちがそれぞれ椅子に腰をおろすと、アルは首からかけていた鍵で箱をあけた。最初にアルがとりだしたのは、かさばった茶封筒だった。アルが封筒をあけてひとふりすると、かなり大量のばらの紙幣がざらりと出てきた。緑の紙幣の山から一枚を手にとって見つめたぼくは、不思議な気分になった。二十ドル札だったが、印刷されていたのはアンドルー・ジャクスンの肖像ではなく、グローヴァー・クリーヴランドの肖像だったからだ。だれがアメリカの歴代大統領のトップ十人を選んでも、まずランクインは望めない男だ。裏を返すと、このままだと衝突確実な機関車と蒸気船の絵があり、その上に《連邦準備銀行券》という文字があった。

「モノポリーのお金みたいだな」

「大ちがいだ。それに見た目ではわからないが、じっさいにはあっちにもそれほど多くない紙幣だろうな。現代ではガソリン代が二十ドルとか二十五ドルになったときに五十ドル札を出しても――それがコンビニエンスストアであれ――怪訝《けげん》な目をむけられることはまずない。しかし、あの時代はちがうし、怪訝な目をむけられるのは、おまえさんにとっていちばん歓迎できないことだ」

「これは賭けで儲けた金？」

「一部はね。大半は貯金だ。一九五八年から六二年まで、こっちとおなじようにコックとして働いていてね。ひとり身の男となれば、ずいぶん貯金ができるんだよ。金のかかる女にひっかからないかぎりは。いや、それをいうなら金のかからない女でもおなじか。向こうでおれはだれとでも仲よくしつつ、だれとも親密にならないようにしていた。おなじようにすることをおすすめするよ。デリーだけではなく、行くことがあるとすればダラスでも」アルは肉の落ちた指の一本で現金の山をかきまわした。「覚えているかぎりでは、ここには九千ドルと少しある。これだけで、いまの六万ドル相当のつかいでがあるぞ」

ぼくは現金を見つめた。「金はもち帰れる。それに、そのあと兎の穴を何回つかっても、そのまま残っているわけだ」この点は前にも話しあっていたが、それでもぼくはまだ頭に叩きこもうとしている段階だった。

「そうとも。ただし、あっちにもちゃんと残っている——完璧にリセットされるんだから。忘れたのか？」

「それはパラドックスになるんじゃないかな？」

アルはぼくを見つめた——やつれきった顔には、すっかり薄くなっている忍耐心がのぞいていた。「知らないね。答えのない疑問に頭を悩ませるのは時間の無駄だし、あいにくこちらはあまり時間のない身なんだ」

「わるかった、わるかったよ。その箱には、ほかになにがはいってる？」

「たいしたものはないさ。ただ、うれしいのは、あまりたいしたものが必要ではないことだな。とにかく、いまとはまったくちがう時代なんだよ。歴史の本であの時代のことを読むことはできるさ。しかし本当に理解できるまでには、しばらく住みつづけなくちゃならん」そういってアルは、ぼくに社会保障カードを手わたしてきた。番号は〇〇五－五二－〇二二三。氏名はジョージ・T・アンバースン。アルは箱からペンを出してきて、ぼくに手わたした。「サインをするんだ」

ぼくはペンを受けとった。宣伝目的のノベルティグッズだった。側面に《大切な愛車は信頼の星マークをつけた男たちにおまかせを。**テキサコ**》とあった。悪魔と契約するダニエル・ウェブスターになった気分をわずかに感じながら、ぼくはカードにサインを書きこんだ。それからカードを返そうとすると、アルはかぶりをふった。

次の品は、ジョージ・T・アンバースン名義のメイン州発行の運転免許証だった。そこには、ぼくが身長百九十二センチで目は青、茶色い髪をもち、体重は八十五キロと記載されていた。またぼくが生まれたのは一九二三年四月二十二日で、現住所はサバタスのブルーバード・レーン一九番地とあったが、これはたまたま二〇一一年のぼくの現住所だった。

「身長は百九十二センチでいいかな？」アルはたずねた。「目見当で書くしかなかったんだ」

「まずまずの線だよ」ぼくは運転免許証にサインをした。ちなみに免許証は、ありふれたボール紙製だった。色はお役所仕事的ベージュ。「写真はない？」

「メイン州の免許証に写真がはいるのは、その翌年のことさ。ほかの四十八州の免許証は、もう写真いりになってる」

「四十八?」

「ハワイが州に昇格するのは、翌五九年だ」

「ああ……」わずかに息切れを起こした気分だった。だれかにみぞおちを一発殴られたような。

「それじゃ……スピード違反で車をとめられたら、警官はこっちが免許証に書かれているとおりの人物だとすなおに思いこんでくれる?」

「当たり前だ。一九五八年の世界でテロリストによる攻撃がどうこうと話しはじめたら、十代の若者がひまつぶしがてら、立ったまま寝ている牛を押し倒してまわることだと思われるだろうさ。さあ、こっちにもサインをしろ」

アルはぼくに、レンタカーの〈ハーツ〉の優待カード、〈シティズサービス〉のガソリン・カード、ダイナースクラブのクレジットカード、最後にアメリカン・エキスプレスのカードをわたした。アメックスのカードはセルロイドで、ダイナースはボール紙だった。どちらにもジョージ・アンバースンという氏名が記載されていた。ただし刻印されてはおらず、タイプライターの印字だった。

「その気があれば、翌年にはプラスティックでできた本物のアメックスのカードを手にいれられるぞ」

ぼくは微笑んだ。「小切手帳は?」

「調達できないでもなかったが、それでおまえさんになんの得がある? ジョージ・アンバースンの代理でおれが必要事項を書きこんだ書類は、次のリセットにあわせて消えてしまう。そればかりか、決済用口座に入れておいた金もだ」

「ああ……」自分が馬鹿になった気分だった。「なるほどね」

「そうしょげかえることはないぞ。おまえさんにとっては、なにもかも初めてなんだ。ただし、銀行に口座をもちたくなるかもしれない。その場合でも、預金は千ドルを越えないようにしておく。儲けた金は現金のまま、すぐ手にとれる場所にしまっておけ」

「急いでこっちへ帰る必要に迫られた場合にそなえて」

「正解だ。ついでにいっておけば、そのクレジットカードは純粋に身分を証明するためのものだ。そいつを手に入れるのにおれがひらいた口座は、おまえさんが穴から過去へ行くと同時に消えているはずだからね。ただ、手もとにあれば重宝するかもしれない――なにがあるかわからんし」

「ジョージくんは、ブルーバード・レーン一九番地の住所で郵便を受けとれるのかな？」

「一九五八年には、ブルーバード・レーンはまだサバタスの土地図面にしかない住所なんだよ、相棒。おまえさんがいま住んでいる住宅地は、まだ造成されていない。そのことで人から質問されたら、あっさりビジネス関係の事情だと説明すればいい。それで信じてもらえる。五八年では、ビジネスは神のような存在だ――だれもが崇めたてまつるが、だれも理解していないんだから。さあ、これを」

アルは男物の高級な財布を投げてよこした。ぼくは目を丸くして財布を見つめた。「オストリッチの革じゃないか！」

「羽ぶりよく見せてほしいんだよ」アルはいった。「適当に見つくろった写真をその財布に入れて、身分証明書代わりにするといい。ほかにも、こまごました品を用意してある。ボールペンがあと何本か、レターオープナーで片側が定規になっている当時流行の便利グッズ、スクリプトー製のシャープペンシル。ポケットプロテクター。一九五八年には、おたくの愛用品ではなく、万民の必需品と考えられていたんだ。ブローヴァ製の時計——これにはスパイデル製の伸縮性のある時計バンドがついている。洒落者ならだれもが目をとめるはずさ、相棒。あとは自分で整理しておくがいい」それからアルは顔をしかめながら、長々と激しく咳こんだ。ようやく咳がおさまったときには、顔に大粒の汗が浮いていた。

「アル、こういった品はいつあつめたんだ?」

「このぶんでは一九六三年まで体がもたないとわかると、おれはテキサスをあとにして帰ってきた。そのときには、もうおまえさんの名前が頭にあった。離婚していて子どもはいない、頭が切れる、おまけになにより若い。ああ、いけない、こいつを忘れていた。すべてがここから芽吹いて育った種子《たね》だ。セント・シリル教会の墓地で墓石からこの名前を削って消し、そのあとメイン州政府の書記官に申込書を郵送しただけで手にはいったよ」

そういってアルは、ぼくの出生証明書を手わたしてきた。指先でエンボス加工された印章を撫でてみる。いかにも公式の品らしい絹のような感触だった。

顔をあげると、アルがまたしてもちがう書類をテーブルに置いていた。いちばん上には《スポーツ　一九五八~一九六三》とあった。「そいつを決してなくすな。おまえさんの食いぶちを稼ぐ品だが、それだけじゃない。まずい人間の手にそれが落ちたら、どっさりと質問を浴びせかけられるからだ。選んで書いた試合の結果がそのとおりになりはじめたら、なおさらだな」

ぼくが品物のすべてを箱にもどそうとしはじめると、アルは頭を左右にふった。「おまえさんにわたすロード・バクストン製のブリーフケースをクロゼットに用意しておいた。へりの部分がちょうどいい感じにくたびれてる」

「いや、必要ないよ——自前のバックパックがある。車のトランクに積んであるんだ」

アルは愉快そうな顔になった。「これから行くところじゃ、バックパックなんか背負ってるやつはいないぞ。例外はボーイスカウトだが、それだってハイキングに行くときと地方大会《キャンポリー》にでかけるときにかぎられる。まだまだ学ぶことはたくさんあるぞ、相棒。ただし、一歩ずつ慎重に進み、決して危ない橋をわたらなければ、ちゃんと目的にたどりつけるさ」

自分が本当にこれを実行することが、あらためて強く意識されてきた。しかも、もうすぐにも、ろくな下準備もないままで。一七世紀のロンドンで波止場を観光で訪れただけなのに、ふと気がつけばそのまま拉致《らち》されて無理やり水夫にさせられかかっているような気分だった。

「でも、ぼくはなにをすればいい？」そうたずねた声は、情けない羊の鳴き声そっくりだった。

アルは眉毛を吊りあげた——その眉毛も、薄くなりつつある頭髪とおなじですっかり白くなっていた。「ダニング一家を救うんだ。おれたちはそういう話をしていたんじゃなかったのか？」

「そういう意味じゃない。人からどんな仕事で生計を立てているのかと質問されたら、どう答えればいいかと思って。どう答えればいい？」

「金持ちの叔父が死んだんだ——忘れたのか？　思いもかけずに転がりこんできた遺産を少し

ずつつかって、できるかぎり長もちさせ、そのあいだに本を書きあげようと思っている、とね。どの英語教師も、心のなかに挫折した作家を住まわせているんじゃなかったか？　それとも、これはおれの勘ちがいかな？」

いや、勘ちがいではなかった。

アルはすわったまま、ぼくを見つめた――げっそりとやつれ、ひどく痩せ衰えてはいても、その目に同情がないわけではなかった。それだけではなく憐憫《れんびん》もあったかもしれない。やがてアルは、とても静かな声でいった。「ずいぶんでっかい話じゃないか」

「たしかに」ぼくは答えた。「それなのに、アル……なんていうか……ぼくはとってもちっぽけな男でしかないよ」

「おなじことはオズワルドにもいえる。卑怯な不意討ちをくらわせた小物さ。それにハリー・ダニングの作文によると、父親はしょせんハンマーをもった酔っぱらいの下衆男というだけだな」

「それだってもう過去の話だよ。急性の食中毒だかで、ショーシャンク州刑務所で死んだんだ。ハリーは、ひょっとしたら粗悪な絞り汁《スクイーズ》のせいじゃないかと話してた。絞り汁《スクイーズ》というのは――」

「それなら知ってる。フィリピンに駐留していたあいだによく見かけたからね。遺憾ながら、何回か飲んだこともあるさ。しかし、おまえさんがこれから行くところでは、ハリーの父親は死んでない。オズワルドもだ」

「アル……あんたが病気なのも知ってるし、苦しい思いをしてるのも知ってる。でも、ダイナーまでいっしょに来てもらえないかな？　ぼくは……」そしてぼくは、アルが人に呼びかけるときの口癖を最初で最後に口にしていた。「相棒、ひとりで出発したくないんだ。怖いんだよ」

「見のがすわけにはいかんな」アルは片手を反対の腋の下にさしいれると、歯と歯茎の境い目があらわになるほど激しく顔をしかめながら立ちあがった。「ブリーフケースをとってこい。そのあいだに着替えをすませとく」

8

アルが鍵をつかって〈名物ファットバーガー〉の本家である銀色のトレーラーハウスのドアをあけたのは、八時十五分前だった。カウンターの向こう側で輝いているクロームめっきの設備類が亡霊のように見えた。ならんだスツールが、《もう二度とわたしたちに人がすわることはない》とささやいているかのよう。古風なスタイルの大きなシュガーシェイカーがささやき声で、《もう二度と、わたしたちから砂糖をふりかける人はいない——パーティーはおわり》と答えているかのようだった。

「ＬＬビーンに場所をあけわたすために、か」ぼくはいった。

「そのとおり」アルがいった。「それが世の中の進歩ってやつだ」

アルは息を切らしてあえいでいたが、立ちどまって体を休めたりはしなかった。ぼくの先に立ってカウンターのなかにはいり、そこから食品庫のドアにむかう。ぼくは新しい人生を詰めこんだブリーフケースをしじゅう左右の手でもちかえながら、そのあとをついていった。バックルがついた古風な品だった。リスボン・ハイスクールの教室にもちこめば、大半の生徒から笑われるにちがいない。それでも少数の生徒たちからは――ファッションのセンスが芽ばえつつある生徒たちからは――〝レトロ・ファンク〟だとして絶賛されるかもしれなかった。

アルが食品庫のドアをあけると、野菜とスパイスとコーヒーの香りがただよいでてきた。アルは今回もぼくの肩ごしに手を伸ばし、照明のスイッチを入れた。灰色のリノリウムの床を見つめて、飢えた鮫がうようよ泳いでいるはずのプールを見おろしている男になった気分を味わっていたそのとき、アルにいきなり肩を叩かれた。ぼくは驚きに飛びあがった。

「すまん」アルはいった。「でも、あんたにこれをわたしておかないと」いいながら、アルは五十セント硬貨をさしだしてきた。半ドル。「覚えているだろう、〈イエロー・カード・マン〉だ」

「ああ、覚えてる」とはいえ、実際はあの男のことはほとんど忘れていた。心臓が激しい鼓動を刻むあまり、眼球までもが眼窩のなかでずきずきと脈打っているかに思えた。舌は古びたカーペットめいた味だったし、アルから硬貨を受けとるときには、あやうくとり落としかけた。

アルは最後にいま一度、あら捜しをする目でぼくをながめた。「さしあたりそのジーンズは問題ない。ただし州北部へむかう前に、まずメイン・ストリートの先にある〈メイスンズ・メンズウェア〉に立ち寄ってスラックスを何本か買っておけ。ペンドルトン製のスラックスか、カーキ色の綾織のスラックスなら普段着にもってこいだ。バンロン製の品は礼装用だな」

「バンロン？」

「質問すれば人が教えてくれる。それにドレスシャツも何枚かは必要だな。いずれはスーツも買うこと。ネクタイとネクタイピンも。帽子も忘れずに買うことだ。ただし野球帽はぜったいにだめだ。洒落た夏用の麦わら帽にしろ」

　アルは目尻から涙を流していた。これまでアルが口にしたどんな言葉よりも、この涙に怖い思いをさせられた。

「アル？　どうかしたのかい？」

「怖いんだよ——おまえさんとまったくおなじさ。だけど、ここで涙々の別れのシーンを演じる必要なんざない。おまえさんが五八年の世界でどれだけ長く過ごそうとも、こっちに帰ってくれば、たった二分しかたってないんだから。二分なら、コーヒーメーカーをセットするのにちょうどいい。もしうまくいったら、ふたりで淹《い》れたてのコーヒーを飲みがてら、話をすっかりきかせてもらえるわけだ」

　もし。なんという大きな意味をもつ単語か。

「お祈りもとなえられる。お祈りをする時間もあるとは思わないかい？」ぼくはいった。

「ああ、あるとも。それじゃおれは、おまえさんの旅がつつがなく成功するよう祈る。くれぐれも、自分がいる世界にぼんやり見とれていて、これから敵にまわす相手が危険な男だということを忘れてはならないぞ。ひょっとしたら、オズワルド以上に危険な男かもしれないし」

「気をつけるよ」

「それがいい。あっちの時代の言いまわしを身につけて、時代の空気をつかむまでは、とにかく口数を少なくしておくにかぎる。焦《あせ》らずじっくり攻めろ。波風を立てるな」

　ぼくは笑顔を見せようとしたが、巧くできたかどうかはわからない。ブリーフケースは現金や偽造身分証明書ではなく、石が詰まっているかのようにずっしりと重く感じられた。気絶しそうに思えた。それでいて——なんということか——ぼくのなかには、いまなお行きたがっている部分があった。一刻も早く行きたがっている部分が。自分のシボレーを走らせて合衆国を見てみたい——アメリカが訪ねてこいと呼んでいる。

アルは痩せ細って小刻みにふるえる片手をさしだしてきた。「幸運を祈るよ、ジェイク。神のご加護を」

「それをいうならジョージだろう？」

「そう、ジョージだ。さあ、もう行け。あのころ流行っていた言い方を借りれば、そろそろ〝スタートを切る〟頃合いだ」

ぼくは体の向きを変えると、食品庫をゆっくりと奥へむかって進みはじめた——暗いなかで、階段の最上段をさがしている人のように。

最上段は三歩めで見つかった。

第二部　校務員の父親

第五章

1

前回とおなじく、ぼくは乾燥小屋の横を歩いていった。つづいて、これも前回と同様に《**これより立入禁止**》のプレートが吊られた鎖をくぐる。そしてまた前回とおなじく、緑のペンキで塗られた大きな箱形の建物の角をまわりこんだ。そのとたん、なにかが体当たりしてきた。ぼくは身長に比して体重があるほうではないが、骨まわりにはそれなりに肉がついてもいる――父親にはよく、「強い風が吹いても、おまえが飛ばされる心配はないな」といわれた――が、それでも〈イエロー・カード・マン〉にはあやうく押し倒されそうになった。ばたばた羽ばたいている鳥がいっぱいに詰まった黒いコートに攻撃されたようなものだった。男は大声でわめいていたが、驚きのあまり（といってもあまりにも急な出来事で、恐怖を感じているひまがなかったからだが）相手がなにを話しているのかもわからなかった。

ぼくは〈イエロー・カード・マン〉を押しのけた。男は両足のまわりでコートをはためかせながらうしろによろけ、乾燥小屋の壁に背中をぶつけた。後頭部が金属にあたると〝ごん〟という音が響き、男の頭から汚れた中折れ帽《フェドーラ》が転がり落ちた。男は帽子を追って地面に倒れこんだ。といってもつまずいて倒れたのではなく、なにかに押しつぶされ、ひしゃげたような倒れ方だった。心臓の鼓動が平常のリズムをとりもどしもしないうちから、自分のしたことを後悔しはじめていたし、男が帽子を拾いあげ、汚れた手で帽子をはたきはじめたのを見ていると、さらに後悔がつのった。帽子は二度と清潔になりそうもなかったし、それをいうなら男自身も二度と清潔になることはなさそうだ。

「大丈夫かい？」ぼくはたずねた。しかしぼくがかがみこんで肩に手をかけようとするなり、男はあわてたようすで両手を地面につき、尻を引きずるようにしながら、乾燥小屋の壁にそって離れていった。脚がうまく動かない蜘蛛《くも》そっくりだったといいたいが、実際にはちがった。男は見た目どおり、脳が酒びたりになって溶けかかっているアルコール依存症のホームレスだった。それこそ、アル・テンプルトンとおなじように、遠からず死を迎えるのかもしれない。なぜならここ、すなわち五十数年前のアメリカには、おそらくこういった人々のための慈善事業としての収容施設やリハビリ施設が存在しないからだ。軍服をまとった経歴があれば、復員軍人局に受け入れてもらえるかもしれない。しかし、だれがこの男を復員軍人局まで連れていく？　そんなことをする人はいないだろう。ただし、だれかが——それも紡織工場の職長あたりが——警察に男のことを通報するかもしれない。警察では、男を酔っぱらい専用の留置房に二十四時間なり四十八時間なり収容する。そのあいだに男が振顫譫妄症《しんせんせんもうしょう》の発作を起こして死んだりしなければ、警察は男を釈放し、またおなじことのくりかえしだ。気がつくとぼくは、別れた妻がこの場にいればよかったのにと考えていた——クリスティーなら、〈無名のアルコール依存症者たち《アルコホーリクス・アノニマス》〉の会合の場所を見つけて男を連れていってくれるだろう。あいにくクリスティーが生まれるまでには、あと二十一年待たなくてはならない。

ぼくはブリーフケースを足のあいだに置き、両手を前にさしのべて、武器などをもっていないことを示した。しかし男は乾燥小屋の壁に体を寄せたまま、さらに這ってあとずさっただけだった。無精ひげだらけのあごに垂れた唾が光っている。周囲を見まわして、ぼくたちに注意を引かれた者がひとりもおらず、工場敷地のこのあたりにいるのが自分たちだけであることを確かめると、ぼくはふたたび男を助けようとした。「そっちに驚かされたので、つい押しかえしてしまっただけなんだ」

「お、おまえはいったいだれなんだ？」男はたずねた。その声は人間の五つの声域すべてでひび割れていた。前回この世界を訪ねたときに耳にした質問だったからよかったが、そうでなかったら男になにを質問されたのかもわからなかったにちがいない……それに、呂律《ろれつ》がまわっていないところは前回と変わらないが、今回は抑揚がわずかに異なっていないだろうか？　はっきり断言はできないが、そう思えた。《無害な男さ。ただし、ほかの連中とはまったくちがう》アルはそう話していた。《なにかを知ってるみたいなんだ》と。アルはそれを、一九五八年九月九日の午前十一時五十八分に、男がたまたま兎の穴の近くで日光浴をしていたからだろうと考え、男が兎の穴の影響を受けやすかったからだろうと考えていた。テレビのすぐ近くでミキサーを動かすと、画面にノイズが走るようなものだ、と。そのとおりかもしれない。あるいは、そんなこととはまったく関係なく、ただ酒のせいかもしれなかった。

「名乗るほどの者じゃないよ」ぼくはとびきりの猫なで声でいった。「きみがかかわりあいになるのを心配してるような者ではないんだ。名前はジョージ。きみの名前は？」

「くそったれ！」男は険悪な調子でいい、あとずさってさらにぼくから離れた。いまのが名前だとすれば、なるほど、かなりの珍名ではある。「おまえはここにいちゃいけないんだぞ！」「心配はいらないよ。ぼくならすぐにいなくなるから」ぼくはそういうと、その言葉が嘘でないことを示すためにブリーフケースを手にとった。男はぼくにブリーフケースを投げつけられると勘ちがいしたのか、肉の落ちた両方の肩を耳に届くほどもちあげて身をすくませた。まるで、しじゅう殴られているせいで、どんな相手からも殴られるとしか予想できなくなってしまった犬のようだった。「きみを傷つけるつもりはないし、乱暴する気もない。いいね？」「失せろ、このごろつき野郎め！　もといたところに帰って、おれのことはほっといてくれ！」「わかった」このときもぼくはまだ、当初この男に味わわされた驚きから完全には立ちなおっておらず、残留していたアドレナリンが憐憫の情と不穏にも混じりあっていた――いうまでもなく憤激の念もあった。以前クリスティーに感じたような憤激の念だった。それも、口ではあれだけ真人間になる、まっとうな人間になる、ぜったいに酒はもう二度と飲まないと約束していたにもかかわらず、ぼくが帰宅すると酒に酔ってへべれけになりそうになっているクリスティーを見つけたときに感じたような憤激の念だった。これだけの感情がまじりあっていたうえに、晩夏の真昼の暑さがくわわって、胃がわずかにむかむかしてきた。救出作戦にとりかかるのに最善のコンディションとはいえそうもなかった。

〈ケネベク・フルーツ商会〉のことや、あの店のルートビアがどれほどの美味だったかが思い出されてきた。フランク・アニセッティがアイスクリーム用の冷凍庫から冷やした大きなジョッキを出すとき、いっしょに噴きでてきた白い冷気が目に見えるようだった。さらにいえば、店内は思わずありがたく思えるほど涼しかった。ぼくはそれ以上騒ぎたてずに、店のほうへと歩きはじめた。新しい（しかし、つかいこんだ感じがでるよう、へりの部分に注意ぶかい加工がほどこされた）ブリーフケースが、歩くたびに膝に当たっていた。

「おい！　おい、おまえ、なんとかってやつ！」

ぼくはふりむいた。ホームレスは乾燥小屋の壁に手をついて体を支えながら、立ちあがろうとしてもがいていた。ぎゅっとつかんでいた帽子を、いまは腹のあたりに押しつけてつぶしている。見ていると男が帽子をもぞもぞといじりはじめた。

「おれはグリーンフロントからイエロー・カードを支給されてる。だから一ドルよこせ、くそったれ。きょうは半額セールの日だぞ」

ぼくたちはこれで本来のコースにもどった。安心材料だった。それでもいちおうは注意して、男にあまり近づきすぎないようにした。二度と男を怯えさせたくはなかったし、さらなる攻撃を誘発することも避けたかった。ぼくは二メートル弱離れたところで足をとめて、片手をさしのべた。アルからもらった硬貨が手のひらで輝いていた。「一ドルはやれないが、ここに半ドルあるぞ」

男はためらっていた。いまは左手で帽子をつかんでいた。「まさか、フェラチオと引き換えとかいうんじゃないだろうな」

「それもわるくない。でも、その誘惑はしりぞけられそうだ」

「はあ？」男は五十セント硬貨からぼくの顔に目を移し、また硬貨に目をもどした。男が右手をもちあげて、あごにまで垂れた唾液を拭いとった拍子に、ぼくはまた前回とちがう点に気がついた。大地を揺るがすほどではないにしても、この時間旅行がそのたびにリセットだというアルの主張の妥当性に疑問を感じるには充分だった。

「この金をきみが受けとろうと受けとるまいと、そんなことはどうだっていい。でも、どっちかに決めてくれ」ぼくはいった。「こっちは仕事があるのでね」

男はさっと硬貨をかすめとるなりあとずさって、また乾燥小屋の壁にへばりついた。大きく見ひらかれた目が濡れている。あごにはまた涎《よだれ》の筋があらわれていた。世界を見わたしても、末期のアルコール依存症者の魅力に太刀打ちできるものはひとつもない。ジムビームやシーグラムやマイクス・ハードレモネードといった酒のメーカーが、雑誌の広告になぜ末期アル中を起用しないのか、理解に苦しむ。ビームを飲んで、ひと味ちがう駄目人間になろう。

「おまえはだれだ？　ここでなにをしてる？」男はいった。

「できれば仕事がしたいね。そうだ、きみの酒がらみのちょっとした問題について、これまで断酒会に相談したことは――」

「失せやがれ、ジムラ！」

ジムラがなんなのかは見当もつかなかったが、〝失せやがれ〟という部分は誤解の余地なくききとれた。ぼくはゲートのほうへ歩きだしたが、そのあいだも男から背中に重ねて質問を投げつけられるものと予想していた。前回はそのようなことがなかったとはいえ、このひと幕ははっきり目立つほど前回と異なっていた。

というのも、今回あの男は〈イエロー・カード・マン〉ではなかったからだ。先ほどあごを拭うときに男は手をもちあげたが、その手が握りしめていたカードはもはや黄色《イエロー》ではなかった。

今回カードは、汚れてはいたものの鮮やかなオレンジ色だった。

2

ぼくは車のあいだを縫うようにして工場の駐車場を通りぬけ、このときもルーフとボディが白と赤に塗りわけられたプリマス・フューリーのボンネットをとんとんと叩いた。幸運のおまじないだ。なにせ、こちらは幸運のありったけが必要になること確実の身である。線路をわたったときには、今回も《しゅっ－ぽっ》という列車の音がきこえたが、今回は前よりもいささか遠くからきこえていた。例の〈イエロー・カード・マン〉――いまでは〈オレンジ・カード・マン〉――とのひと幕が、いささか長びいたからだ。あたりの空気は前とおなじく紡織工場が放出する汚染物質の悪臭をはらみ、おなじ都市間連絡バスが鼻息荒く走っていった。今回は少し遅れたために、行先表示を目にすることはできなかったが、なんと書いてあったかは覚えていた。《急行・ルイストン》だ。毎回おなじ顔ぶれの乗客が窓から外を見ているおなじバスを、アルはいったい何回目にしたのだろうか――ぼくはぼんやりとそんなことを思った。

それからぼくはバスが残した青っぽい排ガスを精いっぱい手でふり払いながら、早足で道路を横断した。例のロカビリー反逆児は、店の入口の外という定位置に立っていた。この若者の科白《せりふ》を先まわりしてこちらがいったら、若者はなんと答えるだろうか――そんな思いがちらりと頭をかすめた。しかしそれは、乾燥小屋のわきにいたアルコール依存症のホームレスをわざと脅しつけることとなみに悪質な行為だ。こういった若者から彼らだけがつかっている秘密の言葉を盗めば、あとはもうなにも残されていないも同然になる。しかもこの若者は、家に帰って、腹立ちまぎれにＸｂｏｘを殴ることもできない。そこで、ぼくはただうなずきかけるだけにした。若者がうなずきかえしてきた。「ハイーホー、ダディーーオー」

ぼくは店内にはいった。ベルがちりんと鳴った。ディスカウント販売されているコミックブックのラックの前を素通りして、ぼくはフランク・アニセッティ・シニアが立っているソーダ・ファウンテンにまっすぐ歩みよった。

「さて、きょうの注文はなんにするね、わが友人？」

そう質問されて、ぼくはしばらく茫然としていた。前にこの男が口にした科白と異なっていたからだ。ついで、おなじ言葉を口にするはずのないことがわかった。前回、ぼくはラックから新聞をつかみとってきていた。今回は新聞をとってきていない。一九五八年の世界に旅をすれば、そのつど走行距離計がリセットされてゼロにもどるのかもしれないが（ただし〈イエロー・カード・マン〉は例外）、最初に異なる行動をとった場合、そのあとの展開はそれに応じたものに変わる。この考えは恐ろしくもあると同時に、解放感をもたらすものでもあった。

「ルートビアをもらおうかな」ぼくはいった。

「こちらはご贔屓いただければ幸い、それでおたがい利害が一致する、と。五セント、それとも十セント？」

「十セントがいいだろうね」

「ああ、それが正解だ」

冷凍庫から霜で覆われたジョッキが出てきた。フランク・シニアは木のスプーンの柄で泡をすくいとった。それからルートビアをジョッキのふちぎりぎりまで注ぐと、ジョッキをぼくの前に置く。なにもかも前回とまったくおなじだ。

「こいつのお代が十セント、追加で州知事の分が一セントだ」

ぼくはアルから受けとったアンティークものの一ドル札を一枚わたした。フランク一・〇が釣りを数えているあいだ、ぼくは顔をうしろにめぐらせてみた。酒類販売店——グリーンフロントだ——の前に、元〈イエロー・カード・マン〉が体をふらつかせながら立っていた。その姿を見ていると、古い映画で目にしたヒンズー教の行者が思い出された——笛をぴいぴいと吹くことで、籐《とう》の籠にはいっているコブラを誘いだす芸をしていた。そしてぴったりスケジュールどおりに、息子のほうのアニセッティが歩道を歩いて店に近づいてきた。

ぼくはむきなおるとルートビアをひと口飲んで、しみじみとため息をついた。「こいつはしみるな」

「ああ。暑い日のルートビアにまさるものなしだ。ときに、お客さんはこのへんの人じゃないね？」

「ああ、ウィスコンシンから来た」ぼくは片手をさしだした。「ジョージ・アンバースン」

フランク一・〇がぼくの手を握ると同時に、ドアの上のベルが鳴った。「フランク・アニセッティ。いま店に来たのがうちのせがれだ。フランク・ジュニアさ。ウィスコンシンからいらしたアンバースンさんにご挨拶するんだ、フランキー」

「いらっしゃい、サー」フランク・ジュニアはぼくに笑顔を見せて会釈し、父親にむきなおった。「タイタスがトラックを修理用のリフトに入れたよ。五時までには修理がおわるってさ」

「ああ、そりゃよかった」そういったアニセッティ一・〇がタバコに火をつけるのを、ぼくは待ちかまえた。その予想は裏切られなかった。アニセッティ一・〇は煙を吸いこみ、ぼくにむきなおった。「こっちに来たのは商売の関係かな？　それとも観光？」

つかのま、ぼくは答えなかった。といっても答えに窮したのではない。いま足をすくわれた気分になったのは、この場の展開が当初のものとどんどんずれていったにもかかわらず。また当初の脚本に立ちかえったせいだった。いずれにしても、アニセッティがそれに気づいたようすはなかった。

「どっちにしても、ここへ来るにはいい時期だよ。夏の避暑客はもうあらかた引きあげたし、連中がいなくなれば、地元のおれたちは肩の力を抜ける。ルートビアのトッピングに、バニラ・アイスクリームをひとすくいいれるかい？　いつもは五セントだけど、火曜日はサービスでニッケル一枚に値引きしてるんだ」

「飽きずにおなじ冗談をいいつづけてもう十年か」フランク・ジュニアがにこやかにいった。

「ありがとう。でも、このままでいいよ」ぼくは答えた。「ところで、こっちに来たのは仕事がらみだ。不動産の取引をおわらせる用事があってね……サバタス？　たしかそういった地名だと思ったな。知ってる町かい？」

「生まれてこのかた知ってるだけさ」フランクはそういうと鼻の穴から煙を噴きだし、ぼくに鋭い視線をむけた。「不動産取引を締めくくるにしても、ずいぶん遠くから来たんだな」

ぼくは笑みを返した――《ぼくの知っていることを、あんたが知っていればね》と無言で伝えることを狙った笑みだった。相手にその意が伝わったようだ。というのも、フランクがぼくに目くばせしてきたからだ。ドアの上にあるベルがちりんと鳴って、果物目あてのご婦人たちが店にやってきた。《元気づけにコーヒーを飲もう》の時計を見ると、時刻は十二時二十八分。どうやら今回の脚本では、フランク・ジュニアとぼくがシャーリイ・ジャクスンの作品についてかわす議論のくだりが、ばっさりと切られているようだった。ぼくは、長々と三回にわけてルートビアを飲み干した。飲み干すと同時に、胃のあたりに差しこみが襲ってきた。小説の登場人物はめったにトイレの必要に迫られないが、現実の世界では心のストレスが体の反応を引き起こすことは珍しくない。

「ひょっとして、男性用の洗面所の用意はあるかな？」

「すまんが、ないんだよ」フランク・シニアは答えた。「前々からつくるつもりはあるんだが、夏場は忙しくて手がまわらないし、冬場は改修工事に入り用な現金が手もとにあったためしがない」

「角を曲がって、〈タイタス〉に行くといいよ」フランク・ジュニアがいった。いまはアイスクリームをすくって金属の筒にいれ、自分用のミルクシェイクをつくろうとしていた。前はそんなことをしていなかった。ぼくは多少落ち着かない気分で、いわゆるバタフライ効果についで考えをめぐらせた。いま、蝶がその翅《はね》を伸ばしつつあるところを見ているように思えてならなかった。ぼくたちはいま世界を変えている。ほんの小さな変化――それもミクロレベルの変化――だが、そう、変えているのは事実だ。

「お客さん？」

「これは失敬」ぼくはいった。「一瞬スイッチが切れてたみたいだ」

フランク・ジュニアは困惑の顔を見せてから、声をあげて笑った。「初めて耳にするいいまわしだけど、洒落《しゃれ》た言い方だね」

気にいったということは、ジュニアは次にふっと脈絡に関係なくもの思いにふけったおりに、この言い方をくりかえすかもしれない。そうなれば、七〇年代か八〇年代にならないと世に出ないアメリカの俗語が早めにデビューすることになる。ただし厳密にいうなら、早すぎるデビューとはいえない。ここの時間の流れにおいては、それがスケジュールどおりだからだ。

「〈タイタス・シェヴロン〉が右の角を曲がったところにある」アニセッティ・シニアがいった。「ただし、もし……ええと……その……せっぱ詰まっているのなら、二階のうちの洗面所を貸そう」

「いや、大丈夫だよ」ぼくはいった。それから、すでに壁の掛け時計を確かめていたにもかかわらず、ぼくはクールなスパイデル製のバンドがついているブローヴァ製の腕時計に、これ見よがしに視線を落とした。ただし、ふたりに文字盤を見られなくてよかった。なぜなら時刻合わせを忘れていたため、まだ針が二〇一一年時間を指していたからだ。「でも、そろそろ行かないと。用事があってね。とびきり運がよければ別だが、そうでないと仕事でこっちに二日以上滞在しなくてはならないかもしれないんだ。このあたりでいいモーテルを推薦してもらえるかな?」

「モーターコートのことかい?」アニセッティ・シニアがたずね、吸っていたタバコをカウンターにならんでいる《**ウィンストンこそタバコの理想の味!**》の灰皿で揉み消した。

「そうだ」今回ぼくがのぞかせた笑みは、内情に通じた者というよりも、いささか愚か者の笑みに近かったようで……そのとき、また腹に差しこみが襲ってきた。早急にこの問題に対処しないかぎり、まもなくここで正真正銘の９１１通報事例が発生しそうだった。「ウィスコンシンじゃ、モーテルという言い方をするんだよ」

「すすめるとすれば、〈タマラク・モーターコート〉だな。一九六号線をルイストン方面に八キロばかり行ったところだ」アニセッティ・シニアがいった。「ドライブイン・シアターのそばだ」

「ありがたい情報だね」ぼくはそういって立ちあがった。

「どういたしまして。それから人と会う前に髪を切っておきたかったら、〈バウマーズ〉がおすすめだ。バウマーはじつに腕がいいぞ」

「ありがとう。それも貴重な情報だ」

「この手の情報は無料《ただ》、ルートビアはアメリカの金で売る。メイン州を楽しんでいってくれ、アンバースンさん。それから、フランキー？　おまえはミルクシェイクを飲んだら学校にもどれ」

「そうするって、父さん」今回、こっそりぼくに目くばせをしてきたのはジュニアのほうだった。

「フランク？」ご婦人のひとりが注意を引くために大きな声で呼びかけてきた。「ここにあるオレンジは新鮮？」

「あんたの笑顔にも負けないくらい新鮮さ、レオーラ」フランクが答えると、ご婦人がたは、おほほほと笑った。いや、ふざけていっているのではない。ここのご婦人たちは、本当に〝おほほほ〟と笑ったのだ。

ぼくは「失敬」と小声でいいながら三人の横を通った。ベルがちりんと鳴り、ぼくはぼく自身が生まれる前の世界へと足を踏みだした。前回はここでまた道を横断し、兎の穴のある中庭に引き返したが、今回はこの世界のさらに奥深くを目指して歩いた。道の反対側では、丈の長い黒いコートを着たアルコール依存症のホームレスが、身ぶり手ぶりをまじえてチュニック姿の店員に掛けあっていた。ふりまわしているカードは黄色ではなくオレンジ色に変わったかもしれないが、それ以外の部分では浮浪者はふたたび脚本どおりに行動していた。

ぼくはこれをいい兆候だと思うことにした。

3

ガソリンスタンドの〈タイタス・シェヴロン〉は、スーパーマーケットの〈レッド&ホワイト〉の先にあった。後者は、アルがおなじ挽肉をくりかえし何度も何度も買った店だった。窓に貼りだされた宣伝によれば、ロブスターが五百グラムあたり六十九セント。スーパーとは道の反対側、二〇一一年には空地になっているところには大きな海老茶色の納屋めいた建物があった。大きなドアがあけはなたれ、ありとあらゆる中古家具がならんでいるのが見えた——なかでも、ゆりかごと籐椅子、それに〝パパのリラックスタイム〟的な張りぐるみの椅子の在庫がふんだんらしい。ドアの上に出ている看板には《**ジョリー・ホワイト・エレファント**》と店名があった。さらに追加の看板には——こちらは三角形の看板で、ルイストン方面に車を走らせている人々の目にとまるように立てかけてあった——《**当店にない品は、あなたには必要ない品》という大胆不敵な文句が書いてあった。店主とおぼしき男性が揺り椅子のひとつに腰かけ、パイプをふかしながら、道の反対にいるぼくを見つめていた。店主はランニングシャツを着て、ぶかぶかの茶色いスラックスを穿《は》いていた。さらに山羊ひげも生やしていたが、ぼくにはこれが、この時間の流れのこの地域においては、前者の宣伝文句に負けず劣らず大胆なものに思えた。髪の毛はうしろに撫でつけられて、グリースのようなもので固めてあったが、うなじにむかってカールしながら垂れているあたりに、ぼくは以前に見た昔のロックンロールのビデオを連想していた。ピアノの前で飛び跳ねながら〈火の玉ロック〉を熱唱しているジェリー・リー・ルイス。〈ジョリー・ホワイト・エレファント〉の店主は、ひょっとしたらこの街のビートニクとして名声を馳せているのかもしれない。

ぼくは軽く指をかかげて男に挨拶《あいさつ》した。男はごくごくかすかにうなずいたきり、パイプをふかしつづけていた。

〈シェヴロン〉のスタンド（レギュラーはリッターあたり五・二五セント、〝スーパー〟はそれより〇・五セント高い）では、たゆまず刈りこんでいるらしきクルーカットの髪をした青いつなぎの男が、リフトでもちあげたトラック（アニセッティ親子のものだろうと思えた）を相手に作業していた。

「ミスター・タイタス？」

男は顔だけをこちらへむけていった。「そうだが？」

「アニセッティさんから、ここでトイレを借りられるときいたんだ」

「鍵は正面ドアの裏にかかってる」発音は〝ドーーアア〟。

「ありがとう」

鍵には《男》と書かれた木のプレートがついていた。もうひとつの鍵についているプレートには《淑女》と書いてある。別れた妻がこれを見たら、きっとさんざん文句をつけることだろう――それなりにうれしそうな顔で。

洗面所は清潔だったが、タバコ臭がこもっていた。個室の便器の横には細長いスタンド式の灰皿が置いてあった。そこに突き立てられた吸殻の数から察するに、このこざっぱりした小部屋を訪れた多くの客たちが、うんちタイムがてらの一服を楽しんでいたことがうかがえた。

洗面所から出ると、スタンドの隣に小さな駐車場があり、二十台ほどの中古車がならんでいるのが目にとまった。その上にはさまざまな色あいのペナントがずらりとならんで、そよ風にはためいていた。二〇一一年には数千ドルの値段で――まぎれもないクラシックカーとして――売られるような車だが、ここでは七十五ドルや百ドルといった値段がついていた。新車同然のようなコンディションのキャデラックが八百ドル。小さな商談用ブース（ブース内ではガムを嚙んでいるポニーテールの女の子が、夢中になって映画雑誌のフォトプレイ誌をながめていた）の上にかかげられた看板にはこうあった。**《どの車も状態良好でビル・タイタスの保証つき　万全のアフターサービス！》**

ぼくは鍵をドアの裏に掛け、タイタスに礼をいうと（ご当人はリフト上のトラックからふりむきもせず、生返事をしただけ）、銀行に行く前に髪を切っておくのがいいだろうと思いながらメイン・ストリートへ引き返していった。そこでふと、先ほど見かけた山羊ひげのビートニクを思い出すなり、ぼくは衝動のおもむくまま道路をわたって、大型中古家具ストアへむかった。

「おはよう」ぼくは声をかけた。

「まあ、もう正午をまわってるが、あんたがその挨拶でいいならかまわないさ」店主がパイプをふかすと、晩夏のそよ風がぼくのところへ〈チェリーブレンド〉の香りを運んできた。同時に祖父の思い出もよみがえってきた。ぼくが子どものころ、祖父がおなじ銘柄を吸っていたのだ。耳の痛みを訴えたときには祖父は治療と称してパイプの煙を耳の穴に吹きこんでくれたが、全米医師会公認の治療法ではなかったと思う。

「スーツケースはあるかな？」

「ああ、もちあわせがいくつかあるな。まあ、二百はないと思うがね。店のずっと奥まで行ったら右を見てくれ」

「ひとつ買ったら、そのあとちょっと買物をしたいんで、二時間ばかり店でスーツケースを預かってもらえるかい？」

「店は五時までだ」男はいうと、顔をめぐらせて太陽を見あげた。「そのあとは自力でなんとかしてくれ」

4

アルからもらったアンティークもののドル紙幣二枚と引き換えに、ぼくは小型の革製スーツケースを手に入れた。それをビートニクのカウンターのうしろに預けると、ぼくはブリーフケースを足にぶつけながらメイン・ストリートを歩いていった。グリーンフロントにちらりと目をむけると、店員はレジのうしろで新聞を読んでいた。黒いコート姿のわが友人の姿はなかった。

ここの商店街で道に迷うのはむずかしそうだった――わずか一ブロックしかなかったからだ。〈ケネベク・フルーツ商会〉の三、四軒先が〈バウマーズ理髪店〉だった。窓には、理髪店のしるしである赤と白のポールがぐるぐると回転していた。その隣には、政治家エドマンド・マスキーのポスターが貼ってあった。ぼくが知っているマスキーは疲れたようすで肩を落としている老人だが、ここのポスターにあしらわれていたのは、選挙でなにかの職に選ばれるどころか、投票の権利もなさそうに見える若々しい男だった。ポスターは、《エド・マスキーを合衆国上院に送り、民主党に投票しよう！》と呼びかけていた。さらに、だれかがポスターの下部にきれいな白いテープを貼っていた。テープには手書きでこうあった。《メインでは無理だといわれたが、やったぞ！　次は一九六〇年、ハンフリーの番だ！》

店内にはいっていくと、党の古株に見えなくもない老人がふたり、壁を背にしてすわっており、さらにおなじくらいの年齢の男が髪を刈ってもらっている最中だった。順番待ちのふたりは、機関車のようにタバコをふかしていた。理髪師その人（この男がバウマーだろう）も、くわえタバコから立ち昇る煙に片目を細くしながら鋏《はさみ》をつかっていた。その四人が、いっせいに馴染み深い目つきをむけてきた。まったく信用していないわけではない心根で値踏みしてくる目つき――かつてクリスティーはこれを〝北部人《ヤンキー》にらみ〟と名づけていた。時代が変わっても変わらないものがあるとわかると気分がよかった。

「この街の者じゃないけど、ぼくはみなさんの友だちだよ」そうぼくは四人にいった。「生まれてこのかた、投票は民主党ひと筋だ」

バウマーは愉快そうにひと声うなった。タバコから灰が崩れて落ちた。スモックに落ちた灰を、バウマーはろくに目もむけないまま床に払い落とした。床には切った髪のあいだに吸殻がすでにいくつも落ちていた。「そこにいるハロルドは共和党員だ。嚙みつかれないよう、せいぜい気をつけるんだな」

「いまじゃ、嚙みつこうにも歯がろくに残ってないさ」客のひとりがいうと、全員がそろって爆笑した。

「ときに、あんたはどこから？」共和党員ハロルドがたずねた。

「ウィスコンシン」ぼくはそういって、それ以上の会話をかわすためにラックからマンズ・アドヴェンチャー誌を手にとった。表紙には、人間とは思えないようなアジア系紳士が手袋をした片手で鞭をかまえつつ、柱に縛りつけられたブロンド美女に迫っていくイラストがつかわれていた。このイラストに対応しているのは、《太平洋のジャップの性奴隷》という小説のようだった。理髪店には、タルカムパウダーとポマードとタバコの煙のそれぞれの香りが渾然一体となった、甘くて文句のつけようもない芳香が立ちこめていた。バウマーから椅子にかけるよう手ぶりでうながされたときには、ぼくは性奴隷の物語にどっぷり深くひたりこんでいた。ちなみに中身は、イラストほど昂奮をかきたてるものではなかった。

「旅暮らしなのかい、ミスター・ウィスコンシン？」バウマーはぼくの体の上から白いレーヨンの布をかけ、さらに首まわりに紙のカラーを巻きつけながらたずねた。

「ああ、遠いところからね」ぼくは真実を隠さずにいった。

「ま、あんたはいま〝神の国〟にいるんだよ。さて、どのくらい短くするのがお望みかな？」

「とにかく短くしてもらって——」そのあとに〝ヒッピーに見えないように〟とつづけるところだったが、この語はバウマーには理解できないだろう。「——ビートニクに見えないようにしてほしいな」

「いささか手にあまるような長さになってきたようだね」バウマーは髪を切りはじめた。「このままほったらかして長く伸ばせば、〈ジョリー・ホワイト・エレファント〉のホモ店主みたいになれるぞ」

「それは歓迎できないね」ぼくはいった。

「だろうな。まあ、物笑いのたねだよ、あいつは」発音は〝あいーつぁー〟。

髪を刈りおわると、バウマーはぼくのうなじにタルカムパウダーをはたきつけ、バイタリスかブリルクリームか、それともワイルドルート・クリームオイルのどれかをつけるかどうかをたずねたのち、料金は四十セントだといった。

いい取引だったと思う。

5

そのあとホームタウン・トラスト銀行に一千ドルの預金をしたが、いぶかしむような目をむけられることはなかった。散髪をしたばかりのさっぱりした外見の力もあったのかもしれないが、一方ではこの時代がまだおおむね〝いつもにこにこ現金払い〟の社会であって、クレジットカードがまだ初期段階にあったからではないか——さらには倹約好きな北部人からは多少の疑いの目をむけられていたからではないか——とも思う。髪をきつくうしろで束ねて、のどもとにカメオのペンダントをさげた愛らしいことこのうえない窓口係がぼくの金を数え、元帳に金額を記入し、つづいて副店長を呼んだ。副店長があらためて金を数えて元帳を調べたのち、入金票を書いてよこした。そこには入金額と、いま開設したばかりの当座預金の残高が記載されていた。

「さしでがましくはありますが、当座預金の口座に入れておくにはいささか大金ではないかと存じます。普通預金口座も開設なさいませんか？　ただいま特別キャンペーンで年利三パーセント、四半期ごとの複利で利子をお支払いしておりますが」いいながら副店長は、なんとお得な条件でしょうかといいたげに目を大きく見ひらいた。昔のラテン音楽のバンドリーダー、ザヴィア・クガートにそっくりだった。

「ありがとう。ただ、これからいろいろ取引をまとめなくてはならないんだ」ぼくは声を低くした。「不動産取引の契約締結でね。というか、締結できればいいんだが」

「幸運を」副店長はいい、自分も秘密の会話をしているかのように声を落とした。「ロレインが小切手を五十枚ご用意します。五十枚でよろしゅうございますか？」

「五十枚でけっこう」

「またのちほど、お名前とご住所を印刷した小切手もご用意できます」いいながら副店長は眉毛をぴょこんとあげて、この言葉を質問にした。

「このあとデリーに行く予定でね。また連絡するよ」

「かしこまりました。わたしはドレクセルの八、四-七-七-七です」

最初はなんの話かさっぱりわからなかったが、副店長が窓から名刺を滑らせてきて、ようやく合点がいった。そこには《副店長　グレゴリー・デューセン》と浮き文字で印刷され、さらに《DRexel 8-4777》と電話番号が記されていた。

ロレインがぼくの小切手帳と、小切手帳を入れる模造鰐革《わにがわ》のケースをもってきた。ぼくはロレインに礼をいい、そのふたつをブリーフケースにおさめた。ついでドアのところで、ぼくは足をとめてふりかえった。加算機を操作している行員もふたりばかりいたが、それ以外のあらゆる取引はペンと大変な労力で進められていた。ふっと、いくつかの例外こそあれ、チャールズ・ディケンズならここで居ごこちのいい思いをしそうだ、という思いが浮かんだ。また同時に、こんな思いも頭をかすめた――過去に生きることは、水中の世界でチューブから空気を吸いながら生きることに少し似ている。

6

〈メイスンズ・メンズウェア〉ではアルからすすめられたとおりの服を買いそろえた。店員はぼくに、地元の銀行で発行されたものなら小切手での支払いは大歓迎だといった。ロレインのおかげで、ぼくはこの条件を満たすことができた。

〈ジョリー・ホワイト・エレファント〉に引き返したぼくが、三つの買物袋の中身を新しく購入した小型スーツケースに移しているようすを、ビートニクの店主は無言で見つめていた。ぼくがスーツケースをぱたんと閉めると、店主はようやく意見を口にした。「妙な買物もあったもんだな」

「まあね」ぼくはいった。「でも、そもそもここは古くておかしな世界じゃないか？」

店主はこれに笑みをのぞかせた。「おれにいわせれば、どんぴしゃり、あんたのいうとおりだ。さあ、ひと肌滑らせてくれ、ジャクスン」いいながら、手のひらを上にむけて手を伸ばしてくる。

一瞬、先ほど《ドレクセル》につづけて数字をいわれ、それがなにかと首をひねっていたときとおなじ気分になった。ついで映画〈ドラッグストリップ・ガール〉を思い出したぼくは、ビートニクがいま拳《こぶし》を打ちあわせるしぐさの五〇年代版を求めているのだと理解した。ぼくは店主の手に手をあわせ、ぬくもりと汗を感じながら手を引いていき、同時にこんなことを思っていた。《これは現実だ。これは現実の出来事なんだ》

「ひと肌さ」ぼくはいった。

7

そのあとぼくは、新しく荷物を入れた小型スーツケースを片手に、反対の手にブリーフケースをぶらさげた姿で〈タイタス・シェヴロン〉に引き返した。ぼくが出発した二〇一一年の世界ではようやく午前もなかばという時間だったが、早くもくたくたに疲れていた。スタンドと隣接する駐車場のあいだに公衆電話のボックスがあった。ボックスにはいってドアを閉めると、ぼくは古風な公衆電話の上にかかげてある手書きのプレートに目を走らせた。《お忘れなく

──マー・ベルのおかげで電話料金は十セントになりました》
それから地元電話帳の職業別のページをめくり、リスボン・タクシーを見つけだした。この会社の広告には漫画タッチのタクシーがつかわれていた──両目はヘッドライト、グリルの口が大きな笑みを見せていた。広告は《迅速丁寧がモットーです》と約束していた。ぼくには、これがなによりだと思えた。ついでポケットをさぐって小銭をとりだそうとしたが、ぼくの手が最初に抜きだしてきたのは、本来なら未来に残してくるべき品だった──ノキア製の携帯電話だ。ぼくが出発してきた年の平均からすれば、すでに時代遅れの機種だったが──前々からｉＰｈｏｎｅに機種変更するつもりだった──この時代では用なしの品である。だれかに見られたが最後、答えられっこない質問を百も浴びせかけられるだろう。ぼくは携帯をブリーフケースにしまいこんだ。さしあたりここに隠しておけば心配はないが、いずれ処分しなくてはならないだろう。この携帯をもったまま動きまわるのは、不発弾を携行して歩きまわるようなものだ。
十セント硬貨が見つかって投入口に入れたが、たちまち内部を通りぬけて返却口に落ちてきてしまった。硬貨をとりだして、ひと目見るだけで、その理由はわかった。ノキアとおなじく、未来からもってきたものだったからだ──これは銅をサンドイッチした貼りあわせ合金製で、実質的には一セント硬貨を変装させたものといえる。ぼくは手もちの硬貨のありったけをとりだして選りわけていき、一九五三年鋳造の五セント貨を見つけだした。〈ケネベク・フルーツ商会〉でルートビアを飲んだときの釣り銭にはいっていたのだろう。見つけた十セントを電話機に入れようとしたところで、ふっとある思いが頭に浮かび、そのとたん全身がすっと冷えた。

二〇〇二年鋳造の十セント硬貨が返却口に落ちてきたからよかったが、電話機がのどに詰まらせていたらどうなった？　さらにこのリスボンフォールズの街を担当しているＡＴ＆Ｔの修理担当者が、未来の硬貨を見つけたら？
《いやいや、どうせいたずらだと考えるだけ、それだけだ。手のこんだいたずらだ、と》
そうは思ったものの、われながら疑わしく思えた——あまりにも完璧な十セント硬貨だからだ。修理を担当した者は、未来の硬貨をあちこちに見せてまわるかもしれない。そうなれば、やがては新聞にその話が記事になって掲載されたかもしれない。今回はたまたま幸運だったが、次も幸運に恵まれるとはかぎらなかった。用心ぶかくならなくては。落ち着かない気分が加速していくなかで、ぼくはまた携帯電話に思いをはせた。ついで一九五三年の十セントを投入口に落とすと、代わりに発信音がきこえてきた。ぼくはゆっくりと注意ぶかい手つきで番号をまわしていった——そうしながら、ダイヤル式の公衆電話を以前につかったことがあっただろうかと記憶をさぐったが、その経験はなさそうだった。指を離すたびにダイヤルはもとの位置へもどっていき、そのたびに電話機は奇妙な〝かっかっかっ〟という音をたてていた。
「リスボン・タクシーです」女の声がきこえた。「何マイルでもお客さまにスマイルを。本日はどのようなご用むきでしょうか？」

8

車を待ちがてら、ぼくは〈タイタス〉の中古車展示場をウインドウショッピングのつもりでぶらぶらと歩いていた。とりわけ心を惹かれたのは一九五四年型のフォードのコンバーティブル——運転席側のクロームめっきのほどこされたヘッドライト下にある筆記体を模したプレートによれば、サンライナーというモデルらしい。側面に白い帯のはいったホワイトウォール・タイヤがとりつけられ、本物のキャンバス地のルーフは、〈ドラッグストリップ・ガール〉に出てきたクールガイたちなら幌屋根《ラグトップ》と呼ぶのだろう。

「そいつはわるくない車だよ、お客さん」背後からビル・タイタスが声をかけてきた。「飛ぶようなスピードで走れるぞ——このおれが身をもって証言してやる」

ぼくはふりかえった。ビルは赤い雑巾で手を拭いていたが、その雑巾にしてからが、本人の手にも負けないほどたっぷり油にまみれているように見えた。

「ロッカーパネルに錆《さび》が浮いてるね」ぼくは指摘した。

「そうだな。しかし、まあ、この天気ではね」ビルは、〝それでどうしろというのか〟と語るように肩をすくめた。「肝心なのはエンジンの状態が万全で、タイヤがどれも新品同様ってことさ」

「V8?」

「Yブロック」ビルがいい、ぼくは話をすっかり理解している顔でうなずいた。「ダーラムのアーリン・ハドリーから買ったんだ。あの人のご亭主が亡くなったあとでね。ビル・ハドリーが通じていたことをひとつあげるなら、そいつは車の手入れだな……ただ、あんたはそんなことを知るまいね。だって、あんたはこのへんの人じゃないからさ——ちがうか?」

「そう。ウィスコンシンだ。ジョージ・アンバースン」ぼくは片手をさしだした。

ビルは淡く微笑みながら頭を左右にふった。「よろしくな、アンバースンさん。でも、あんたの手に油汚れをつけたくはない。握手したつもりになってくれ。で、あんたは買う気があるのかな？　それともただの冷やかしか？」

「まだ心が決まらないんだ」とは答えたが、正直な返答ではなかった。頭のなかでは、このサンライナーほどクールな車はこれまでに見たことがない、とまで考えていた。ぼくは口をひらいて、この車の燃費はどのくらいだと質問しかけて……はた、と気がついた。二ドルで満タンにできる世界では、意味のない質問だ。その代わりにぼくは、標準モデルなのかとたずねた。

「そうだとも。ギアをセカンドにあげたら、警官が付近にいないかどうか目を光らせたほうがいい。セカンドだと、ぶっ飛びもんで加速しちまうんだ。ちょっくら、あたりを試乗してみるかい？」

「それが無理なんだ」ぼくは答えた。「タクシーを呼んだところでね」

「旅をするのに、タクシーはまずいな」ビル・タイタスはいった。「この車を買っておけば、ウィスコンシンに帰るときに格好がつくし、なにしろ列車の心配をせずにすむ」

「いくらなら売るつもりだい？　フロントガラスには値札が出ていないぞ」

「ああ、というのも、おととい仕入れたばかりだからな。そこまでまだ手が回らなかった」〝仕入れた《ゴット》〟となるべき単語が〝グート〟と響いた。ビルはタバコの箱をとりだした。「こいつには三百五十の線を考えているよ。だけど、ここだけの話、値引き交渉には応じるぞ」〝値引《ディ》き交渉《ッカー》〟が〝ディッカ〟ときこえた。

ぼくはあごに力をこめてから――驚きにぽかんと口がひらきっぱなしになってしまいそうだ

ったからだ――よく考えてみる、とビルに告げた。考えが正しい方向に進んだら、あしたあらためて来る、とも話した。

「早めに来たほうがいいな、アンバースンさん。こいつはそういつまでも売場にならんじゃいないからね」

ここでもぼくは、心なごむものを感じた。手もとの硬貨は公衆電話で利用できず、銀行の業務の大半は手作業、電話機はダイヤルをまわすたびに奇妙な〝かっかっかっ〟という音をたてる世界にいてもなお、前と変わらないものもあったからだ。

9

タクシーの運転手は太った男で、かぶっているくたびれた外見の帽子には《認可運送業者》の文字がはいっていた。ラッキーストライクを次から次へと吸い、カーラジオはWJABをかけっぱなし。そんなわけでぼくたちはマクガイア・シスターズの〈シュガータイム〉をきき、エヴァリー・ブラザースの〈バード・ドッグ〉をきき、シェブ・ウーリーとかいう男が歌う〈ロックを踊る宇宙人〉という歌まできいた。最後の曲は、きけなかったとしても惜しくはなかった。そのほか一切合財の曲がおわると、若い女の三人組が調子っぱずれな声で、「いーちーよん、よーんーゼロ、WJAービイィィ……ザ・ビッグJAB《ジャブ》！」と歌った。さらにぼくは〈ロマナウズ〉なる店がただいま年に一度の〝夏にさよなら〟大特価セール中であることや、〈F・W・ウールワース〉がフラフープを一ドル三十九セントという破格の安値で売りだして、新規注文が殺到していることなどを知らされた。

「ガキどもに腰をぶつけあう方法を教えるだけの、くだらないしろもんさ」運転手はいい、換気用の三角窓からタバコを突きだして外の風が灰を吸いこむにまかせた。〈タイタス・シェヴロン〉から〈タマラク・モーターコート〉までの道のりで、運転手が言葉を発したのはこのときだけだった。

ぼくは把手をまわして窓ガラスを下げ、タバコのスモッグを多少なりとも避けながら、窓の外をうしろへ走り過ぎてゆく異世界に目をむけていた。リスボンフォールズからルイストンの町境にまで広がっているはずの都市スプロールは、この時代には影も形もなかった。数軒のガソリンスタンドと〈ハイハット・ドライブイン〉、それに屋外映画館（庇《ひさし》看板の宣伝によれば、いまは〈めまい〉と〈長く熱い夜〉の二本だてを、どちらも〝シネマスコープ〟と〝テクニカラー〟で上映中とのこと）こそあったが、それ以外はひたすらメイン州の田園地帯が広がっているばかりだった。人よりも牛のほうをたくさん見かけたほどだ。

モーターコートは州道から引っこんだところにあり、唐松《タマラク》ではなく堂々とした楡《にれ》の巨木群が落とす影のなかにあった。恐竜の群れを目にしたというほどではなかったが、それに近い驚きはあった。ぼくが口をぽかんとあけて木立ちをながめている一方で、ミスター認可運送業者はまた新しいタバコに火をつけていた。「お客さん、荷物を運ぶのに手がいるかい？」

「いや、それにはおよばないよ」運転席のメーターに表示されている運賃は楡の木ほどの堂々たる額ではなかったが、それでも驚きに二度見してしまった。ぼくは運転手に二ドルをわたし、釣りは五十セントでいいといった。運転手は満足したようだった——チップが、ラッキーストライクをひと箱買えるだけの額だったからだ。

10

モーテルにチェックインしたあとは（なんの問題もなかった――フロントで部屋代を現金で払っただけで、身分証の提示は求められなかった）、空調設備といえば窓枠にとりつけられた換気扇しかない客室でたっぷりと昼寝をした。目を覚ましたときには生まれ変わった気分だったが（プラス面）、その晩はなかなか寝つけなかった（マイナス面）。日没後に州道を走る車はほとんどなくなり、あたりがあまりにも静かすぎて、かえって胸が騒いだ。部屋に置いてあったテレビはゼニス製の卓上モデルで、それこそ五十キロ近い重さがありそうだった。本体の上には一対の兎の耳のようなラビットアンテナが置いてあった。アンテナには、こんな注意書きが立てかけてあった――《手でアンテナを調整してください。〝アルミ箔〟の使用はご遠慮ください。ご協力に感謝します――支配人》

見られるチャンネルは三つだった。NBCの系列局は、どれだけラビットアンテナを調節しても画面は猛吹雪のような状態のままであり、CBSは画面がくりかえし上に回転してしまって、垂直方向の調整つまみをいくらいじっても効果がなかった。なんの問題もなく鮮明に受信できたABCでは、ヒュー・オブライエン主演のテレビ西部劇〈保安官ワイアット・アープ〉を放映していた。オブライエンが数名の悪党を銃で撃つと、タバコのヴァイスロイのコマーシャルがはじまった。オブライエンが出てきて、ヴァイスロイには思考する男のためのフィルターと、愛煙家のための風味がともにそなわっている、と説明していた。マックイーンがタバコに火をつけているあいだに、ぼくはベッドから起きだしてテレビのスイッチを切った。

それで、きこえるのは蟋蟀《こおろぎ》の鳴く声だけになった。

ぼくはトランクス一枚の姿になると、ベッドに横になって眠ろうとした。ふっと、思いが自分の母と父におよんだ。いま父は六歳で、ウィスコンシン州のオクレールに住んでいる。母はまだたったの五歳、アイオワ州の農場屋敷に住んでいるが、いまから三年か四年ののちには、その屋敷は火事で全焼する。火事をきっかけに一家はウィスコンシン州へ引っ越し、ふたりの人生の交差点に近づいていく……そしてその交差点からやがて生みだされてくるのが……このぼくだ。

《ぼくは正気をなくしてる》ぼくは思った。《正気をなくして、いまはどこかの精神病院で極端なほど混乱しきった幻覚を見ているんだ。もしかすると、どこかの医者がぼくの症例をもとにして医学雑誌に論文のひとつも書くかもしれない。『妻を帽子とまちがえた男』ならぬ、『一九五八年にいると錯覚した男』というタイトルで》

しかし、でこぼこのある生地でできたベッドカバー――まだめくりかえしていなかった――の表面に手を滑らせるだけで、すべてが現実だとわかった。リー・ハーヴェイ・オズワルドのことも思ったが、いまのところオズワルドは未来に属しており、博物館行きがふさわしいこの時代遅れのモーテルの部屋でぼくに不安を感じさせていたのは、オズワルドではなかった。

ぼくはベッドに腰かけると、ブリーフケースをあけて携帯電話をとりだした。時間旅行をしてきたこのハイテク機器は、ここではまったくの無用の長物だった。それでもなおぼくは抵抗できず、携帯をひらいて電源ボタンを押していた。いうまでもなく、液晶画面には《圏外》の文字が出てきた――だいたい、なにを期待していたのか？　アンテナが五本立っている表示か？　もしや、《もどってこい、ジェイク。とりかえしのつかない損害を与えてしまう前に》と訴える情けない声を期待していた？　馬鹿馬鹿しい迷信めいた考えだ。たとえ損害を与えたにしても、ぼくなら帳消しにできる。なぜなら、過去への旅は毎回がリセットだからだ。時間旅行には最初から安全スイッチが組みこまれているといってもいい。

そう考えると気が楽になったが、カラーテレビが家電業界で最大の躍進となる世界で携帯電話を所持しているという事実には、気を楽にする要素はかけらもなかった。携帯を所持していることが人に知られたところで、魔女として縛り首にされることはないだろうが、地元の警察に逮捕されて留置場の独房に入れられることは考えられる――そのあと、ワシントンからＪ・エドガー・フーヴァーの手下たちが尋問のためにやってくるのだ。

携帯をベッドに置くと、ぼくはスラックスの前ポケットにはいっていた硬貨を残らず出した。ついで、硬貨をふたつの山にわける。一九五八年以前の硬貨は、ふたたびポケットにしまった。未来の硬貨は、デスクの抽斗に（ギデオン聖書と〈ハイ－ハット〉のテイクアウトメニューともども）あった封筒におさめた。ついでぼくは服を身につけると、ルームキーを手にとって客室を出た。

外に出ると、蟋蟀の鳴き声が一段と大きくきこえた。一部が欠けた月が空にかかっていた。月の光が届かないところでは、見たこともないほど明るく、見たこともないほどの近さで星々が輝いていた。一台のトラックが眠たげな音とともに一九六号線を通りすぎていくと、それっきり道路に動くものの影は見あたらなくなった。ここは田園地帯であり、いま田園は眠っていた。遠いところで、貨物列車の警笛が夜空に穴をあけていった。

モーターコートの中庭にとまっている車は二台だけだったし、その車の主が泊まっているらしき客室はどちらも暗かった。オフィスにも明かりはない。ぼくはモーターコートの裏手に広がる草原に足を踏みいれた。丈の高い草がジーンズの足にこすれて、くすくすと忍び笑いを洩らした。あしたはジーンズではなく、買ったばかりのバンロン製のスラックスを穿くつもりだった。

ただ針金をわたしただけのフェンスが、〈タマラク・モーターコート〉の境界線を示していた。その先には、田舎住まいの人たちが〝水たまり〟と呼ぶような小さな池があった。池のそばでは五、六頭の牛が、あたたかな夜気のなかで寝ていた。ぼくがフェンスをくぐって池に近づいていくあいだ、一頭の牛が頭をもたげてぼくに目をむけてきた。しかし牛はそれっきり関心をうしない、また頭をおろした。ぼくがノキアの携帯電話を池に投げこんだときにも、牛は顔をあげなかった。つづいて硬貨をおさめた封筒に封をして、携帯のあとを追わせた。それから来た道を逆にたどり、モーテルの裏でいったん足をとめて、中庭がまだ無人のままかどうかを確かめた。だれもいなかった。

ぼくは客室に引き返すと、服を脱いで、ほぼ即座に寝入っていた。

第六章

1

翌朝もまた、おなじチェーンスモーカーの運転手が迎えにきた。タクシーで〈タイタス・シェヴロン〉まで送ってもらったが、そのときも例のコンバーティブルは中古車置場にあった。売れてはいないだろうと予想はしていたが、胸を撫でおろしもした。このとき着ていたのは、〈メイスンズ・メンズウェア〉で買いもとめた、これといった特徴のないグレーのスポーツジャケット。新しく手に入れたオストリッチ革の財布はしっかりと内ポケットにおさまり、アルから受けとった五百ドルの現金がはいっていた。ぼくがフォードを感嘆の目で見ていると、ビル・タイタスが雑巾で——きのう手を拭くのにつかっていたのとおなじものらしい——手を拭きながら近づいてきた。

「ひと晩じっくり考えて、この車を買うことにしたよ」ぼくはいった。

「そりゃよかった」ビルはまずそういってから、後悔の色をにじませた。「でも、こちらもじっくり考えたんだよ、アンバースンさん。きのうは値引き交渉の余地があると話したが、あの言葉は嘘だったというしかなさそうだ。けさ、ベーコンを添えたパンケーキの朝食をとりながら、うちのかみさんがどう話したと思う？　こうだ──『ビル、あのサンライナーを三百五十ドル以下で売ったら、あなたは本物の馬鹿よ』。それだけじゃない、かみさんにいわせれば、そもそも最初にあんな値段をつけたのが馬鹿のきわみだとさ」

ぼくは、この反応も当然すべてお見とおしだったといいたげにうなずいた。「なるほど」

ビルは意外そうな顔を見せた。

「ぼくにできることを話すよ、ミスター・タイタス。まず、この場で三百五十ドルの小切手を書くという手がある──ホームタウン・トラスト銀行のまっとうな小切手だ。銀行に問いあわせてもいい。あるいは、財布から三百ドルの現金を出して支払う手もあるな。その方法がよければ、たがいに書類仕事の手間も省けるね。さて、どうする？」

ビルはにやりと笑い、目をみはるほど白く輝く歯をあらわにした。「ウィスコンシンの人たちは取引のこつってものを心得ているというしかないね。三百二十にしてくれたら、この場でステッカーを貼り、二週間有効の仮プレートをとりつけてやるから、そのまま乗っていけるぞ」

「三百十ドル」

「頼むよ、おれを困らせないでくれ」ビルはそういったが、困っているふうはなく、むしろ楽しんでいる顔つきだった。「その額にあと五ドルつけてくれたら、それで決まりにしよう」

ぼくは手をさしだした。「わかった、三百十五ドルで異存はない」

「そうこなくちゃ」今回ビルは油汚れを気にせずに、ぼくの手を握った。ついで、商談ブースを指さす。ポニーテールのかわい子ちゃんは、きょうはゴシップ雑誌のコンフィデンシャル誌を読んでいた。「あの若いレディに代金を支払ってもらえるかな――まあ、たまたまうちの娘なんだが。娘が売買契約書をつくる。それがすんで、またここにもどってくれたら、おれがステッカーを貼るよ。ガソリンも入れておこう」

それから四十分後、ぼくは新しくわが所有物になった一九五四年型フォードの幌屋根タイプの車のハンドルを握って、一路北のデリーを目指していた。標準仕様の車の運転は知っていたが、シフトレバーがコラム式の車を運転するのは初めてだった。最初のうちはまごついたが、そのうち慣れてくると（同時に、ヘッドライト減光スイッチを左足で操作することにも慣れなくてはならなかった）この車が気にいってきた。セカンドギアについては、ビル・タイタスの言葉どおりだった。セカンドに入れると、サンライナーはぶっ飛びもんで加速した。オーガスタで小休止してルーフをおろした。ウォーターヴィルでは、おいしいミートローフ・ディナーにありついた。デザートのアップルパイ・アラモードこみで代金は九十五セント。アルのファットバーガーがぼったくりに思えてくる。ぼくは、カーラジオから流れるスカイライナーズやコースターズ、デルバイキングズ、エレガンツといったグループにあわせてハミングした。ターンパイク（道路わきの立て看板によれば、〝一分一マイルのハイウェイ〟という愛称があるそうだ）を、ぼくはほぼ独占して走っていた。いろいろな不安は、ゆうべ携帯電話や未来の小銭ともども、牛の水飲み場になっている水たまりに投げ捨てて沈めてきたように思えた。いい気分だった。

デリーの街を見るまでは。

デリーの街にはどこかおかしな点があったし、最初にひと目見たときから、それを察していたように思う。

2

ニューポートの北方約三十キロのところで、〝一分一マイルのハイウェイ〟が狭まり、上下各一車線のアスファルト舗装の道に変わったところで州道七号線に乗り換え、丘をひとつのぼると、ケンダスキーグ川の西の土手にうずくまっているかのようなデリーの街が見えてきた。その上空には、いくつあるとも知れないフル操業中の繊維工場や製紙工場が吐きだす汚染物質の雲が重く垂れこめていた。街の中央を貫いて、緑色の動脈が走っていた。遠くから見ると、それが傷痕のように見えた。このジグザグの緑の帯のまわりに広がっている街なみは煤《すす》じみた灰色と黒だけで構成されており、どっさりある煙突から吐きだされては大波のようにうねっている煙のせいで、その上の空は小便を思わせる色に黄ばんでしまっていた。

数軒の農産物直売所の前を通りすぎた。店番をしている人々は（あるいは車で行きすぎるぼくを、ぽかんと口をあけて見ているだけの人々は）、メイン州の農民というよりも、むしろ映画〈脱出〉に出てきた近親婚がありふれている山地民《ヒルビリーズ》に見えた。その最後の一軒――**《バワーズ農産物直売所・州道店》**――の前を通りすぎたそのとき、トマトを詰めて積みあげてある数個の籠の裏から、一頭の雑種犬が飛びだしてきてぼくの車を追いかけ、涎をたらしながら、しきりにサンライナーの後輪に嚙みつこうとしはじめた。ブルドッグの出来そこないめいた犬だった。姿が見えなくなる前、つなぎの服を着た痩せた女が犬に近づいていき、板切れで犬を打ちすえだすのが見えた。

それがハリー・ダニングが育った街だった。ぼくは最初から、この街がきらいになった。確固たる理由があったわけではない。ダウンタウンの商店街は三つのけわしい山の麓《ふもと》にあるせいであなぐらのような雰囲気があり、閉所恐怖を誘いそうだった。ぼくのチェリーレッドのフォードが往来でいちばん鮮やかな色をしているようで、黒のプリマスや茶色のシボレーや汚れた配達用トラックのなかで、どうしても目についてしまう色を、（さらには、この車があつめている人々の目つきの大半から察するに）歓迎できない派手な色をまきちらしているかにも思えた。街の中心を運河が走っていた——黒々とした水が、点々と苔《こけ》の生えたコンクリートの護岸ぎりぎりまでたたえられていた。

キャナル・ストリートに駐車スペースが見つかった。メーターに五セント硬貨を入れると、買物のための一時間が確保できた。リスボンフォールズで帽子を買い忘れたのだ。二、三軒先に〈デリー・ドレス&エヴリデイ——メイン州中部でいちばん親切丁寧な男子洋品店〉という店があった。とはいえ、その点では競争相手もあまりいないように思えた。

ぼくが車をとめたのはドラッグストアの店先だった。ぼくはしばし足をとめ、窓にかかげてある掲示をまじまじと見つめていた。なぜだかその掲示は、ほかのなににもまして、デリーという街へのぼくの感情——饐《す》えたような不信の念、ろくに抑制もされていない暴力の気配——を的確にまとめているように思えた。デリーには結局二カ月ほど滞在していながら、ぼくは（たまたま知りあった数人だけを例外として）街のすべてを忌みきらうようになっていた。こんな掲示だった。

万引きは〝スリル遊び〟や〝イカす遊び〟や
〝ガス抜き〟にあらず！
万引きは〈犯罪〉そのもの、それゆえ当店は
警察へ通報する！
　　　　　　　　ノーバート・キーン
　　　　　　　　　店主兼店長

　店内にいる白いスモックを着て眼鏡をかけている痩せた男、外にいるぼくをじっと見つめている男が、店主のミスター・キーンなのだろう。その表情が語っているのは、《いらっしゃい、初めてのお客さん。店内を好きに見てまわって、なにか買うなり、アイスクリーム・ソーダでもお飲みになってください》ではなかった。その顔は、《失せやがれ。うちには、おまえみたいな客に売る品はないんだよ》と語っていた。ぼくの一部は、これがぼくの創作だと思っていた。しかしぼくの大部分は、これが創作ではないことを知っていた。ぼくは実験のつもりで、手をハローの挨拶の要領でかかげてみた。

　白いスモックの男がおかえしに手をかかげることはなかった。

　それからぼくは、これまでに見てきた運河が、このとりわけて低地になっているダウンタウンの真下を流れているにちがいないし、いま自分がその上に立っているにちがいないことに気

がついた。足の下に水の存在が感じられ、水が歩道をひたひたと叩くのが感じられた。漠然とした不快な気分だった——世界のここのひと隅の地面が柔らかくなったかのように。

〈デリー・ドレス&エヴリデイ〉のショーウインドウには、タキシードを着せられたマネキンが立っていた。片方の目に片眼鏡をはめ、石膏の片手に学校のペナントをもっていた。ペナントには、《デリー・タイガースがバンゴア・ラムズを皆殺し》と書いてあった。ぼくは愛校心の味方だが、これはいささか度を越した文句に思えた。〝バンゴア・ラムズを叩きのめす〟ならまだわかる——しかし、皆殺しにする？

《ただの言葉のあやさ》ぼくは自分にいいきかせ、店内にはいっていった。

首にテープメジャーをかけた店員が近づいてきた。ぼくの服よりも高級そうな服を着ていたが、天井の薄暗い電球のせいで顔は黄色がかって見えた。いきなり、《夏むきの洒落た麦わら帽子を売ってもらえるか？　それとも店から消え失せたほうがいいかな？》と店員にたずねてみたいという、埒《らち》もない思いがこみあげてきた。しかし店員が笑顔とともに、いらっしゃいませと口にしたのをきっかけに、ほぼ平常といえる雰囲気になった。たずねた品の在庫はちゃんとあり、ぼくはわずか三ドル七十セントの出費で帽子の所有者になった。

「残念ですね——その帽子をあまりかぶる機会がないうちに、涼しい季節になりますから」店員はいった。

ぼくは帽子をかぶり、カウンターの横にある鏡をつかって調節した。「ひょっとしたら、小春日和《インディアン・サマー》をたっぷり長いこと楽しめるかも」

店員はやさしく、しかも申しわけなく思っているような手つきで、ぼくの帽子を反対方向に傾けた。ほんの五センチたらずだったが。それだけでぼくは大都会に出てきた田舎者ではなくなり……なにになったかといえば……そう、メイン州中部でいちばん親切丁寧な時間旅行者だ。

ぼくは店員に礼をいった。

「いやいや、お気になさらず、ミスター……」

「アンバースン」ぼくは答えて、片手をさしだした。店員の握手はごく短時間で、手は力なく、タルカムパウダーでもついてるのか、粉っぽい感触だった。店員が手をひっこめると、ぼくは自分の手をスポーツジャケットにこすりつけて拭いたくなった。

「デリーへは仕事で？」

「ああ。きみはこの街の出身者かい？」

「ええ、生まれてからずっと住んでます」店員は答え、それが重荷だといいたげにため息をついた。ぼく自身のこの街の第一印象に照らせば、たしかに重荷かもしれないと思えた。「ところで、立ち入った質問で恐縮ですが、どのようなお仕事を？」

「不動産だよ。ただしデリーにいるあいだは、軍隊時代の友人をさがそうかと思ってる。ダニングという男だ。ファーストネームはあいにく忘れてしまったけど、ぼくたちはその男をただ〝スキップ〟と呼んでた」

スキップ云々はつくり話だったが、ハリー・ダニングの父親のファーストネームを知らないというのは本当だった。ハリーの作文には兄や妹の名前は書いてあったが、ハンマーをふりまわした男は〝父〟か〝父さん〟としか書かれていなかった。

「それじゃお力になれそうもないですね」店員はもう気のない口調になっていた。商売はおわった。店にはほかの客の姿はなかったが、それでも店員はぼくを厄介払いしたがっている。

「でも、ほかのことでは力になってくれるかも。街いちばんのホテルといえば？」

「それなら、〈デリー・タウンハウス〉です。いったんケンダスキーグ・アヴェニューまで引き返して右に曲がり、アップマイル・ヒルをメイン・ストリートに行きつくまでのぼっていってください。正面玄関に出ている馬車用のランプが目印です」

「アップマイル・ヒル？」

「ええ、ここらへんじゃそう呼んでます。ほかにご用がなければ、これから裏で何着か服の修繕をしなくてはなりませんので」

　店をあとにするころには、空の光が翳りつつあった。一九五八年の九月から十月にかけてデリーに滞在していたあいだのことで、いちばん鮮やかに覚えているのは、あたりがいつもたちまち夕方の薄暗さになることだ。

　〈デリー・ドレス&エヴリデイ〉の隣は、《秋の銃器セール》開催中の〈メイチェンズ〉というスポーツ用品の店だった。店内ではふたりの男が狩猟用ライフルを品さだめしており、細いループタイを締めた（それに見あうように首が細い）年配の店員がそのようすをうれしそうに見ていた。キャナル・ストリートの反対側には、工場労働者むけとおぼしきバーがならんでいた。ビールやウィスキーのショットグラスが五十セント、ロックオーラ製のジュークボックスの中身はカントリー&ウエスタンだけ、というたぐいの店。店名はと見れば〈楽しき隠れ家《ハッピー・ヌック》〉があり、〈願かけ井戸《ウイッシング・ウエル》〉があり（あとで知ったのだが常連たちは〈血のバケツ《バケット・オブ・ブラッド》〉と呼んでいた）、〈ふたり兄弟《トゥー・ブラザーズ》〉があり、〈黄金の輻《ゴールデン・スポーク》〉があり、〈眠たい一ドル銀貨《スリーピー・シルヴァー・ダラー》〉があった。

最後に名をあげた店の前に四人の工場労働者らしき紳士が立って、午後の空気を楽しみながら、ぼくのコンバーティブルをじろじろ見つめていた。それぞれがビールのジョッキとタバコを手にしている。四人の顔は、ツイードやコットンのひらべったい帽子のつばが落とす影に隠れていた。いずれも足に履いているのは、色のはっきりしない汚れた大きな作業ブーツ——二〇一一年の世界でぼくが教えている生徒たちが〝クソ蹴り靴《シットキッカー》〟と呼ぶタイプのブーツだ。四人のうち三人までがサスペンダー使用。四人は無表情のきわみの顔でぼくを見つめていた。ぼくの車を走って追いかけ、涎を垂らしながら嚙みつこうとしてきた雑種の犬のことがちらりと頭をよぎった。ぼくは道をわたった。

「やあ」と、男たちに声をかける。「なにを飲んでるんだい？」

ひととき、だれも答えなかった。答えてもらえそうもないなと思うと同時に、サスペンダーをしていない男が口をひらいた。「バドワイザーかミケロブ。ほかになにがある？　よそ者か？」

「ウィスコンシン」ぼくは答えた。

「けっこうなこった」ひとりが低くつぶやいた。

「夏の観光シーズンはもうおわるぞ」別の男がいった。

「ここには仕事で来たものでね。ただし、この街にいるあいだに、軍隊時代の友人をさがそうかと思ってるんだ」と話しかけたが、反応はゼロ——ただしひとりの男がタバコの吸殻を歩道に落とし、小さめのムール貝ほどのサイズの鼻汁を飛ばして見事に火を消したことは、返答の一種と解釈できないことはない。それでも、ぼくはなおも話をつづけた。「やつの名前はスキップ・ダニング。ダニングという苗字の者を知っている人はいるかな?」

「笑顔で豚にキスでもしてろや」サスペンダーなし男がいった。

「失礼、いまなんと?」

男はぎょろりと目をむいて、口をへの字に曲げた——百万年かかっても賢くなる見こみのない愚かな人間を前にして、ついに我慢できなくなったという表情だ。

「デリーにはダニングがどっさりいる。嘘だと思うなら電話帳で確かめるといい」男はそれだけいうと、店内に引き返しはじめた。お仲間がそれにつづく。サスペンダーなし男は仲間のためにドアをあけてから、ぼくをふりかえった。「あのフォードはなにを積んでる?」〝積んで《ゴッ》る《ト》〟となるべき単語が〝グート〟。「V8か?」

「Yブロック」意味を知っている者の口調にきこえることを願いつつ、ぼくは答えた。

「よく走るかい?」

「わるくないね」

「だったら、いますぐ車に乗って丘にのぼるといい。向こうにもいい飲み屋はある。ここらの店は工員のたまり場だ」サスペンダーなし男は冷ややかな目をむけてきた——デリーでこうした目つきにあうのは予期できたこととはいえ、最後まで慣れることがなかった。「ここらの店だと、じろじろ見られるかもしれない。いや、それじゃすまないかもな。ストライアーやブーティラーの工場から、十一時七時勤務の連中が出てくればね」

「助かるよ。本当にありがとう」

冷たい値踏みの視線がまだつづいていた。「ほんとにものを知らないんだな」男はそう口にして、店内に姿を消した。

ぼくはコンバーティブルに引き返した。工場の排煙の臭気がただよい、明るい午後が血を流しながら夕闇に変わりつつあったこのときの灰色の街路を見るかぎり、デリーという街には、教会の信徒席で見つかった売春婦の死体をぎりぎり上まわる程度の魅力しか感じられなかった。車にエンジンをかけ、乗りこんでクラッチをつなぐなり、あっさりこの車で街をあとにしたい気持ちが強くこみあげてきた。リスボンフォールズへ帰って、あの階段をあがり、兎の穴をくぐりぬけて、ほかの男をさがすようアル・テンプルトンにいおう。いや、それはアルには無理ではないか？　アルにはもう体力が残っていないし、時間もほとんど残ってはいない。ニューイングランド地方の言いまわしにしたがえば、アルにとってぼくは〝罠猟師の最後の賭け〟だ。

メイン・ストリートに車を進めていくと、馬車用のランプが見つかり（見つけたときには、ちょうどあたりが暗くなって点灯したところだった）、ぼくは〈デリー・タウンハウス〉の正面玄関前のロータリーに車を入れた。五分後にはチェックインをすませた。こうして、デリーでの日々がはじまった。

3

新たに買いこんだ品々を袋からすっかりとりだしたころには（また残っていた現金の一部を財布に、残りを買ったばかりの小型スーツケースの内ポケットにおさめおわったころには）、かなりの空腹を感じていた。しかし、下へおりていって夕食をとる前に、まず電話帳を調べることにした。調べた結果にはがっくりさせられた。ミスター・サスペンダーなし男は決してぼくを歓迎してはいなかったが、その言葉は嘘ではなかった——デリーだけではなく、電話帳に掲載されている周辺の四つか五つかの小さな集落でも、ダニング姓の者が大安売りされていたのだ。この苗字だけでほぼ一ページが埋まっているほどだった。といっても、驚くことではない。地方の小さな街となれば、特定の苗字だけがいわば芝生のたんぽぽのように芽吹いてくるものだ。リスボン・ハイスクールで英語を教えた生徒のなかには、この五年にかぎっても、スターバードとレムキー姓の者がざっと二十人はいたにちがいない——きょうだいもいたが、大半はいとこやはとこ、またいとこの関係にある者だった。彼らはおなじ苗字同士で結婚して、同族を増やしていた。

過去へむかって出発する前に、ハリー・ダニングに電話で父親のファーストネームを問いあわせておくのだった——それなら簡単にすんだはずだ。アルが見せてくれたあれこれや、アルがぼくに頼んできたことなどで、あれほど頭がしっちゃかめっちゃかになっていなかったら、調べてきたはずだった。

《でも》ぼくは思った。《そんなにむずかしいはずがあるか？》

シャーロック・ホームズでなくても、トロイとアーサー（別名タッガ）、エレンとハリーという子どもたちがいる一家をさがしあてることはできるはずだ。

そう考えて気力が出てくると、ぼくは下へおりてホテルのレストランに行き、シーフードの夕食を注文した。ハマグリと、ざっと船外モーターほどの大きさのロブスターが出てきた。デザートは注文せず、代わりにバーでビールを飲むことにした。これまで読んだミステリでは、バーテンダーが極上の情報源だったことが珍しくない。もちろん〈デリー・タウンハウス〉のバーテンダーが、気ぶっせいで小さなこの街で話をしてきた人々の同類なら、あまり収穫をあげられそうもないが。

同類ではなかった。グラスを磨く仕事を中断してぼくの接客をしにきたのは、しっかりした体格の若い男で、頭頂部をたいらに刈りこんだ髪の毛の下に、満月を思わせる陽気な顔があった。「なにをお飲みになりますか、わが友《フレンド》？」

このFではじまる単語は耳に心地よかった。ぼくは顔をほころばせ、待ってましたとばかりに答えた。「ミラー・ライトを」

バーテンダーは困った顔になった。「あいにく、きいたことがありません。しかし、ハイライフならご用意できます」

ミラー・ライトをきいたことがないのも当然──まだ発売されていないのだから。「それをもらおう。どうも、自分が東海岸にいることを一瞬忘れていたみたいだ」

「どちらからいらしたんです？」バーテンダーは、先が三角に尖った〝教会の鍵《チャーチキー》〟でビールの缶に穴をあけ、つづいて霜のおりたグラスをぼくの前に置いた。

「ウィスコンシン。でも、しばらくはこちらに滞在の予定だよ」近くにはだれもいなかったが、ぼくは声を低くした。そのほうが、いかにも秘密を打ち明けている雰囲気がつくれる。「不動産関係の仕事でね。あちこち見てまわるつもりだ」

バーテンダーはうなずき、ぼくが自分でやる前にビールをグラスにそそいだ。「幸運をお祈りしましょう。このあたりには売りに出ている物件がどっさりありますし、どれも安値で出ています。ただ、わたしは引っ越す予定ですよ。今月の末にね。ここほど、ぎすぎすした空気のない土地に行くんですよ」

「たしかに、あまり人を歓迎する雰囲気の街ではないね」ぼくは答えた。「でも、しょせんは北部人《ヤンキー》気質のせいだと思ったよ。ウィスコンシンの人間は、もっと打ちとけやすいな。その証拠に、きみにビールを一杯おごろう」

「勤務中はアルコールを控えていますので。しかし、コークをいただいてもよろしいですか?」

「ああ、飲んでくれ」

「ありがとうございます。客足のふるわない晩に、こうしてお客さまをお迎えできるのはいいものです」見ているとバーテンダーは、ポンプからシロップをグラスに入れ、そこに炭酸水をくわえてかきまぜることでコークをつくっていた。ひと口飲んでから、うまそうに唇を鳴らす。

「甘くつくるのが好きなんですよ」

肉がつきはじめた腹まわりを見れば、この言葉も意外ではなかった。

「北部人《ヤンキー》がよそよそしいなんて話がありますがね、あんな話は嘘っぱちですよ」バーテンダーはつづけた。「わたしはこの州のフォークケントの出身ですが、あそこほど人に親切な小さい街はありませんって。ボストン＝メイン鉄道をあそこの駅でわざわざ降りる人がいれば、それはもうハローのキスを送りますよ。で、向こうのバーテンダー学校に通ったあとで、ひと儲けたくらんで州の南を目指したんです。ここは、この稼業をはじめるのにいいところに思えました。給料もわるくありませんでしたしね。しかし——」バーテンダーは周囲を見まわした。やはりだれもいなかったが、それでも声を落として、「本当のところをお話ししましょうか？この街は悪臭が立ちこめてます」

「ああ、わかるよ。あれだけ工場があってはね」

「それだけじゃありません。まわりを見てください。なにが見えます？」

ぼくはいわれたとおりにした。隅でセールスマンらしき男がウィスキーサワーを飲んでいたが……それだけだった。

「見るものもあまりないな」

「ええ、ウィークデイはずっとこの調子です。給料がいいのも道理ですよ――チップがないからです。ダウンタウンでビールを出す居酒屋は繁盛してます。ここも金曜と土曜の夜にはそこそこお客さんが来てくれますが、それ以外は……こんなものです。どうやら上流階級の金持ちは自分の家で飲んでいるようで」バーテンダーはさらに声を低くした。このぶんだと、遠からずささやき声になりそうだった。「今年の夏はひどいものでしたよ。地元の連中はできるだけ黙っていようとしてますがね――それどころか地元の新聞だって頰かむりだ――忌まわしい事件があったんです。殺人事件がね。少なくとも五、六件は。子どもばかり。つい先だって、そのひとりが〈荒れ地〉で見つかりました。パトリック・ホックステッターという少年です。すっかり腐敗していたそうで」

「〈荒れ地〉？」

「街の中心部を突っきっている湿地帯ですよ。飛行機でこっちへ来るとき、上空から見えたかもしれません」

ここへは車で来たのだが、それでもバーテンダーがどこの話をしているのかはわかった。

バーテンダーが目を見ひらいた。「もしや、あなたが興味をもっている不動産というのは、あそこの土地ではないでしょうね？」

「それはいえないな」ぼくはいった。「話が洩れたら、ぼくはたちまち職探しをする羽目になる」

「わかります、わかります」バーテンダーはコークを半分ほど飲むと、手の甲を口にあてがってげっぷを抑えた。「でも、あなたが興味をもっていればいいと思いますよ。あんなところは、すっかり舗装で覆ってしまえばいいんです。悪臭を発する水と蚊の大群だけの土地ですからね。お客さんがやってくれたら、この街にとってもありがたい。わずかなりとも雰囲気が明るくなります」

「ほかにもあそこで見つかった子どもがいるのかい？」ぼくはたずねた。連続子ども殺人事件ということなら、町境を越えてデリーにはいって以来ずっと感じていた暗鬱な空気にも説明がつくだろう。

「わたしの知るかぎりはひとりもいませんが、行方不明になった子どもたちであそこに流れついた者もいるという、もっぱらの噂ですよ。下水道用の大きなポンプ設備はあそこに全部あるんですからね。デリーの地中には、それはそれはたくさんの下水管が埋まっているという話もききました——大部分は大恐慌の時代に敷設されたそうです。なんでも、すべてを把握している者はひとりもいないとか。それで、子どもがどんなものかはご存じでしょう」

「冒険が大好きだ」

バーテンダーは得たりとばかりにうなずいた。「ドン、ピシャー、ピシャー・エヴァーシャープ。どこかの流れ者のしわざで、そいつはもう街を出たという説もあります。また犯人は、身元を隠すためにピエロの扮装をしている地元の者だと話している向きもあります。最初の犠牲者は――まあ、事件があったのは、わたしがここへ来る前の昨年ですが――ウィチャム・ストリートとジャクスン・ストリートの交差点で見つかりました。片腕を引きちぎられていました。デンブロウという名前でしたね。ジョージ・デンブロウ。かわいそうな坊主だ」ついでバーテンダーは、意味深な目でぼくを見つめた。「で、この子は下水の溝のそばで見つかったんですよ。下水を〈荒れ地〉へと流す溝のそばで」

「痛ましいな」

「まったく」

「そういえば、きみはこれまでずっと過去形で話をしているね」

これがどういう意味の質問かを説明する用意もあったが、目の前の男はバーテンダー学校だけではなく英語の授業もしっかりときいていたようだ。「一連の事件がおさまったようですから――いや、そうなるように願をかけなくては」バーテンダーは手近な木製品としてバーカウンターを拳の関節で叩いて、昔ながらのおまじないをした。「ひょっとしたら、これまで犯行を重ねていた者が荷物をまとめて、どこかへ引っ越したのかもしれない。あるいは、この人でなし野郎が自殺したのかもしれません――そういうことが、ままありますしね。それなら万々歳だ。でもね、コーコラン家の小さな男の子を殺したのは、ピエロ服をまとった連続殺人鬼じゃなかった。あの子を殺したピエロ野郎は、なんとも信じられないことに少年の父親だったんですよ」

これだけでも、ぼくがいまここにいるのが偶然ではなく、むしろ運命だと感じるには充分だった。ぼくはゆっくりとビールをひと口だけ飲んだ。「そうなんだ？」

「ええ、そうですとも。男の子の名前はドーシー・コーコラン。まだたったの四歳でした。で、けだもののような父親がなにをしたと思います？　無反動ハンマーで殴り殺したんですよ」

《ハンマー。その男はハンマーをつかったのだ》ぼくはお義理で興味をもっているだけのような顔をとりつくろっていたが——というか、とりつくろえていることを祈っていたが——両腕に鳥肌がさあっと広がってくるのを感じていた。「ひどい話だな」

「ええ。でもまだ話はおわりじゃ——」バーテンダーはいきなり言葉を切り、ぼくの肩の先に視線をむけた。

例のセールスマンだった。「お代わりをなさいますか？」

「きょうはもう寝るよ。あしたには、この街ともおさらばしてやる。」そういって、一ドル札をバーテンダーに手わたす。「いや、いい」そういって、一ドル札をバーテンダーに手わたす。ウォーターヴィルとオーガスタの住人たちが金物の注文の仕方を覚えているように祈ってる——この街の連中はそんなことも知らないみたいだからね。釣りはいらないよ。その金でデソートの車でも買うがいい」

それだけいうと、男はうつむいたまま、よろめく足で去っていった。

「おわかりでしょう？　いまのが、この楽園でのわれわれが過ごす日常の完璧な一例ですね」バーテンダーは、出ていく客のうしろ姿を悲しげな顔で見おくった。「一杯だけ飲んでベッドに引きあげていき、翌日は〝さよなら三角、また来て四角、だけどもまた来たためしなし〟です。これがつづけば、このちっぽけな街はいずれゴーストタウンになるでしょうね」バーテンダーはすっくと背すじを伸ばし、肩を四角く怒らせようとした――しかし、これは不可能だった。体のほかの部分とおなじく、肩も丸みを帯びていたからだ。「でも、知ったことか……ですよ。十月一日になったら、わたしはこの街におさらばだ。旅立ちです。どうかあなたも道中ご無事で、そうだよ、また会うその日まで」

「さっきの話に出てきたドーシーという男の子の父親だけど……その父親は、ほかの子どもたちを殺した犯人ではなかった？」

「いいや。ほかの子どもたちの事件にはアリバイがあったんですよ。ああ、いま考えてみれば、実の父親じゃなくて継父でした。ディッキー・マックリン。フロント係のジョニー・キースン――お客さんのチェックイン手続もしたかもしれません――からきいた話だと、前はここにもたまに飲みにきていたそうです。でも、ひとりのスチュワーデスにいいよってこっぴどく肘鉄を食らい、それを恨みに暴れたりなんだりしたもので、出入り禁止になったとか。そのあとは、〈スポーク〉か〈バケツ〉あたりで飲んでたんじゃないですかね。あの手の店はどんな客も入れますから」

ついでバーテンダーは身を乗りだしてきた――頬につけたアフターシェーブローションのアクアヴェルヴァの香りが嗅ぎとれるほどの近さにまで。

「最悪の部分をおききになりますか？」

ききたくはなかったが、きいておくべきだとわかっていたので、ぼくはうなずいた。

「そのいかれきった家には、お兄さんもいたんですよ。エディという男の子がね。エディは去年の六月に行方不明になりました。ふっと姿を消した。消えちまった、行く先ひとつ告げるでなしに——って、いってる意味、おわかりですね？　マックリンの家から逃げるために家出したと話してる向きもありますが、多少でも知恵があれば、いずれエディがポートランドなりキャッスルロックなりポーツマスなりで見つかったはずだとわかるでしょうよ——わずか十歳の男の子が、そうそう長いこと人目を避けていられるものじゃない。わたしにいわせれば、エディ・コーコランも弟とおなじようにハンマーを食らったんでしょうね。マックリンの野郎は白状しないでしょうが」バーテンダーはにやりと笑った——突然の太陽の日ざしめいたその笑みのせいで、月のような丸顔がハンサムにさえ見えた。「これだけ話せば、そろそろデリーで不動産を買うのをあきらめたくなってきたんじゃありませんか？」

「それを決めるのはぼくじゃないんだ」ぼくは答えた。このときぼくは、自動操縦状態で空を飛んでいた。メイン州のこの地域で子どもを狙った連続殺人事件があったという話を、どこかで見聞きしたことがあったのでは？　いや、テレビで見たのかもしれない——それも脳味噌の四分の一だけを画面にふりむけた状態で。残り四分の三の脳味噌は、またぞろ〝夜の女子会〟とやらで出かけた問題をかかえた妻が家に帰ってくる足音（いや、ふらふらとよろめく足音）がしないかと、そちらに集中していたからだ。考えれば、そう、テレビで見たような気がした。しかし確実に思い出せるのは、この先の八〇年代なかばにデリーを大洪水が襲い、街の半分が壊滅するということだけだった。

「ちがうんですか？」

「ああ、ぼくはしがない中間管理職さ」

「ともあれ幸運を祈ります。この街も少し前ほどすさんでいるわけじゃない——七月ごろなんて、街の雰囲気がドリス・デイの貞操帯なみにきつく張りつめてましたよ。それでも、いい雰囲気にはまだほど遠いですが。わたしは人づきあいが好きな男で、親しくつきあえる人が好きなんです。だから胸が張り裂けそうですよ」

「では、きみにも幸運を祈るよ」ぼくはそういって、カウンターに二ドルを置いた。

「いけません、それではいただきすぎです！」

「楽しい会話にもきちんとお礼を払うことを心がけているんだ」とはいえ、これは親しみやすい笑顔への礼金だった。会話の中身そのものは、こちらの不安をかきたてるものだった。

「ありがとうございます！」バーテンダーは顔を輝かせ、さっと手を突きだしてきた。「うっかり自己紹介を忘れてました。フレッド・トゥーミーです」

「楽しかったよ、フレッド。ぼくはジョージ・アンバースンだ」フレッドの握手は力強かった。

「ひとつ、アドバイスをおきかせしましょうか？」

タルカムパウダーはなし。

「頼む」

「この街にいるあいだ、子どもたちに話しかけるときには気をつけてください。夏場からこっち、見なれない男が子どもたちに話しかけて、その現場を人に見られたら、男のところに警察が質問にあらわれがちです。そればかりか、殴られても不思議はない。そんな目にあう可能性は、決して除外できません」

「ピエロの扮装をしていなくても？」ぼくは笑いながらたずねた。

「ええ、それこそ、なにかの衣装で変装することの利点ではありませんか？」フレッドの顔にもう笑みはなかった。いまは青白く深刻な顔を見せている。いいかえるなら、デリーのほかの人々全員とおなじだった。「ピエロの衣装を着てゴムの丸い鼻をくっつけたら、その奥にどんな外見の人がいるのかは、だれにもわかりません」

4

古風なエレベーターがぎしぎし音をたてながら三階へあがっていくあいだ、ぼくはいまの話に考えをめぐらせた。真実だった。フレッド・トゥーミーのほかの話もすっかり真実なら、自分の家族にハンマーで襲いかかる父親がまたひとり出てきたとしても、人々は驚くだろうか？　驚かないだろうと思えた。人々はただ、これもデリーならではのデリー病だというだけなのではないか。そして、その意見は正しいのかも。

客室にはいっていったそのとき、純然たる恐ろしい考えが頭に浮かんできた——これからの七週間でぼくがいろいろと歴史を変えたせいで、ハリーが足の障害と部分的に靄《もや》のかかった頭を残されるのではなく、兄妹もろとも父親に殺されてしまったらどうなるのか？

《そんなことになるものか》ぼくはひとりごちた。《ぼくがそんなことにはさせない。二〇〇八年のヒラリー・クリントンの発言ではないが、ぼくは〝勝つために身を投じた〟のだから》

ただし、いうまでもなくヒラリーは負けた。

5

翌朝の朝食は、ホテル内にある〈リバーヴュー・レストラン〉で食べた。客は、ぼくとゆうべ見かけた金物のセールスマンだけだった。セールスマンは地元の新聞に読みふけっていた。食事をおえたセールスマンが新聞をテーブルに置きっぱなしにしていったので、すかさず頂戴した。一面の記事には興味がなかった――一面はもっぱらフィリピンでふたたび起こった武力衝突に割かれていた（ただしちらりと、リー・ハーヴェイ・オズワルドがその近辺にいるのではないだろうか、と思いはした）。二〇一一年の世界では、ルイストンで発行されているサン・ジャーナル紙の愛読者だった。この新聞のBセクションの最終ページには、決まって《学校だより》という見出しがかかげられていた。子どもたちがなにかで受賞したり、クラス旅行に行ったり、あるいは地域の清掃ボランティア活動に参加したりした場合、子ども自慢の親たちは活字になったわが子の名前を記事で目にすることができた。デリー発行のデイリー・ニューズ紙に似たような記事のコーナーがあれば、ダニング家の子どもの名前がひとつでも見つかる可能性もないではない。

あいにく、ニューズ紙の最終ページに掲載されていたのは死亡記事だけだった。

ぼくはスポーツ欄をひらいて、今度の週末に開催予定のフットボール試合にまつわる記事に目を通した。デリー・タイガース対バンゴア・ラムズ。校務員ハリーの作文によれば、トロイ・ダニングは現在十五歳。十五歳の少年なら、チームの一員になっていることは――先発メンバーではないかもしれずとも――充分に考えられる。

しかし、トロイの名前は見つからなかった。さらに街の年少フットボール・チーム（ザ・タイガー・カブス）にまつわる小さな記事のほうも一語あまさず目を通したが、〃タッガ〃ことアーサー・ダニングの名前はなかった。

ぼくは朝食の代金を支払い、拝借した新聞を小わきにかかえて部屋へ引き返しながら、これではお粗末な探偵にしかなれないと思った。ついで電話帳に掲載されているダニング姓の者の数をかぞえたのち（ちなみに九十六人）、またほかの考えを思いついた。ひょっとしたらぼくは社会に普及したインターネットに依存し、その存在を当たり前だと思っているせいで枠に入れられているばかりか、手足を縛られていたのかもしれない。二〇一一年の世界なら、目あてのダニング家の者を見つけだすのはどの程度の手間がかかるだろうか？　お気にいりの検索エンジンに《タッガ・ダニング》と《デリー》と入力するだけでいい。あとはエンターキーを押し、二一世紀版〈偉大な兄弟〉ことグーグルに残りの仕事をまかせるだけだ。

一方、一九五八年のデリーでは、最新のコンピューターの大半は小さな公営住宅団地ほどのサイズだし、地元の新聞は役に立たない。では、どんな手段が残されている？　そこでぼくは、大学時代に習った社会学の教授を思い出した――皮肉っぽいいやみな男だった。《あらゆる手段が失敗したら、あきらめて図書館へ行け》というのが口癖だった。

6

その日の夕方近く、ぼくは希望を打ち砕かれた状態で（少なくともこのときばかりは）のろのろとアップマイル・ヒルをのぼっていた。途中、ジャクスン・ストリートとウィチャム・ストリートの交差点でちょっとだけ足をとめ、ジョージ・デンブロウという名前の幼い少年が（少なくともフレッド・トゥーミーの話によれば）片腕と命を同時にうしなった下水の溝を見つめた。丘のてっぺんにまであがりきったときには、心臓が激しい動悸を搏ち、息が切れていた。運動不足のせいではない――工場群の悪臭のせいだ。

ぼくは意気銷沈《しょうちん》し、いくぶん怯えてもいた。目あてのダニング一家を見つけるための時間は、たしかにまだ充分あったし、いずれは見つける自信もあった――そのためには電話帳のダニング姓の人すべてに電話をかけなくてはならず、ハリーにとっての時限爆弾である父親を警戒させてしまうリスクはあれ、そうするつもりもあった。しかしこのときぼくは、アルが感じていたことを感じはじめていた。そう、なにかがぼくを阻もうとして動いているという感覚だった。

カンザス・ストリートを歩きながら、あまりにも考えごとに没頭していたせいで、いつしか右側に民家がなくなっていたことにもすぐには気づかなかった。ふと見ると、右側の地面は急勾配の斜面になっていて、その先は緑の植物が暴動を起こしたようにもつれあっている湿地になっていた。バーテンダーのトゥーミーがいっていた〈荒れ地〉だった。歩道と斜面をへだてているのは、ぐらぐらする白いフェンスだけ。ぼくはフェンスに手をかけて、下に広がる人の手がはいらずに繁茂している植物群を見おろした。よどんでいる濁った水の光る水面や、あまりにも高く伸びているために先史時代のものかと見まがうような葦《あし》の群生や、波打つように伸び、歯をむいてうなり声をあげているようにも見える茨の茂みなどが見えた。下の湿地では、樹木は太陽を求める争いで発育を妨げられてしまいそうだ。毒のある蔦漆《つたうるし》も生えているだろうし、どっさりとごみもありそうだ。ときおりホームレスが野宿をしてもいるだろう。そして、地元の子どもたちしか知らない秘密の道もありそうだ。冒険心に富んだ子どもたち。

ぼくは背をすっくと伸ばして、あたりを見るともなしにながめていた。耳にはいってはいても注意をむけてはいなかったが、遠くかすかに音楽が流れていた——管楽器がつかわれているような響きだった。ぼくは、午前中から自分がろくに仕事を進められなかったことを考えていた。《過去はたしかに変えられるが》アルは話していた。《おまえさんが考えているほど簡単には変えられない》

それにしても、あの音楽はなんだろうか？　陽気で……ちょっと跳ねているような感じもある。音楽から、ぼくはクリスティーを連想した。出会って間がないころのクリスティー、ぼくがまだ首ったけだったころのクリスティー。おたがいが首ったけだったころだ。バッーダッーダッ……バッーダッーダーディーーダン……ひょっとしてグレン・ミラーか？

図書館に行ったのは国勢調査のデータを見たかったからだ。最新の全国的な国勢調査は八年前、一九五〇年におこなわれていたはずだし、それならダニング一家の四人の子どものうち三人までは記載されているだろう。エレンだけは——殺人事件が起こるときに七歳になっているエレンだけは——一九五〇年にはまだ生まれていないので、勘定に入れてもらっていない。資料には住所も出ているだろう。調査からの八年のあいだに一家が引っ越したかもしれないのは事実だが、それでも隣人たちに質問すれば、転居先を教えてくれるだろう。なんといっても、ここは小さな街だ。

しかし、国勢調査のデータは図書館にはなかった。司書をつとめる愛想のいい女性、ミセス・スターレットは、個人的な意見ではそういった資料は図書館にこそあるべきだと思うが、市の評議会がなんらかの理由で資料を市庁舎に保管する決定をくだした、と教えてくれた。資料が移されたのは一九五四年のことだ、とも話してくれた。

「あまりいい話ではないですね」ぼくは笑みを浮かべていった。「昔からいいますね——泣く子と市長には勝てないって」

ミセス・スターレットは笑みを返してこなかった。助力は惜しまず、魅力的でさえあったが、やはりこの不気味な街でこれまで会った人すべてと変わらず、慎重に距離をとっていたのだ——ただしフレッド・トゥーミーは例外で、例外のない規則はないという言葉が実証されたことになる。「ふざけないでください、アンバースンさん。合衆国国勢調査には、プライバシーにかかわることは含まれていませんよ。まっすぐ市庁舎へ行って、司書のレジーナ・スターレットにいわれてきた、と書記官に話してください。書記官の名前はマーシャ・ゲイです。きっと助けてくれます。向こうでは資料を地下室に収蔵しているかもしれませんが、本当はそんなところに置いてはいけないんです。じめじめ湿気がこもっているうえに、鼠がいたとしても驚きませんね。もしなにか厄介なことになったら——それがどんなことでも——またこちらにいらして、わたしに話してください」

そこで、市庁舎へ行った。市庁舎の壁には《親御さんたちへ。知らない人と話をしないよう、いつもかならず友だちといっしょに遊ぶよう、お子さんたちにくれぐれも注意してあげてください》とあるポスターが貼りだされていた。いくつかある窓口のどれの前にも、人々が順番待ちの行列をつくっていた（その大半がタバコを吸っていた。いうまでもないことながら）。マーシャ・ゲイは、困ったような笑みでぼくを迎えた。ミセス・スターレットはぼくのために先まわりして市庁舎に電話をかけてきたが、そのときミス・ゲイがきかせた話に当然ながらぞっとしていたという――ミス・ゲイはおなじ話をぼくにきかせてくれた。一九五〇年の国勢調査の資料は、市庁舎の地下室に保管してあったほかのすべての資料の大半といっしょにうしなわれてしまった、と。

「昨年、それはものすごい豪雨がありました」ミス・ゲイはいった。「それが一週間も降りつづいたんですよ。おかげで運河があふれて、ロウ・タウン――街の古老たちはいまも市の中心部をそう呼んでます、アンバースンさん――ええと、そのロウ・タウンにある建物すべてが浸水の被害にあいました。ここの地下室は、それから一カ月近くもヴェネツィアの大運河のようなありさまだったんですよ。司書のスターレットさんのおっしゃるとおりです。そもそも、あの資料はこちらに移すべきではありませんでした。でも、なぜこちらに移したのかも、だれがその責任者だったのかも、だれも知らないようです」

こうなっては、キャロリン・ポーリンを救出しようとしたアルが感じていたものを、ぼくが感じるなというのは無理な相談だった――ぼくは伸び縮みする壁に囲まれた刑務所に閉じこめられたようなものだった。こうなったら、校務員の職をしりぞいたばかりの六十歳前後の男に通じる面影《おもかげ》をもつ少年が偶然目につくことを期待しつつ、小学校のそばをうろつくしかないのか？　あるいは、クラスメイトをしじゅう笑わせている七歳の少女をさがす？　どこかの子どもたちが《おおい、タッガ、ちょっと待てよ？》と呼びかけるのをひたすら待つ？

そのとおり。市庁舎に足を踏みいれた者の目に、子をもつ親たちに見知らぬ人間の脅威を訴えるポスターがまっさきに飛びこんでくるこの街で、新参者が学校のまわりをうろつく……。〝飛んで火にいる夏の虫〟ならぬ〝飛んで捜査網に飛びこむ夏の虫〟が存在するとしたら、まさしくその種の人間のことだろう。

ひとつだけ、たしかなことがある――とにかく〈デリー・タウンハウス〉を出る必要があった。一九五八年の宿泊料金なら数週間はゆうに滞在できる金の余裕はあったが、そんなことをすれば人の噂になる。そこでぼくは新聞の個人広告に目を通して、月単位で借りられる下宿屋をさがすことにした。ぼくはロウ・タウンに引き返しかけて、足をとめた。

バッｰダッｰダッ……バッｰダッｰダｰディｰｰダン……。

まちがいない、グレン・ミラーだ。曲は〈イン・ザ・ムｰド〉。ある理由から、とてもよく知っている曲だ。ぼくは音楽の方向に足をむけた。

7

カンザス・ストリートの歩道と、急勾配で〈荒れ地〉へくだっている斜面をへだてるぐらぐらのフェンスがおわるところに、小さなピクニック・エリアがあった。石づくりのバーベキューピットがひとつ、ピクニックテーブルがふたつ、両者にはさまれた場所に錆びついたごみ容器がひとつある。ピクニックテーブルの片方には、持ち運びできる小型のレコードプレーヤーが置いてあり、ターンテーブルの上で黒く大きな七十八回転のビニール盤がまわっていた。

芝生では絆創膏《ばんそうこう》でつるを補修した眼鏡をかけた、いかにも悪ガキそうな少年と、文句なく美しい赤毛の少女が踊っていた。リスボン・ハイスクールではまもなく新入生になる子どもたちを〝ティーンズ目前〟という意味で〝トゥィーンエイジャー〟と呼んでいるが、このふたりはまさしくその年代だった。しかし、ふたりは大人なみの優雅なしぐさで踊っていた。踊っているのはジルバではなかった。スウィングダンス。ぼくはうっとりとしたが、同時に……この気持ちはなんだろう？　恐怖？　そう、わずかに怯えていたかもしれない。デリーにいるあいだは、つねにそこはかとない恐怖を感じていた。しかし、それ以外の感情もあった。もっと大きな感情。一種の畏敬――たとえるなら、自分がいま大いなる理解のとば口に手をかけたという感覚。あるいは、大宇宙を動かしている本物の時計仕掛けをちらりと（鏡もて見るごとく朧《おぼろ》に、とでもいうべきか）目にできたような感覚だった。

というのも、ぼくが初めてクリスティーと出会ったのが、ルイストンのスウィングダンス教室だったからであり、ぼくたちが習った曲のひとつがまさにこれだったからだ。のちに――結婚の前後それぞれ半年という、ぼくたちふたりの最良の時期に――ぼくたちは競技会にも出場し、ニューイングランド・スウィングダンス・コンテストに出場して四等賞を獲得したこともある（クリスティーによれば、〝落選者の一等賞〟という別名もあるとか）。そのときにつかったのは、テンポを落としてダンス用にアレンジされたＫＣ＆ザ・サンシャイン・バンドの〈ブギー・シューズ〉だ。

《これは偶然じゃない》

ふたりを見ながら、ぼくは思った。少年はブルージーンズとクルーネックのシャツ。少女は白いブラウスとふくらはぎの途中までの色褪せた赤いズボン——〝潮干狩りズボン《クラムディガー》〟——姿で、お下げの髪がそのズボンにまで届いていた。目をみはるようなその赤毛はうしろで束ねられ、コンテストに出場したときにクリスティーがいつもそうしていた、あの無造作ゆえに愛らしいポニーテールとおなじスタイルにされていた。いうまでもなく、それにボビーソックスと五〇年代風のプードルスカートをあわせて。

《偶然のはずはない》

ふたりは、ぼくがヘルツァポッピンという名前で知っているリンディホップのバリエーションを踊っていた。本来ならめまぐるしく——それなりに体力があって、しかも優雅さを忘れずにこなせるのならば電光石火の身ごなしで——踊るものだったが、ふたりはゆっくりと踊っていた。まだステップを学んでいる途中だったからだ。ぼくには、体の動きの内側までもが見えた。もう五年以上もじっさいに体を動かして踊ってはいなかったが、それでもこのダンスは知りつくしている。むかいあって近くに立ち、両手をしっかりと握りあわせる。男性がわずかに身をかがめて左足を蹴りだし、女性もおなじようにしてから、ともに腰を軸にして身を回転させれば、ふたりが反対方向にむかっているかのように見えてくる。手をつないだままいったん体を離し、女性がスピンする。最初は左、次は右回転で——

しかし、ふたりはもどってくるスピンでしくじり、女の子が芝生の上にばったりと倒れこんだ。

「勘弁してよ、リッチィ、ちゃんとできたためしがないわ！　ったくもう、あんたなんか才能ゼロ！」そういいながらも少女は笑っていた。少女は寝がえりを打って仰向けになり、空を見あげた。

「あいすみませんです、スカーレット嬢ちゃま」少年は黒人訛を装った耳ざわりな声をあげた――〝政治的な正しさ〟が支配する二一世紀だったら、たちまち眉をひそめられてしまうような発言だった。「おいら、どじでのろまな田舎もんです。だども、この踊りだけはちゃんとものにするつもりですだ――たとえ死んじまっても」

「わたしのほうが死んじゃいそう」少女はいった。「もういっぺんレコードをかけて。わたしが耐えられなくなる前に――」そこで、ふたりはぼくの姿に気がついた。

奇妙な瞬間だった。デリーにはヴェールが存在していた――のちにぼくは目で見えそうになるほど、そのヴェールのことを知るようになった。住民たちはヴェールの向こう側にいる。よそ者（たとえばフレッド・トゥーミー、たとえばぼく）はこちら側だ。ときおり地元住民がヴェールの裏から出てくることもないではない。図書館司書のミセス・スターレットが、国勢調査にまつわる資料がしかるべき場所に保管されていないことに苛立ちを表明したときがその一例だ。しかし、こちらがあまりにも多くの質問を口にすれば――彼らを驚かせれば確実に――地元民たちはふたたびヴェールに隠れてしまう。

そしてぼくはふたりの子どもを驚かせた。ふたりは、しかしヴェールに逃げこまなかった。ふたりとも表情を閉ざすこともなく、顔はあけっぴろげで、好奇心と関心をたたえたままだった。

「ごめんごめん」ぼくはいった。「おどかすつもりはなかったんだ。音楽がきこえてこっちを見たら、きみたちがリンディホップを踊っていたのでね」

「ていうか、まだリンディホップを練習してるところ」少年はそういった。立ちあがる少女に手を貸した。お辞儀をした。「ぼくはリッチィ・トージア、お見知りおきを。友だちは〝リッチィーリッチィ、住んでるところはどぶのなか《ヒー・リヴ・イン・ア・ディッチー》〟とかいうよ——なんにも知らないくせにね」

「ああ、よろしく」ぼくはいった。「ジョージ・アンバースンだ」それから——ぽんと頭に浮かんできた言葉を——そのまま口にした。「ぼくの友だちは〝ジョージージョージー、服をコーヒーで洗ってる《ヒー・ウォッシュ・ヒズ・クロージズ・イン・ア・ノージー》〟というけど、あいつらだってなんにも知らないんだ」

女の子はくすくすと笑いながら、ピクニックテーブルのベンチに倒れこんだ。男の子は両手を高々とふりあげて大声を出した。「知らない大人がうまいことといったぞ！　たいしたーたまげたーびっくりだ！　わぁらうーっきゃない！　エド・マクマーン、この最高にイカす男にどんな賞品を用意してある？　ああ、ジョニー、〈ホンモノはだれだ！〉のきょうの賞品は『ブリタニカ百科事典』の全冊セットとエレクトロラックス社の掃除機です。これならなんでも吸いこみます。たとえば——」

「ビーービー、リッチィ」女の子がいった。女の子は目尻から涙を拭っていた。

あいにく、この涙が例の耳ざわりな声での黒人訛の物真似を呼びもどしてしまった。「あいすみませんですだ、スカーレット嬢ちゃま。おねげえですから、鞭打ちだけはご勘弁くだせえ！　この前の鞭の傷がまだなおってねえですだ！」

「きみの名前は、お嬢さん？」ぼくはたずねた。

「ベヴィーベヴィ、住んでるのは川の土手《リヴ・オン・ザ・レヴィ》」女の子はそういって、またくすくすと笑いはじめた。「ごめんなさい——リッチィは馬鹿な男の子。でも、わたしは馬鹿なことをいう理由なんかないわ。ベヴァリー・マーシュ。あなたはこのへんの人じゃないでしょう?」

だれもが顔をあわせるなり、この点を知りたがっているように思えた。「ちがうよ。それにきみたちふたりも、このへんの人じゃないみたいだ。だって、きみたちふたりが初めてだよ。デリー人で……その……不機嫌な顔じゃない人は」

「そのとおり! むっつり不機嫌の街だよ、ここは」リッチィがいい、レコードからトーンアームをもちあげた。さっきから、針が溝の最後の部分をくりかえし何回もまわっているだけだったのだ。

「街の人が、とりわけ子どもたちを心配している事情もわかってるよ」ぼくはいった。「ほら、きみたちに近づきすぎないようにしてるだろう? きみたちは芝生にいて、ぼくは歩道に立ったままだ」

「っていっても、殺人事件がつづいているあいだは心配もしていなかったんだけどね」リッチィがこぼした。「殺人事件のことは知ってるよね?」

ぼくはうなずいた。「〈タウンハウス〉に滞在していてね。ホテルの人から話をきいた」

「そっか。大人たちは事件がもう起こらなくなったら、とたんに子どもたちが心配だっていいはじめたんだね」リッチィはベヴィ(住んでるのは川の土手《リヴ・オン・ザ・レヴィ》)の隣に腰をおろした。「でも事件がつづいていたあいだは、そんなことという馬鹿はひとりもいなかった」

「リッチィ」ベヴァリーがいった。「ビー‐ビー」

今回少年は、お話にならないほど不出来なハンフリー・ボガートの物真似で応じた。「だけど、本当の話だぜ、スイートハート。きみだって知っているはずさ」

「殺人事件はもうおわってるのよ」ベヴァリーがぼくにいった。商工会議所の支援者なみに熱っぽい口調だった。「でも、あの人たちにはそれがわかっていないだけ」

「あの人たちというのは、この街の人たちのことかい？　それとも、ただ大人一般のことかな？」

ベヴァリーは〝そのふたつのどこがちがうの？〟といいたげに肩をすくめた。

「でも、きみたちは知っている」

「実際問題、知ってるんだな」リッチィはいった。ぼくを挑戦的に見てはいたが、絆創膏で修理してある眼鏡の奥の目は、いかれたようなユーモアのきらめきを宿したままだった。きらめきが完全に消えることはないのではないか、とぼくは思った。

ぼくは芝生に足を踏みだした。ふたりが悲鳴をあげて逃げることはなかった。それどころかベヴァリーはベンチで体を横にずらし（リッチィを肘でつついておなじことをさせ）、すわれる場所をつくってくれた。ふたりとも、とんでもなく勇敢か、さもなければとんでもなく愚かなのだろう。いっておけば、どちらも愚かには見えなかった。

つづいて少女が口にした言葉に、ぼくは面食らった。「わたし、あなたのことを知ってる？　わたしたち、あなたのことを知ってる？」

ぼくが答えるよりも先に、リッチィがいった。「ちがうな、そうじゃない。むしろ……うーん、わかんない。なにか知りたいことがあるんでしょ、アンバースンさん？　そうだよね？」

「そのとおり。ちょっとした情報が欲しい。でも、なぜわかったのかな？　それに、ぼくが危険な人物ではないとどうしてわかる？」

ふたりが顔を見あわせ、その拍子にふたりのあいだになにかが行き来した。なにが行き来したのかを知るのは不可能だったが、ふたつは確実にいえた。まずふたりとも、ぼくが街の者ではないよそ者だという以上に異質な存在だと察していた。しかしふたりは、〈イエロー・カード・マン〉とはちがい、ぼくを恐れてはいなかった。反対に、それゆえにこそ惹《ひ》きつけられていた。このふたりの魅力的で恐れ知らずの子どもたちなら、その気にさえなったら多少の話をきかせてくれそうに思えた。それがどんな物語になったのか、ぼくはずっと興味をもちつづけていた。

「そんな人じゃない」リッチィはそういうと、少女に目をむけた。ベヴァリーは同意にうなずいた。

「それで、たしかなんだね……その……災いの時期がもうおわったというのは？」

「おわったも同然」ベヴァリーが答えた。「これからは、だんだんいい毎日になる。デリーの災いの時期はもうおわったんじゃないかと思ってるのよ、アンバースンさん――ここはいろいろな意味で住みにくい街ね」

「かりにぼくがここで――ただとりあえずの仮説として――あと一回だけ、忌まわしい出来事がまもなく起ころうとしていると話したら？　ドーシー・コーコランという男の子が巻きこまれたような事件がまた起こるといったら？」

ふたりはともに顔をしかめた。皮膚のすぐ下に神経がある部分を、ぼくにつねられたみたいだった。ベヴァリーはリッチィに顔をむけ、耳もとでささやきかけた。声を殺してのすばやいひとことだったので、なにをいっていたのかは、いまでもさだかではないけれど、《あれはピエロの仕業じゃない》だったかもしれない。ついでベヴァリーは、ふたたびぼくに目をむけた。

「どういう忌まわしい事件？　ドーシーのお父さんが——」

「いや、気にしなくていい。この子たちが教えてくれる。そこまで知る必要はきみたちにはないさ」ひと思いに本題にかかる頃合いだ。「ダニングという苗字の子どもたちを知ってるかい？」それからぼくは名前をあげるたびに、指を折ってみせた。「トロイ、アーサー、ハリー、それにエレン。ただしアーサーだけには別の名前があって——」

「タッガ」ベヴァリーがこともなげにいった。「うん、その子なら知ってる。いっしょの学校に通ってるから。さっきは学校の学芸会のためにリンディホップを練習してたの。学芸会は感謝祭のちょっと前で——」

「スカーレット嬢ちゃま、お嬢ちゃまは練習は早めにはじめるがええとのお考《かんげ》えだもんでね」

リッチィがいった。

今回の物真似をベヴァリー・マーシュはあっさり無視した。「タッガも学芸会に出ることになったのよ。〈スプリッシュ・スプラッシュ〉にあわせて口パクを披露するんですって」ベヴァリーは目をぎょろりとさせて、あきれたように天をあおいだ。とても巧みだった。

「タッガはどこに住んでる？　知ってるかい？」

ふたりとも知ってはいたが、答えを口にしなかった。ぼくがもう少し詳しく話をしないかぎり、ふたりが住所を教えないことはわかった。その気持ちはふたりの顔に読みとれた。

「じゃ、ぼくがこう話したらどうかな？　だれかが身の安全に気をくばってやらないと、タッガは学芸会に出られなくなるはずだ、と。お兄さんたちや妹も出られないといったら？　きみたちはそういう話を信じるかな？」

ふたりはまた顔を見あわせ、視線で会話をしていた。会話は長くつづいた——おそらく十秒ほどか。恋人同士が飽かずに見つめあうようなものだったが、このふたりのティーンエイジャーが恋人同士のはずはなかった。ただし友人であることは確かだ。それも、ともになにかをくぐり抜けてきた親友同士だ。

「タッガと家族はコサット・ストリートに住んでる」やがてリッチィがそういった。というか、通りの名前はそんなふうにきこえた。

「コサット？」

「このへんの人はそう呼んでるのよ」ベヴァリーがいった。「K—O—S—S—U—T—H。普通ならコサス、でもコサット」

「わかった」これで残る問題は、こうして〈荒れ地〉のへりでぼくとかわした会話について、ふたりの子どもたちがどこまで人にしゃべるか、ということだけになった。

ベヴァリーは真剣そのものの目に不安をたたえて、ぼくを見つめていた。「でも、アンバースンさん、タッガのお父さんなら会ったことがある。〈センター・ストリート・マーケット〉で働いてるの。あの人はいい人よ。いつもにこにこしてるし。お父さんは——」

「その〝いい人〟はもうあの家に住んでないぞ」リッチィが口をはさんだ。「奥さんに追んだされたんだ」

ベヴァリーは目を丸くしてリッチィに顔をむけた。「タッガからきいたの？」

「ちがう。ベン・ハンスコム。タッガ本人がベンに話したんだ」

「いまだっていい人だもん」ベヴァリーは小さな声でいった。「いつだっておどけてて、冗談いってるし。なれなれしく触ってきたりすることはぜったいにないし」

「ピエロだって、たくさんおどけているんじゃないか？」ぼくはいった。ふたりがぎくりとした――またしても神経の集中している敏感なところを、ぼくにつねられたかのような反応だった。「だからといって、ピエロがいい人とはかぎらないね」

「うん、わかる」ベヴァリーはささやいた。自分の両手を見つめていた。ついで目をあげて、ぼくを見つめる。「ひょっとして〈亀《ザ・タートル》〉のことを知ってる？」〈亀〉の語は固有名詞のような発音だった。

〈ティーンエイジ・ミュータント・ニンジャ・タートルズ〉なら知っていると答えようと思って、やめにした。レオナルドとドナテロとラファエロとミケランジェロが登場するのは、いまから数十年も先だ。そこでぼくは黙って頭を左右にふった。

ベヴァリーは疑念をたたえた目をリッチィにむけた。リッチィはぼくを見てから、ベヴァリーに視線をもどした。

「でも、いい人よ。いい人なのはまちがいないわ」ベヴァリーはぼくの手首に指で触れた。指は冷たかった。「ダニングさんはまっとうな人。もう自分の家に住んでいないからといって、まっとうな人じゃないってことにはならないわ」

この言葉が胸に刺さった。わが妻は家を出ていったが、それはぼくがまっとうな男ではないからではなかった。

「それはわかる」そういって立ちあがる。「これからしばらくのあいだ、デリーにいるつもりなんだ。でも、あんまり人の注目を浴びないほうがいいんだよ。ここで話したことを秘密にできるかな？　大変な頼みなのはわかってるけど――」

ふたりは目を見かわし、いきなり大声で笑いはじめた。

話ができる状態になると、ベヴァリーがいった。「秘密を守るのは得意よ」

ぼくはうなずいた。「そうだろうな。今年の夏はいくつかの秘密を守ってきたんだね」

これには、ふたりとも答えなかった。

ぼくは〈荒れ地〉へむけて親指を突き立てた。「あっちで遊んだことは？」

「前はね」リッチィがいった。「でも、もう遊ばない」立ちあがって、ブルージーンズの埃を手ではたき落とす。「話ができて楽しかったよ、アンバースンさん。お世辞とかじゃなくて、ほんとだよ」いったん口ごもってから、「デリーにいるあいだは気をつけて。いまではずいぶんましになったけど、なんていうかな……いつまでたっても、この街は完全にはまともにならないみたいだから」

「ありがとう。ありがとう、ふたりとも。もしかしたら、いつの日かダニング一家もきみたちに感謝するかもしれない。でも、もし物事がぼくの望んだようになってくれたら――」

「――一家はなにも知らないままになる」ベヴァリーがぼくに代わってしめくくった。

「そのとおり」それから、フレッド・トゥーミーが口にしていた言葉が思い出された。「ドン、ピシャー・エヴァーシャープ。きみたちも気をつけるんだぞ」

「うん、わかった」ベヴァリーは答え、またくすくすと笑いはじめた。「あなたも服をノージーで洗いつづけてね、ジョージー」

ぼくは買ったばかりの夏用の麦わら帽子の庇にさっと手をあてて敬礼し、その場を離れかけた。しかしすぐにあることを思いついて、ふたりにむきなおった。「そのレコードプレーヤーは三十三回転でまわせるかな？」

「LPレコードみたいに？」リッチィがたずねた。「だめだめ。うちのステレオなら三十三回転でまわせるけど、ベヴィのは電池で動くおもちゃみたいなやつだからさ」

「わたしのレコードプレーヤーになんてことというのよ、トージア」ベヴァリーがいった。「お金を貯めてやっと買ったんだから」それからぼくに、「七十五回転と四十五回転だけ。でも四十五回転のレコードの大きな穴にあわせるプラスティックの道具をなくしちゃったから、いまは七十五回転だけ」

「四十五回転ができるなら文句なしだ」ぼくはいった。「もういっぺんレコードをかけてみて。ただし、四十五回転で」スウィングダンスのステップを覚えるときに音楽のテンポを落とすのは、ぼくとクリスティーがダンス教室で教わった方法のひとつだった。

「そりゃまたいかれた話だね」リッチィはそういうと、ターンテーブルの隣にある回転数の変更レバーを操作してからレコードをかけた。今回流れてきたのは、グレン・ミラー楽団の全員が睡眠薬のクエイルードを飲んだかのような音楽だった。

「オーケイ」ぼくは両手をベヴァリーにさしのべた。「きみは見てるんだ、リッチィ」

ベヴァリーはなんの疑いもなくぼくの両手をとると、大きな青い瞳におもしろがっている光をのぞかせて、ぼくを見あげてきた。この少女は二〇一一年にはどこにいて、どんな女性になっているのだろうか？　そもそも存命しているのか？　まだ生きているとしたら、かつて晴れわたった九月の午後、奇妙な質問をしたあげく、のろのろとしたテンポで流れる〈イン・ザ・ムード〉にあわせていっしょに踊った見知らぬ男のことを、まだ覚えているだろうか？

　ぼくはいった。「さっきもきみたちはテンポを落として踊っていたけど、これでもっとテンポを落として踊ることになる。でも、このリズムならあわせられるはずだ。ステップひとつひとつに、それぞれ充分な時間があるんだから」

《時間。時間はたっぷりとある。もう一度レコードをかけて。でも、今度はもっとゆっくりしたテンポで》

　ぼくは握りあわせた両手でベヴァリーを引き寄せた。ついでベヴァリーが後退するにまかせる。それから、水中にいる人のような動きでふたり同時にお辞儀をして左にむけて足をふりあげる——グレン・ミラー楽団の《ばあぁぁぁぁ……だあぁぁぁ……だあぁぁぁ……ばあぁぁ……だあぁぁ……だああああ……でぃいいい……だっんんんん》という音楽にあわせて。それからおなじゆったりしたテンポ、ぜんまいが切れかかっているおもちゃを思わせるテンポで、ベヴァリーが高くかかげたぼくの両腕の下で体を回転させた。

「やめ！」ぼくがいうと、ベヴァリーは手をつないでぼくに背をむけた体勢のまま凍りついたように動きをとめた。「ここでぼくの手をぎゅっと握って、この先になにがあるかを思い起こさせておくんだ」

　ベヴァリーは握った手に力をこめてから、体をなめらかな動きで回転させながら右へもとどおり引き返してきた。

「すごい！」ベヴァリーはいった。「ここでわたしが下をくぐり、あなたがわたしを引きもどす。わたしはとんぼ返りをする。だから練習は芝生でやってたの。わたしがしくじっても首の骨を折らないように」

「その部分はきみたちにまかせるよ」ぼくはいった。「もうすっかり年寄りだから、ひっくり返せるのはハンバーグだけさ」

リッチィはまたもや両手で顔をはさんだ。「たいした‐たまげた‐びっくりだ！　知らない大人がまたうまいこといった——」

「ビー‐ビー、リッチィ」ぼくはいった。これでリッチィはまた笑い転げた。「今度はきみがやってみろ。いいか、地元のソーダショップで踊っているジルバよりもむずかしい動きのときには、毎回かならず握った手で合図を送るようにするんだ。そうすれば、タレント発掘オーディションで勝てなくても、ぐっと見栄えよく踊れるぞ」

リッチィはベヴァリーの両手をとって、おなじことをしようとした。イン&アウト、サイドからサイド、ぐるっとまわって左へ、ぐるっとまわって右へ。完璧だった。ベヴァリーはリッチィが広げた両足の下を、まるで魚のようにしなやかな身ごなしで足から先にくぐり抜けていき、さっと身を起こした。ベヴァリーは見事なとんぼ返りを決めて、ふたたび二本の足で立った。リッチィがそのベヴァリーの両手をとって、最初からすべてをおさらいした。二回めはさらに上出来だった。

「足の下をくぐって出ていくところで、音楽のリズムとずれちゃってたぞ」リッチィがベヴァリーにいった。

「レコードを普通のスピードでまわせばずれないから大丈夫。ぼくを信じろ」

「気にいったわ」ベヴァリーはいった。「なんだか、すべてを虫眼鏡で見ているみたいな気分そういってスニーカーの爪先を立てて体を小さくまわす。「番組がはじまるときのロレッタ・ヤングになったみたいな気分よ――ほら、ひらひらしたドレスを着て登場してくるときの」

「みんながおれをアーサー・マレイと呼ぶんだぞ、おれの出身はミズ－ウウウ－リさ」リッチィがいった。この少年もうれしそうな顔を見せていた。

「じゃ、普通の回転数でレコードをかけなおしてあげよう」ぼくはいった。「くれぐれも合図を忘れるなよ。時間をきっちり守ること。肝心なのは時間だ」

グレン・ミラーが昔の甘い曲を演奏しはじめ、子どもたちは踊った。芝生の上で、ふたりの影もいっしょに踊っていた。アウト……イン……体を沈めて……足を蹴る……左回転……右回転……下をくぐって……すかさず飛びだし……とんぼ返り。今回はあいにく完璧ではなかった。完全にものにするためには（その日が来るとして）まだまだ何回もこのステップをしくじりそうだ。しかし、そうわるい出来でもなかった。

いや、そんな文句はどうだっていい。ふたりは美しかった。州道七号線を走って山を越え、ケンダスキーグ川の西の沿岸にうずくまっているデリーの街を目にして以来初めて、ぼくは明るい気分になっていた。先に進むには絶好の気分だったので、ぼくはふたりから離れて歩きはじめ、歩きながら昔からの助言をおのれにいいきかせていた――ふりむくな、決してふりむくことなかれ。類のないすてきな経験をしたあとで（それをいうなら、類のない悲惨な経験でもいい）、どのくらいの人がこの助言を噛みしめるだろう？　珍しくないのではないかと思う。

そしてたいがい、その助言は無視される。人間はふりかえるようにつくられた生き物だ――だからこそ、人間の首には回転継手がそなわっている。
　ぼくは半ブロック進んだところで、顔をうしろへむけていた。ふたりはぼくを見つめているだろう……てっきりそう思ったのだが、予想ははずれた。ふたりはまだ踊っていた。いいことだった。

8

　カンザス・ストリートを二ブロックほど進むと、〈シティズサービス〉のガソリンスタンドに行きあたった。ぼくは事務室にはいっていき、コサス・ストリートへの道順を――コサットと発音して――たずねようと思った。整備場からコンプレッサーのうなりとかすかなポップ・ミュージックの調べがきこえていたが、事務室は無人だった。しかし、不都合はなかった。レジのすぐ隣に役に立つ品物が見つかったからだ――地図がふんだんに置かれた金網ラックがあったのだ。いちばん上のポケットにはだれにもかえりみられなくなった汚れた市街地図が一枚だけ残っていた。表紙にはひときわ醜いプラスティック製のポール・バニヤン像の写真があしらわれていた。ポールは肩に斧をかつぎ、歯をのぞかせた笑顔で夏の太陽を見あげていた。《デリーだけだ》ぼくは思った。《伝説の樵夫《きこり》のプラスティック人形を街のシンボルにつかうような真似をするのは》
　ガソリンポンプのすぐ先に、新聞の販売ラックがあった。ぼくは小道具代わりにデイリー・

ニューズ紙を一部手にとり、新聞の山の上に散らばっている硬貨に五セント硬貨を一枚投げて追加した。一九五八年の人々がいまよりも正直かどうかはわからないところだが、いまよりもずっと他人を信じていたことはまちがいない。

市街地図によれば、コサス・ストリートは街のカンザス・ストリート側にあり、ガソリンスタンドからは快適な十五分の散歩で行きつけることがわかった。ぼくは楡《にれ》の並木道を歩いていった——楡は七〇年代に胴枯れ病でほぼ全滅してしまうはずだが、このときにはまだ影響を受けておらず、木々はまだ七月のようにみずみずしい緑をたもっていた。子どもたちが自転車でぼくを追い越したり、庭先でゴムまりをつかってジャックス遊びをしたりしていた。電話線用の電柱にはいった白い縞模様が目印の交差点のバス停には、何人もの大人たちがあつまっていた。デリーは自分の用事を進め、ぼくもまた自分の用事を進めていた——これといった特徴のないスポーツジャケットを着て、夏用の麦わら帽子をわずかにうしろへ押しあげてかぶった平凡な男、片手に折りたたんだ新聞をもっている目立たない男。ガレージセールをさがしている男に見えるかもしれない。上等な不動産を物色している男に見えるかもしれない。いまこの場にふさわしい人間に見えていることはまちがいない。

そう願いたかった。

コサス・ストリートは、ニューイングランドに昔からあるソルトボックス様式の民家がならび、生垣が縁どっている道路だった。庭の芝生ではスプリンクラーが回転していた。ふたりの少年がフットボールを投げあいながら、ぼくを追い越していった。スカーフで髪をつつんだ女性（下唇にぶらさがっているようなタバコという必要不可欠な小道具つき）が一家の自家用車を洗いながら、おりおりに水を愛犬にかけていた。犬はあとずさって逃げながら、わんわんと吠えていた。コサス・ストリートは、毒にも薬にもならない昔のテレビコメディの戸外シーンそのままの光景だった。

　ふたりの女の子がロープをまわし、三人めの女の子がその輪に出入りをくりかえしていた。苦もなくすばやく小刻みにステップを踏みながら、女の子はこんな歌を歌っていた。「チャーリー・チャップリン、行ったよフランス！　見たかったのは女の子のダンス！　敬礼の相手は大尉さん！　もひとつ敬礼、女王さん！　父さん乗ってる潜ー水ー艦！」

　ロープがぱしっーぱしっーぱしっと歩道を打っていた。ふと、だれかの視線を感じた。スカーフの女が片手にホースを、片手に泡だらけになった大きなスポンジをもったまま、作業を中断していた。女は、縄跳びをしている女の子たちに近づいていくぼくをじっと見ていた。ぼくが女の子たちから大きく距離をとると、女は洗車を再開した。

《カンザス・ストリートではあえて危険をかえりみず、あの子たちに話しかけたじゃないか》ぼくは思った。ただし、それが真実だとは信じていなかった。縄跳びをしている女の子たちにあとほんの少しでも近づいていたら……それこそが危険をかえりみない行為だ。しかしリッチィとベヴァリーは正しい相手だった。ふたりの姿を目にするなり、そうだとわかったし、ふたりもおなじことを知っていた。目と目を見かわしたのだ。

《わたしたち、あなたのことを知ってる？》少女はそうたずねてきた。ベヴィーベヴィ、住《リヴ・》んでるのは川の土手《オン・ザ・レヴィ》。

コサス・ストリートは、ウエストサイド娯楽センターなる名称の大きな建物で行きどまりになっていた。建物に人の姿は見あたらず、雑草だらけの芝生には《売却中　市当局》という立て札が立っていた。まちがいなく、腕に覚えのある不動産ハンターが関心を示すべき場所だ。この建物から右に二軒先にある家では、にんじん色の赤毛で顔一面にそばかすの散った幼い女の子が、補助輪つきの自転車に乗ってアスファルト舗装されたドライブウェイを行ったり来たりしていた。自転車を走らせながら、女の子はおなじ歌の一フレーズをさまざまに歌詞を変えて歌っていた。「ビンーバン、ギャング全員見たよ、ディンーダン、ギャング全員見たよ、リンーラン、ギャング全員見たよ……」

ぼくは、いま世界でこれ以上見たいものはないという態度で娯楽センターに近づきながらも、目の隅ではにんじん髪の少女のようすをこっそりとうかがっていた。少女は倒れる前にどのくらいまで先に進めるのかを見きわめようとしながら、自転車にすわった体を左右にふらつかせていた。脛《すね》が傷だらけになっているところを見ると、少女がこの遊びをするのはきょうが初めてではなさそうだ。少女の家の郵便受けには名前が出ておらず、ただ《３７９》という数字が書いてあるだけだった。

ぼくは《売却中》の立て札まで歩いていき、この情報を手にした新聞に書きとめた。ついでふりかえると、来た方向に引き返しはじめた。コサス・ストリート三七九番地の家の前を（道の反対側を歩き、新聞に読みふけっているふりをしながら）通りかかったそのとき、ひとりの女性が玄関ポーチに出てきた。男の子がいっしょだった。男の子はナプキンにつつんだなにかを食べていて、反対の手にデイジー製の空気銃をもっていた——遠くない将来、少年は錯乱して暴れる父親をその空気銃で脅かして追いはらおうとするはずだ。

「エレン！」女は大きな声を出した。「倒れる前におりなさい！　さあ、家にはいってクッキーを食べたらどう？」

エレン・ダニングは自転車からおりると、ドライブウェイに自転車を横倒しにしたまま、「シンーサン、ギャング全員見たよ！」と声をかぎりに歌いながら、家のなかに駆けこんでいった。あいにくベヴァリー・マーシュよりも赤すぎる髪が、反発するベッドのスプリングのように跳ねていた。

やがて成長し、苦労のあとも生々しい作文を書いてぼくの目に涙を誘うことになる少年が、少女のあとから家にはいっていった。この一家でただひとり生き残ることになる少年が。

ただし、ぼくがそのコースを変えれば話は別だ。こうして彼らの姿をこの目で見たいま、本物の生活をいとなむ本物の人間としての姿を見たいま、ほかの選択肢は存在しないように思えた。

第七章

1

デリーで過ごした七週間をどう書き記せばいいのだろうか？　あの街を忌みきらい、恐れるまでにいたったいきさつをどう説明すればいいだろう？

そう思ったのは、この街が秘密を隠しもっているからではないし（ただし隠しもった秘密はあった）、恐るべき犯罪がいくつも発生し、なかには未解決のままのものがあるからでもない（ただし、実際に犯罪が発生していた）。《もうすっかりおわってる》ベヴァリーという少女はそう話していたし、リッチィという少年も同意していて、ぼくもそれを信じるようになってはいた……しかし同時に、あの奇妙に落ちくぼんだダウンタウンをもつデリーという街から、影が完全に消え去ることはないと信じるようにもなっていたのだ。

ぼくが街を忌みきらい、恐れるようになったのは、いまにも失敗するのではないかという感覚のせいだった。くわえて、壁がクッションになっている牢屋に閉じこめられているようなあの感覚のせいだ。街から出ていこうとすれば、街はぼくを（待ってましたとばかりに！）解放したはずだが、とどまっていれば締めあげてくる。息ができなくなるまで締めあげる。そして

――ここからが厄介なところだが――街を出るという選択肢はぼくには存在しなかった。足を引きずるようになる前のハリーを、人を信じる気持ちにあふれた、しかしどことなく焦点のずれたような笑みを見せる前のハリーを――そう、ど・おーろをぴょこたん歩いてく〈ぴょこたん蛙のハリー〉になる前のハリーを見たあとでは。

妹の姿も目にした。そのためいまでは、苦労しながら書かれた作文に出てくる名前以上の存在に、花を摘んできては花瓶に活《い》けるのが好きな顔のない少女以上の存在になっていた。眠れないまま横になったとき、〝お菓子をくれなきゃいたずらするぞ〟にあたって、ハリーの妹はどんなふうにサマーフォール・ウィンタースプリング王女に仮装するつもりなのだろうかと考えをめぐらせもした。生きのびようとする長く無益な抵抗の果てにエレンを待っているのは棺桶だ。いまだにファーストネームがわからないが、エレンの母親を待っている棺桶もある。トロイにも。タッガの通称で知られるアーサーにも。

そんなことが現実になるのをみすみす許してしまったら、ぼくは金輪際《こんりんざい》自分が許せなくなるだろう。だからぼくは街にとどまったが、容易なことではなかった。そして、いずれはおなじことを今度はダラスの街でやることになると考えるたびに、頭が凍りついて動かなくなりかけた。少なくともダラスはデリーのような街ではない――ぼくはそう自分にいいきかせた。なぜなら、デリーのような街はこの地球上にふたつとないからだ。

だったら、どうやって書き記せばいい？

教師としての人生では、いつも簡潔明快を心がけるべしという教えを叩きこんできた。フィクションであれノンフィクションであれ、質問と答えはそれぞれひとつしかない。読者は《なにが起こったのか？》とたずねる。そして書き手は《こういうことが起こった》と答える。《これ……そして……これ……そして、これも起こった》という具合。簡潔明快を心がけろ。それが成功への唯一の道。

だから、そう心がけよう。ただし、くれぐれも忘れないでほしい――デリーにおける現実とは、しょせん黒々とした水をたたえた深い湖を覆う薄い氷の膜にすぎない。それはそれとして――

なにが起こったのか？

こういうことが起こった。そのあとこれ。そのあとで、これも。

2

デリーで丸一日過ごすのも二日めになった金曜日、ぼくは〈センター・ストリート・マーケット〉へ行ってみた。午後五時になるのを待ってから行ったのは、その時間なら店がいちばん混雑していると読んだからだ――なんといっても金曜は給料日、つまりほとんどの人にとって（ここでいう〝人〟とは主婦のことだ。一九五八年の暮らしの規則のひとつは、〝男は食料品の買物をしない〟というものだった）金曜は買物日だ。買物客が多ければ、ぼくが溶けこむのも簡単になるだろう。この点をさらに補強するために〈W・T・グランツ〉にも行って、わがワードローブにチノパンツと青いワークシャツをいくつか追加していた。また、〈スリーピー・シルヴァー・ダラー〉の店先にいたサスペンダーなし男とその仲間たちを思い出して、ウルヴァリン製のワークブーツも購入した。そのあとスーパーへ行く道々では、くりかえし歩道の縁石をブーツで蹴りつけて、爪先部分にわざと傷をつけていった。

店は予想どおりの混雑ぶりだった。三台あるレジの前にはどこも行列ができていたし、通路にはショッピングカートを押す女たちがひしめいていた。わずかに見かけた数人の男性客はみな買物かごをもっているだけだったので、ぼくもそれにならった。それから自分のかごに林檎をひと袋いれ（驚くほどの安値）、オレンジをひと袋（二〇一一年に負けないほど高値）追加した。足もとでオイルを塗られた床板がきしんだ。

ミスター・ダニングはこの〈センター・ストリート・マーケット〉で、正確にはどのような仕事をしているのか？ 住んでるのは川の土手《リヴ・オン・ザ・レヴィ》のベヴィはなにも話していなかった。売場のすぐ先にあるガラスで囲まれた小部屋をちらりと見たところ、そこにいたのは白髪頭の紳士だった——エレン・ダニングを孫娘だということはできそうだが、娘と主張するのは無理があった。そもそもデスクに置いてあったネームプレートには《**ミスター・カリー**》とあった。

店の奥を歩いていき、乳製品のケースの前を通りかかったそのとき（ちなみに《**〝ヨーグウルト〟をお試しになりましたか？ まだでしたら是非——きっと好きになる味です**》という掲示には愉快な気分にさせられた）、笑い声がきこえてきた。女性の笑い声、それも耳にすればすぐ、〝あらま－いやね－お下品だこと〟という意味だとわかる種類の笑い声だった。いちばん奥の通路に折れると、一群の女性客たちが見えてきた。おおむね〈ケネベク・フルーツ商会〉にいた女性客とおなじような服装で、食肉売場のカウンターをかこんでいる。《**精肉売場**》

という文字が書きこまれた手製とおぼしき木の看板が、飾りのあるクロームめっきのチェーンで吊られていた。その下には《ご家庭サイズにカットします》。そしていちばん下に《精肉主任　フランク・ダニング》の文字があった。

　ときとして現実の人生は、どんな小説家もコピーをためらう偶然を投げつけてくる。ご婦人がたを笑わせているのは、フランク・ダニングその人だった。ハイスクール同等課程講座でぼくの英語の授業をとっていた校務員と、背すじが寒くなるほど顔だちが似かよっていた。そう、ハリーに生き写しだった――ただしこちらの男の場合、頭の毛はすっかり後退していて、ハリーのような白髪ではなかった。わずかに困惑したような、やさしげな笑顔の代わりに、その顔には下品で騒々しいたぐいの笑みが浮かんでいた。ご婦人がたがそろいもそろって落ち着かない風情なのは無理もない。住んでるのは川の土手《リヴ・オン・ザ・レヴィ》のベヴィさえ、フランク・ダニングを気のいい男だと考えていた。当然ではないか。ベヴァリーはまだ十二歳か十三歳かもしれないが、女であることに変わりはなく、フランク・ダニングは世に言う女たらしだったからだ。当人もそのことを承知していた。デリー女性の選りすぐりの名花たちがわずかに値段の安い〈A&P〉に行かず、亭主が稼いできた給料をダウンタウンのスーパーでつかうのには理由がいくつもあるにちがいなく、そのひとつがここにあった。ミスター・ダニングはハンサム、ミスター・ダニングはまばゆいほど清潔な白衣を着て（袖口にこそわずかな血の染みがあったが、精肉をあつかっているのだから当然だ）、料理長のコック帽と画家のベレー帽の中間めいた洒落た白い帽子をかぶっていた。しかも帽子は、片方の眉のすぐ上にまでずりさがっている。まさしく、ファッションは口ほどにものをいい、だ。

ひっくるめていうなら、きれいにひげを剃った薔薇色の頬をもち、理髪店できれいにととのえた黒髪をそなえたミスター・フランク・ダニングは、奥さま族への神からの贈り物だった。ぼくが近づいていくあいだ、ダニングは秤の横にあるロールから引きだした紐で肉の包みを縛りおえると、黒いマーカーをさっとふるって値段を書きつけた。ついでその包みを、五十代の女性に手わたす。大きなピンク色の薔薇が咲きほこっている黒いハウスドレス——たぶんナイロン製——を着た女性は、女学生のように頬を赤く染めていた。

「さあ、おもちください、ミセス・レヴェスク。ドイツのボローニャソーセージ、薄くスライスして五百グラムだ」ダニングは自信たっぷりにカウンターから身を乗りだし、つけているコロンの蠱惑《こわく》的な香りがレヴェスク夫人に（ほかのご婦人連にも）ふわりと嗅ぎとれるほど近づいた。フレッド・トゥーミー愛用のアクアヴェルヴァだろうか？　いや、ちがうだろう。フランク・ダニングのような女たらしは、もうちょっと高級な品をつかうはずだ。「ドイツのボローニャソーセージには困った点があるのをご存じかな？」

「いいえ」レヴェスク夫人は答えた——〝いいえ〟のひとことを若干引き延ばしたので、〝いいぃーえぇぇ〟ときこえた。ほかのご婦人がたは期待をこめてさえずっていた。

　ダニングの視線が一瞬だけぼくにむけられたが、興味を引くものは見えなかったらしい。レヴェスク夫人に視線をもどしたときには、両目はダニング印のきらめきをとりもどしていた。

「食べて一時間もすると、力のあるものを食べたくてたまんなくなるんですよ、奥さん」

　ご婦人がた全員が理解できていたのかどうかはわからないが、ともあれ女性陣は黄色い歓声をあげていた。ダニングはうれしそうなレヴェスク夫人を送りだし、ぼくが通りがかりに小耳にはさんだところによれば、今度はその注意をボウイ夫人にふりむけていた。この女性もレヴェスク夫人なみに、ダニングの関心を喜んで受けとめるはずだ。

《あの人はいい人よ。いつだっておどけてて、冗談いってるし》

しかし、そのいい人は冷たい目をしていた。ダニングに魅せられた女性たちのハーレムの相手をしているときには、その目は青かった。しかしぼくに注意をむけたときには——ほんのわずかな一瞬だったとはいえ——その目が灰色になったことは誓って断言してもいい。それも、まもなく雪が降ってくる空のもとに広がっている水のような灰色に。

3

スーパーマーケットの閉店は午後六時。ぼくが数点の品を買って店を出たときには、まだ五時二十分過ぎだった。ウィチャム・ストリートの角をまがってすぐのところに、〈ユー－ニーダ－ランチ〉という食堂があった。ぼくはハンバーガーとソーダ・ファウンテンにあったコーク、それにチョコレートパイを注文した。パイはすばらしかった——本物のチョコレート、本物のクリーム。フランク・アニセッティのルートビアとおなじように、パイは口のなかを満たしてくれた。ぼくは精いっぱい時間を引き延ばして食事をすませると、運河まで歩いていった。運河ぞいのそこかしこにベンチが配されていた。さらにここからは〈センター・ストリート・マーケット〉を見ることもできた——ごく細い隙間ごしだが、それで充分だった。腹はいっぱいだったが、それでもオレンジをひとつ食べて、皮をコンクリートの護岸ごしに投げ捨て、水が運び去っていくさまをながめた。

六時きっかりに、マーケット正面の大きな窓の明かりが消えた。六時を十五分まわると最後まで残っていた女性客たちが出てきて、大きな手さげ袋をさげてアップマイル・ヒル方面にのぼっていくか、白い縞模様が描かれた電信柱のまわりにあつまるかしていた。やがて《市内循環　一律料金》という表示のバスが来て、女性客全員を乗せて去っていった。七時十五分前になると、マーケットの従業員たちが帰りはじめた。最後に店を出たのは、店長のミスター・カリーとダニングその人のふたりだった。ふたりが握手をして別れた。カリーは――おそらく車を目指していたのだろう――マーケットと隣の靴店のあいだの路地に進み、ダニングはバスの停留所へむかっていった。

このころには停留所にいるダニング以外の客はふたりになっていた、そこに加わりたくはなかった。ただしロウ・タウンの一方通行のおかげで、あえてバスに乗る必要はなかった。ぼくは次の白い縞模様の電信柱まで歩いていった。こちらは映画館〈ストランド〉のすぐ前という（ちなみに〈機関銃ケリー〉と〈監獄アマゾネス／美女の絶叫〉の二本立て上映中で、突きでた庇は《壮絶無比の大アクション》を確約していた）便利な場所にあり、ぼくはそこまで歩いていってほかの勤め人ともどもバスを待った。男たちはワールドシリーズの今年の対戦チームを予想していた。その気になれば話せることはたくさんあったが、ぼくは黙っていた。

市営バスがやってきて、〈センター・ストリート・マーケット〉の筋向かいの停留所にとまった。ダニングが乗りこんだ。バスは丘の坂道の残りをくだって、映画館前の停留所でとまった。ぼくは労働者諸氏を先に乗せた。運転席横のポールにとりつけてある運賃収納箱に、彼らがいくら投入するのかを見たかったからだ。ＳＦ映画に登場する異星人になった気分、それも人間のふりをしようとしている異星人になった気分だった。馬鹿馬鹿しい——ただ市バスに乗ろうとしているだけで、殺人光線でホワイトハウスの爆破をたくらんでいるわけではないのだ——しかし、気持ちはいかんともしがたかった。

先に乗った男たちのひとりが、カナリアイエローのバスの定期券を提示した。それを見て、ちらりと〈イエロー・カード・マン〉のことが頭をよぎった。ほかの男たちは運賃箱に十五セント入れていた。硬貨がちりん、ちゃりんと鳴っていた。ぼくもおなじようにしたが、ほかの面々よりも多少手間どった。汗をかいた手のひらに十セント貨がへばりついてしまったからだ。てっきり全員に見つめられていると思ったが、顔をあげてみれば、だれもが新聞を読んでいるか、窓の外をぼんやりと見ているだけだった。バスの車内には、青みがかった灰色の煙がこもっていた。

フランク・ダニングは右側のなかほどの座席に腰かけていた。いまは誂《あつら》えとおぼしきグレーのスラックスとワイシャツを着て、ダークブルーのネクタイを締めている。粋な着こなし。ぼくが横を通りすぎて、うしろの近い座席に腰をおろしたときにはタバコに火をつけるのに夢中で、こちらにはちらりとも目をむけなかった。バスはうめき声をあげながら、ロウ・タウンの一方通行の巡回ルートを進み、ウィチャム・ストリートをつかってアップマイル・ヒルをのぼりはじめた。乗っているのは男ばかりだった。街の西側にある住宅街にさしかかると、乗客がバスを降りはじめた。乗っているのは男ばかりだった。女たちはもう家に帰って、買いこんだ食品をしまったり夕食をテーブルにならべたりしているのだろう。バスがしだいに空《す》いてきたにもかかわらず、フランク・ダニングがおなじ席にすわってタバコを吸っているのを見ながら、もしやぼくたちは最後に残るふたりだけの乗客になるのだろうか、と考えていた。

とんだ取りこし苦労だった。バスがカーブしてウィチャム・ストリートとチャリティ・アヴエニュー（のちに知ったが、デリーにはこの〝慈善《チャリティ》〟以外にも、〝信仰《フェイス》〟アヴェニューと〝希望《ホープ》〟アヴェニューがあった）の交差点にある停留所に近づくと、ダニングが吸いさしのタバコを床に落とし、靴で踏んで火を消し、座席から立ちあがったのだ。ダニングは手すりをつかわず、速度を落としつつあるバスの揺れにあわせて体を揺らしながら、楽々と通路を前へ進んでいった。思春期にそなわっていた優雅な身ごなしを、人生のかなり遅い段階になるまでうしなわない男たちもいる。ダニングはそのひとりのようだ。あの男なら、すばらしいスウィングダンサーになりそうだった。

ダニングは運転手の肩をぽんと叩き、ジョークを披露しはじめた。といっても短いジョークで、大半はエアブレーキのしゅっという音にかき消されてしまったが、《黒いのが三人、エレベーターに閉じこめられて》という一節だけはきこえた。それだけで、ハウスドレス・ハーレムのご婦人たちにきかせているジョークではないことがわかった。運転手はけたたましく笑ってから、クロームめっきの細長いレバーを操作してバスの前部ドアをあけ、こういった。「じゃ、また月曜日に、フランク」

「川の水かさが増さなければね」ダニングはそう応じると、二段のステップを駆けおりて、道路ぎわの細い芝生の部分をひらりと飛び越えて歩道に立った。シャツに覆われたダニングの筋肉がこまかく波打っているのがわかった。ひとりの女と四人の子どもたちがダニングに立ちむかっていって、どれほどの勝ち目があるだろうか？　勝ち目はあまりない——最初に思いついた答えはそれだった。しかし、この答えはまちがっている。正答はといえば——勝ち目はない。
バスが停留所を離れるあいだ、チャリティ・アヴェニューの角を曲がって一軒めの建物の正面階段をあがっていくダニングの姿が見えていた。広々とした正面ポーチでは、男女とりまぜて八、九人の人たちが揺り椅子に腰かけていた。そのうち何人かが挨拶し、ダニングは遊説中の政治家のように彼らと握手をかわしていた。建物はニューイングランド風ヴィクトリア朝様式の三階建てで、ポーチの軒庇から看板が吊りさがっていた。そこにはこうあった——

エドナ・プライス・
レンタルルーム

週単位／月単位
便利なキッチンつき部屋有
ペット禁止！

さらにこの大きな看板の下についているフックから、もっと小さなオレンジ色の看板がさげられ、そこに《空室なし》とあった。

　そこからふたつ先の停留所で、ぼくはバスを降りた。運転手に礼を述べたが、虫の居どころのわるそうな生返事がかえってきただけだった。これがメイン州デリーでは礼儀正しい発言と見なされていることを、ぼくは学びつつあった。ただし、たまたまジョークの心得がいくつかあれば話は変わる。たとえばエレベーターに閉じこめられた黒い連中にまつわるジョーク、ポーランド海軍のジョークもいいかもしれない。

　ぼくはゆっくりと歩いて街に引き返し、二ブロックほど小走りに走ってエドナ・プライスの建物に近づかないようにした。あそこの居住者たちは夕食後、ポーチにあつまっている――レイ・ブラッドベリ描くイリノイ州の牧歌的な町、グリーンタウンの住民たちのようだ。そういえばフランク・ダニングは、ブラッドベリ作品に出てくる善良な人々のひとりに似ていないだろうか？　しかしブラッドベリのグリーンタウンにもまた秘密が隠されていたのだ。

《その〝いい人〟はもうあの家に住んでないぞ》と、どぶのなかのリッチ《ディッチー》ィは話していたし、まぎれもない事実だった。いい人は貸し部屋に住んでおり、そこではだれからもすばらしい人物だと思われているらしい。

　ぼくの見たところ、プライスのレンタルルームはコサス・ストリート三七九番地の家から西に五ブロックと離れていない場所にあるようだった。もっと近いかもしれない。ほかの間借人がベッドにはいったのちも、フランク・ダニングは自分が借りた部屋でひとり――信仰篤き者が礼拝でメッカの方向をむくように――東むきにすわったままなのだろうか？　もしそうなら、フランクの顔には〝あんたに会えてうれしいよ〟といいたげなあの笑みが浮かんでいるのだろうか？　家庭の団欒《だんらん》に背をむけてきたことについて、エドナ・プライスのポーチで夕涼みを楽しんでいる人々にどう説明したのか？　つくり話を用意してあったのか？　妻がいささか頭がいかれているとか、妻がとんでもない悪女だとかいう話を？　そんなところだろう。では、人々はその話を信じただろうか？　この疑問への答えは簡単だ。話をするのが一九五八年だろうと一九八五年だろうと、二〇一一年だろうとちがいはない。表面の見かけがつねに実体として通用するこのアメリカという国では、人はいつでもフランク・ダニングのような男の言葉を信じるのだ。

4

翌週の火曜日、ぼくはデイリー・ニューズ紙の広告によれば〝一部家具つき、住環境良好〟というふれこみのアパートメントを借りた。そして九月十七日の水曜日、ミスター・ジョージ・アンバースンはその部屋に引っ越した。さよなら、デリー・タウンハウス。こんにちは、ハリス・アヴェニュー。一九五八年に暮らしはじめて一週間、まだまだこの時代の生粋《きっすい》の人間になった気分ではなかったが、ようやく人心地がつきはじめていた。

広告の〝一部家具〟というのは——ベッド（マットレスはうっすらと汚れていたが、リネン類は汚れていなかった）、ソファ、一本の脚の下に詰め木をしないことにはがたついてしまうキッチンテーブル、それに人のスラックスの尻をしっかりつかんだのち、しぶしぶ解放するときには、決まって不気味な〝しゅぷう〟という音を出すプラスティック製座面の椅子が一脚。そのほかストーブがあり、やかましい音を出す冷蔵庫があった。キッチンの食品庫には、このアパートメントの空調設備がしまってあった――ゼネラル・エレクトリック製の扇風機だったが、被覆のほつれたプラグは死を招くものとしか見えなかった。

　アパートメントはデリー空港に着陸する旅客機の飛行ルートの真下にあり、ひと月あたりの家賃の六十五ドルはいささか高すぎると思えたが、それでも同意したのはミスター・アンバースンの手もとに紹介状が一通もないという事実を、家主のミセス・ジョプリンがすすんで見て見ぬふりをしてくれたからだ。ミスター・アンバースンが三カ月分の家賃を現金で前払いすると申しでたことも、その役に立った。しかしながらミセス・ジョプリンは、運転免許証の記載事項を控えさせてほしいと強くいってきた。ウィスコンシン州からやってきたフリーランスの不動産業者が、メイン州発行の免許証をもっていることをいぶかしく思ったかもしれないが、この女性はなにもいわなかった。

　アルが多額の現金を融通してくれたことがありがたかった。現金は赤の他人同士の仲を見事にとりもってくれる。

　一九五八年の世界では、現金はもっといろいろなことをしてくれた。わずか三百ドルの出費で、一部家具つきアパートメントは家具一式つきアパートメントに変わった。その三百ドルの九割までは、中古の卓上モデルのＲＣＡ製テレビにつかわれた。その晩ぼくは美しい白黒映像で〈スティーヴ・アレン・ショー〉を見て、テレビのスイッチを切り、キッチンテーブルについたまま、プロペラの轟音を鳴りわたらせながら東へむかう飛行機の音に耳をかたむけた。ついでぼくは尻ポケットから、ブルーホース製のノートを抜きだした。ロウ・タウンのドラッグストア（万引きが〝スリル遊び〟や〝イカす遊び〟や〝ガス抜き〟ではない例の店）で買いもとめた品だった。ぼくは最初のページをひらくと、やはり買ってきたばかりのパーカーのボールペンの芯をかちりと押しだした。そんなふうにして十五分も、ただすわっていただろうか——また一機の飛行機が轟音とともに東へむかうには充分な時間だった。あまりにも近くを飛んでいたので、いつ飛行機の着陸輪が屋根をかすめる音がきこえてもおかしくないとさえ思えた。

ノートのページは白紙のままだった。頭のなかも同様。何回頭のギアを入れようとしても、頭に浮かんでくる明瞭な思いといえば《過去は変えられることを望まない》というフレーズだけだった。

役に立つとはいえない。

しまいにぼくは立ちあがると、扇風機を食品庫の棚から運びだしてきてカウンターに置いた。これでうまくいくと思っていたわけではない。しかし、これが功を奏した。回転するモーターのハム音が奇妙にも心を落ち着かせてくれた。さらにこの音は、神経にさわる冷蔵庫のごろごろという音を目立たなくしてもくれた。ふたたび椅子に腰をおろしたとき、頭は前よりも澄んでいて、わずかながら言葉も出てきた。

選択肢

1　警察に通報する。

2　ダニングに匿名の電話をかける（たとえば「いいか、おれが見張ってるぞ。なにかしでかせば、おれがバラす」など）。

3　ダニングになんらかの濡れ衣を着せる。
4　ダニングの行動能力を奪う。
そこで手がとまった。冷蔵庫の音がぴたりととまった。降下中の飛行機もなく、ハリス・アヴェニューを走る車もなかった。ひとときは、ぼくと扇風機と不完全なリストだけだった。やがてぼくは最後の選択肢を書き添えた。
5　ダニングを殺す。
それからぼくはノートのページを丸め、レンジやオーブンに点火するためにストーブの横に置いてあったキッチンマッチの箱をあけて、一本を擦った。たちまち扇風機の風がマッチの火を消し、このときも世の中にはいっこうに変わらない頑固なものがあるんだな、という思いを新たにした。扇風機のスイッチを切って、またマッチに火をつけ、丸めたノートのページに触れさせる。紙が燃えはじめるとシンクに落とし、完全に燃えつきるのを待ってから灰を水で排水口へ流して捨てた。

それがすむと、ミスター・ジョージ・アンバースンはベッドに横になった。

しかし、そのあとも長いこと寝つけなかった。

5

十二時半にその夜の最終便の飛行機が屋根をかすめるように飛び去っていったあとも、ぼくはまだ目を覚まし、自分がつくったリストのことを考えていた。警察に通報するのは論外だ。ダラスでもニューオーリンズでもフィデル・カストロへの愛を公言したオズワルドが相手なら通用するかもしれないが、ダニングはまた別の問題だ。地域社会の人々から好意をもたれて、尊敬をあつめてもいる人物である。一方このぼくは？　よそ者に冷ややかな街にやってきたばかりの新顔だ。前日の午後、ドラッグストアから出ると、またしてもサスペンダーなし男とその一味が〈スリーピー・シルヴァー・ダラー〉の店先にたむろしていた。ぼくは労働者スタイルの服を着ていたが、それでも男たちはこのときもまた《どこの馬の骨だ》といいたげな無表情な目をむけてきた。

デリーに住んで八日間ではなく八年間だったとしても、そもそも警察になにを話せるだろうか？　ハロウィンの夜にフランク・ダニングが家族を惨殺する幻視を見たとでも話す？　まちがいない、万事解決だ。

それよりは、ダニングその人にぼくが匿名で電話をかけるという案のほうがわずかながらましに思えたが、これもそら恐ろしい案だった。ひとたびフランク・ダニングに電話をかけたが最後——職場への電話であれ、ホールの共用電話まで呼びだされるはずのエドナ・プライスの下宿屋であれ——ぼくは過去を変えることになる。その手の電話でダニングが家族を殺すことはなくなるかもしれないが、正反対の影響をおよぼす可能性もおなじくらいはあるのではないか——人好きのするジョージ・クルーニー風の笑顔の裏で、あの男は正気のへりを危なっかしいバランスで歩いているに相違なく、電話はそんなダニングを突き転がしてしまうことになりはしないか。そうなれば殺人事件の発生を阻止するどころか、かえって事件の発生を早めるだけの結果におわりかねない。事件についていえば、いつ、どこで発生するかは知っていた。ダニングに事前に警告したりすれば、先がまったく読めなくなる。

ダニングになんらかの罪で濡れ衣を着せる？　スパイ小説でなら成功するかもしれないが、あいにくぼくはCIA工作員ではない。ただのしがない英語教師だ。

リストの次にあがっていたのは、《ダニングの行動能力を奪う》だった。オーケイ。しかし方法は？　サンライナーで撥ねるとか？　それもあの男が片手にハンマーを、頭では殺人のことを考えながら、チャリティ・アヴェニューからコサス・ストリートへと歩いていくあいだに？　驚くべき幸運にでも恵まれないかぎり、逮捕されて牢屋に叩きこまれるのがおちだ。さらにこんな事情もある。人間は行動能力を奪われても、かならず回復する。回復すれば、ダニングはまたおなじことをたくらむかもしれない。暗い部屋で横たわっていると、そのシナリオがますますありそうな話に思えてきた。なぜなら、過去は変えられたくないと思っているからだ。過去は強情なのである。

唯一の確実な方法は、ダニングを尾行し、ひとりになる機会を待ちかまえて殺すことだ。簡潔明快、単純にいけ。

しかし、この案にも問題があった。最大の問題は、そんなことをやりとげられる自信がないことだった。必要なら——自分自身や他人を守るために——熱くもなれるだろう。しかし冷たくなれるだろうか？　たとえ標的として狙う相手が、野ばなしのままでは、いずれ自身の妻子を殺す男だとわかっていても？

それに……やりおおせたとしても、ジョージ・アンバースンではなくジェイク・エピングにもどれる未来の世界に首尾よく逃げこむ前につかまってしまったらどうなる？　裁判にかけられ、有罪を宣告されて、ショーシャンク州刑務所送りになるに決まっている。そんなことになれば、ダラスでジョン・F・ケネディが殺されるその日も刑務所に閉じこめられたままだろう。

しかし、それさえもいちばん根本的なところでの問題ではなかった。ぼくは起きあがるとキッチンを通りぬけて電話ボックスなみに狭いバスルームにはいり、便器に近づくと、便座に腰をおろして両手の掌底《しょうてい》でひたいを支える姿勢をとった。これまでぼくはハリーの作文が事実どおりだという前提に立っていた。アルも同様だ。ハリーの頭は、正常から二、三目盛ばかり鈍いほうにずれている。そうした人間が一家惨殺のような夢物語をさも現実のように偽って話すようなことは少ないのではないか。それでも……。

《九十五パーセントまでの確証は百パーセントではない》アルはそういったし、そのとき話していたのはオズワルドその人のことだった。あらゆる陰謀論のあれやこれやを除外したあとで、暗殺の犯人にちがいないとされる唯一の人物だが、それでもなおアルの頭にはしつこく最後まで疑念が残っていた。

コンピューターが普及した二〇一一年の世界なら、ハリーの言葉の裏をとるのは簡単だったはずだが、ぼくはそれをしなかった。かりにあの作文が一から十まで真実だとしても、ハリーが意味をとりちがえていたか、そもそも書きもらしたかした重大な事実があるかもしれない。ぼくの足をすくうようなことが。円卓の騎士サー・ガラハドのように人々を救うどころか、結局ぼくも彼らといっしょに殺されてしまったらどうなる？　そうなれば、ありとあらゆる方面で興味深い歴史の変化が発生するだろうが、あいにくその変化をぼくが見とどけることはない。

新しいアイデアがぽんと頭にひらめいた。それも、いかれているほど魅力的なアイデアが。ハロウィンの夜になったら、コサス・ストリート三七九番地の家と道路をはさんで反対側に身をおき……すべてを見ている、、、だけにするのだ。ひとつには事件が本当に起こるのかどうかを確かめるためだが、唯一の生存者——心にトラウマを負った子ども——が見おとしたかもしれない詳細な部分を残らず把握するためでもある。そのあと車でリスボンフォールズに引き返して兎の穴を通りぬけ、すかさず九月九日の午前十一時五十八分にとってかえす。それからもう一度サンライナーを買い、ふたたびデリーへやってくるが、今回は頭に情報を詰めこんだ状態だ。アルにもらった現金をかなりつかったのは事実だが、まだしばらくやっていくだけの金は残っている。

このアイデアは意気揚々と門から出発していったが、最初の角を曲がりもしないうちに足がふらついてきた。今回の旅のそもそもの目的は、校務員一家を救うことで未来にどんな影響があるのかを見さだめることにあった。もしフランク・ダニングに一家惨殺をやらせてしまえば、影響がわからなくなる。それればかりか、おなじことをふたたびこなさなくてはならないという問題にも、すでに直面していた。いずれオズワルドを阻止するために兎の穴を通るときには——いや、通るとすれば——そのときまたすべての変化がリセットされるからだ。一回でも難題だ。二回になればそれ以上に厄介になる。三回となると願い下げだ。

またこんな事情もある。ハリー・ダニングの家族はすでに一回は死んでいる。それなのに、ぼくは彼らに二回めの死を運命づけようというのか？　たとえ毎回すべてがリセットされて、当人たちはそのことを知らないとしても？　どこか心の奥深いところでも彼らが気づかないとだれにいえるだろう？

苦痛。血。揺り椅子の下に横たわる、にんじん髪の少女。デイジー製の空気銃で頭のおかしな男を脅かして追いはらおうとしたハリー――「ぼくに手出しをするなよ、父さん。でないと撃つからね」

ぼくはすり足でキッチンを通って引き返し、途中で足をとめて黄色いプラスティックの座面をもつ椅子を見つめた。

「おまえがきらいだよ、この椅子め」ぼくは声に出していい、ベッドにもどった。

今度は横になるなりほぼ即座に寝ついていた。翌朝目が覚めたときにはもう九時で、いまだにカーテンのない寝室の窓から日ざしが射しいり、鳥たちはうぬぼれもあらわにさえずり、ぼくはといえば、なにをするべきかがわかった気分だった。簡潔明快、単純にいけ。

6

正午になると、ぼくはネクタイを締め、麦わら帽子を正しく小粋にかしげてかぶると、スポーツ用品店〈メイチェンズ〉にむかった。店はいまもまだ《**秋の銃器セール**》を開催中だった。

店では店員に、拳銃を買うことを検討していると話した——自分は不動産業者であり、おりおりにかなり多額の現金をもち歩く必要があるからだ、といって。店員は数挺の銃を見せてくれた。そのなかにコルトの三八口径ポリス・スペシャルのリボルバーがあった。値段は九ドル九十九セント。最初はありえない安値だと思ったが、それもオズワルドが通信販売で購入して、のちに世界の歴史を変えるにいたったイタリア製ライフルが二十ドル以下だったことを思い出すまでだった。

「自衛の手段にはもってこいの品ですよ」店員はいいながら回転弾倉《シリンダー》を振りだして、回転させた——かちっかちっかちっかちっかちっ。「十五メートル以内だったら精確に命中させられます。保証つきだ。そもそも、あんたの現金を奪おうなんて料簡《りょうけん》を起こす馬鹿者となれば、もっと近くにいるはずですしね」

「よし、買った」

ぼくは乏しい身分証のたぐいを精査されるものと思って身がまえたが、なんのことはない、自分がいま暮らしているアメリカは、まだ恐怖を知らない牧歌的な雰囲気に満たされていたことを今回もうっかり忘れていただけだった。売買はこんなふうに進んだ——ぼくが代金を払い、銃をもって店を出る、以上。書類への記入を求められることもなければ、待ち時間もなかった。現住所を教える必要さえなかった。

オズワルドは自分の銃を毛布に包み、妻が身を寄せていたルース・ペインという女性の家のガレージに隠していた。しかし、自分の銃をブリーフケースに忍ばせて〈メイチェンズ〉をあとにしたときのぼくには、オズワルドの気分がわかったように思えた——強力な秘密をもった男の気分だったのだ。自分専用の竜巻を手にした男になった気分だ。〈スリーピー・シルヴァー・ダラー〉の店先に、どこかの工場で働いているにちがいない男がひとり立って、タバコをふかしながら新聞を読んでいた。男がぼくを監視していたと断言はできないが、一方ではぼくを監視していなかったとも断言できなかった。

サスペンダーなし男だった。

7

その晩、ぼくはまた映画館〈ストランド〉の近くに身を置いた。突きだした庇にはこうあった——《明日より上映！　**〈死の驀走〉**（ミッチャム）＆**〈ヴァイキング〉**（ダグラス）！》。今回もデリーの映画ファンに《**壮絶無比の大アクション**》が提供されていた。

この日もダニングは道をわたってバスに乗りこんだ。今回は尾行しなかった。必要がなかったからだ——ダニングの行き先ならわかっている。ぼくはおりおりに周囲に目を走らせてサスペンダーなし男がいるかどうかを確かめつつ、新居であるアパートメントに引き返した。といっても、あの男の姿は見あたらず、ぼくは自分に、スポーツ用品店の外であいつを見かけたのはただの偶然だといいきかせた。たいした意味はない。なんといっても〈スリーピー・シルヴァー・ダラー〉は、あの男の行きつけの店だ。デリーの工場群はどこも一週間に六日操業している。そのため工員たちは交替で休日をとる。木曜は、この男の休日にあたっていたとも考えられる。来週あの男が〈スリーピー・シルヴァー・ダラー〉に来るのは金曜になるかもしれない。あるいは火曜に。

　翌日の夜も、ぼくは〈ストランド〉の前に陣どって〈死の驀走〉のポスターに興味をひかれたふりをしていた（《ロバート・ミッチャムが世界一危険なハイウェイをぶっ飛ばす！》）。ここに来たのは、もっぱらほかに行くあてがなかったからだ。ハロウィンはまだ六週間先であり、ここにいたってぼくはわれらが計画の〝時間つぶし段階〟にさしかかったようだった。しかしこの日フランク・ダニングは道をわたって停留所へ行かず、センターとカンザス、それにウィチャムと三本の道路がまじわる交差点へ歩き、そこで心を決めかねているかのようにたたずんでいた。黒っぽいスラックスに白いシャツ、青いネクタイをあわせて、淡いグレーの窓枠めいたチェック柄のスポーツジャケットという服装で、この夜もまた申しぶんのない着こなしを披露していた。帽子は小粋なあみだにかぶっている。つかのまぼくは、ダニングが映画館にやってきて、世界一危険なハイウェイを視察するつもりなのだろうか、と思った。もしそうなら、さりげない歩きぶりでキャナル・ストリートの方向に歩き去ろう。しかしダニングは左に曲がって、ウィチャム・ストリートへはいっていった。吹いている口笛がきこえた。口笛の上手な男だった。

　尾行の必要はなかった──九月十九日にはハンマー殺人をする予定ではないからだ。しかしぼくは好奇心に駆られていたし、ほかにすることもなかった。ダニングは〈ランプライター〉というバー＆グリルにはいっていった。タウンハウスのバーほどの高級店ではなかったが、キャナル・ストリートにならぶ下卑た居酒屋とは大ちがいだった。どんな小さな街にも、ブルーカラー族とホワイトカラー族が対等に同居できる境界線上のバーがかならず一軒や二軒はあって、ここはその種の店のようだった。この手の店のメニューでは地元の珍味が大きくあつかわれるが、これがまたよそ者には不可解で頭をぽりぽりとかいてしまうようなしろものと決まっている。〈ランプライター〉の名物は、〝フライド・ロブスター・ピッキンズ〟とかいう名前の料理のようだった。

店の正面に面した幅のある窓の前を——歩くというよりは、そぞろ歩くといった足どりで——通りすぎると、挨拶をしながら店内を歩いていくダニングの姿が見えた。こちらで握手をし、こちらでは頬をすり寄せあう。ついでひとりの男の帽子を手にとると、ボウル・モー製のピンセッターの隣に立っていた男めがけて投げた。男は鮮やかな手つきで帽子を受けとり、店内を大いにわかせた。いい人。いつも冗談を飛ばしている男。〝笑えば世界もいっしょに笑う〟タイプの男だ。

ダニングがボウル・モー製のマシンに近いテーブルにつくときには、ぼくは店先を通りすぎかけていた。しかし、のどが渇いてもいた。いまなら一杯のビールがおいしく飲めそうだ。〈ランプライター〉のバーカウンターは、ダニングがいるテーブルとは混みあった店内をはさんで反対側にある。テーブルを囲んでいるのは男ばかりのグループで、ダニングはそこに新たにくわわった。カウンターにすわればダニングからは顔を見られず、こちらは鏡ごしにダニングを見ていることができる。といっても、それほど驚くべきことは見られそうもなかった。

それに、もしこの地に今後六週間滞在するのなら、そろそろここに属するべき頃合いだ。そこでぼくは回れ右をして、にぎやかな話し声とほろ酔い気分の笑い声、それにディーン・マーティンが歌う〈ザッツ・アモーレ〉が満ちた店内へはいっていった。ウエイトレスたちがビールのはいった陶器のジョッキやフライド・ロブスター・ピッキンズとおぼしき料理が山盛りになった皿を運んで店内をまわっていた。そしていうまでもなく、立ち昇る紫煙が天井で垂木のようにわだかまっていた。

一九五八年には、いつでもどこにでも煙があった。

8

「あんた、さっきから奥のあのテーブルのほうをちらちら見てるみたいだな」すぐうしろからそう声をかけられた。〈ランプライター〉には、二杯めのビールとフライド・ロブスター・ピッキンズを小皿で注文するほど長居をしていた。せめて一回は食べておかないと、先々ずっと気になるだろうと思ったからだ。

あたりを見まわすと小男の姿が目にはいった。黒髪はオールバックで丸顔、生き生きとした黒い目のもちぬしだった。さしずめ陽気なシマリスといったところ。男はにやりと笑うと、子どもサイズの手を突きだしてきた。その前腕では乳房をむきだしにした人魚が先の広がった尾をばたつかせ、片目でウインクしていた。「チャールズ・フレーティ。だけど、チャズと呼んでくれ。だれもがおれをそう呼ぶよ」

ぼくは男の手を握った。「ジョージ・アンバースン。でも、ジョージと呼んでくれ。やっぱりだれもがそう呼ぶよ」

チャズという男が笑った。ぼくも笑った。自分のジョークに自分で笑うのは不調法だと考えられているが(それもベタなジョークならなおさら)、世の中にはかならず相手を笑わせるような魅力的な人物もいる。チャズ・フレーティはそのひとりだった。ウエイトレスがビールを運んでくると、チャズはグラスをかかげた。「あんたに乾杯だ、ジョージ」

「つきあわせてくれ」ぼくはいい、自分のグラスを相手のグラスに触れあわせた。

「知りあいがいるのかい?」チャズは、バーの奥の壁にかかった鏡にうつる大きなテーブルを目で示しながらいった。

「いいや」ぼくは上唇の泡をぬぐった。「あのテーブルの連中は、この店のだれよりも楽しそうだなと思ってね、それだけだ」

チャズは微笑《ほほえ》んだ。「あれはトニー・トラッカーのテーブルだよ。やつの名前が彫りこまれているも同然だな。トニーと弟のフィルは運送会社をもってる、それだけじゃなく、この街ばかりか街の周辺の土地もどっさり――決まり文句じゃないが、カーターの肝臓薬よりもたくさん――もってる。フィルはあんまり店に来ないよ。あちこち出張でまわっているからね。でもトニーは、金曜と土曜の夜には欠かさず店に来る。それに友だちも多いんだ。みんないつも楽しんでる。でもパーティーを盛りあげるとなったら、フランク・ダニングがいちばんだな。ジョークをどんどん披露してくれるんだ。みんな、トニーのことは大好きだよ。でも、みんなはフランキーを愛してるんだ」

「あの連中のことをよく知っているようだね」

「何年も昔からの知りあいさ。デリーの住人ならあらかた知ってる。ただし、あんたのことは知らないね」

「ぼくが最近この街に来たからじゃないかな。不動産だ」

「不動産業界ってことか」

　ウエイトレスがぼくの注文したロブスター・ピッキンズを置いて、そそくさと離れていった。皿に山盛りになっていたのは、車に轢かれた野生動物の死体を思わせるしろものだったが、香りはすばらしく、味は最高だった。ひと口あたりのコレステロールは十億グラムはあっただろうが、一九五八年の世界でそんな心配をする人はおらず、心が安らいだ。

「よかったら、きみも食べてくれ」ぼくはいった。

「いいや、それは全部あんたが食べるんだ。ボストンから来たのかい？　それともニューヨーク？」

　ぼくが肩をすくめたのを見て、チャズは笑った。

「慎重第一を心がけてるってか？　それも無理はないさ、いとこ《カズ》くん。口が軽ければ船は沈むというしね。でも、あんたがなにを企んでいるのかは、十中八九見ぬいてるつもりだよ」

　フォークに刺したロブスター・ピッキンズを口へ運ぶ途中で、ぼくの手がぴたりととまった。〈ランプライター〉の店内は暖かかったが、ぼくはふいに寒気を感じていた。「本当に？」

　チャズが顔を寄せてきた。オールバックに撫でつけた髪からはバイタリスの、呼気からはセンーセンのミントの香りがした。「おれがもし〝モール建設地さがし〟といったら、大当たりじゃないか？」

　安堵の烈風が吹き寄せてくるのを感じた。自分がショッピングモールの建設に適した土地をさがしにデリーに来たとは考えもしなかったが、これはこれでわるくない。ぼくはチャズ・フレーティにウインクをしてみせた。「いえないんだ」

「いやいや、いえないのはわかってる。ビジネスはビジネスの流儀で——おれはいつもそういってるんだよ。この話題はおわりにしよう。でも、地元の田舎者をおいしい話に一枚嚙ませようと考えたことがあるのなら、喜んで話をきくよ。おれに他意がないってことを示すため、あんたにちょっとした情報を教えてやろう。まだ調べてないなら、キッチナー鉄工所の跡地を調べてみるといい。完璧な立地だよ。それにモール？ モールがなにか、ちゃんと知ってるのかな？」

「未来の波」ぼくはいった。

チャズは拳銃のように指をぼくに突きつけてウインクをした。ぼくはまた笑った。こらえきれなかった。そんなふうに笑った理由のひとつは、デリーの成人全員が、よそ者との友好的な接し方をすっかり忘れていたわけではないとわかって、単純に安堵したからにほかならなかった。「ホール・イン・ワン」

「で、そのキッチナー鉄工所があった土地を所有しているのはだれなんだい、チャズ？ トラッカー兄弟じゃないか？」

「連中はこのへんの土地をどっさり所有しているとは話したが、すべての土地をもってるとは話してないぞ」チャズは腕の人魚を見おろして話しかけた。「ミリー、このメトロポリスの中心からたった三キロちょっと、第一級の商業地域にある物件をだれが所有しているのかを、ここにいるジョトジに教えてやるべきかな？」

ミリーは鱗《うろこ》のある尾をひらひらさせ、ティーカップのような乳房を揺らした。チャズ・フレーティが握り拳をつくったからそう見えたのではなかった――前腕の筋肉が勝手に動いているかに見えた。巧みなわざだった。帽子から兎をとりだすこともできるのだろうか。

「ああ、わかったよ」チャズはそういって顔をあげ、ふたたびぼくを見つめた。「打ち明ければ、所有者はこのおれだ。おれは最上の土地を買い、残りものをトラッカー兄弟が買う。ビジネスはビジネスの流儀だ。よければ名刺を受けとってくれないか？」

「ああ、喜んで」

チャズはぼくに名刺をわたした。名刺には、《チャールズ・〝チャズ〟・フレーティ　売買事業》とあるだけだった。ぼくは名刺をシャツのポケットにしまった。

「でも、あっちの連中をみんな知っていて、連中もあんたのことを知っているのなら、なんでまたバーへ来て、この街の新顔なんかと話をしてるんだい？」ぼくはたずねた。

チャズは驚いた顔をのぞかせてから、また満面に愉快そうな笑みをたたえた。「まさか車のトランクで生まれて、列車から投げ捨てられたのかい、いとこ《カズ》くん？」

「いや、街に来て間がないだけだよ。だから、いろんな事情にうとくてね。わるく思わないでくれ」

「気にするもんか。連中はおれと商売をする。というのも、おれがこの街の駐車場の半分をもってるからだ。それ以外にもダウンタウンの映画館とドライブイン、銀行ひとつ、おまけにメイン州東部と中部の質屋はすべて所有してる。しかし、連中がおれと酒を飲むことはないし、おれを自宅に招くこともなければ、連中のカントリークラブに招くこともない。おれが例の一族だからさ」

「話がわからないんだが……」

「おれはユダヤ人なんだよ、いとこくん《カズ》」

チャズはぼくの顔つきを見て、にやりと笑った。

「わからないようだ。おれがあんたのロブスターには手をつけようとしなかったときにも、まだわからなかった。感動した」

「それがなぜ結果のちがいを生みだすのか、そのあたりをいま考えているところでね」ぼくはいった。

チャズは、こんなに出来のいいジョークは今年になって初めてきいたといいたげに大笑いした。「となると、あんたは車のトランクじゃなくてキャベツの葉の下で生まれたようだ」

鏡を見ると、フランク・ダニングが話していた。トニー・トラッカーとその友人たちはにたにたと盛大に笑いながら話をきいている。一同がどっとばかりに大爆笑すると、ダニングが披露したのがエレベーターに閉じこめられた三人の黒人のジョークだったのか、それとももっと笑える風刺のきいたジョークだったのだろうか、と思った——たとえば、ゴルフコースに出た三人のユダヤ人のジョークとか。

チャズはぼくの視線のむかっている先に気がついた。「フランクは、たしかにパーティーを盛りあげるこつを心得てる。やつがどこに勤めてるかは知ってるかい？　いや、うっかりしてた——あんたはこの街に来たばかりだったな。〈センター・ストリート・マーケット〉だ。精肉部門の主任だよ。それに店の半分を所有してもいるが、その話をふれまわることはない。いいことを教えてやろうか？　あの店が成りたっていて利益をあげていられる理由の半分はフランク・ダニングだよ。あの男は花の蜜が蜂を引き寄せるように、ご婦人がたを引き寄せるんだ」

「では、いまは？」

「ああ、あの連中もあいつを好いてるな。ただ、いつもそうだというわけじゃない。女に受けのいい男が、かならずしも男からも好かれるわけじゃない」

その言葉にぼくは、別れた妻がジョニー・デップにかなり熱をあげていたことを思い出した。

「でも、もう昔みたいなことはなくなった。昔はフランクもここが閉まるまで飲んでいて、そのあと連れだって荷物倉庫に行っては、空が明るくなるまで連中とポーカーをしていたもんだ。ところが最近あいつはビールを一杯だけ――あるいはせいぜい二杯も――飲むと、すっと店を出ていってしまう。見てな」

クリスティーが酒をきっぱり断つかわりに量を抑えようとして散発的にそんな努力をしていたので、その手の行動パターンは身近に見て知っていた。しばらくは、その方法でもうまくいく。しかし遅かれ早かれ、クリスティーは決まって深みに転げ落ちていった。

「飲酒問題でも？」ぼくはたずねた。

「それは知らない。ただ、癇癪《かんしゃく》という問題をかかえていることはまちがいないね」そういうとチャズは前腕の刺青《いれずみ》を見おろして話しかけた。「ミリー、ユーモアのある男たちの多くが、えてして残酷な面をもっているということを知ってるかい？」

ミリーが尾をひらひら動かした。チャズが真面目くさった顔でぼくを見つめた。

「ほらな？　女はいつも見ぬくんだよ」そういうとロブスター・ピッキンズを一本すばやく口

にほうりこみ、おどけたしぐさで左右に目を走らせた。じつに楽しい男で、この男が自称どおりの人間ではないかもしれないとは一回も思わなかった。しかしチャズ本人がほのめかしていたとおり、ぼくはまだ事情にうとい側の人間である。デリーについては確実に。「スノレサロット師《ラビ》には内緒にしてくれ」

「安心してくれ、秘密は守る」

トラッカーのテーブルを囲む男たちがフランク・ダニングにむけて身を乗りだしているようすから察するところ、また新しいジョークを披露しはじめたようだった。ダニングは両手をさかんに動かしてしゃべる男だった。大きな手だった。その手がクラフツマン製ハンマーの柄を握っているさまが容易に想像できた。

「ハイスクール時代には、かなり大暴れをして恐ろしい問題を起こしたんだよ」チャズはいった。「あんたはいま、事実として知っている人間の口から話をきいてるんだ。そう、このおれはあいつといっしょに郡立統合ハイスクールに通ったんだからね。ただし、できるだけあいつを避けていたよ。しょっちゅう停学処分を受けていたね。理由はいつも決まって喧嘩沙汰だ。本当はメイン州立大学に行くはずだったのが、ある女の子を妊娠させて、結局はその子と結婚する羽目になった。一年かそこらして、女の子は赤ん坊を連れて逃げだしていったよ。ま、あのころのフランクがどんな男だったかを思えば賢明な判断だね。フランクはそういう男だった。ドイツ人や日本人を相手に戦っていたほうが、あいつ本人のためにもよかったんだろうよ——そうさ、怒り狂って暴れてね。ところが徴兵検査で不合格になった。理由は知らない。扁平足？　心雑音？　高血圧？　知る手だてはないな。いや、しかし、こんな昔のゴシップなんか、あんたには興味がないかもしれないね」

「いや、あるよ。興味深い話だね」ぼくは答えた。嘘ではなかった。軽く一杯飲むつもりで〈ランプライター〉に来ただけだったのに、ぼくは金の鉱脈に行きあたっていた。「ロブスター・ピッキンズをもう一本どうだい？」

「無理じいされたら仕方ないな」チャズはそういうと、一本を口にほうりこんだ。「おれがこれを食べてなにがわるい？　奥のテーブルの連中を見てみろ――連中の半分はカトリックなのに、ハンバーガーだのBLTサンドだのソーセージ・サブマリンだのをがつがつ食ってる。金曜なのに！　宗教の意味を理解している者がどこにいる？」

「ここにいるよ」ぼくはいった。「ぼくはメソジスト失格者でね。それで、ミスター・ダニングは結局大学には行かなかったんだね？」

「まったく行かなかった。最初の奥さんが夜中に逃げだしたときには、食肉カット学の学士号をとるべく励んでいたよ。しかも成績がよかったんだよ。そのころも、また何度もトラブルを起こしてた――ああ、そうとも、おれがきいた話だと、そのあたりのこともやっぱり酒がある程度からんでいたようだね。とにかく、人はやたら噂話が好きじゃないか。おまけに質屋をやっていると、その手の話を残らずきかされる。それはともかく、当時あのマーケットを所有していたミスター・ヴォランダーが一席もうけて、フランキーのやつを厳しく諭したんだな」チャズは頭を左右にふって、またピッキンズをつまみあげた。「朝鮮半島の騒ぎがおわるころには、フランク・ダニングがマーケットの半分を所有するようになるなんて知ったら、ベニー・ヴォランダーのやつは脳出血を起こしたかもしれないな。未来がわからないのは、おれたちにとってはいいことさ。そうだろ？」

チャズは話の波に乗っていた。ぼくがウエイトレスにビールを二杯注文しても、断わることはなかった。

「ベニー・ヴォランダーはフランキーに、おまえほど腕のいい精肉担当見習いはこれまでひとりもいなかったと話したうえで、もしこれからも警察沙汰を起こすなら——いいかえるなら、もしだれかにくだらないことをされて腕っぷしに訴えるような真似をしたら——残念ながら店を辞めてもらうしかない、と告げた。賢者は一をきいて十を知るという格言のとおり、フランキーは真人間になった。最初の奥さんが家を出ていって一、二年もすると、婚姻の遺棄を理由に奥さんと正式離婚した。ただ、ひとり身でいたのも長くはなかった。そのころはちょうど戦争がいちばん激しくてね、そんなわけでやつは女をよりどりみどりだった——ほら、なにせ女受けのする魅力があるし、どのみちライバルの大半は国外にいたからね——でも、やつはドリス・マッキニーに落ち着いた。愛らしい女の子だったよ」

「いまでも愛らしいんだろうね」

「もちろん。花のように美しいさ、いとこくん《カズ》。夫婦は三人だか四人の子どもをさずかった。いい家庭だよ」チャズはふたたび身を乗りだしてきた。「だが、いまでもフランキーはたまに癇癪の発作を起こす。春にはその癇癪を奥さんにむけちまった。それがわかったのも奥さんが顔に青痣《あおあざ》をつくって教会に来ていたからだし、一週間後にはやつが家を出ていたからさ。いまは、昔なじみの自宅にできるだけ近い下宿屋暮らしだよ。いずれ、奥さんが連れもどしにくるのをあてにしてるんだな。遅かれ早かれ、そういうことになるよ。あの男は魅力のつかいどころを心得て——おおっと、見てみな。どういえばいい？　やつが店を出ていこうとしてる」

見るとダニングが席から立ちあがるところだった。ほかの男たちはダニングにまた椅子にすわれと大声で叫びかけていたが、本人は頭を左右にふって腕時計を指さしていた。ついでグラスを口に運んで残っていたビールをのどに流しこみ、身をかがめて、ひとりの男の禿げ頭にキスをする。これが部屋が震えるほどの歓声の波を呼びこみ、ダニングはその波に乗りながらドアへむかっていった。

ついで通りすぎざまにダニングはチャズの背中を平手で叩いて、こういった。「その鼻をいつもきれいにしておけよ、チャジー——そんなに長いんだから、汚れたら目もあてられないぞ」

それだけいうと、ダニングは店を出た。チャズがぼくの顔を見た。陽気なシマリス風の笑みを浮かべてはいたが、目は笑っていなかった。「ほら、愉快なやつだろう？」

「ごもっとも」ぼくはいった。

9

世の中には、文章に書きとめることで、自分がなにを考えているのかが初めてわかる人種がいて、ぼくもそのひとりだった。そこでぼくは週末の大半を費やして、デリーで見たことや自分がしたこと、これからしようと思っていることなどを書きとめた。文章はどんどんふくらみ、そもそも自分がどうやってデリーに来たかの説明にまで広がってきた。日曜日には、ポケット判の手帳とボールペンにはいささか荷が重すぎる作業をはじめてしまったことが自覚できた。そこで月曜に出かけて、ポータブル・タイプライターを買ってきた。最初は地元の文具店に行こうと思ったのだが、キッチンテーブルに置いてあったチャズ・フレーティの名刺が目にとまり、そこに書いてある店を訪ねた。イーストサイド・ドライブにあるチャズの質屋は、デパートほども大きかった。玄関の上には、昔ながらの質屋のシンボルである三つの金色の玉が吊りさがっていたが、それ以外の飾りもあった——石膏《せっこう》の人魚像だった。先が広がった尾をふりたてて、片目をつぶってウインクをしている。こちらの人魚は公共の場にいるために、ブラジャーをつけていた。チャズ当人は店には見あたらなかったが、ぼくは極上のスミス－コロナ製のタイプライターを十二ドルで入手した。ぼくは応対に出た店員に、不動産業のジョージが店に立ち寄ったとミスター・フレーティに伝えてくれと頼んだ。

「それはもう喜んで。よかったら名刺をちょうだいできますか？」

くそ。こんなことなら名刺を何枚か印刷しておくのだった……となると、やはり〈デリー・ビジネスサプライ〉に足を運ばなくては。

「あいにく別のスーツのポケットに入れたままでね」ぼくは答えた。「でも、フレーティさんはぼくを覚えていると思うよ。〈ランプライター〉でいっしょに飲んだんだ」

その日の午後から、ぼくは手記を拡張しはじめた。

10

空港を目指して降下中の旅客機が頭の真上を通過していくことにも、いつしか慣れてきていた。ぼくは新聞と牛乳の配達を依頼した――ぶあついガラス瓶《ジョウント》にはいった牛乳が毎朝、玄関先に届けられるのだ。一九五八年の世界へ最初に跳躍したときにフランク・アニセッティが飲ませてくれたルートビアと同様に、牛乳も信じられないほど豊かで芳醇《ほうじゅん》な味わいだった。クリームはそれ以上のすばらしさだった。合成のコーヒークリームがすでに発明されていたかどうかは知らなかったが、さがす気にもならなかった。これだけのものが手近にあるのだから当然だ。

日々は過ぎていった。ぼくはアル・テンプルトンが作成したオズワルドについてのノートを、長めの文章もそらで暗誦できるほど読みこんだ。また図書館を訪ねて、一九五七年と五八年にデリーで連続発生した殺人事件や行方不明者の事件の記事を読んだ。フランク・ダニングとその有名な癇癪癖についての記事もさがしたが、ひとつも見つからなかった。かりに逮捕されていたとしても、新聞の警察だより欄に掲載されなかったのだろう。この欄はたいていの日でもかなり大きなスペースを割りあてられていたが、月曜日には丸一ページの拡大版が掲載され、週末の馬鹿騒ぎのすべてが要約で掲載されていた（その手の騒ぎの大半はバーの閉店後に発生していた）。校務員ハリーの父親ダニングにまつわる記事で見つかったのは、一九五五年の慈善運動についてのものだけだった。その年の秋、〈センター・ストリート・マーケット〉は売上の一割を赤十字に寄付していた。コニーとダイアンというふたつのハリケーンが東海岸を直撃、約二百人の人が死んで、ニューイングランドに広範な洪水被害をもたらしたことへの義捐《ぎえん》金だった。記事には、赤十字の地元支部長に模造の大きな小切手をわたしているハリーの父親の写真があしらわれていた。写真のダニングは、例の映画スターのような満面の笑みを見せていた。

〈センター・ストリート・マーケット〉には二度と買物に行かなかったが、二度の週末——九月最後の週末と十月最初の週末——に、デリーのみんなに愛されている精肉主任が土曜日の販売カウンターでの半日勤務をおえたのち、この男を尾行した。尾行のためには、空港で〈ハーツ〉にありふれているような特徴のないシボレーを借りた。こっそりあとをつけまわすには、サンライナーはいささか目立ちすぎるきらいがあると感じたからだ。

最初の土曜の午後、ダニングはポンティアックに乗ってブルーワーのフリーマーケットを訪ねていた。この車をダニングはダウンタウンの月極駐車場に置いていたが、仕事のあるウィークデイにはめったにつかわなかった。ついで翌日の日曜、ダニングはコサス・ストリートの自宅まで車を走らせて子どもたちを拾い、ディズニー映画の二本立てを上映中だった映画館〈アラジン〉へ行った。遠くからでも、いちばん年長のトロイが映画館にはいるときも出るときも、退屈しきった表情を浮かべていることが見てとれた。

子どもたちを迎えにいったときも送ったときにも、ダニングは自宅に足を踏みいれなかった。最初に自宅へ行ったときにはクラクションを鳴らして子どもたちを呼び、帰りに送ったときには子どもたちを歩道におろし、そのあと四人が家にはいるのを見とどけていた、そしてそのあともすぐには車を発進させず、ポンティアック・ボンヌヴィルをアイドリングさせたまま、運転席でタバコを吸っていた。愛らしいドリスが外に出てきて話しかけてくることを期待していたのかもしれない。ドリスが出てこないとわかると、ダニングは隣家のドライブウェイをつかって車を方向転換させて走り去っていった――わずかながら青い煙が噴きあがるほど激しくタイヤをきしらせる急発進で。

ぼくはレンタカーの運転席で体を低く沈めていたが、そんなことをする必要はなかった。横を通っていくあいだも、ダニングはぼくのほうを一度も見なかった。ダニングの車がウィチャム・ストリートを充分遠くまで走ったのを確かめてから、ぼくは尾行を再開した。ダニングは借りている駐車場に車をもどすと、〈ランプライター〉に足を運び、ほとんど人のいないバーでビールを一杯だけ飲んでから、ずっとうなだれたまま重い足どりでチャリティ・アヴェニューにあるエドナ・プライスの下宿屋へ引き返した。

翌週の土曜日、すなわち十月四日、ダニングは子どもたちを車で拾い、五十キロ弱離れたメイン州立大学オロノ校で開催されるフットボールの試合観戦に連れていった。ぼくはスティルウォーター・アヴェニューに車をとめ、試合がおわるのを待っていた。その帰り道で、ダニングたちは〈ナインティ－ファイヴァー〉に立ち寄り夕食をとった。ぼくは駐車場の反対側に車をとめて、彼らが出てくるのを待ちがてら、いろいろな映画で信じこまされていることとは裏腹に、私立探偵の毎日というのはさぞや退屈にちがいない、との思いを嚙みしめていた。

ダニングが子どもたちを自宅へ連れ帰ったときには、忍び寄る宵闇がコサス・ストリートを包みこもうとしていた。トロイは明らかに、シンデレラの冒険よりもきょうのフットボール試合観戦のほうがぐんと楽しかったようだ――父親の車からおりるときにはにこにこと笑顔を見せて、ブラック・ベアーズのペナントをふっていた。タッガとハリーもペナントをもっていて、どちらも試合から元気をもらったようだった。エレンはそうでもなかった。ぐっすりと眠っていたのだ。ダニングは娘を両腕でかかえあげて、自宅の玄関まで運んでいった。今回はミセス・ダニングが短時間ながら顔を見せた——娘を自分の腕に抱きかかえるだけの短いあいだだった。

ダニングがドリスになにかいった。ドリスの返答がダニングには気にくわなかったらしい。距離がありすぎて、ダニングの表情を見てとることはできなかったが、話しながら妻に突きつけた指をさかんにふり動かしていた。ドリスは話をきき、頭を左右にふると、夫に背中をむけて家のなかへ引っこんだ。ダニングは数秒ほどそこに立ちつくしていたのち、かぶっていた帽子をおもむろに頭から剝ぎとって、自分の足に叩きつけた。

なかなか興味深いひと幕ではあった——夫婦の関係をよく示している。しかし、それ以外にはなんの役にも立たなかった。さがしていたものはひとつもなかった。

それが手にはいったのは翌日だった。この日曜日には、偵察がてら前を通りすぎるのを二回に抑えようと決めていた。たとえ風景にすっかり溶けこみそうな焦茶色のレンタカーをつかっていても、それ以上走っていたら気づかれる危険があると感じたからだ。最初に通りすぎたときには、なにも目にしなかった。きょうは一日、部屋にこもっているつもりなのだろうか。無理もない。空が灰色に変わって小雨模様になっていたからだ。ほかの間借人ともども、テレビのスポーツ中継を見ているのだろう。そしてその全員が吸うタバコで、娯楽室には暗雲が垂れこめていることだろう。

しかし、まちがっていた。二度めの偵察のためにウィチャム・ストリートに車を乗りこませたとたん、ダウンタウンへむかって歩いていくダニングの姿が目に飛びこんできた。ブルージーンズとウィンドブレーカー、それに防水加工したつばの広い帽子という服装だった。ぼくはダニングを追い越すと、あの男が借りているメイン・ストリートの駐車場から一ブロックほど離れたところに車をとめた。二十分後、ぼくはダニングの車を尾行して市街地をあとにし、西へむかっていた。交通量は少なく、充分な車間距離をとることができた。

ダニングの目的地は、〈デリー・ドライブイン〉を過ぎて三キロちょっとのところにあるロングヴュー墓地だと判明した。ダニングは墓地と道路をはさんで反対にある花売りの屋台に立ち寄っていた。横を通りすぎると、老女から秋の花を盛りつけたバスケットをふたつ買っているダニングが見えた。代金と商品の受けわたしのあいだ、老女は自分たちふたりの頭上に大きな黒い傘をさしかけていた。そのあとバックミラーをのぞくと、ダニングは花のバスケットを助手席に載せてから運転席に引き返し、墓地への進入路に車を進めていった。

ぼくは車をUターンさせて、ロングヴュー墓地のほうへ引き返した。危険をともなう行動だったが、あえて踏み切るしかなかった。見こみがありそうだったからだ。駐車場にとまっている車といえば、管理用の工具類が積みこまれて防水布をかけてある二台のピックアップトラックと、軍の払い下げ品にしか見えない旧式のパワーショベルだけ。ダニングのポンティアックは見あたらなかった。ぼくは駐車場を横切って進み、墓地そのものに通じている砂利道を目指した。墓地は広大そのもの、丘陵地帯に四万平方メートルの面積で広がっていた。

墓地そのものにはいると、この中央の道から左右に細い道が何本も枝わかれしていた。土地がくぼんだり谷間状になったりしているところでは地面から霧が立ち昇り、雨はいよいよ本降りになってきていた。なにはともあれ、世を去った愛する者を訪ねるのに絶好の日和ではない。そのためダニングは墓地をひとり占めしていた。ポンティアックは一本の枝道の丘をのぼる途中にとまっていて、すぐ目についた。ダニングはふたつならんだ墓石の前に花のバスケットを置いていた。両親の墓だろうと思ったが、本心では知りたくなかった。ぼくは車を方向転換させ、ダニングを残して去った。

　ハリス・アヴェニューのアパートメントに帰りつくころには、秋の強い雨がこの街に叩きつけていた。いまごろダウンタウンでは運河の水が荒れているだろうし、ロウ・タウンのコンクリートづたいに聞こえる音――なにかを叩くような〝こつこつ〟という不気味な音――はいつもよりはっきり耳につくはずだ。小春日和《インディアン・サマー》はおわったらしい。それも本心では知りたくもなかった。ぼくは手帳をひらいた。最後の近くにやっと白紙のページが見つかり、ぼくはこう書きつけた。

《十月五日、午後三時四十五分、ダニング、ロングヴュー墓地へ行き、両親（？）の墓に花をそなえる。雨》

目あてのものは手にはいった。

第八章

1

ハロウィンに先立つ数週間で、ミスター・ジョージ・アンバースンはデリーとその周辺の街の商業区域にある物件のほぼすべてを視察していた。

短期間で自分が街の一員として認められたと思いこむほどの世間知らずではなかった。ぼくとしては、赤いサンライナーのコンバーティブルが走っている光景に街の住民の目を慣れさせておきたかったのだ。《おや、あの不動産屋がいるぞ。ここへ来て、かれこれ一カ月だな。あいつが仕事をきっちり心得てれば、あの車にはだれかにわたす金がはいってるのかも》

なんの仕事をしているのかと質問されたら、ぼくはにっこりと笑ってウインクを返した。いつまでこの街に滞在するのかときかれたら、なんともいえないと答えた。街の地理がすっかり頭にはいり、一九五八年の言葉における地理も学びつつあった。たとえば、〝あの戦争〟といえば第二次世界大戦、〝紛争〟は朝鮮半島のことだった。どちらもおわって、人々はやれやれと胸を撫でおろしていた。人々はソ連のことや、いわゆる〝ミサイル格差《ギャップ》〟を心配していたが、それほど深刻ではなかった。人々は若者の不良化を心配していたが、これもそれほど深刻ではなかった。不況だったが、以前にはもっと深刻な不況もあった。だれかと取引をするにあたって値切ることを〝ユダヤる〟といったり、あくどく騙されることを〝ユダヤられる〟と表現するのはまったく問題なかった。ドッツやワックスリップスのほか、ニガーベイビーズという一個一セントの駄菓子が売られていた。南部では黒人を公然と差別するジム・クロウ法が施行されていた。モスクワではニキータ・フルシチョフが大声で脅迫をくりかえしていた。ワシントンではアイゼンハワー大統領がのんびり美食を楽しんでいた。

チャズ・フレーティと話をしてからまもなく、ぼくは倒産したキッチナー鉄工所の跡地をきちんと調べていた。工場跡地は街の北側に広がる雑草に覆われた広い土地で、たしかに〝一分一マイルのハイウェイ〟がここまで延長されたあかつきには、ショッピングモールの出店地としては申しぶんのない場所になりそうだった。しかしぼくが訪ねた日には――道が車軸も折れそうなほどの悪路になったので、車を降りて歩いたのだが――古代文明の遺跡といわれてもおかしく思わないような場所だった。我がなせる業《わざ》をとくと見よ、汝ら強き者たちよ、そして絶望せよ。高く伸びた雑草のあいだから、煉瓦の山や錆だらけになった昔の機械類が突きでていた。そのまんなかに、とうの昔に倒壊した煉瓦の煙突が転がっていた。側面は煤でまっ黒になり、巨大な中空の部分は闇に満たされていた。わずかに頭をさげて腰を曲げれば、歩いてはいっていけそうだった。とはいえ、ぼくは決して背の低い男ではない。

ハロウィンに先立つこの数週間のあいだ、ぼくはデリーのかなりの部分を見たばかりか、デリーのかなりの部分を肌に感じもした。デリーの長年の住民たちはみんなぼくに愛想よく接してくれたが、決して親しくなることはなかった――例外はたったひとり。チャズ・フレーティだ。あとからふりかえるなら、たずねもしないうちから多くの話をきかせてくれたこと自体を奇妙に思ってしかるべきだった。しかし、あのときにはいろいろなことで頭がいっぱいであり、チャズ・フレーティ本人もそれほど重要な存在には感じられなかった。《人なつっこい男に出くわすことも、たまにはある、それだけのことさ》と考えて、あとは流してしまった。当然のことながら、ビル・ターコットという男がチャズ・フレーティにその役を負わせたことも知らなかった。

ビル・ターコット、またの名、サスペンダーなし男。

2

住んでるのは川の土手《リヴ・オン・ザ・レヴィ》のベヴィは、デリーの災いの時期はおわったと思うと話していたが、デリーを見れば見るほど（感じれば感じるほど——と特筆しておきたい）、ここはほかの土地とまったく異質だという確信が深まるばかりだった。デリーはまともではない。最初は自分のせいであって、街のせいではないと自分にいいきかせていた。ぼくはこの時代に属していない人間、一時的な遊牧民であり、どんな土地でもいささか奇妙に感じられたり、いびつに思えたりするはずだ——ポール・ボウルズの小説に登場する、悪夢のなかにあるとしか思えない数々の街のように。最初のうちこそ、この考えはなかなかの説得力をそなえていたが、日がたって、この新しい環境の探求をつづけていくうちに説得力は薄れてきた。やがては、デリーの災いの時期がおわったとするベヴァリー・マーシュの意見さえもが疑わしく思えてきて、ベヴァリー自身さえ自分の言葉を疑わしく思っているのではないかと想像をめぐらせもした（それも眠れぬ夜に——いいそえれば、眠れぬ夜は多かった）。あのときベヴァリーの目に、疑念の種子がのぞくのをちらりと見なかったか？　本心では信じていないことでも信じたがっている者の目つきではなかったか？　もしかしたら、そう信じる必要に迫られてさえいたのでは？

忌まわしいもの、邪悪なもの。

何軒かの空き家は、深刻な精神の病をわずらった人がなにかをにらみつけているときの顔のように見えた。街はずれのつかわれなくなった納屋では、蝶番《ちょうつがい》の錆びついた干し草置場の扉がゆっくりとひらいては閉じることをくりかえしていた——まずひらいて闇をのぞかせ、閉じて闇を隠し、そのあとまた闇をのぞかせて。コサス・ストリートの途中が破れたままのフェンス——ミセス・ダニングと子どもたちが暮らす家からわずか一ブロックのところにあるフェンスだ。ぼくの目にはそれが、なにかが——あるいは何者かが——フェンスを突き破って、その下にある〈荒れ地〉に身を躍らせたあとにしか見えなかった。だれもいない公園でゆっくりとまわっている回転遊具——ただし子どもが押しているわけでもなければ、遊具を動かすほどの風も感じられない。遊具がまわると、見えないところにあるベアリングが悲鳴じみた音をあげた。それからある日、粗っぽく彫られたキリストの彫像が運河に浮かんで流され、やがてキャナル・ストリートの地下を通っているトンネルへ吸いこまれていくのを目にした。一メートル近い長さがあった。唇のあいだにのぞく歯は上下がわかれて、せせら笑いを見せていた。小粋にかしいだ茨の冠がひたいをとりまいていた。そして不気味な白い目の下に、血の涙が描きこまれていた。邪教の者があがめる呪物のように見えた。バッシー公園にある通称〝キスの橋〟では、学校精神の発露や不滅の愛の誓いなどの落書きのただなかに、だれかが《もうじきおふくろを殺す》と彫りこみ、その下に別のだれかが《殺るなら早く　あの女はどっさり病気もち》と添えていた。またある日の午後、〈荒れ地〉の東側を歩いていたとき、身の毛もよだつような悲鳴じみた声がきこえた。目をむけると、ひとりの痩せた男のシルエットが、それほど遠くないGS&WM鉄道の線路の構脚橋に立っていた。男は手にした棒を何度もあげては、ふりおろしていた。男はなにかを棒で打ちすえていた。かん高い悲鳴がやんで、ぼくは思った。《犬だ。あの男は犬の息の根をとめていたんだ。男は犬にリードをつけて橋に連れだし、あそこで叩き殺したんだ》と。むろん、そのときのぼくにそんなことがわかったはずはない……しかし、ぼくにはわかった。あのときも確信をもっていたし、いまも確信がある。

忌まわしいもの。

邪悪なもの。

こうしたもののどれかひとつでも、いまぼくが語っている物語に関係しているのだろうか？校務員の父親にまつわる物語、そしてリー・ハーヴェイ・オズワルド（〟おれは・秘密を・知っている〟といいたげな薄笑いと、決して相手と視線をあわせない灰色の目の男）にまつわる物語に？　たしかなところはわからない。しかし、あとひとつだけ確実にいえることがある——キッチナー鉄工所の倒れた煙突の内部には、なにかがいた。それがなにかはわからないし、知りたいとも思わないが、煙突の入口前には嚙まれた骨の山があって、歯形がつけられた小さな鈴つきの首環があったのをぼくは見ていた。あの首環は、かつてどこかの子どもの愛猫のものだったに相違ない。そして煙突の奥には——あの大きくぽっかりあいた内部の奥深くには

——なにかが動きまわっている気配があった。

《おいで、その目で確かめてごらん》そのなにかが、ぼくの頭に直接ささやきかけているように思えた。《ほかのことはすっかり忘れたっていい——ここへ来て確かめるんだ。このなかを訪ねるんだ。ここでは時間に意味はない。時はただ流れ去るだけ。自分でも、ここへはいりたい気持ちがあるのはわかってるね。好奇心に駆られているのもわかってるね。ひょっとしたら、ここはもうひとつの兎の穴かもしれないよ。もうひとつの門かもしれないよ》

そうかもしれない。しかし、ぼくにはそう思えなかった。あの煙突のなかにはデリーがあるように思えた——煙突のなかには、忌まわしいもののすべて、いびつなもののすべてが隠れているのだ、と。冬眠状態で。人々には災いの時期が過ぎ去ったと思いこませ、人々が緊張をとき、そもそも災いの時期があったことさえすっかり忘れるそのときを、ひたすら待ちつづけている。

ぼくは早足で引き返し、それっきりデリーのそのあたりへは二度と足を運ばなかった。

3

十月第二週のある日——このころにはコサス・ストリートの樫《かし》や楡は金色と赤をぶちまけたようになっていた——ぼくは、すでに閉館しているウエストサイド娯楽センターを再訪した。腕に自信のある不動産業界の賞金稼ぎなら、これほどの一等地にある物件の可能性を充分にさぐることを決して怠らない。さらにぼくは数名の通行人に、屋内はどんなようすかをたずね

（玄関の扉には、いうまでもなく錠前がおろされていた）、閉館はいつだったのかを質問した。

話をきいたうちのひとりがドリス・ダニングだった。チャズ・フレーティはこの女性を《花のように美しい》と形容していた。一般的には無意味な決まり文句だが、この場合には文字どおりの意味だった。歳月のせいで目のまわりには小皺ができていたが、すばらしく美しい肌をもち、豊満な胸をそなえた最高のプロポーションだった（ジェーン・マンスフィールド全盛期の一九五八年には、豊かな乳房は恥ずかしいものではなく魅力的だと思われていたのだ）。ぼくとドリスは玄関ポーチで話をした。ほかにはだれもいない家へ、子どもたちが学校に行っているあいだにぼくを招き入れるのは作法にはずれたおこないであり、隣人たちのゴシップ種になりかねない――夫が〝家を出て別居中〟となればなおさらだ。ドリスは片手に雑巾を、片手にタバコをもっていた。エプロンのポケットからは、家具磨き剤のボトルが突きでている。デリー住民の大半の例に洩れず、ドリスも礼儀ただしくはあったがよそよそしかった。

たしかに――ドリスはいった――閉館になる前は、娯楽センターは子どもたちのための格好の遊び場だった。学校がおわったあとに行って、心ゆくまで走りまわれる場所がこれだけ近くにあったのは、本当に便利だった。キッチンの窓から娯楽センターの庭とバスケットボールのコートが見えるが、だれもいない風景は寂しく感じられる。口では、センターが閉鎖されたのは予算削減の一環だと思うと話していたが、目が泳いで口がすぼまったようすから察するに、閉鎖は子どもの殺害や行方不明があいついでいた時期のことのようだった。予算の問題は二次的な理由かもしれなかった。

ぼくはドリスに礼をいい、最近印刷した名刺を一枚手わたした。ドリスは名刺を受けとると、形ばかりの笑みを見せてドアを閉めた。力まかせではなく、静かな閉め方だったが、ドアの反対側から金属音がして、内側のドアチェーンをかけたことがわかった。

ハロウィンの夜には娯楽センターを利用しようと思ってはいたが、心の底からその案に惚れこんではいなかった。建物内にはいるのにこれといった障害はなさそうだし、正面の窓のひとつからはこの通りがよく見わたせるはずだ。問題の夜、ダニングは徒歩ではなく車で自宅へやってくるだろうが、車の外見はもうよく知っている。ハリーの作文によれば事件は夜になってからだが、通りには街灯があった。

もちろん、こちらから相手が見えれば、相手にもこちらが見える。ここへ来る目的で頭が完全にいっぱいでもないかぎり、ぼくが走って近づいていけば、ダニングも気づくはずだ。拳銃こそあったが、精確に的に当てられるのは距離が十五メートル以下の場合にかぎられる。じっさいに発砲する危険をあえておかすためには、さらに接近する必要があった。ハロウィンの夜になれば、コサス・ストリートはちっちゃな幽霊やゴブリンでごったがえしているはずだからだ。しかし、ダニングが自宅にはいるのを待ってから、おもむろに隠れ場所から躍りでていくわけにはいかない。作文によれば、ドリス・ダニングから別居を強いられたご亭主はいきなり凶行におよんでいるからだ。ハリーが洗面所から出たときには四人全員が倒れており、エレン以外はすでに絶命していた。もし待っていたら、ぼくもハリーが見た光景を目にしそうだった――ハリーの母親の脳味噌がソファの生地に滲みこんでいく光景を。

こんなふうに半世紀もの時間を飛び越えて、ここへやってきたのは、家族のひとりだけを救うためではない。では、駆けよってくるぼくを見たら、ダニングはどうする？　ぼくは拳銃を手にした男、相手はハンマーを手にした男――ハンマーはおそらく下宿屋の工具類の抽斗からつかみあげてきたものだろう。ダニングがぼくめがけて走ってくれば、それはそれでいい。ぼくは雄牛の気をそらすロデオのピエロになるまでだ。マントをひらひらさせて大声をあげ、ダニングが射程距離にはいってきたら胸に二発の銃弾を撃ちこむ。

といっても、ぼくが引金を引ければの話。

さらに拳銃がちゃんと動けばの話だ。すでに街の郊外にある砂利の採石場で試し撃ちをしていたし、そのかぎりでは問題ないように思えていた……しかし、過去は強情だ。

過去は変えられることを望まないのである。

4

さらに考えをめぐらせたぼくは、ハロウィンの夜に張りこみをするのにもっと好都合な場所があることに思いいたった。そのためにはちょっとした幸運が必要だが、あまり多くの幸運は必要ない。《このあたりには売りに出ている物件がどっさりあります》デリーで過ごした最初の夜に、バーテンダーのフレッド・トゥーミーがそう話していた。ぼくの街の探索も、それを裏づけていた。連続殺人事件ののち（それから五七年の大洪水、これを忘れてはいけない）、街の半分が売りに出ているようにさえ思えた。これほどよそよそしい街でさえなかったら、不動産の買い手というふれこみのぼくは街全体の鍵を手わたされたようなもので、いまごろミス・デリーと野放図きわまる週末を過ごせる身分になっていたはずだ。

まだ調べていなかった道のひとつがワイモア・レーンだった。コサス・ストリートから一ブロック南。となると、ワイモアにならぶ家々の裏庭がコサスにならぶ家々の裏庭に接していることになる。調べてみて損はない。

　ダニング家の真裏にあたるワイモア・レーン二〇六番地の家はあいにく人が住んでいたが、その左隣の家――二〇二番地――はわが祈りがかなえられたように見えた。グレーのペンキは塗りなおされたばかり、屋根板は新しかったが、鎧戸はすべてきっちりと閉じてあった。熊手をかけられたばかりの芝には、街のいたるところで目にする立て札があった――《**売却物件　デリー・ホーム社　不動産売買専門**》。ここの立て札は、専門家であるキース・ヘイニーに電話をかけて資金繰りの相談をするように誘っていた。ぼくにはそんなつもりはなかったが、アスファルトで舗装されたばかりのドライブウェイ（この物件を本気で売りたがっている者がいるのだ）にサンライナーをとめると、まっすぐに背すじを伸ばして胸を張り、ごろつきのように堂々と裏庭へ足を進めた。この新しい環境をあちらこちらを探訪しながら学んだことは数多かったが、そのひとつに〝その場に属しているべき人間のようにふるまえば、まわりの人からそう思われる〟というものがあった。

　裏庭の芝はきれいに刈りこまれ、落ち葉が熊手でとりのぞかれてビロードのような緑が見えていた。手押し式の芝刈機が、ガレージから迫《せ》りだした屋根の軒下に置いてあった。回転式の刃の部分には、緑色の防水シートが丁寧にかけてある。地下室に通じるはねあげ戸の横には犬小屋があり、万事ぬかりなき男キース・ヘイニーの本領が存分に発揮されたプレートがついていた――《**あなたのワンちゃんのおうちはここ**》。地下室には、未使用の落ち葉用の袋と庭の手入れ用のこて、それに生垣の成長を押さえこんでおくための剪定鋏《せんてい》がそろっていた。二〇一一年の世界では、こうした道具類は鍵をかけてしまいこまれる。一九五八年の世界では、雨に濡れないように管理されてさえいれば、それでよしとされていた。母屋に鍵がかけられていることには確信があったが、それはかまわなかった。住居不法侵入におよぶつもりはなかったからだ。

ワイモア・レーン二〇二番地の裏庭のいちばん奥は、高さ一メートル八十センチほどの生垣になっていた。いいかえるなら、ぼくをすっかり隠すほどの高さではない。しかし葉はよく茂り、多少のひっかき傷を気にしなければ力ずくで通りぬけられる。なによりも好都合だったのは、いちばん右の隅にまで行って目を斜め右にむければ、ダニング家の裏庭が見わたせることだった。二台の自転車が見えた。ひとつは男の子用のシュウィン製で、キックスタンドで立ててあった。死んだポニーのように横倒しになっていたのは、エレン・ダニングの自転車だった。補助輪がついていたので見まちがいではない。

それ以外にも、さまざまなおもちゃが散らばっていた。そのなかに、ハリー・ダニングのデイジー製の空気銃があった。

5

素人劇団で芝居をしたことのある人なら――あるいは、リスボン・ハイスクールでぼく自身が数回ほど経験したように、学生演劇の演出をやったことのある人なら――ハロウィンにいたるまでの数日間のぼくの気持ちも想像できると思う。最初のうちのリハーサルは、のんびりした気分だ。アドリブがあり、ジョークが飛ばされ、悪ふざけがあり、異性を意識しはじめると、あちこちで恋のゲームがかわされる。こうした初期のリハーサルでは、だれかが科白をとちったりタイミングを見うしなったりしても、笑いを誘うだけだ。だれかが稽古場に十五分ばかり遅刻したところで、ちょっとしたお小言をもらうだけ、それ以上になることはない。

やがて、それまで愚かしい夢でしかなかった公演初日がいよいよ現実のものとなって迫ってくる。アドリブは影をひそめていく。悪ふざけもなくなる。ジョークはまだ残っているが、そこから引きだされる笑い声には以前にはなかった神経質なエネルギーが混じっている。科白をとちったりタイミングを誤ったりすれば、愉快に思われるどころか他人を怒らせる。舞台装置が組まれ、初演の夜がいよいよ数日後に迫れば、リハーサルに遅刻してきた出演者は演出家にこっぴどく叱りつけられる。

そしていよいよ本番の日がやってくる。出演者は舞台衣装に身を包んでメーキャップをととのえる。なかには心底から怯えている者もいる――準備が万全だと感じている者はひとりもいない。まもなく彼らは満員の観客たち――彼らがこの芝居で力量を示すところを見にきた人々――の前へ出ていかなくてはならない。なにもない舞台で稽古していたころには遠く思えていた日が、ついにやってきた。いよいよ幕があがるその前には、ハムレットなりウィリー・ローマンなり、あるいはブランチ・デュボワなりといった主役たちが決まってトイレに駆けこんで体調を崩す。それはもうかならずだ。

体調を崩すという部分については信じてほしい。ぼくは事実として知っている。

6

ハロウィン当日の早朝、気がつくとぼくはデリーではなく大海原にいた。それも嵐の大海原だ。ぼくは沈没を目前にした大きな船——ヨットだと思う——の手すりにしがみついていた。うなりをあげる強風にあおられた横なぐりの雨が顔に叩きつけてきた。巨大な波——下の部分は黒く、頂点近くは泡まじりで腐ったような緑色をしていた——がぐんぐんと迫ってくる。ヨットの船体がもちあげられ、ひねられて、またしても激しい錐《きり》もみ状態で落下していった。

この夢から目覚めたときには心臓は激しく鼓動を刻み、両手はまだしっかりと手すりを——ぼくの脳味噌がでっちあげた手すりを——強く握りしめていた。ただし、これは自分の脳味噌だけのことではなかった。というのも、このときもまだベッドが上下に動いていたのだ。ぼくの胃は、本来の場所に押さえこんでおくための筋肉から解き放たれようとしていた。

こういった局面では、おおむね精神よりも肉体のほうが賢明である。ぼくは上がけをはねあげ、憎らしい黄色の椅子を蹴り飛ばしてキッチンを駆けぬけた。あとで足の指が痛くなったが、このときにはほとんど感じなかった。のどをぎゅっと閉ざしておこうと努力してはいたが、とても完全に成功しているとはいえなかった。不気味きわまる音がのどごしに洩れて口にはいりこんできていた。その音を文字であらわすなら〝うえっ－うえっ－うえっ〟といったところ。胃はヨットそのものだった——迫りあがってきたかと思えば、錐もみ状の急降下をくりかえしていた。そしてぼくは便器の前に膝をつき、夕食をそっくり吐きだした。つづいて昼食が、さらにきのうの朝食が出てきた——これは驚き、ハムエッグだ。つやつやと輝く油を思い出すなり、ぼくはまたえずいた。いったん間があったのち、過去一週間で食べたすべてのものが、ぼくという建物からいっせいに出ていくように感じられた。

ようやく吐き気がおさまりかけたと思ったら、今度は腹が水っぽく痛みはじめた。ぼくはよろめく足で立ちあがり、便座を荒っぽく降ろした——すべてが水まじりに噴きだす前に、かろうじて腰をおろすことができた。

いや、ちがった。まだすべてが出たわけではなかった。腸がふたたび活動しはじめると同時に、またもや胃が陽気に跳ねはじめた。対処法はひとつしかない——ぼくはそれを実行した。上半身を乗りだして、シンクに吐いたのだ。

こんな状態が、ハロウィン当日の正午ごろまでつづいた。そのころには、わが消化管の入口からも出口からも水っぽい粥《かゆ》めいたものしか出なくなっていた。吐くたびに、そして腸がきりきりと痛むたびに、ぼくはおなじことを思った。《過去は変えられることを望んでいない。過去は強情だ》と。

しかし、今夜フランク・ダニングが自宅へ行くときには、ぼくはその場にいるつもりだった。こみあげる吐き気に悩まされ、ケツから灰色の水を垂れ流していても、その場にいるつもりだった。たとえこの病気で死ぬとしても、その場にいるつもりだった。

7

その金曜の午後、ぼくが〈センター・ストリート・ドラッグストア〉に足を踏みいれたとき、カウンターに立っていたのは店主のミスター・ノーバート・キーンだった。その頭上にある木製のシーリングファンが、頭に残っている髪に波の動きを思わせるダンスを踊らせていた——夏のそよ風に吹かれる蜘蛛の巣といった感じだった。その動きを見ているだけで、胃がまたしても警告の意味でいきなり妙な動きをした。キーンは白いコットンのスモックをまとっていた。その下の体は細く——痩せこけているとさえいえるほど——ぼくが近づいていくと、色の薄い唇が笑みの形の皺をつくった。

「その顔色からすると、体調を崩されたようですな」

「カオペクテイト」ぼくはそうかすれた声でいった。自分の声とも思えない声だった。「店にあるかな？」あの下痢止めの薬はもう開発されたのだろうかと思いながら。

「例の黴菌《ばいきん》にやられたんですかね？」天井の明かりがキーンのかけている縁なし眼鏡のレンズに反射し、顔を動かすたびに反射した光があちこちに移動した。《熱いフライパンの上のバターみたいだ》そんなふうに思うと同時に、わが胃がまたもや迫りあがってきた。「街じゅうで流行《はや》ってるんですよ。いまあなたは、症状のいちばんひどい二十四時間をお過ごしのようだ。おそらく黴菌のせいですな。ただし、公衆便所をつかったあとで手洗いを忘れたのかもしれませんぞ。手洗いをさぼる人は、それはもう大勢——」

「カオペクテイトは店にあるのか、それともないのか？」

「ありますよ。ふたつめの通路です」

「尿洩れパンツは——そっちはどうだ？」

薄い唇の笑みが左右に広がった。尿洩れパンツは笑える話だろうよ——ただし、切実に必要としている人間にとってはそうではない。「五番めの通路です。ただし、ご自宅で安静にしていれば、そんなものは必要ないでしょうよ。そこまで顔色がわるいのですからね……それにずいぶん汗もおかきだ……それならやはり、ご自宅で安静にしているのが賢明かと思いますよ」

「ありがとう」礼をいいながらも、頭のなかではキーンの口もとに拳骨を叩きこみ、入れ歯をのどの奥にまで押しこめてやる場面を想像していた。《ついでにポリデントも食らいやがれ、この野郎》

ぼくはゆっくりと店内をまわった。液状化したわが消化組織を必要以上に刺戟したくなかった。カオペクテイトを手にとり（お徳用のＬサイズ・ボトルかを確かめる）、尿洩れパンツを手にとる（成人用Ｌサイズかを確かめる）。尿洩れパンツは人工肛門や人工膀胱《ぼうこう》関係の備品の棚にあり、片側にはエネマバッグがあり、反対側には黄色いビニールチューブの不気味なコイルがあったが、こちらの用途は知りたくもなかった。成人用のおむつもあったが、こちらは購入を見おくった。いよいよとなったら、尿洩れパンツのなかにふきんでも詰めこめばいい。これがぼくには愉快な話に思えてしまい、悲惨な状態にあったにもかかわらず、こみあげてくる笑いをこらえなくてはならなかった。現在の微妙な体調で笑いだせば、目もあてられない結果になる。

わが窮状を察知したかのように、骨と皮ばかりの薬剤師はぼくが買った品物の値段をスローモーションでレジに打ちこんでいた。勘定を支払うときには五ドル札をさしだしたが、手はそれとわかるほど震えていた。

「ほかになにか？」

「ひとつだけある。いまぼくはものすごく具合がわるい。具合がわるいことは、あんたにだってわかってる。それなのに、なんでそうにたにた笑ってるんだ？」

キーン店長は一歩あとずさった。その唇から笑みがはらはらと落ちていった。「いっておきますが、わたしはにたにた笑ってなんかいません。お客さまの回復を願うばかりです」

下腹に痛みが走った。ぼくはわずかによろけ、買った品をおさめた紙袋をぎゅっとつかみ、あいている手をカウンターについて体を支えた。「洗面所はあるかな？」

笑みがふたたび返ってきた。「あいにく、お客さまにはお貸ししておりません。どうでしょう、道の反対側にある……その……商業施設に行ってみては？」

「あんたはとことん人でなしだな、まったく。くそ忌ま忌ましいデリー住民の見本だよ」

キーンは身をこわばらせ、くるりと体の向きを変えると、錠剤や粉薬やシロップを保管してある冥府へ逃げこんでいった。

ぼくはそろそろと歩いてソーダ・ファウンテンの前を通りすぎ、ドアから外へ出た。ガラスでできた人間になった気分だった。この日は寒く、気温は摂氏五度を若干うわまわる程度だったはずだが、それでも日ざしが肌に熱く感じられた。しかも、粘ついているようにも。ふたたび下腹部にさしこみが走った。ぼくは顔を伏せ、片足を歩道に、片足を排水溝においた姿勢でひとときを身を凍らせていた。さしこみが去っていった。ついでぼくは車の流れも見ずに道を横断した。だれかがクラクションを鳴らしていた。その運転手に中指を突き立てたい気持ちは抑えこんだが、これはほかにも充分な問題をかかえていたからにすぎない。戦いに巻きこまれる危険をおかすわけにはいかなかった——すでに戦っている相手がいるのだから。

ふたたびさしこみに見舞われた——下腹部を二本のナイフで同時に刺されたような気分だった。ぼくは走りはじめた。いちばん近い店が〈スリーピー・シルヴァー・ダラー〉だった。それゆえぼくが勢いよくあけたのは、その店のドアだった——ぼくはわが悲しむべき状態の肉体を、薄闇とイースト臭の強いビールのにおいのなかに飛びこませていった。ジュークボックスでは、コンウェイ・トウィッティが《それは見せかけだけのもの》と歌っていた。それが真実であることをぼくは祈った。

店内はほとんど無人だったが、テーブル席にぽつんとひとりですわっていた客が驚いた目でぼくを見つめていたほか、店のいちばん奥ではバーテンダーがカウンターにもたれて、日刊紙のクロスワードパズルをやっていた。バーテンダーは顔をあげてぼくを見た。

「洗面所」ぼくはいった。「急ぎだ」

バーテンダーは店の奥を指さした。ぼくは〝男《ボーイズ》〟と〝女《ガールズ》〟の代わりに〝ブイ《ブーイズ》〟〝鷗たち《ガルズ》〟と書いてあるドアを目指して走った。ついでぼくは、走りこめるオープンフィールドをさがすフルバックの勢いで腕をまっすぐ伸ばし、〝ブイ《ブーイズ》〟を押しあけた。トイレはクソとタバコの煙の悪臭ばかりか、目がうるむほどの塩素臭に満たされていた。ひとつきりの個室にはドアがなかったが、これが幸いしたといえる。ぼくは銀行強盗の現場に出遅れたスーパーマンもかくやという速度でズボンの前をひらき、くるりと身をひるがえして便器に腰を落とした。

間一髪。

最新の苦しみが過ぎ去っていくと、ぼくは紙袋からカオペクテイトのジャンボサイズ・ボトルをとりだし、それぞれ時間をかけて三回たっぷりと飲んだ。胃が跳ねた。ぼくは力で胃を所定の位置に押さえこんだ。最初に飲んだ薬がその場におさまってくれることに確信がもてると、さらにもうひと口飲んでから、キャップをゆっくりと締めた。左の壁に、だれかがペニスと陰《いん》囊《のう》を落書きしていた。陰囊はざっくり切りひらかれ、血があふれだしていた。この魅力的な絵画の下に、画家がこんな文句を添えていた――《ヘンリー・カストンゲイ　今度女房をファックしたら　こんな目にあわせてやるぞ》

目を閉じると同時に、洗面所へと突進していくぼくを驚き顔で見つめていた客の姿が見えてきた。いや、あの男は客だったのか？　テーブルにはなにもなかった――男はあの席にすわっていただけだ。目を閉じたままでいると、男の顔が鮮明に見えてきた。見知った男だった。

バーの店内へ引き返すと、コンウェイ・トウィッティに代わってファーリン・ハスキーが歌っていた。サスペンダーなし男の姿はなかった。ぼくはバーテンダーに近づいて話しかけた。「さっき店に来たとき、あのテーブルに男がひとりすわっていたんだが、あれはだれだ？」

バーテンダーはパズルから顔をあげた。「おれはだれも見てないね」

ぼくは財布をとりだして五ドル紙幣を抜きだし、ナラガンセット・ビールのコースターの横においた。「名前を」

バーテンダーはしばし自分相手に声を出さない対話をし、卵のピクルスを入れた瓶の隣にあるチップ用の瓶にちらりと目をむけ、うら寂しい十セント硬貨一枚しかないことを見てとってから、五ドル紙幣を見えないところにしまいこんだ。「ビル・ターコット」

ぼくには、なんの意味もない名前だった。だれもいないテーブルも同様。しかし一方では……。

ぼくは、正直者エイブの肖像がはいっているおなじ紙幣をもう一枚とりだしてカウンターに置いた。「あの男はぼくを見張るために店に来たのか？」

この質問への答えがイエスなら、あの男はずっとぼくを尾行していたことになる。それも、おそらくきょうにかぎったことではないだろう。しかしなぜ？

バーテンダーは五ドル札を押しもどした。「おれが知ってるのは、やつはビール目あてでこの店に来るってこと、それも浴びるように飲むってことだけだ」

「だったら、なぜビールも飲まずに店を出ていった？」

「たぶん財布をさがしてはみたものの、図書館の利用カードしか見つからなかったんだろうよ。まさかおれを千里眼女のブライディ・マーフィーと勘ちがいしてるのか？　さあ、うちのトイレにさんざん悪臭をふりまいていったんだ、あとはなにか注文するか、でなけりゃ引きとってくれ」

「いっておけば、ぼくがはいる前からトイレは鼻がひん曲がるほどくさかったぞ」

退場の科白としては褒められたものではない。しかし、この情況ではこれが精いっぱいだった。ぼくは外に出ると歩道で足をとめ、ターコットの姿を目でさがした。どこにも見あたらなかった。しかしノーバート・キーンは、ドラッグストアの窓ぎわに立って両手を背中で組みあわせ、ぼくをじっと見つめていた。その顔にもう笑みはなかった。

8

その日の夕方の五時二十分、ぼくはウィチャム・ストリート・バプテスト教会に隣接している駐車場にサンライナーをとめた。駐車場にはほかにもたくさんの車がとまっていた――掲示板によれば、午後五時からまさにこの教会で〈無名のアルコール依存症者たち《アルコホーリクス・アノニマス》〉の会合が開催されるとのことだった。サンライナーのトランクには、いまでは〝不気味な小さい街〟と思うようになってきたデリーで住民として過ごした七週間にあつめた品のすべてが積みこまれていた。捨てておけない品はひとつだけ――アルからもらったロード・バクストン製のブリーフケースである。そのなかにはアルのノートとぼくのノート、残っている現金をおさめてあった。現金の大半をもち歩けるかたちにしてあったことがありがたかった。

隣の助手席には、カオペクテイトの瓶――いまでは中身は四分の一に減っていた――と尿洩れパンツを入れた紙袋が置いてあった。ありがたいことに、パンツは必要になりそうもなかった。胃も腸も落ち着いたようすで、手の震えもおさまっていた。グラブコンパートメントにはコルトの拳銃をおさめ、その上にペイデイのキャンディバーを五、六本置いていた。ぼくはその品々をそっくり紙袋に移した。あとでワイモア・レーン二〇二番地の家のガレージと生垣のあいだに身を隠したら、実弾を装塡して銃をベルトに突きこむつもりだった。〈ストランド〉で上映するようなB級映画の殺し屋のように。

グラブコンパートメントには、それ以外の品物もはいっていた。フレッド・アステアとバリー・チェイスが表紙にあしらわれているTVガイド誌だった。アッパー・メイン・ストリートのニューススタンドで買ってから、かれこれもう十回以上は金曜日の番組予定表のページをひらいていた。

午後八時。チャンネル2――〈エラリー・クイーンの新冒険〉ジョージ・ネイダー、レス・トレメイン。「資産家美女に忍び寄る死」陰険な株式仲買人（ウィット・ビッセル）が裕福な女相続人（エヴァ・ガボール）に忍び寄り、エラリーと父親が捜査にあたる。

ぼくはこの雑誌もほかの品々ともども紙袋に入れて――お守りのようなものだ――外に降り立つと、車のドアをロックし、ワイモア・レーンに足を踏みだした。子どもたち――付添なしでは外出させられない幼い子どもたち――を連れて〝お菓子をくれなきゃいたずらするぞ〟にはげむお母さんやお父さんとすれちがった。多くの家の玄関ポーチでは、かぼちゃが楽しげににやにや笑いかけてきたし、麦わら帽子をかぶったぬいぐるみの人形も二体ばかり、ぼくをうつろな目で見つめてきた。

ぼくは当然ここにいる権利があるものといわんばかりに、堂々とワイモア・レーンの歩道のまんなかを歩いていた。ひとりの父親が幼い女の子と手をつないで近づいてきた。女の子はジプシー風の垂れ下がるようなイヤリングをつけ、お母さんの口紅を塗り、もじゃもじゃの髪のかつらの上にはプラスティック製の大きな黒い耳をつけていた。ぼくは父親に帽子をちょっともちあげて挨拶してから、少女にむけて身をかがめた。少女の手にも紙袋があった。

「きみはいま、だれなのかな？」

「アネット・フーニジェッロ」女の子はファニセロをそんなふうにいった。「マウスケティアーズじゃ、いっちばんかわいいのよ」

「うん、きみもとってもかわいいよ」ぼくは少女にいった。「さて、きみのご挨拶はなにかな？」

少女は困った顔を見せた。父親が身をかがめてこっそり耳打ちすると、少女はぱっと顔を輝かせた。「おがじくんなきーいたずらするぞ！」

「よくいえた」ぼくはいった。「でも、今夜はいたずらは勘弁してほしいね」

ただし、ハンマーをもった男にぼくが仕掛けたいと思っている〝いたずら〟だけは、できれば例外にしてほしい。

ぼくは紙袋からペイデイをひとつとりだし（そのためには拳銃の下にまで手を入れる必要があった）、女の子にさしだした。女の子は自分の紙袋をひらき、ぼくはお菓子をそのなかに落とした。ぼくは道で行きあわせただけの赤の他人だ。しかもこの街が恐ろしい犯罪に悩まされていたのは、それほど昔のことではない。それでいて、父親と娘どちらの顔にも、おなじ子どもっぽい信頼の表情がのぞいていた。菓子のなかにLSDを詰めこむ時代はまだまだ先だ――同様に、《パッケージが破損していたら食べないこと》という注意書きの時代も。

父親がまた娘に耳打ちした。

「ありがとうございます」アネット・フーニジェッロはいった。

「どういたしまして」ぼくは答えて、父親にウインクをした。「おふたりとも、楽しい一夜を」

「このぶんだと、あしたこの子は腹痛に悩まされそうだ」父親はそうこぼしたが、顔は笑っていた。「さあ、行こう、パンキン」

「あたし、アネットだもん！」

「ごめんごめん。さあ、行くぞ、アネット」父親はぼくににやりと笑いかけ、自分の帽子をちょっともちあげると、ふたりでまた略奪品を求めて歩きはじめた。

ぼくはあまり早足にならないよう気をつけながら、二〇二番地の家を目指して歩きつづけた。昼がかさかさでなかったら、口笛のひとつも吹きたいところだった。ドライブウェイにはいったところで一度だけ、周囲を確かめる危険をあえておかした。道路の反対側の歩道に数名の〝お菓子をくれなきゃいたずらするぞ〟のメンバーが見えたが、ことさらぼくに注意をむけている者はいなかった。すばらしい。ぼくはきびきびとドライブウェイを奥へむかった。ようやく姿が母屋に隠れると、安堵のため息が洩れた——それこそ、踵のあたりからこみあげてきたようにさえ思える深い吐息だった。ぼくは裏庭のいちばん右奥に位置を定めた。ここならガレージと生垣にはさまれていて、姿を見られる危険はまったくない。というか、ぼくはそう思っていた。

ダニング家の裏庭をこっそりとのぞくと、きょうは自転車はなかった。おもちゃの大半はまだそこにあった——子ども用の弓と先端が吸盤になっている矢が何本か。グリップに絶縁テープが巻かれた野球のバット。緑のフラフープ。しかし、デイジー製の空気銃はなかった。ハリーが家のなかへもちこんだからだ。バッファロー・ボブに扮して〝お菓子をくれなきゃいたずらするぞ〟へ出かけるとき、手にもっていけるように。

タッガはもう空気銃のことで、ハリーに意地悪をいったのだろうか？　そして母親はもう《もっていきたければもっていっていいの、本当の銃じゃないんでしょ》といったのだろうか？　まだだとしても、いずれはそう話すはずだ。彼らの科白はすでに書かれているのだから。胃がぎゅっとよじれた。といっても今回は街に流行っているという二十四時間病の黴菌のせいではなく、完全な理解が——はらわたにがつんと来るような種類の理解が——でぶっ尻の栄光すべてを引き連れて、ついにぼくのもとへやってきたからだった。いよいよ、あの事件が本当に起こるのだ。いや、正確にはすでに起こりつつあった。ショーはすでに幕をあけている。

　腕時計に目をむける。教会の駐車場に車を置いてきてから一時間はたっているような気がしたが、じっさいにはまだ六時十五分前だった。ダニング家ではそろそろ家族が夕食のテーブルを囲むころ……しかし、ぼくの子どもたちについての知識が正しければ、まだ小さな面々は昂奮のあまり食が進まないはずだし、エレンはもうサマーフォール・ウィンタースプリング王女の衣装に着替えているはずだ。たぶん学校から帰るなり待ちかねたように着替えをすませ、それからは顔に戦《いくさ》化粧をするのを手伝ってくれとせがんで、母親に頭がおかしくなりそうな思いをさせていたのだろう。

　ぼくはすわりこむとガレージの裏の壁にもたれかかり、紙袋をかきまわしてペイデイをひとつとりだした。それを顔の前にかかげて、哀れな老J・アルフレッド・プルーフロックに思いをめぐらせた。自分が食べたいかどうかもわからないのは目の前のキャンディバーではあるものの、いまの自分はT・S・エリオットの詩に出てくる決断力のないあの男と大差ないと思えた。その一方でぼくは、次の三時間ほどで山ほどいろいろなことをこなさなくてはならない身であり……胃がごろごろとうつろな音をたてた。

《知ったことか》ぼくはそう思い、キャンディバーの包装紙をはがした。最高だった――甘くて塩味がきいていて、嚙みごたえがある。わずかふた口で、ほぼすべてを食べてしまっていた。残りをぽんと口に押しこめようとしたその矢先（同時に、どうしてまた自分はサンドイッチとコークの一本も袋に入れてこなかったのかという疑問を感じたその矢先）、左の目の隅になにかが動く気配がちらりと見えた。顔をそちらにめぐらせ、一方では紙袋に手を入れて拳銃をとりだそうとしたが……手おくれだった。冷たく鋭い感触をもつものが、左のこめかみのくぼみに押しつけられていた。

「その袋から手を出せ」

だれの声かはすぐにわかった。《笑顔で豚にキスでもしてろや》声の主はそういった――ダニングという男を知らないか、あるいは知っている友だちがいるかどうかを質問したときのことだ。男は、デリーにはダニングという苗字の者が大勢いると話していたし、ほどなくぼく自身もそれが事実だったと確認した。しかしこの男は最初の瞬間から、ぼくがどのダニングをさがしているかを鋭く察していた。これがその証拠だ。

刃物の先端がわずかに深くまで押しこまれると、顔の側面を血が滴りおちていくのが感じられた。冷えきった肌に血が温かく感じられた。熱いとさえいえるほどに。

「いますぐ手を出すんだ。袋の中身はお見とおしだよ。もし手になにか握っていたら、いいか、おまえがもらえるハロウィンのお菓子は、この四十五センチの日本製の刃物ということになるな。とびっきり鋭い刃物でね。おまえの頭を貫いて、反対側から先っちょが飛びだすことはまちがいないね」

　ぼくは紙袋から——なにももっていない——手を抜きだし、顔をめぐらせてサスペンダーなし男に目をむけた。髪の毛が脂っぽい房をつくって、耳やひたいにかかっていた。無精ひげの伸びた青白い顔のなかで目が泳いでいた。ぼくは、絶望に近いほど暗い気分に落ちこんだ。絶望に近いほど……しかし、絶望そのものではなかった。

《たとえこれで命を落とそうとも》ぼくは思った。《たとえそうなろうとも》

「紙袋にはキャンディバーしかはいっていないよ」ぼくは穏やかな声でいった。「食べたかったらね、ミスター・ターコット、そういえばいい。ひとつあげるから」

　ぼくが手を伸ばすよりも早く、ターコットが紙袋をひったくった。武器をもっていないほうの手をつかっていた。ちなみに武器は銃剣だということがわかった。日本製かどうかはわからなかったが、薄れゆく夕方の日ざしにぎらりと光るそのようすを見れば、とびっきり鋭いことに進んで同意したかった。

　ターコットは袋をかきまわして、ぼくのポリス・スペシャルを抜きだした。「キャンディバーしかはいっていないだと？　おれにはこいつがキャンディには見えないね、ミスター・アンバースン」

「その銃が必要なんだ」

「そうだろうとも。地獄の炎に焙《あぶ》られている亡者は氷水を欲しがると決まってる。でも、決して手に入れられないんだな」

「大きな声を出すな」

ターコットはぼくの拳銃をベルトに突きこむと——生垣を通りぬけてダニング家の裏庭に足を踏みいれたら、ぼく自身がそうしようと思っていた——銃剣をぼくの目の前に突きだしてきた。身をすくませないようにするには、ありったけの意志の力が必要だった。

「おれに指図しやがるとは——」そこまでいって、ターコットはぐらりとよろめいた。まず腹を、つづいて胸をさすってから、無精ひげの浮いた首すじもさすっている。そのあたりに、なにかがつかえているかのように。ターコットが生唾を飲みこむ〝ごくり〟という音がはっきりと耳についた。

「ミスター・ターコット、具合でもわるいのか？」

「どうしておれの名前を知ってる？」しかし、ぼくの答えを待つことなくターコットはつづけた。「そうか、ピートだな？〈スリーピー〉のバーテン。あいつからききだしたんだ」

「そのとおり。では、次はぼくから質問をさせてもらおう。いつからぼくを尾行していた？またその理由は？」

ターコットがおもしろみのかけらもない笑みをのぞかせると、歯が二本抜けていることがわかった。「それじゃ質問がふたつだ」

「いいから答えろ」

「おまえはまるで——」ふたたび顔をしかめ、ふたたび生唾を飲み、ガレージの裏の壁にもたれた。「——まるで、この場を仕切ってるみたいな口ぶりだな」

ぼくはターコットの顔色のわるさと苦しそうなようすを見さだめた。ドラッグストアのミスター・キーンはサディスト傾向の人でなしかもしれないが、診断専門医としての腕はそうわるくないと思えた。なんといっても、いま街でなにが流行っているかを知る者として地元の薬剤師以上の者がいるだろうか？　ぼくには残っているカオペクテイトがもう必要ではないという確信があったが、ビル・ターコットには必要になるかもしれない。ひとたび病原菌が活動を開始すれば、いうまでもなく尿洩れパンツも必要になる。

《これはとびきりの吉と出るか、とんでもない凶と出るかのどっちかだな》とは思ったが、そんな馬鹿な理屈はない。このどこを見ても、吉兆はひとつも見あたらなかった。

《気にするな。こいつに話をつづけさせろ。いざげろを吐きはじめたら――こいつにのどを切り裂かれたり、ぼくの銃でぼくが撃たれたりする前だったら――こいつに飛びかかっていけばいい》

「教えてほしい」ぼくはいった。「ぼくには知る権利があると思う。あんたには、なにもしていないんだから」

「おまえがなにかするつもりなのは、あの男のほうだ――おれはそうにらんでる。おまえが街じゅうで触れまわっていた不動産がどうこうとかいう話、あれはみんな嘘っぱちだ。おまえはあいつをさがすために、ここへやってきたんだ」いいながらターコットは、生垣の向こうにある家をあごの動きで示した。「おまえの口からあの男の名前が出てくるなり、おれにはぴんときたよ」

「なぜそう断言できる？　この街にはダニングという苗字の人間がどっさりいる。あんたは自分でそういっていたじゃないか」

「ああ。だが、おれが気にしているダニングはたったひとりだ」ターコットは銃剣をもったほうの手をもちあげると、服の袖でひたいの汗を拭った。いま思えば、この瞬間ならターコットを倒せたはずだった。しかし揉みあいの物音で人に気づかれることは避けたかった。それにもし銃が暴発したりすれば、弾丸を受けとめるのはぼくの体になりそうだった。

同時にぼくは好奇心を感じてもいた。

「あの男の守護天使になるなんて、あんたはどこかであの男によっぽどの善行を積まれたにちがいないね」ぼくはいった。

ターコットはユーモアのかけらすらない笑いをひと声あげた。「うまいことをいうじゃないか。しかし、ある意味じゃそのとおりだ。そうさ、おれはやつの守護天使みたいなものだ。少なくとも、いまにかぎればね」

「どういう意味なんだ？」

「やつはおれのものだ――そういう意味だよ、アンバースン。あのろくでなし野郎は、おれの妹を殺したんだ。あいつに弾丸を撃ちこむ者がいるとすれば……あるいは刃物をふるう者がいるとすれば――」いいながら青白い陰鬱な顔の前で銃剣を振りまわす。「――このおれをおいて、ほかにはいない」

9

ぼくはぽかんと口をあけたまま、ターコットを見つめていた。どこか遠くから、ハロウィンに乗じたいたずら者が爆竹に火をつけたらしく、騒がしいぽんぽんという音がきこえてきた。

ウィチャム・ストリートでは子どもたちが大声を出しながら行ったり来たりしている。しかし、ここにいるのはふたりだけ。クリスティーとそのアルコール依存症者の仲間たちは〝ビルの友人たち〟を自称していた。その伝《でん》にならえば、ぼくたちは〝フランクの敵〟だ。理想的なチーム……といいたいところだが、あいにくサスペンダーなし男ことビル・ターコットはあまりチーム・プレイヤーには見えなかった。

「あんたは……」といいかけたものの、ぼくは頭を左右にふった。「話をきかせてくれ」

「自分じゃ頭がいいとうぬぼれてるだろうが、なに、その半分の知恵があれば見当はついたはずさ。それともなにか、チャズからきっちり話をきかせてもらってないのか？」

最初はなんのことやらちんぷんかんぷんだった。一拍置いて、話が見えた。前腕に人魚の刺《い》青《れずみ》を入れた、あの陽気なシマリスめいた顔の小男だ。ただしフランク・ダニングが平手で背中を叩いて、その鼻をきれいにしておけ、そんなに長いんだから、汚れたら目もあてられないぞ、といったときだけは、あまり陽気な顔には見えなくなった。それまでダニングが〈ランプライター〉の奥にあるトラッカー兄弟の駄法螺《だぼら》テーブルでしきりにジョークを飛ばしていたあいだ、チャズ・フレーティはダニングの癇癪癖の話をぼくにきかせてくれていた……ただし、校務員の作文を読んでいたぼくには耳新しい話ではなかった。《ある女の子を妊娠させて……一年かそこらして、女の子は赤ん坊を連れて逃げだしていったよ》

「おや、無線でなにか連絡でもはいってきてるのかい、コマンド・コーディ？　そんなような顔をしてるじゃないか」ターコットはテレビの連続SFドラマにひっかけて、そういった。

「フランク・ダニングの最初の妻は、あんたの妹だったのか」ぼくはいった。

「ご明察。さあ、こちらのお方は秘密の合言葉を口にして、みーんごと百ドルを獲得です」

「チャズ・フレーティは、奥さんが赤ん坊を連れてダニングのところから逃げだしたと話していたぞ。酒癖のわるさに、ほとほと嫌気がさしたからだという話だった」

「ああ、あいつはそう話しただろうし、この街のほとんどの連中が信じてる話だ——おれの知るかぎり、チャズもそう信じてるしな。しかし、おれはそんな話を鵜呑《うの》みにするような馬鹿じゃない。妹のクララとはずっと親しかったんだ。子どものころはおれがクララの力になり、クララがおれの力になってくれた。おまえにはわからんだろうな。おれが見たところ、おまえは冷血野郎だからね。でも、とにかくそうだったんだ」

ぼくはクリスティーとの楽しかった一年を思い出していた——結婚に先立つ半年間と結婚後の半年間だ。「冷血というほどじゃない。あんたがなにを話しているのかもわかる」

ターコットはまた自分の体をさすっていたが、自分でそれを意識しているようには思えなかった。腹から胸、胸からのど、ふたたび手をおろして胸。顔色はさらにわるくなっている。そういえばこの男は昼食になにを食べたのだろうか、と思い、その疑問に長いこと悩まされることはないだろうとも思った——じきに答えをこの目で見ることになるからだ。

「そうか？　だったら、どこかの土地に息子のマイキーと落ち着いたころになっても、クララが手紙ひとつよこさないのは妙な話だと思わないか？　葉書一枚よこさなかったんだぞ。おれにいわせりゃ、妙な話どころじゃない。クララならかならず連絡をよこしたはずだからさ。クララはおれからどう思われているのかを知ってるんだよ。おれがどれほどあの甥っ子を愛しているのかも知ってる。ジョークを飛ばしてばかりのあの下衆男が妻子がいなくなったと警察に届けたときには、クララは二十歳、マイキーは一歳四カ月だった。いまじゃクララは四十歳、マイキーはもう二十一歳。クソな選挙で投票だってできる年だ。それなのに、クララが兄貴にたった一行の手紙もよこさないなんて話を信じろというのか？　おれたちが子どものころ、老いぼれノージー・ロイスが皺だらけのちんぽこをクララに突っこもうと狙ってたときだって、ずっと守っていたこの兄貴に？　そうでなくたって、ボストンとかニューヘイヴンとかその手の土地で落ち着くために、多少の金を融通してくれと頼んでもこなかったんだぞ。ああ、ミスター、そんな話ならおれも喜んで——」

ターコットは顔をしかめ、ぼくにも馴染みのあるあの〝おえっーうっぷ〟という声を洩らし、よろよろとまたガレージの壁によりかかった。

「すわったほうがいい」ぼくはいった。「あんたは病気だ」

「病気になったためしはないね。六年生のときからこっち、風邪にだってかかったことがないほどさ」

それが事実なら、くだんの黴菌はワルシャワへ進軍していくドイツ軍なみの電撃作戦でターコットに襲いかかったのだろう。

「腹にくる風邪だよ、ターコット。ぼくもゆうべはひと晩じゅう眠れなかった。ドラッグストアのミスター・キーンの話だと、いま流行っているそうだね」

「あの痩せっ尻の老いぼれカマ野郎になにがわかる。おれは元気だよ」そういうとターコットは自分の元気さを見せようというのか、脂じみてもつれあった髪をさっとかきあげてみせた。顔はさらに青白くなっていた。日本製の銃剣をもつ手は、つい正午までぼくの手がそうだったように小刻みに震えていた。「この話をききたいのか、ききたくないのか？」

「もちろんききたいよ」ぼくは時計を盗み見た。六時十分過ぎだった。さっきまではのろのろとしか進まなかった時間が、いまでは飛ぶように過ぎ去っていく。いまフランク・ダニングはどこにいるのか？　まだマーケットか？　いや、それはないだろう。きょうは早めに仕事を切りあげたはずだ。子どもたちを〝お菓子をくれなきゃいたずらするぞ〟に連れていく必要がある、とでもいったかもしれない。ただし、そんな予定はない。いまはどこかのバーにいるのだろう。それも〈ランプライター〉ではない店に。あの店はダニングが一杯、多くても二杯までのビールを飲むための店だ。それだけなら自分を抑えておける。ただし——元の妻がいい例だとしたらの話だが、ぼく自身はクリスティーは好例だと思う——店を出るときにもまだ飲み足りない気分のまま、脳はさらなる酒を求めて荒れ狂っているだろう。

　そう、頭から浴びるように大酒を飲みたくてたまらない気分になれば、ダニングはデリーのもっといかがわしい界隈のバーに足を運ぶはずだ。〈スポーク〉や〈スリーピー〉や〈バケット〉に。さらには、汚染されたケンダスキーグ川に迫りだすようにして建っている、どん底のような安酒場にも足を運ぶかもしれない——〈ウォリーズ〉や、淫風がよどんでいるかのような〈パラマウント・ラウンジ〉あたりだ。後者の店ではいまもなお、蠟人形めいた顔をした年寄りの娼婦たちが、バーのスツールをあらかた占拠している。あそこでもやはりダニングはジョークを飛ばして、満座を大いにわかせているのだろうか？　脳の奥で燃える熾《おき》にグレーンアルコールをぶっかけるという作業に余念のないダニングに、はたして近づいていく者がいるだろうか？　その場で突発的に歯を抜いてほしい人でもないかぎり、だれも近づくまい。

「行方不明になったとき、妹と甥っ子はダニングといっしょにカシャマンとの町境に近いあたりの小さな借家に住んでいた。とにかく大酒飲みでね。大酒を食らうと、決まって腐れ鉄拳をふるう練習をしていたものさ。クララが青痣をつくっていたのを見たし、一度なぞマイキーのちっこい右腕が、手首から肘までびっしり青黒くなっていたのだって見た。だからきいたんだよ、『やつはおまえや赤ん坊を殴っているのかい？　もしそうなら、おれがあいつを殴ってやるからきいてるんだ』とね。クララの答えはノーだった。でも答えるときには、おれから目をそらしてたよ。クララはこういった。『兄さんはフランクに近づかないで。あの男は力が強いの。そりゃ兄さんも強いのは知ってるけど、でも痩せてるじゃない？　強い風が吹いてきたら飛ばされそう。あいつに痛い目にあわされるのがおちよ』だと。そんな話をしてから半年もしないうちさ、ふたりが姿を消したのは。ふたりは家を出た——やつはそう話してる。でもデリーの街のあのあたりには、どっさりと森が広がってる。いいや、カシャマンに一歩足を踏み入れたら、それこそもう森しかない。森と沼地だ。となれば、ほんとはなにがあったのか、おまえにもわかるだろう？」

わかった。ほかの人なら信じないかもしれない。なぜならいまのダニングは街の人々から一目置かれている存在であり、飲酒問題もはた目には大昔に解決したように見えているからだ。しかも、周囲にふりまく魅力にもこと欠かない。しかし、ぼくは内部情報をしっかりとつかんでいた。

「ダニングの頭のなかで、なにかがぷっつりと切れたんじゃないかな。ダニングが酒に酔って家に帰ってきた。そこへ奥さんが、なにかいってはならないことをいってしまった。あるいは、それはまったく人畜無害な言葉――」

「じんちくーなんだって？」

ぼくは生垣の隙間から裏庭をのぞき見た。その先にあるキッチンの窓ぎわをひとりの女性が通りすぎていき、姿が見えなくなった。ダニング家では夕食がテーブルにならべられているところだ。一家はデザートを食べるだろうか？　ドリーム・ホイップクリームをかけたジェローあたりだろうか？　リッツクラッカーのパイ？　いやいや、それはない。ハロウィンの夜にデザートを食べる者がどこにいる？

「ぼくがいってるのは、ダニングが妻子を殺したということだ。あんたはそうにらんでるんだろう？」

「ああ……」ターコットは面食らうと同時に、こちらを怪しんでいる内心をのぞかせていた。およそ妄念にとり憑かれている人間というものは、長い夜に彼らの眠りを奪っている思いが他人の口から出てきたり、他人からその思いを真実だと裏づけられたりすると、決まってそんな顔を見せる。《これは、なにかのいたずらにちがいない》彼らはそう考える。ただし、これにかぎってはいたずらではない。もちろん、お菓子でもなかった。

ぼくはいった、「ええと、当時ダニングは何歳……二十二歳か。まだまだ将来ある身だった。だから、あいつはこんなふうに考えたにちがいない。『まいったな、恐ろしいことをしでかしちまった。でも、ここをきれいに片づけておくことはできる。この家は森のなか、いちばん近い隣家といったって一キロ半は離れてる……』本当に一キロ半ばかり離れていたのかい、ターコット？」

「ああ、いちばん近くてもね」ターコットは悔しさを声ににじませた。片手はのどのいちばん下のあたりをさすっている。銃剣はさっきよりも低い位置におりていた。ぼくが右手でつかもうと思えば簡単につかめただろうし、左手でターコットのベルトからぼくの拳銃を抜きだすことも、やってやれないことはなさそうだった。しかし、そのつもりはなかった。ビル・ターコットのことは、あの黴菌にまかせておけばいいと思っていた。そう、本心からそんなふうに簡単にいくと考えていたのだ。ほら、過去が強情だということを人がどれほど簡単に忘れてしまうか、これでおわかりいただけたことだろう。

「そこでダニングは死体を家から森へ運んでいって埋め、人には妻子が家を出ていったと話した。本腰を入れた捜査がおこなわれたはずはないな」

ターコットは頭をめぐらせて唾を吐き捨てた。「やつはデリーに古くからある名家の出《で》だよ。うちの一家はといえば、おれが十歳でクララが八歳のとき、錆だらけになったぽんこつのピックアップトラックで、セントジョン渓谷からこっちへ出てきたんだ。とんだ卑しい一家だよ。おまえはどう思う？」

これもまたデリーであることのあかしだ、とぼくは思った——そう、ぼくはそう思っていた。ターコットの家族愛は理解できたし、愛する者をうしなった悲しみに同情してはいたが、この男が話していたのは大昔の犯罪だった。そしてぼくの気がかりはあくまでも、あと二時間以内に発生するはずの犯罪のほうにあった。

「チャズ・フレーティをぼくに近づかせたのはあんただったんだな？」いまではそれも明白に思えたが、裏切られた感はぬぐえなかった。あの男はただ人あたりのいい人物であり、ロブスター・ピッキンズをつまみにビールを飲みながら、地元のゴシップを話してくれただけだと思いこんでいたからだ。「あんたの友人なんだね？」

ターコットは微笑んだが、笑みはむしろしかめ面にしか見えなかった。「このおれが金持ちユダヤ人の質屋風情《ふぜい》と友だちだって？　笑わせるね。ちょっとした話をききたいか？」

また腕時計をこっそり見たぼくは、まだ多少の時間の余裕があると判断した。こうやってターコットが話しているあいだにも、胃を攻撃する例のウイルスは大車輪で仕事を進めている。いよいよターコットが最初に吐こうとして身をかがめたら、その瞬間に飛びかかるつもりだった。

「きこうじゃないか」

「おれとダニングとチャズ・フレーティ、その全員がおなじ年だ――四十二歳。おまえは信じるか？」

「もちろん」しかしターコットは――苦難つづきの人生を送ってきた男（そしていまは、いくら本人が頑として認めずとも体調を崩している男）は――ほかのふたりよりも十歳は年寄りに見えた。

「おれたちみんなが郡立統合ハイスクールの三年生だったとき、おれはフットボール・チームの副マネジャーだった。当時はタイガー・ビルと呼ばれてたよ――いかすだろう？　一年生のときもチーム選抜テストを受けたし、二年生のときも受けたが、どっちも失格だった。ラインをやるには痩せすぎで、バックフィールドに出るには動きがとろすぎた。くそったれなわが人生の物語だよ、ミスター。それでも試合は大好きだった。ただチケットを買おうにも金がなくてね。ほら、おれの一家はすかんぴんだったからだ。それで、副マネジャーになる機会に飛びついたわけだ。副マネジャーと立派な名前がついちゃいるが、どんな仕事かはわかるだろう？」

当然わかった。ジェイク・エピングとしての人生では、ぼくはミスター不動産ではなく、ミスター・ハイスクールだったし、世の中には昔から変わらないこともある。「給水係だったんだね」

「そうさ、選手に水を運んでたんだよ。それだけじゃない、暑い日の走りこみ練習のあとで気分のわるくなった選手が出たり、ヘルメットで金的をがつんと打たれたやつが出たりすれば、げろ用のバケツを差しだすのもおれの仕事だった。フィールドに遅くまで残って、選手がちらかしたごみを片づけるのもおれ、あいつらの糞の染みがついたサポーターをシャワー室の床から拾うのもおれの役目だった」

ターコットがぎゅっと顔をしかめた。いまこの男の胃は、嵐の海に漕ぎだしたヨットになっていることだろう。ほら、船がぐんぐんもちあげられるぞ、相棒……つづいて一気に錐揉み状態で落ちていく。

「それで三四年の九月か十月のことだ、練習のあとでおれはたったひとり残って、選手連中が決まって置きっぱなしにしていくパッドだのテーピング用のゴム絆帯だのなんだのを拾いあつめては、車輪のついたカートに積みこんでた。そこでなにが目に飛びこんできたと思う？　落ちた教科書もそのままに、フットボール場を全速力で走ってるチャズ・フレーティの姿だった。男子生徒の集団がそのあとを追いかけていて――おおっと、いまの音はなんだ？」

ターコットは青ざめた顔で目を飛びださんばかりに見ひらき、きょろきょろと周囲を確かめていた。このときもその気になれば拳銃をつかみあげることができただろうし、銃剣は確実に奪えたはずだが、ぼくはそうしなかった。ターコットの手はふたたび胸をさすっていた。腹ではなく胸。考えればその意味もわかったはずだが、このときはほかのことで頭がいっぱいになっていた。ターコットの話は、そのなかでも決して最小の要素ではなかった。これは読書講座の呪いだ。そんなことがぜったいになさそうな局面でも、ぼくたちはすぐれた物語に誘惑されてしまう。

「落ち着けよ、ターコット。子どもたちが花火で遊んでいるだけさ。忘れたのか、今夜はハロウィンだぞ」

「どうにも気分がすぐれなくてね。例の黴菌がどうこういう話は、おまえのいうとおりなのかもしれないな」

もしターコットがその病気で自分の行動能力を奪われるかもしれないと考えたら、焦ってなにかしでかすかもしれない。「いまは黴菌のことは気にするな。それよりもフレーティの話をきかせてくれ」

ターコットはにやりと笑った。青ざめて脂汗をかき、無精ひげの生えているその顔に浮かんでいたのは、こちらに胸騒ぎを起こさせる表情だった。「チャズのやつはがむしゃらに走ってたが、連中に追いつかれた。フィールドの南の端にあったゴールポストから二十メートルばかり行った先に小さな谷があってね、連中はチャズをその谷に突き落とした。そのなかにフランク・ダニングもいたと知ったら、どうだ、得した気分になれるか？」

ぼくはかぶりをふった。

「連中はチャズを谷に落として、無理矢理ズボンを脱がせたよ。それから全員でチャズを代わる代わる突き飛ばしながら殴りはじめた。おれは連中に大声でやめろといったんだが、連中のひとりはおれに顔をむけてこう怒鳴ってきたよ。『こっちへ来て、やめさせてみろよ。いまこいつにしていることを倍にしてお見舞いしてやるぞ』ってな。そこでおれは走ってロッカールームへ行き、何人かいたフットボール選手に不良連中が束になってひとりをいじめている、よかったらあのいじめをやめさせてくれないかときいてみた。まあ、連中はだれがいじめられようが、いじめられまいが屁ほども気にかけちゃいなかった。でも、あの手の連中はいつも喧嘩の種をさがしていてね。だからみんな走って出ていったよ。なかにはパンツ一丁の者もいたな。どうだ、本当に笑える話をききたくはないか、アンバースン？」

「もちろん」ぼくはまたすばやく腕時計を一瞥した。そろそろ七時十五分前だ。ダニング家ではドリスが皿を洗っているころだし、テレビの〈ハントリー＝ブリンクリー・リポート〉が報じているニュースに耳を傾けているのかもしれなかった。

「なにかに遅刻してるのかい？」ターコットがたずねた。「乗らなくちゃならない列車でもあるのか？」

「それより、笑える話を披露してくれるはずじゃなかったか？」

「ああ。そうだったな。選手連中はそのとき校歌を歌ってたんだよ！　おまえはどう思う？」

ぼくの脳裡には八人から十人の、いずれも屈強な体格の男たちが、まともに服も着ないまま、練習後の喧嘩沙汰目あてにフィールドを突っ走っていきながら、《万歳、デリー・タイガース、われらその旗を高く掲げん》と歌っている光景が見えていた。なるほど、たしかに笑える話ではある。

ターコットはぼくがにやりとしたのを見て、自分でも笑みをのぞかせて答えてきた。苦しげではあったが本心からの笑みだった。「フットボール選手連中は、不良のうちのふたりばかりをぼこぼこに痛めつけてたな。いや、フランク・ダニングはそのなかにいなかった。あの腰ぬけ野郎は選手連中に数で圧倒されていると見るなり、大あわてで森に逃げこんでいたんだよ。チャズは地面に横たわって腕をかかえこんでた。骨が折れていたんだ。でも、それだけだったのは不幸中のさいわいさ。入院する羽目になってもおかしくなかった。フットボール選手のひとりが横になってるチャズを見て、爪先で軽く蹴って――あやうく踏みそうになった犬の糞《ベーコン》を蹴るような感じでね――『おれたちがわざわざ駆けつけたのは、ちんけなユダヤ野郎のケツを助けるためだったのかい？』といった。選手仲間が声をあげて笑った。ジョークのようなものだったからさ。わかるかい？ユダヤ野郎とか？ベーコンとか？」

いいながらターコットはブリルクリームを塗ったようにつややかに光る、もつれた髪の房のあいだから、ぼくを盗み見た。

「わかるよ」ぼくは答えた。

「『そんなことはどうだっていい』ほかの選手がいった。『尻を蹴り飛ばせたんだ。おれにはそれだけで充分だね』それから選手連中は引きあげていった。おれはチャズを助けて谷から出してやった。それだけじゃない、歩いて家まで送ってやった。やつがいまにも気絶だかなんだかしそうに見えたからだ。おれは――チャズも――フランクとその一味がもどってくるんじゃないかと心配だったけど、それでもやつのそばを離れなかった。理由なんか知るか。チャジーが住んでいた家をおまえにも見せたかったね――どでかいお屋敷だった。質屋っていうのは儲けの多い商売にちがいない。家に着くと、やつは礼の言葉を口にした。本心からの言葉だった。いまにも泣き叫びそうだった。おれはいった。『礼なんか気にするな。六人がかりでひとりをいじめているところなんか見たくなかっただけだ』嘘でもなんでもなかった。でも、ユダヤ人について人々がなんといってるかは知ってるな？　連中は貸し借りをぜったいに忘れないんだ」

「そこであんたは、ぼくがなにをしているのかを確かめるために、その貸しをつかったわけか」

「おまえがなにを企んでいるのか、おれにはだいたい見当がついてた。ただ確かめたかっただけさ。チャズはほうっておけといった――おまえをナイスガイだと思ってたからね。だけどフランク・ダニングがらみとあっちゃ、ほうっておくのはできない相談だ。おれ以外、フランク・ダニングにはだれにも手出しさせない。やつはおれのものだ」

ターコットは顔をしかめて、また胸をさすりはじめた。そして今回は合点がいった。

「ターコット――痛むのは胃か？」

「いいや、胸だ。きつく締めつけられてるみたいなんだ」

あまりいい話ではなかった。そのときぼくの脳裡をよぎっていったのはこんな思いだった。

《この男も、いまナイロンストッキングのなかにいるんだ》

「倒れる前に腰をおろしたらどうだ？」ぼくはそういって、ターコットに近づこうとした。ターコットが銃を抜いた。ぼくの左右の乳首のあいだ――発砲されれば弾丸が貫通するであろうところ――が気も狂いそうなほど痒くなった。

《こいつの武器を奪えたのに》ぼくは思った。《そう、本当に奪えたはずだ。でもぼくは、この男の話をきかずにいられなかった。知恵が足りなかった》

「おまえがすわっていろよ、ブラザー。新聞漫画の言いまわしじゃないが、まあ、のんびりしてることだ」

「もしあんたが心臓発作でも起こしたら――」

「おれが心臓発作なんか起こすわけがないだろうが。さあ、いいかげんに、ちゃんと、すわってろ」

ぼくは地面にすわりこみ、ガレージの壁によりかかっているターコットを見あげた。いまこの男の唇は、ぼくの頭のなかでは健康な状態とは結びつかないような青っぽい色に変わっていた。

「それで、おまえはダニングをどうしたい？」ターコットが質問を口にした。「おれが知りたいのはそこだ。知らずにはいられないのはそこだ――おまえをどうするかはそのあと決める」

この質問にどう答えるべきなのか、慎重に考えをめぐらせた。これに命がかかっているかのようにだ。かかっていたのかもしれない。本人がどう考えているにせよ、ターコットがすぐさま殺人に訴える性質の男だとは思えなかった。もしそんな男だったなら、フランク・ダニングはとうの昔に両親の隣に埋められていたはずだ。しかしターコットの手にはぼくの銃があり、いまは病身だ。うっかり引金を引いてしまうかもしれない。さらには、物事をいまの姿のまま変えられたくないと思っているなんらかの存在が、ターコットのあと押しをすることも考えられる。

もしありのままを正直に話したら——いいかえれば、いかれた部分をすっかり省いて話したら——この男に信じてもらえるかもしれない。すでに、あれだけのことを信じているのだから。この男がすでに直観で知っていることなのだから。

「あいつは、またおなじことをするつもりなんだ」

ターコットはどういう意味かをたずねかけたが、その必要はなかった。目が大きく見ひらかれた。

「つまり、その……あの女をか？」いいながら生垣のほうに目をむける。この瞬間まで、生垣の先になにがあるかをターコットが知っているのかどうか、それさえわからなかった。

「奥さんだけじゃない」

「じゃ、子どものひとりもか？」

「ひとりじゃない、全員だ。いまダニングはどこかで酒を飲んでるんだよ、ターコット。自分をまた見さかいのつかない激怒の状態にもっていくためにね。あんたなら、そんな話もすっかり知ってるだろう？　ただし今回は、ことをすませたあとでも隠蔽工作をいっさいしない。気にもかけていないんだ。この前の大騒ぎ、ドリスがとうとうぶん殴られるのにうんざりしたあのときから、じわじわとその気になってきていたんだな。ほら、あの奥さんがダニングを家から追いだしたときさ。知ってるだろう？」

「知らないやつはいないさ。いまあいつは、チャリティ・アヴェニューの下宿屋暮らしだ」

「だから、またドリスの気にいってもらえるようにいろいろ手をつくしてはいたが、あの魅力的な物腰もうドリスには効き目がなくなっている。ドリスは離婚を望んでる。どうやってもドリスを説得して考えを変えさせられないとわかって、ダニングはハンマーで離婚に応じてやろうと思ったんだ。そのあと子どもたちにもおなじことをして、縁を切ろうとしてるんだよ」

ターコットは渋面でぼくを見つめていた。片手に銃剣、片手に拳銃。《強い風が吹いてきたら飛ばされそう》とは、ずいぶん昔にターコットが妹にいわれた言葉だが、今夜はかすかなそよ風以上の風が必要だとは思えなかった。「なんでおまえがそんなことを知ってる?」

「説明している時間はないが、ともかく知っているんだよ。ぼくはそれを阻止するためにここにいる。だからその拳銃を返して、ぼくに仕事をさせてくれ。あんたの妹さんのためだ。あんたの甥御さんのためにも。それに心の奥底では、あんたもナイスガイだとぼくが信じているからでもある」これは出まかせだったが、父親の昔の口癖どおり、嘘をつくとなったら、とことん厚塗りの嘘にしておいたほうがいい。「ナイスガイでなかったら、なぜあんたはダニングとその一味がチャズ・フレーティをいじめているのをとめようとしたりしたんだ?」

ターコットは考えこんでいた。車輪が回転し、歯車がかちかち鳴っているのがきこえるようだった。ついで、その目に光がともった。最後まで残っていた夕陽の反射にすぎなかったのかもしれない。しかしぼくの目には、街じゅうにあふれかえっているかぼちゃの提灯の内側で、いまごろゆらゆらと揺れているはずの蠟燭《ろうそく》の炎に似ているように思えた。ターコットが微笑みはじめた。その次にターコットの口から出たのは、精神を病におかされている者の口からしか出ない言葉だった……あるいはデリーに長く住みすぎた者の口からしか……あるいは、その両方だ。

「やつは妻子を狙ってる、そうだな？　オーケイ、だったら好きにさせておけ」

「なんだと？」

ターコットは三八口径の銃をぼくにむけた。「ちゃんとすわっていろ、アンバースン。なにもせずにくつろいでいればいい」

ぼくは歯嚙みしながら、ふたたび腰をおろした。もう七時をとうに過ぎていて、ターコットは〝影の男〟になりつつあった。「ミスター・ターコット――ビル――あんたがいま具合をわるくしてるのはわかってる。だから、あんたはいま情況を正しく読めていないのかもしれないな。いまあの家には、女性がひとりと幼い子どもが四人いる。いちばん下の女の子なんか、まだたったの七歳だぞ」

「おれの甥っ子はもっと小さかったさ」ターコットは重々しい口調でいった――万事を説明する真実を述べ立ててゆく男そのまま、同時にそれを正当化する男そのままに。「こんなに具合がわるくては、あの男をおれが倒すのは無理だ。それに、おまえにはそんな根性はない。なに、おまえをひと目見ればわかる」

それについては、ターコットの見立てちがいだと思った。リスボンフォールズのジェイク・エピングについての言葉なら正しかったかもしれない。しかし、あの男は変わった。

「なんでぼくにやらせてくれない？　ぼくにやらせて、あんたになんの損がある？」

「なぜなら、おまえがやつを殺せたとしても、それだけじゃ充分とはいえないからさ。いましがた、そのことがわかった。なんというか、こう――」ターコットは指をぱちんと鳴らした。

「どこからともなく、その考えが湧いてきたんだな」

「あんたの話は辻褄があってないぞ」

「それはな、トニーとフィルのトラッカー兄弟のような男たちが、あんな見かけ倒しの男を王様あつかいするのを二十年も見てきた経験がないからだよ。フランク・シナトラが目の前にいるみたいに、ダニングの前で女たちがやたらに目をぱちぱちさせるのを二十年も見た経験がないからだ。おれがこれまで六つの工場でケツがすり減るほど最低賃金で働き、朝になってもまともに起きられなくなるほど繊維の埃を吸いこみつづけていたあいだ、あいつはポンティアックを乗りまわしてたんだ」片手は胸。撫でさすり、また撫でさする。ワイモア・レーン二〇二番地の裏庭の暗がりで、いまこの男の顔は黒っぽい汚れだ。「あんなろくでなしは、殺すのさえもったいない。あいつに必要なのはショーシャンクに四十年かそこらぶちこまれていることさ。シャワー室で石鹸を落としても、かがんで拾うなんて、とてもじゃないが怖くてできないあの刑務所にな。あそこだったら、酒を飲もうにもせいぜいプルーンでつくった密造酒がいいところだ」ここで声を落とす。「もっとほかの話もききたいか?」

「なにがある?」全身が冷えきってしまった気分だった。

「いずれ酒が抜ければ、やつは悔やむだろうさ。馬鹿なことをしでかしたとほぞを嚙むんだ。やっちまったことを取り消したいという思いに身を焦がすのさ」もう、ささやき声に近かった——かすれて痰がからんだような声。たとえばジュニパーヒル精神病院のようなところでは、もはや回復する見こみもないほど狂気におかされた患者たちが、夜になって薬が切れたころ、こんな調子でひとり語りをするのだろう。「まあ、女房についてはそんなに悔やまないかもしれないが、子どもたちのことでは後悔するだろうよ」ターコットは笑い声をあげ、それで体が痛んだかのように顔をしかめた。「おまえの話は一から十まで嘘っぱちかもしれん。だけど、知ってるか？　おれはおまえの話が嘘であってほしくないのさ。まあ、ここでようすを見ようじゃないか」

「ターコット、あの子たちにはなんの罪もないんだぞ」

「妹のクララだっておなじだった。ちっこいマイキーもね」ターコットの影の肩が上下に動き、肩をすくめたことがわかった。「あいつらなど知ったことか」

「まさか本気でそんな――」

「黙れ。ふたりで待つんだよ」

10

アルからわたされた腕時計の針には夜光塗料が塗ってあった。いまその腕時計を見たぼくは、長針がしだいに文字盤のいちばん下へとむかっているさまを、恐怖とあきらめを感じながら見まもっていた。〈エラリー・クイーンの新冒険〉の放映開始まであと二十五分。それが二十分になった。十五分になった。ターコットに話しかけようとしたが、黙れといわれただけだった。ターコットは胸をさすりつづけ、その手がとまるのは胸ポケットからタバコをとりだしたときだけだった。

「ああ、タバコを吸うのはおすすめだね」ぼくはいった。「あんたの心臓を大いに助けることになるよ」

「口に靴下でも詰めこんでおけ」

ターコットはガレージ裏の砂利に銃剣を突き立てると、くたびれたジッポのライターでタバコに火をつけた。つかのま揺らめいた炎のおかげで、涼しい夜だというのに、この男の頬を汗がつたい落ちていることがわかった。両目が眼窩の奥に引っこんでしまったように見えるせいで、顔がしゃれこうべそっくりになっている。煙を吸いこんだはいいが、すぐに咳とともに吐きだした。痩せこけた体が震えたが、拳銃はしっかりと位置をたもっていた。まっすぐぼくの胸に狙いをつけたまま。頭上の夜空には星々が出ていた。八時十分前。ダニングが到着したとき、〈エラリー・クイーンの新冒険〉はどこまで進んでいたのだろう？　ハリーの作文にはなにも書かれていなかったが、開始から間がなかったのではないかと思えた、あしたは学校が休みだが、ドリス・ダニングは七歳のエレンが——たとえタッガとハリーが同行していても——夜の十時を過ぎてもまだ外出しているようなことを望まなかったはずだ。

八時五分前。

ふいに、ひとつのアイデアが頭にひらめいた。真偽を争う余地のない真実ならではの透きとおった考えだった。

「とんだ腰抜け野郎だな」

「な、なんだと？」ターコットは、まるで背後から灌腸《かんちょう》遊びを仕掛けられたかのようにびくんと背筋を伸ばした。

「きこえただろう？」そういってぼくは物真似をした。「『おれ以外、フランク・ダニングにはだれにも手出しさせない。やつはおれのものだ』このおんなじ科白を、あんたはこの二十年間、ずっと自分にいいきかせてきたんだろう？　それなのに、結局はあいつに手出しひとつしてこなかったじゃないか」

「黙れといったんだ」

「いや、二十と二年だ！　だいたいダニングがチャズ・フレーティを追いかけていたときだって、ダニングになんの手出しもしなかったんだろう？　ちっこい女の子みたいに走って逃げて、フットボールの選手たちを連れてきたんだ」

「相手は六人いたんだぞ」

「たしかにね。でも、それからいままでダニングがひとりきりになったことは何度となくあったはずだ。それなのにあんたはダニングがすってんころりん転ぶのを期待して、歩道にバナナの皮をこっそり落とすことさえしなかった。あきれた腰抜けの臆病者だよ、ターコット。巣穴の兎みたいに、こんな離れたところに隠れてるんだからね」

「黙れ！」

「ダニングが刑務所に入れられたらどうなるか、そんなやくたいもない空想にひとりふけるのが、あんたの精いっぱいの復讐だろうな。それなら事実に直面しなくていい――」

「黙りやがれ！」

「――どんな事実かといえば、あんたは自分の妹を殺した下手人《げしゅにん》を二十年間も好き勝手にさせておく、びっくりするほどのタマなし男だという事実で――」

「いいか、警告しておくぞ！」ターコットは拳銃の撃鉄を起こした。

ぼくは自分の胸の中央を拳で叩いた。「かまわない。やれよ。みんなに銃声がきこえて、警察が駆けつけるぞ。ダニングは騒ぎに気がついて回れ右、結局ショーシャンク行きになるのはあんたのほうだ。刑務所にも工場があるはずだ。だから時給一ドル二十セントじゃなく、五セントぽっちのはした金で働ける。ただ、あんたはそれが気にいるだろうよ。これだけ長いあいだ、なにもせずに手をこまねいて見ていただけだったことを、わざわざ自分に弁解する必要はないからね。あんたの妹さんが生きていたら、いまのあんたに唾を吐きかけるはずで――」

ターコットは拳銃を前に突きだしてきた。銃口をぼくの胸に押しつける気だった。ところが自分の銃剣に足をとられて、体をよろめかせた。ぼくがすかさず手の甲で拳銃を横へ払うと同時に、暴発が起こった。弾丸はぼくの足から三センチも離れていない地面に当たったにちがいない。わずかながら小石が飛んで、スラックスの足にぶつかってきたからだ。ぼくは銃をつかむと銃口をターコットにむけ、この男が地面に落ちた銃剣を拾おうとしてわずかでも体を動かしたら、すぐにでも発砲できるかまえをとった。

ターコットがしたのはガレージの壁によりかかることだった。いまでは両手を左胸にぴったりと押しつけたまま、のどが詰まったような低い声を洩らしていた。

どこかそれほど遠くないところで――ワイモア・レーンではなくコサス・ストリートで――ひとりの男が怒鳴っていた。「楽しむのはかまわんよ、ガキども。しかし、あと一発でも爆竹を鳴らしたら警察を呼ぶからな！　二度はいわんから注意しろ！」

ぼくは溜めていた息をついた。ターコットも息を吐いていたが、しゃっくりめいたあえぎ声をともなっていた。あいかわらずのどが詰まったような声を洩らしつづけながら、ターコットはガレージの壁に体を押しつけたまま沈みこんでいき、最後には砂利の上に横たわってしまった。ぼくは銃剣を手にとった。ベルトにさしていくことも思わないではなかったが、生垣を通り抜けるときに自分の足を切り裂くだけだと考えた——過去はしゃにむに働きかけて、ぼくをとめようとしている。結局その銃剣は暗くなった裏庭のほうに投げ捨てた。銃剣がなにかにぶつかる金属音がきこえた。おおかた《あなたのワンちゃんのおうちはここ》とある犬小屋の壁だろう。

「救急車を」ターコットがしゃがれた声でいった。その目は涙と見えなくもないもので濡れ光っていた。「頼むよ、アンバースン。ひどく痛むんだ」

救急車。名案だ。ここでおかしなことが起こった。デリーに——それも一九五八年のデリーに——やってきてからかれこれ二カ月ほどもたつというのに、それでもぼくは反射的にスラックスの右ポケット——スポーツジャケットを着ていないときにはいつも携帯電話を入れていたポケットに——手を突っこんでいたのだ。指先がとらえたのは数枚の硬貨とサンライナーのキーだけだった。

「わるいな、ターコット。救急医療システムに頼るのなら、あんたは生まれた時代をまちがえてるよ」

「なんだって?」

ブローヴァの腕時計によれば、いよいよ待ちこがれている全アメリカにむけて〈エラリー・クイーンの新冒険〉の放送がはじまる時刻だった。

「耐えぬくんだ」ぼくはそういうと、拳銃をもっていないほうの手をかかげて、ひっかいてくる硬い小枝から顔を守りつつ生垣を押しわけていった。

11

ダニング家の裏庭で、ぼくは子ども用の砂箱に足をとられ、ものの見事にばったりと倒れこみ、気がつくと王冠以外にはなにひとつ身にまとっていない、うつろな目をした人形と顔をくっつけあっていた。リボルバーは手からふっ飛んでいた。両手両足を同時につかって拳銃をさがしたが、そのあいだも見つかりっこないと思えてならなかった――これは強情な過去が仕掛けてきた最後のトリックだ。激しい胃炎を起こすインフルエンザやビル・ターコットよりは小さいトリックだが、巧いトリックに変わりはない。ついでキッチンの窓が投げかける台形の光のへりに落ちている拳銃が目にとまると同時に、一台の車がコサス・ストリートを走ってくる音がきこえた。外の通りはいま仮面をかぶって、〝お菓子をくれなきゃいたずらするぞ〟用の紙袋を手にした子どもたちでいっぱいになっているはずだが、この車はまっとうなドライバーがそんな状態の道ではまず出さないようなスピードで走っていた。車がタイヤをきしらせて停止する前から、運転手の正体はわかっていた。

三七九番地の家ではエレン・ダニングがトロイとともにソファに腰かけ、一方では一刻も早く出かけたいエレンが先住民の王女さまのコスチュームで跳ねたり踊ったりしていた。年長のトロイがちょうど妹にむかって、おまえとタッガとハリーが帰ってきたらお菓子を食べるのを手伝ってやるよ、といったところ。エレンが、「だめよ。食べたかったら兄さんも仮装して、自分のお菓子をもらってこなくちゃ」と答えていた。この科白に全員が声をあげて笑うはずだ――ちょうどバスルームで、土壇場の小用をすませているさなかのハリーさえ。なぜなら、エレンはどんな人でも笑わせる本物のルシール・ボールだからだ。

ぼくはひったくるように銃をとりあげた。しかし銃は汗で滑りやすくなった指をすり抜けて、またもや芝の上に落ちた。砂箱の側面にしたたか打ちつけた脛が痛みに叫んでいた。家の反対側では車のドアが乱暴に閉められ、早足の足音がコンクリートに響いていた。こんなふうに思ったことを、いまでも覚えている。《ドアをしっかり閉ざしておくんだよ、お母さん。庭の道を歩いて近づいているのは、あんたのご機嫌ななめのご亭主だけじゃない――デリーの街すべてなんだから》

ぼくは銃をつかみ、よろめきながら体を起こし、愚かなわが足をもつれさせ、あやうくふたたび倒れそうになりながらも、すんでのところでバランスをとりもどしてから、一気に裏口を目指して走った。途中にあった地下室の扉を迂回する。もしその上に乗って体重をかければ、ぜったいに扉が抜け落ちていたはずだ。周囲の空気そのものも、ぼくの足どりを遅くさせたがっているというのか、ねっとりしたシロップになっているように感じられた。

《たとえこれで命を落としても》ぼくはふたたび思った。《たとえこれでぼくが命を落とし、オズワルドがやってのけて数百万人が死ぬとしても、だ。たとえそうなってもかまわない。なぜなら、これはいまのことだから。これはあの一家の、この一家のことだからだ》

裏口のドアには錠前がおろされているにちがいない。その確信があまりにも強かったせいだろう、ノブがすんなりとまわってドアが外側にむかってひらいたときに、あやうく裏のポーチから転がり落ちそうになってしまった。足を踏み入れたキッチンには、ミセス・ダニングがホットポイント製のオーブンで調理したポットローストの香りが、いまもまだただよっていた。シンクには汚れた皿が積まれていた。カウンターには舟形のグレイヴィソースいれ。その隣には冷製ヌードルの皿。テレビからは、ヴァイオリンが奏でる震えるようなBGMがきこえていた――クリスティーがよく〝殺人音楽〟と評していた音楽だった。いまの場面にぴったりだ。カウンターには、タッガが〝お菓子をくれなきゃいたずらするぞ〟に出かけるとき顔につけるはずの、ゴムでできたフランケンシュタインの怪物の仮面が置いてあった。その隣の紙袋の側面には、黒いクレヨンで《タッガのお菓子　触れるべからず》と書いてあった。

作文でハリーは、このとき母親が「それをもったまま家から出ていって、だいたいあんたはここに来ちゃいけない決まりになってるのよ」と発言したと書いていた。ぼくがリノリウムの床を走って、キッチンと居間をつないでいるアーチ状の出入口にむかっているあいだにきこえてきたのは、「フランク？　ここでなにをしているの？」という声だった。ミセス・ダニングの声が高まりはじめた。「それはなに？　なんでそんなものをもってるの……とにかくここから出ていって！」

ついでミセス・ダニングが悲鳴をあげた。

12

ぼくがアーチを抜けると、子どもの声がいった。「おじさんはだれ？　なんで母さんは大声を出してるの？　父さんがここへ来たの？」

　ふりかえると、十歳のハリー・ダニングがキッチンのいちばん奥にある狭い洗面所のドアの前に立っていた。ハリーは鹿皮を身にまとい、片手に空気銃をもっていた。反対の手はズボンのジッパーをあげているところ。ついでドリス・ダニングがまた悲鳴をあげた。ほかのふたりの男の子も大声で叫んでいた。鈍い音が響いて——胸のわるくなるような重苦しい音だった——悲鳴が断ち切られた。

「やめて、父さん、よして、母さんが痛がってるうぅぅ！」エレンが金切り声をあげた。

　アーチを駆け抜けたぼくは、そこで口をあんぐりあけたまま棒立ちになった。ハリーの作文を読んだぼくは、これまでずっと男たちが道具箱にしまうようなハンマーをふりまわしている男を制止しなくてはならないと思いこんでいた。しかしダニングの手にあったのは、その種のハンマーではなかった。ダニングがもっていたのは十キロ近い重さのヘッドがついている大ハンマーだった。服の両袖をまくりあげていたため、二十年にわたって食肉を切ったり枝肉をかついだりしていたことの成果である膨れあがった筋肉が見えた。ドリスは居間のラグマットの上に倒れていた。ダニングはすでにドリスの片腕を折り——折れた骨の先端がワンピースの布地を破って突き出していた——片方の肩を脱臼させていた。顔は青ざめて朦朧としている。髪の毛を顔の前に垂らしたまま、ドリスはラグマットの上を這ってテレビの前を横切っていた。ダニングが大ハンマーをふりあげた。いよいよハンマーヘッドがドリスの頭をまともにとらえて頭蓋骨を打ち砕き、脳味噌をソファのクッションにまき散らすことだろう。

　エレンが踊り狂う小さな修行僧のようになって、父親をドアから外に押し返そうとしていた。

「やめて、父さん、やめて、やめて！」

ダニングはエレンの髪の毛をつかんで突き飛ばした。エレンはぐるぐると体を回転させながらすっ飛んでいった。髪飾りから離れた羽毛が舞い飛んでいく。エレンはそのまま揺り椅子に激突して、椅子を押し倒した。

「ダ、ダ、ダニング！」ぼくは叫んだ。「やめ、やめろ！」

ダニングは充血した涙目をぼくにむけた。酒に酔っていた。泣いていた。左右の鼻孔から鼻水が垂れ、あごが唾液で濡れていた。顔は激怒と悲しみと困惑に引きつっていた。

「きさまはいったいだれだ？」ダニングはそうたずねるなり、答えを待たずにぼく目がけて突進してきた。

リボルバーの引金を引きながら、ぼくは思った。《今度は発砲できないにちがいない、これはデリーの銃、だから弾丸が出ないんだ》

ところがちゃんと発砲できた。弾丸はダニングの肩に命中した。白いシャツに赤い薔薇が一気に花ひらいた。着弾の衝撃で体がねじれたが、ダニングはすぐにまっすぐむきなおってハンマーを振りあげた。シャツの薔薇の花はなおも広がっていたが、それを感じているようすはなかった。

ぼくはもう一度引金を引いた。しかし同時にだれかがぼくに体当たりしてきて、弾丸は高いところへ大きくそれてしまった。ハリーだった。

「やめてよ、父さん！」耳をつんざくような疳《かん》高い声だった。「やめないと、撃つから、ね！」

タッガことアーサー・ダニングがぼくのほうへ、キッチンのほうへと床を這っていた。ハリーが空気銃を撃つと同時に――かーちゃん！――ダニングは大ハンマーをタッガの頭めがけて振りおろした。少年の顔は鮮血の幕にかき消えた。骨の破片ともつれあった髪の毛が空中高く跳ね上げられた――血のしずくが天井の照明器具に飛び散っていく。エレンとミセス・ダニングはともにひたすら甲高い悲鳴をあげ、悲鳴をあげつづけていた。

ぼくは体のバランスをとりもどし、三度めの引金を絞った。今度の弾丸はダニングの右頰から耳までの肉を完全にこそげとったが、それでもこの男はとまらなかった。《こいつは人間じゃない》そのときぼくは思ったし、いまでもそう思っている。血をほとばしらせている目とぎりぎり歯嚙みしているその口もとに見えたのは――空気を吸ったり吐いたりしているのではなく嚙み締めているかに見えた――なにやらおしゃべりをしている空虚そのものだった。

「きさまはいったいだれだ？」ダニングはくりかえした。それから――「勝手に人の家にはいりやがって」

ダニングはハンマーをいったんうしろに振りあげると、空《くう》を切る音が口笛のようにきこえるほどの勢いで真横にふりまわした。ぼくは膝を曲げて、同時に体を低くした。十キロ弱のハンマーヘッドをまともに頭に食らうことはなかったが――痛みは感じなかった、とにかくこのときには――頭頂部を熱波がかすめすぎていくような感覚はあった。拳銃が手からふっ飛んでいって壁にぶつかり、はねかえって部屋の隅に転がっていった。頰のあたりを、なにか温かいものが伝い落ちていた。ダニングがぼくの頭皮をこそげとって全長十五センチの傷をつくったことが、このときのぼくにはわかっていただろうか？　ダニングのハンマーで殴られて意識をうしなうこともなければ、その場で即死することもなかったが、それはダニングの狙いがわずか三ミリ程度だけそれたことの結果にすぎないとわかっていただろうか？　なんともいえない。すべては一分にも満たないあいだの出来事だった——いや、たった三十秒だったかもしれない。人生は一瞬にして方向を変える。変わるときにはあっという間もなく変わるのだ。

「逃げろ！」ぼくはトロイにむかって叫んだ。「妹を連れて外へ逃げるんだ！　大声で助けを呼べ！　頭がふっ飛ぶほどでかい声を——」

ダニングが大ハンマーを振りまわしてきた。ぼくがすかさず飛びすさると、ハンマーヘッドが壁に埋まって木摺《きずり》を打ち砕き、さらに石膏のこまかい塵が舞いあがって拳銃から出た硝煙に溶けあっていった。テレビはついたままだった。あいかわらずヴァイオリン、あいかわらずの殺人音楽。

ダニングが壁からハンマーを引き抜こうと懸命になっていたそのとき、ぼくの横をなにかが飛びすぎていった。デイジー製の空気銃だった。ハリーが投げたのだ。銃身がフランク・ダニングの肉が裂かれた頰にぶつかって、この男が痛みに悲鳴をあげた。

「このちびのくそがき！　舐めた真似をしやがったからには殺してやる！」

トロイはエレンを玄関まで運んでいった。《よし、これでいい》ぼくは思った。《少なくともその部分だけは変えることができたんだ》

しかしトロイがエレンを家の外に出すよりも先にだれかの人影が玄関を満たし、そのままトロイ・ダニングと少女を押し倒して家のなかに飛びこんできた。ただし、そっちを見ている時間はないも同然だった。フランクがハンマーを壁から抜きはなって、ぼくにむかってきたからだ。ぼくはハリーを片手で強くキッチンへ押しやりながら、あとずさっていった。

「裏口から外へ逃げろ、坊主。早く。ぼくがこの男をとめているから——」

フランク・ダニングが金切り声をあげて体を硬直させた。いきなり、なにかがダニングの胸から突きだしてきた。まるでマジックのトリックを見ているようだった。突きだしてきたものがべったりと血にまみれていたので、その正体を見てとるには一秒ばかりの時間が必要だった——銃剣の切っ先だった。

「これは妹の復讐だよ、人でなしめ」ビル・ターコットがいった。「これはクララの復讐なんだ」

13

ダニングは倒れた。足は居間、頭は居間とキッチンをつなぐアーチ状の出入口。といっても完全に倒れたわけではない。刃物の切っ先が床に突き刺さって、ダニングの体をもちあげたまま固定していた。片足が一度だけ空《くう》を蹴り、それっきりダニングは動かなくなった。見たところは、腕立て伏せをしているさなかに息絶えたかのようだった。

だれもかれもが悲鳴をあげていた。空気には硝煙と石膏と血のにおいがこもっていた。ドリスは髪を顔の前に垂らしたまま、死んでいる息子のほうへよろめきながら近づいていた。あんなものをドリスに見せたくはなかった——タッガの頭は、それこそあごまでぱっくりとふたつに割れていたのだ——しかし、ぼくにはドリスをとめるすべがなかった。

「次はもっとちゃんとやりますよ、ミセス・ダニング」ぼくはかすれる声でいった。「約束です」

ぼくの顔はべったりと血に濡れていた。左目から血を拭わないことには、そちら側がまともに見えなかった。いまもこうして意識があるのだから、それほどの重傷ではないことはわかったし、頭皮の出血がやたらに多くなりがちであることも知っていた。それでも、ぼくはひどいありさまだった。あらためて出なおすのなら、今回はここから姿を消すべきだった——それも、だれにも見とがめられず、しかも迅速に。

しかし、ここを出ていく前にビル・ターコットと話しあう必要があった。少なくとも話しあう努力をしなくては。ターコットは、ダニングの伸びた足の近くの壁ぎわにくずおれていた。胸を抱きしめるようにして苦しげにあえいでいる。顔は唇だけを例外として、死体そっくりに青ざめていた——その唇にしてからが、苔桃《こけもも》の実をがつがつとむさぼった子どものような紫色だ。ぼくはターコットの手をとった。ターコットはパニックもあらわな力強さで手を握りかえしてきたが、目にはユーモアの小さな光があった。

「さて、いま腰抜け野郎はだれだと思うね、アンバースン?」

「あんたじゃない」ぼくはいった。「あんたは英雄だ」

「まあね」ターコットはぜいぜいと息を切らせていた。「おれの棺桶に勲章を投げこんでくれれば、それでいいさ」

ドリスは絶命した息子を抱きかかえていた。トロイはエレンの顔をぴったりと自分の胸に押しつけたまま、ぐるぐると歩きまわっていた。ぼくたちのほうへは目をむけもせず、そもそもぼくたちの存在さえ意識していないようだった。エレンはひたすら泣き叫んでいた。

「あんたは大丈夫だ」ぼくはいった。まるで知っているかのように。「さて、よく話をきいてくれ。大事な話だからね──ぼくの名前を忘れることだ」

「なんて名前だ？　教えてもらってないぞ」ターコットはいった。

「ああ、そうだね。それから……ぼくの車を知ってるかい？」

「フォード」ターコットはほとんど声を出せなくなっていたが、その目はまだしっかりとぼくの目を見すえていた。「いい車だ。コンバーティブル。Yブロックエンジン。五四年か──五五年」

「あんたはあの車を見なかった。いいか、これがなにより大事なことだぞ。ぼくは今夜にも州の南へ行かなくちゃならないし、そこまではほとんどターンパイクを走っていかなくちゃならない。というのも、それ以外の道をひとつも知らないからだ。州の中部にたどりつければ、ぼくは完全に自由の身になれる。いまなにを話しているか、ちゃんとわかってるかい？」

「あんたの車はまったく見なかったよ」ターコットはいい、顔をしかめた。「ああ、くそっ。そんなに痛くしないでくれ」

　ぼくは無精ひげでちくちくするターコットののどに指をあてがって、脈を確かめた。かなりの脈搏数で、おまけにとんでもなく乱れていた。泣き叫ぶようなサイレンがきこえてきた。

「あんたは正しいことをしたんだ」

　ターコットは白目をむいた。「あやうくやらずにすませるところだったよ。おれはなにを考えていたんだろうな。いいか、相棒。もしつかまっても、決して話すんじゃないぞ、おれが……そうさ……おれがなにをしたのか──」

「話すものか。あいつを片づけたのはあんただ。あいつは狂犬で、あんたがその狂犬を倒したんだよ。妹さんもあんたを誇りに思うだろうね」

ターコットは微笑み、目を閉じた。

14

ぼくはバスルームへ行くとタオルをつかんで洗面台で水にひたし、そのタオルで血に汚れていた顔をごしごしとこすった。タオルをバスタブに投げこみ、さらに二枚のタオルをつかみあげると、ぼくはキッチンへと引き返した。

ぼくをこの場に連れてくることになった少年が、レンジの前の色褪せたリノリウムの床に立って、ぼくを見つめていた。親指をしゃぶるのをやめてから六年はたっているだろうに、いまハリーは親指をしゃぶっていた。大きく見ひらかれた目は真剣な光をたたえ、涙のなかで泳いでいた。左右の頰とひたいに血が飛び散っていた。ここにいるのは、いましがたの経験で心に傷を負ったにちがいない少年だった——しかし同時に、成長しても決して〈ぴょこたん蛙《がえる》〉にはならない少年でもあった。さらには、長じてぼくを泣かせる作文を書く人物にもならない少年だ。

「おじさんはだれなの?」少年はたずねた。

「だれでもないよ」ぼくは少年の横を通りすぎて裏口にむかった。しかし、この少年にはそれ以上のことをきく権利がある。サイレンの音は前よりも近づいていたが、ぼくはふりかえった。

「きみの守護天使さ」

それだけいうと、ぼくは裏口のドアからするりと身を滑らせて、一九五八年のハロウィンの夜へと出ていった。

15

コサス・ストリートを目指して走っていくパトカーの青い光を目にしながら、ワイモア・レーンを歩いてウィチャム・ストリートに出ていき、ぼくはさらに歩きつづけた。住宅街にさらに二ブロックはいると、右に曲がってジェラルド・アヴェニューに足を進める。住民たちが歩道まで出てきて、サイレンの音の方角に顔をむけていた。

「ミスター、なにがあったんだい？」スニーカーを履いた白雪姫の手を握っていた男がたずねてきた。

「子どもたちが爆竹を鳴らしたのはきこえたよ」ぼくは答えた。「もしかしたら、そこから火事になったのかも」

ぼくは足をとめず、そのあいだも顔の左側を男に見られないよう確実を期した。近くの街灯がともっていて、頭皮はいまなおじくじくと血を流していたからだ。

そのまま四ブロック歩いたところで、ぼくはウィチャムへ引き返していった。コサスから遠く南に離れたウィチャムのこのあたりは、暗く静まりかえっていた。出動できるありったけの警察車両が、いま現場に駆けつけていることだろう。けっこう。そしてグローヴとウィチャムの交差点にあと一歩のところで、いきなりぼくの膝がゴムのようにぐにゃぐにゃになった。あたりを見まわして〝お菓子をくれなきゃいたずらするぞ〟軍団がいないことを確かめてから、歩道の縁石に腰をおろした。休んでいる余裕はなかったが、休まずにいられなかった。ありったけを吐いたので胃のなかは空っぽ、きょうは朝からなにも食べておらず、口にしたのはちんけなキャンディバーひとつだけ（それにしたところで、ターコットが飛びかかってくる前にすっかり食べきったかどうかは記憶になかった）、おまけにこのときは暴力に満ちたひと幕を経験し、そこで怪我を負ってきたばかりで、その怪我がどれほど深刻なのかはまだわからなかった。だからここでひと休みして、わが肉体に再構成の時間を与えないかぎり、歩道で意識をなくしてぶっ倒れるのがおちだった。

両膝のあいだに頭を垂れ、つづけて何回か深く息を吸いこんだ――大学時代にライフガードの資格を取得するために受講した赤十字の講座で教わったとおりに。最初のうち瞼に浮かんできたのは、強烈な力で振りおろされたハンマーをまともに食らったタッガ・ダニングの頭部が炸裂する情景ばかりで、なおのこと気が遠くなっていった。ついでぼくはハリーを思った。ハリーは兄の血飛沫《ちしぶき》を浴びてはいたが、それ以外にはまったくの無傷だった。それからエレン――あの少女は決して目覚めない昏睡状態におちいってはいなかった。それからトロイ。そしてドリス。かなりひどい折れ方をした腕の骨のせいで、一生つらい思いをすることもあるだろうが、少なくともドリスにはこれからの人生がある。

「ぼくはやったよ、アル」ぼくはささやいた。

しかし、なにを二〇一一年にもたらしたのだろう？　ぼくは二〇一一年の世界になにをしてしまったのか？　いまも、こういった疑問への答えを見つけなくてはならないことに変わりはない。バタフライ効果のせいで恐ろしい結果が引き起こされていたとしたら、いつでもまた引き返して変化をキャンセルすることは可能だ……といっても、ダニング家の面々がたどる人生のコースをぼくが変えてしまったことが、アル・テンプルトンの人生にもなんらかの影響をおよぼしていなかったら、という条件つきの話だ。たとえば、ダイナーがもうぼくの出発してきたあの場所になかったら？　アルがオーバーンから店を移転させていないとわかったらどうなる？　あるいは、最初からダイナーをひらいたりしていなかったら？　ありそうもない話だ……しかしそれをいうなら、ぼくはいまここにいて、一九五八年の縁石にすわりこみ、一九五八年のヘアカットの頭から血を流しているわけだが、それがどれほど〝ありそうな話〟だといえる？

立ちあがると、ぐらりとよろけたものの、ぼくはまた歩きはじめた。右側のウィチャム・ストリートのずっと先のほうに、ちかちかと点滅している青い光が見えていた。コサス・ストリートの交差点には人だかりができていたが、見えたのはその人々の背中ばかりだった。車を置いてきた教会は、ちょうど道の反対側だった。駐車場にあるのはぼくのサンライナーだけになっていたが、車は見たところ異状がなさそうだ——ハロウィンのいたずら者たちがタイヤをパンクさせたりはしていなかった。ついで、フロントガラスのワイパーの片側に四角形の黄色いものがはさんであることに気がついた。一瞬にして思いが〈イエロー・カード・マン〉におよび、みぞおちがぎゅっと締めつけられた。ひったくるように手にとったぼくだったが、そこにあった文面に目を通すと、ほっと安堵のため息をついていた。**《きたる日曜・朝九時の礼拝へ**

どうぞ。お友だちもご近所の方もいらしてます。新来者はいつでも大歓迎! ゆめゆめお忘れめされるな――「人生はひとつの謎、イエスこそがその答え」》

「効き目の強烈な薬が答えだと思うし、いますぐその手の薬を飲みたいよ」ぼくはひとりごちて、運転席のドアロックを解除した。ふと、ワイモア・レーンの家のガレージ裏に置きっぱなしにしてきた紙袋のことを思った。現場一帯を捜索した警官が紙袋を見つけるはずだ。なかを調べた警官が見つけるのは数個のキャンディバーと、ほとんど空になったカオペクテイトの瓶と……成人用おむつとおぼしき品がいくつか。

警察はそこからなにを読みとるだろうか、と思った。

しかし、あまり頭を悩ませはしなかった。

16

ターンパイクにたどりつくころには、激しい頭痛に悩まされていたが、たとえ二十四時間営業のコンビニエンスストアがある時代だったとしても、その手の店に立ち寄る勇気があったとはとても思えない。シャツの左腕側が乾きかけた血でごわごわになっていたからだ。せめてもの救いは、忘れずにガソリンを満タンにしておいたことだった。

一回だけ、頭の傷を指先でさぐってようすを確かめようとしたぼくは、強烈無比な激痛の返礼を受けた。二度と傷に手出しをするまいという気にさせられるには充分だった。

オーガスタ郊外のパーキングエリアでいったん休憩をとった。もう午後の十時をまわっていて、パーキングエリアは閑散としていた。ぼくは車の室内灯をつけて瞳孔の具合を調べた。左右おなじ大きさに見えたのは安心だった。男性用洗面所の外にスナックの自動販売機があった。ぼくは十セント出して、クリームをはさんだチョコレート味のウーピーパイを買い、車を走らせながらむさぼるように食べた。頭痛はいくぶんやわらいでいた。

リスボンフォールズに到着したときには、すでに真夜中をまわっていた。メイン・ストリートは暗かったが、ウォランボとUSジップサムの両工場は総力をあげて操業中で、空気をさかんに吸いこんでは吐きだし、空気に悪臭をふりまきつつ、川に酸性の廃液を垂れ流していた。密集している輝かしい照明群のせいで、工場はまるで宇宙船のように見えた。ぼくはサンライナーを〈ケネベク・フルーツ商会〉の店先にとめた。ここにずっととまっているうちに、だれかが車内をのぞきこみ、シートや運転席側のドアやハンドルに血痕が残されているのを見つけるだろう。そうなれば警察が呼ばれる。警察はこのフォードから指紋を採取するはずだ。その指紋が、デリーの殺人事件現場で発見された三八口径のポリス・スペシャルから採取した指紋と一致していることも突きとめると思われた。デリーではジョージ・アンバースンの名前が浮上、その名前がリスボンフォールズにも伝わってくるだろう。しかしぼくが出てきたとおりの場所に兎の穴がまだあれば、ジョージは追跡のための手がかりひとつ残さずに立ち去ることになるし、警察が見つけた指紋は、あと十八年たたなければ生まれない人間のものだ。

ぼくはトランクをあけてブリーフケースをとりあげ、それ以外の物はすべて残していくことに決めた。おそらく一切合財は、〈タイタス・シェヴロン〉の近くにあるリサイクルショップの〈ジョリー・ホワイト・エレファント〉の売り物になるのだろう。ぼくは道をわたって工場というドラゴンの吐息に近づいていった。この《しゃっ－ふうしゅっ、しゃっ－ふうしゅっ》という音は、のちのちレーガン政権期の自由貿易政策がアメリカの高級繊維産業を時代遅れにするまで、一日二十四時間ここに響くことになっている。

染色小屋の汚れた窓から洩れている蛍光灯の明かりで、乾燥小屋が浮かびあがっていた。乾燥小屋を中庭のほかの部分から区切っているチェーンも見えた。あたりが暗かったので、吊り下がっている標識の文字は見えなかったし、そもそも最後に目にしたのは二カ月ほども前だったが、文面は覚えていた。**《下水管修理工事終了まで、これより立入禁止》**だ。〈イエロー・カード・マン〉の姿は――いや、いまではそれも変わって〈オレンジ・カード・マン〉になっているのかもしれないが、そちらの姿も――なかった。

中庭に車のヘッドライトが射しこんできて、ぼくを皿の上の蟻のように浮かびあがらせた。ぼく自身の影が前方にむかって、飛び上がるようにしてひょろ長く伸びていった。その場に凍りついたようになったぼくにむかって、輸送用のトラックがごろごろと近づいてきた。運転手はトラックをとめて窓から身を乗りだし、ここでなにをしているのかとぼくを問いただすことだろう。ところが運転手は速度を落としはしたもののトラックをとめず、ぼくに片手をあげて挨拶してきた。ぼくがおかえしに手をあげると、トラックは荷台に積んだ何十という空《から》の樽をがちゃがちゃいわせながら、荷物の積載場へと進んでいった。ぼくはチェーンを目指して歩き、最後に一度だけすばやく周囲を確かめてから、体をかがめて下をくぐった。

乾燥小屋の壁にそって歩いていくあいだ、胸では心臓が激しい動悸を刻んでいた。心臓にあわせて、頭頂部の傷もずきずきと脈打っていた。今回、あの場所の目印になるコンクリートのかけらはなかった。

《ゆっくりだ》そう自分にいいきかせる。《ゆっくり行け》あの階段は、そう……ここだ。ところが階段はなかった。さぐりながら地面を叩くぼくの靴の下には、舗装以外にはなにもなかった。

少し先に進んだが、やはりなにもない。あたりは息を吐くと白く見えるほど冷えこんでいたが、ぼくの両腕と首筋にはわずかながら脂汗がにじみはじめていた。さらに少しだけ前へ。しかし、自分が行きすぎていることにはほぼ確信があった。兎の穴が消え去ったのか、あるいは最初からそんなものは存在していなかったのか。その場合ジェイク・エピングとしてのぼくの人生は——小学校のときにつくってアメリカ農業振興会から表彰された庭にはじまり、カレッジ時代に書きかけて挫折した長篇小説も、結婚も、根はやさしい性格ながら、ぼくがいだいていた愛をアルコールに溺れさせかけた女のことまでもが——すべてがいかれきった幻覚の産物になってしまう。そしてぼくはこの先ずっと、ジョージ・アンバースンのままだ。

またわずかに先に進んだところで、ぼくは足をとめた。呼吸が荒かった。どこかで——染色小屋のなかかもしれないし、製織室のひとつかもしれなかったが——だれかが大声で、「こいつぁびっくり仰天だ！」と叫んだ。ぼくは飛びあがり、この感歎の文句につづいて大人数の大爆笑が沸きあがると、またしても飛びあがった。

ここにはない。

消え去った。

あるいは存在していなかった。

ぼくが感じていた気持ちは失望だっただろうか？　恐怖？　まぎれもないパニック？　意外や意外、そのどれでもなかった。ぼくが感じていたのは、心にこっそり忍びこんできた安堵だった。ぼくがなにを考えていたかといえば——《ここでも生きていけるさ。おやすいご用だよ。幸せにだって暮らせるかも》

これは本当だろうか？　イエス。イエス。

なるほど工場の近くには悪臭がたちこめていたし、公共交通機関ではだれもかれもがいかれたようにタバコをふかしてはいたが、たいていの場所では空気は信じられないほどの甘さをたたえていた。信じられないほど新鮮だった。食べ物は旨い——牛乳は玄関先まで配達してもらえる。一定期間コンピューターから離れたことで、視野がそれなりに広がったのだろう、ぼくが自分があの忌むべき機械にどれだけ中毒していたのかもわかってきた。何時間も費やして、メールのくだらない添付ファイルを読み、登山家たちがエベレストに登りたがるのとおなじ理由で——そこにあるからだ、というだけの理由で——ウェブサイトを訪ねていたのだから。そもそも携帯電話をもっていなかったので、携帯が鳴ることはなかった。これでどれだけ心が安らいだことか。大都市を別にすれば、この時代の大半の人々が共同電話をつかっていた。その大多数の人々は夜になると厳重に戸締まりをしただろうか？　馬鹿をいってはいけない。なるほど、彼らは核戦争を心配しているが、ぼくは一九五八年の人々が核実験以外では一度も原子爆弾の爆発音を耳にすることなく年老いていき、世を去っていくことを確実な知識として知っている。地球温暖化や、航空機をハイジャックして高層ビルに突っこむ自爆テロリストを心配している人はどこにもいない。

また二〇一一年のぼくの人生が幻覚ではなかったら(幻覚ではないことを、ぼくは心で知っていた)、いまもまだオズワルドをとめられることに変わりはない。ただし、その窮極の結果を知る機会がないだけだ。そのくらいなら甘受できそうだった。

オーケイ。となれば、とりあえずはサンライナーへ引き返してリスボンフォールズを出ることだ。ルイストンまで車を走らせたらバス・ターミナルをさがし、ニューヨーク行きのチケットを買おう。ニューヨークからは列車でダラスへ……いや、いっそ飛行機をつかってもいい。手もとにはまだ現金がふんだんにあるし、この時代の航空会社の係員なら写真つき身分証明書の提示を求めてくるはずはなかった。金を払って航空券を買いさえすれば、トランスワールド航空はぼくの搭乗を歓迎してくれる。

そんなふうに心を決めたことで押し寄せた安堵があまりにも大きく、そのせいで膝がまたしてもゴムのようにぐずぐずになってしまった。デリーにいたときにも脱力感に襲われてすわりこまずにいられなかったが、このときはそれほど激しいものではなかった。それでも乾燥小屋の壁によりかかって体を支えた。肘が壁にぶつかって、控えめな〝どん〟という音がした。つい で、薄い空気から人の声が話しかけてきた。しわがれた声。うめき声とさえいえる。いいかえるなら、未来からの声だ。

「ジェイク？　おまえか？」という言葉につづいて、犬の吠え声めいた乾いた咳の一斉射撃。

返事をしないで黙っているべきだった。その気になれば黙ったままでもいられたはずだ。しかしそこでぼくは、このプロジェクトにアルがどれほどの命を投資したかを思い出し、いまやアルが望みをかける相手がこのぼくしか残されていないことに思いあたった。

ぼくは咳がきこえた方向にむきなおり、低い声で話しかけた。「アルかい？　話しかけてくれ。数字をとなえてくれればいい」こうつけくわえてもいいくらいだった。《そのまま咳をしつづけてくれてもいいよ》

アルが数をかぞえはじめた。ぼくは足であたりをさぐりながら、数字の声にむかって進んでいった。十歩進んだところで——先ほどあきらめた場所のさらにずっと先だった——片足の靴の爪先が前に進んでいながらも、同時になにか固いものにあたって動かなくなった。ぼくはもう一度あたりを見まわした。もう一度だけ、化学物質の悪臭をはらんだ空気を吸う。ついでぼくは目を閉じ、見えない階段をのぼりはじめた。四段めでひんやりとした夜気がむっとするような暑い空気に変わり、コーヒーとスパイスの香りをはらみはじめた。といっても、それはぼくの上半身だけの話だ。腰から下は、そのときもまだ夜気を感じていた。

そんなふうに半分は現在、半分は過去にとどまったまま、その場に三秒ほど立っていただろうか。ついで目をあけると、病み衰えたアルの心配そうな顔、あまりにも痩せすぎた顔が見え、ぼくは階段をあがって二〇一一年にもどった。

第三部　過去に住む

第九章

1

　このころにはなにがあっても驚かない境地に達していたといいたいが、アルのすぐ左にあったものが目にとまるなり、ぼくの口は驚きでぽかんとあいたままになった——灰皿でくすぶっているタバコだった。ぼくはアルの前を突っ切るように手を伸ばし、タバコを揉み消した。

「多少は残っている肺の細胞まで、咳ですっかり吐きだしたいのかい？」

　これにアルはなんとも答えなかった。きこえていたかどうかもわからない。アルは錯乱したような光をたたえた目をいっぱいに見ひらいて、ひたすらぼくを見つめていた。「いったいこれは、どうしたことだ、ジェイク？　だれに頭の皮を剝がれた？」

「だれでもない。さあ、あんたの副流煙を理由にぼくがあんたを絞め殺さないうちにここを出よう」とはいえこれは、内実のない叱責文句だった。デリーで数週間にわたって暮らしたあいだに、ぼくはタバコの煙のにおいにすっかり慣れてしまった。よほど気をつけていないと、自分もこの悪習にあっさり染まってしまいそうだ。

「げんに頭の皮を剝がれてるじゃないか」アルはいった。「自分でわかってないだけだ。片耳のうしろに髪の毛がひと房垂れてるし、それに……どのくらい出血した？　一リットルくらいか？　だれがやったんだ？」

「A、一リットル以下。B、フランク・ダニング。これであんたの質問にすっかり答えたことになったら、今度はぼくが質問したいね。あんたはぼくの無事を祈ってるといってくれた。だったらなぜ祈らずにタバコを吸っていた？」

「いてもたってもいられなくてね。それにもう手も足も出せないからでもある。馬が納屋から逃げたんだから、いまさら扉を閉めてもしかたないだろ？」

　これには反論の余地はほとんどなかった。

2

　アルはカウンターの内側をゆっくりと進んでいき、キャビネットをあけて、赤い十字が描かれたプラスティックの箱をとりだした。ぼくはスツールのひとつに腰かけて、壁の時計を見やった。アルが店の玄関の鍵をあけて、ふたりでここにはいったときには八時十五分前だった。そのあとぼくが兎の穴をおりていって一九五八年というワンダーランドにはいりこんだのは、八時五分前ほどだったはずだ。アルの話によれば、過去への旅の所要時間は毎回二分だという。ぼくは一九五八年の世界で五十二日間を過ごしたが、ここではいま朝の七時五十九分だった。

　アルはガーゼと絆創膏と消毒剤をならべていた。「おれに見えるように体をかがめてくれ。そうだな、あごをここのカウンターに載せればいい」

「オキシドールは省略してくれていいよ。傷ができたのはもう四時間も前だ。いまはもう血が固まってるからね。見えるだろう？」

「用心するに越したことはなかろう？」アルはいい、ぼくの頭頂部を燃えあがらせた。

「わあああっ！」

「痛むだろう？　まだ傷口がひらいてるからね。ダラスへむかう前に頭皮が膿んだりしたら、一九五八年の藪医者に見てもらいたいか？　わるいことはいわん、やめておけ。じっとしてろ。髪の毛をちょっと切らせてもらうぞ。このままじゃ絆創膏が貼れないからね。髪を短めにしておいてくれて助かるよ」

ちょきん‐ちょきん‐ちょきん。それからアルは裂傷にガーゼを押し当てて絆創膏で固定することで、ふたたびぼくに苦痛を味わわせた――世間でいう〝傷口に塩を擦りこむ〟真似そのままだ。

「ガーゼは一日か二日したらとっていい。ただし、それまでは帽子をかぶっていたほうがいいだろうな。傷のできた頭のてっぺんは、しばらく見苦しいことになりそうだ。ま、もし髪が生えてこなくても、ほかの髪を櫛でとかして流せば隠せるだろうよ。アスピリンを飲んでおくか？」

「ああ。ついでにコーヒーも。用意できるかい？」とはいえコーヒーの効き目がつづくのは短時間だ。ぼくに必要なのは睡眠だった。

「ああ、できるさ」アルはバン‐オー‐マティックのスイッチを入れてから、また救急箱の中身をかきまわしはじめた。「なんだか多少痩せたようだな」

《あんたがいうな》ぼくは思った。「病気にかかったからね。二十四時間のあいだ――」ぼくはそこまでいって黙りこんだ。

「ジェイク、どうかしたのか？」

ぼくが見ていたのは、アルがフレームにいれて壁に飾っている写真だった。ぼくが兎の穴をおりていったときには、ハリー・ダニングとぼくがならんでいる写真がかけてあった。ぼくたちはともに笑顔で、カメラにむかってアルのハイスクール同等課程修了証書をかかげていた。

その写真が消えていた。

3

「ジェイク？　相棒？　どうした？」

ぼくはアルがカウンターに置いたアスピリンを手にとって口に入れ、水をつかわずにそのまま飲みこんだ。それから立ちあがると、ゆっくり歩いて〈有名人の壁〉にむかった。二年前からハリーとぼくの写真がかかっていたところには、アルがメイン州第二選挙区選出の合衆国下院議員、マイク・ミショーと握手をしている写真が飾ってあった。ミショーは再選をかけての選挙中だったにちがいない。写真のアルがエプロンにふたつのバッジをつけていたからだ。ひとつは《ミショーを下院に》というもの、もうひとつは《リスボンはマイクを愛してる》というもの。連邦下院議員閣下は、まばゆいオレンジ色の〈モキシー〉のTシャツを着て、脂のしたたるファットバーガーをカメラにむけてかかげていた。

ぼくはフックから写真をはずした。「この写真はいつからここに？」

アルはいぶかしげに顔をしかめて写真を見つめた。「そんな写真は見たことがないね。過去二回の選挙で、おれがミショーを支持したのは隠れもない事実だ――そうとも、選挙運動員とよろしく一発やっている現場をつかまってない民主党の候補者ならだれだって支持するさ。二〇〇八年の集会でミショーと会いもした。でも、それはキャッスルロックでの話だ。ミショーがこのダイナーに来たことはないね」

「ここに来たとしか見えないぞ。ほら、これはこの店のカウンターじゃないか？」

アルはすっかり痩せ細って鳥の足同然にしか見えない手で写真を受けとり、顔に近づけた。

「そうだな。まちがいない」

「だったら、バタフライ効果はまちがいなく存在してるんだ。その写真が証拠さ」

じっと写真を見つめているアルはうっすらと微笑んでいた。驚嘆しているのだろう。あるいは畏怖かもしれない。ついでアルは写真をぼくに返してカウンターの内側へ引き返し、コーヒーをカップに注ぎはじめた。

「アル、いまでもちゃんとハリーを覚えてるだろうね？　ハリー・ダニングを？」

「当たり前だ。ハリーのことがあったからこそ、おまえさんはデリーへ行って、頭をあやうくふっ飛ばされかけたんじゃないのか？」

「ああ、ハリーとその家族のためにね」

「一家を救ったのか？」

「ひとり以外は全員を。ぼくたちがとめる前に、父親がタッガを殺してしまったんだ」

「ぼくたちというのは？」

「おいおい全部話す。でもその前にまず家へ帰って、ひと眠りさせてもらうよ」

「相棒、おれたちにはそんな悠長なことをいっている時間の余裕はないぞ」

「それはわかってる」ぼくはいい、《あんたをひと目見ればわかるさ》と思った。「でも、とにかく死ぬほど寝たいんだ。ぼくにとってはいまは夜中の一時半で、おまけに……」そういったとき口が勝手にひらいて大あくびをした。「……それはもう、大変な一夜を過ごしたんだから」

「わかった」アルはコーヒーを運んできた――ぼくにはブラックでカップになみなみと、自分にはカップの半分で、そのうえクリームを気前よく入れていた。「とりあえずこれを飲みがてら、話せることだけでいいから話してくれ」

「まず最初に、もしハリーがリスボン・ハイスクールの校務員などではなく、この店で一回もファットバーガーを注文したことがないのなら、あんたがなぜハリーを覚えていたのかを説明してほしい。そしてふたつめ――写真はマイク・ミショーがこのダイナーを訪ねたことを語っていながら、そのことをなぜあんたが覚えていないのかを説明してほしい」

「ハリー・ダニングがもうこの街にいないのかどうか、そのあたりの事実はまだわかってないだろう？」アルはいった。「それどころか、ハリーがリスボン・ハイスクールの校務員ではなくなっているかどうかもわからないんだ」

「そのへんが変わっていなかったら、ものすごい偶然だよ。だってぼくは、ハリーの過去を大幅に変えたんだからね――ビル・ターコットという男の助けを借りて。ハリーはヘイヴンの叔母夫妻のところで育つようなことはなくなった――母親が死ななかったからだ。兄のトロイも、妹のエレンも死ななかった。ダニングはハンマーをもってはいたが、ハリーのそばに近づきもしなかった。これだけ変化がありながらハリーがいまでもリスボンフォールズに住んでいたら、ぼくはこの地球でいちばんどでかい驚きに見舞われる男になるだろうね」

「調べる手だてがあるぞ」アルはいった。「オフィスにノートパソコンがあるんだ。裏へ来てくれ」

それからアルは咳こみ、周囲の物につかまりながら、ぼくの先に立って案内してくれた。ぼくは自分のコーヒーのカップを手にしていた。アルはカップを置きっぱなしにした。

〝オフィス〟というのは、キッチンのはずれにあるクロゼットなみの小さなあなぐらにしては大仰すぎる名前だった。ぼくたちふたりが、かろうじて立てるだけのスペースしかなかった。壁には覚書きや許可証や、メイン州と連邦政府が発行した保健衛生関係の通達などがびっしりと貼りつけられていた。有名なキャットバーガーにまつわる噂やゴシップを広めている人々がここに貼られた書類をすべて目にしたら——そのなかには、メイン州外食産業委員会が最近の検査結果を受けて発行したAクラス飲食店の証明書まであった——自分たちの立場を考えなおす必要に迫られたかもしれない。

アルのマックブックは、ぼくが三年生のときにつかった記憶のあるたぐいの机の上にあった。アルは苦痛と安堵のうめき声を洩らしながら、机に見あう大きさの椅子にくずおれるように腰かけた。「ハイスクールの公式サイトがあるだろう？」

「あるとも」

ノートパソコンが起動するのを待つあいだ、ぼくは五十二日間の不在のあいだに電子メールがどれだけ溜まっていることだろうかと考えたが……すぐに、不在にしていたのは二分だけだったことを思い出した。つくづくぼくは馬鹿だ。「なんだか、頭がこんがらかってきたみたいだよ」

「その気持ちはわかる。とにかく気をしっかりもてよ、相棒、おまえさんはそのうち——待て、よし、サイトに行こう。さてと。課程……夏期予定……教員メンバー……事務局……そして管理部」

「そこをクリックだ」

アルはタッチパッドに指を滑らせ、ぶつぶつとつぶやき、うなずき、なにかをクリックして、スクリーンをじっと見つめた——愛用の水晶球と相談しているヒンズー教の導師そのままに。

「どうした？　頼むから焦《じ》らさないでくれよ」

アルはノートパソコンをまわして、ぼくにもスクリーンが見えるようにしてくれた。そこには《**LHS管理部スタッフ**》とあった。《**メイン州トップクラスの人材！**》。ふたりの男とひとりの女が体育館のセンターコートに立っている写真が掲載されていた。三人ともにこにこと微笑んでいた。全員がリスボン・グレイハウンドのスエットシャツ姿だった。そのなかにハリー・ダニングの姿はなかった。

4

「おまえさんが校務員としてのハリーと生徒としてのハリーを覚えているのは、兎の穴を降りていった当人だからだ」アルはいった。ぼくたちはダイナーに引き返し、ボックス席のひとつにすわっていた。「おれがハリーを覚えているのは、以前に兎の穴をつかったことがあるからか、あるいは兎の穴のそばにいたというだけの理由かもしれないな」いったん考えこんでから、「たぶんそうだろう。放射能みたいなものだ。穴の反対側とはいえ、〈イエロー・カード・マン〉もやっぱり穴の近くにいて、やっぱりなにかを感じていたんだ。あの男を見たんだから、あんたにもわかるだろう？」

「いまでは〈オレンジ・カード・マン〉だよ」

「いったいなんの話だ？」

ぼくはまたあくびをした。「いま話そうとしたって、なにもかも支離滅裂な話にしてしまうのがおちだよ。いまはとにかくあんたを車で家まで送り、自分も家に帰りたい一心だ。どこかで食べ物を見つくろうつもりだよ。というのも冬眠から覚めた熊なみに空腹で――」

「スクランブルエッグでもこしらえてやろう」アルはそういって立ちあがりかけたが、すぐにどさりと腰をおろして咳をしはじめた。息を吸いこむたびに、なにかを叩き切るようなあえぎが洩れて、全身が震えていた。のどの奥で、なにかがかたかたという音をたてていた――回転している自転車の車輪に、横からトランプのカードを差しこんだときのような音だった。

ぼくはアルの腕に手をかけた。「いいから、あんたは家へ帰って薬を飲み、体を休めるんだ。無理でなかったら眠るといい。こっちは無理でもなんでもない。八時間たっぷり寝るさ。目覚ましをかけてね」

アルの咳はおさまったが、のどの奥でトランプのカードがたてている音はまだつづいていた。

「眠りか。なによりだ。思い出した。おまえさんが羨ましいよ、相棒」

「今夜は七時に、あんたの自宅に行く。いや、八時にしよう。それなら、インターネットで二、三の事柄を確かめる時間の余裕もできるからね」

「それで、もし万事オーケイ《エヴリシング・ルックス・ジェイク》だったら？」ぼくの名前をひっかけたスラングを口にして、アルは淡く微笑んだ……といっても、当然ぼくが少なくとも一千回はきかされてきた洒落だったが。

「それなら、あしたまたこの店に来て、いよいよ本番の準備にかかるさ」

「いいや」アルはいった。「おまえさんがやるのは、本番を取り消すことだ」アルはぼくの手を握りしめた。指はすっかり細くなっていたが、握る手にはまだ力が残っていた。「つまりはそういうことさ。オズワルドを見つけて、あいつがしでかす不始末を取り消し、得意げな薄笑いをやつの顔から剝ぎとってやれ」

5

車のエンジンをかけたあと、ぼくがまっ先にしたのは、ステアリングコラムから伸びでたフォードの太くて短いシフトレバーに手を伸ばし、弾力のあるフォードのクラッチを左足で踏むことだった。指がなにもない宙を握りしめ、靴がフロアマットを踏んだだけにおわると、ぼくは笑いだしていた。笑いをこらえきれなかった。

「どうかしたか？」アルがいつもの助手席からたずねてきた。

わが小粋なフォード・サンライナーが懐かしくなった──というのが質問への答えだった。しかし、これは問題ない。近々、あの車をふたたび買うからだ。次回は手もち資金が前回よりも少なめになるが──といっても、当初のことにかぎられる（ホームタウン・トラスト銀行の預金は、次回の旅ですべてがリセットされるのにあわせて消えるはずだ）──次はビル・タイタスにさらなる値引きをさせられるかもしれない。

いや、かならずできるはずだ。もう前のぼくとはちがうのだから。

「ジェイク、なにかおかしなことでも？」

「なんでもない」

変化しているところはないかとメイン・ストリートに目を走らせたが、いつもの建物はいつもどおり、あるべき姿でそこにあった。〈ケネベク・フルーツ商会〉も例外ではなく──いつもどおり──未払いの請求書があと二枚増えただけで倒産してしまいそうに見えていた。街の公園に立っているウォランボ族長の彫像もそのままだし、〈キャベル家具店〉の窓にわたされている横断幕は以前とおなじく、全世界にむけて《他店にぜったい負けない低価格》を宣言していた。

「アル、兎の穴へもどるときにチェーンがあって、下をくぐらなくちゃならないのは覚えてるかい？」

「もちろん」

「あそこに吊ってあったプレートも？」

「下水管がどうのこうのとあったな」シートにすわっているアルは、まるで前方の道路に地雷が仕掛けてあるかもしれないと思いこんでいる兵士のようで、車ががたんと揺れるたびに顔をしかめていた。

「ダラスから引き返してきたとき――病気が重くなって、もうやりとげられないとわかったとき――にも、あのプレートはあった？」

「あったな」しばし思いをめぐらせたのちにアルは答えた。「たしかにあったよ。妙な話もあったものだと思わないか。ぶっ壊れた下水管を修理するのに、どこのだれが四年もかかるっていうんだ？」

「だれも修理なんかしてないんだ。昼となく夜となくトラックが行き来しているあの工場の中庭だというのに。それなのに、なぜだれもあのプレートに注目しないんだろう？」

アルはかぶりをふった。「さっぱりわからん」

「もしかすると、あれは人がうっかり兎の穴にさまよいこむのを防ぐために置かれていたのかも。でも、もしそのとおりだとすれば、だれが置いたんだ？」

「知らないね。そもそも、おまえさんのその説が正しいのかどうかもわからないんだ」

ぼくはアルの家がある道に車を乗り入れた。あとはただアルがしっかりと家にはいるのを見届け、そのあとはハンドルを握ったまま眠りこまずにサバタスまでの十一、二キロを完走できることを祈るだけだった。しかし、ひとつだけ頭にひっかかっていることがあり、それを口にしないではいられなかった。アルの高望みを防ぐ予防線の意味しかなくても、だ。

「過去は強情なんだよ、アル。変えられることを望んでいないんだ」

「知ってる。おれがおまえさんにそう話したんだ」

「たしかに。でもいまぼくは、過去がどれだけ強く変化に抵抗するかは、その特定の行動によって未来がどれだけ変化するかという要素に比例して決まるんじゃないかと考えてる」

アルはまじまじとぼくを見た。目の下の肉のたるみはこれまで以上に浅黒くなり、目そのものは苦痛に光っていた。「おれにもわかるような英語で話しちゃくれまいか？」

「キャロリン・ポーリンの未来を変えることに比べたら、ダニング一家の未来を変えるほうがずっとむずかしかった。関係者が多かったこともある。でもいちばん大きな理由は、どちらにしてもポーリンがそのあとも生きていたということだ。ドリス・ダニングとその子どもたちは、そのままだったら全員死んでいたはずだ……まあ、子どもたちのひとりは殺されてしまったけど、ぼくはその点も修正したいと思ってる」

微笑の亡霊がアルの唇の端に宿った。「立派な心がけだ。次はもうちょっと頭を低くすることを忘れないようにな。そうすれば、二度と髪の毛が生えてこないような見栄えのわるい傷を負わずにすむぞ」

その点については腹案があるにはあったが、わざわざ口に出したりはしなかった。「なにをいいたいかというと、ぼくにはオズワルドを阻止できないかもしれない、ということさ」ぼくは笑った。「でも、かまうものか。運転免許の試験だって、一回めは落第したことだしね」

「おれもだよ。でも二回めの試験を受けるまで、五年も待たされたりはしなかった」

またもやアルの言葉には一理あった。

「ジェイク、いま何歳だ？　三十歳？　三十二か？」

「三十五歳」いっておけば、きょうの朝早くからいままでに二カ月分ほど満三十六歳に近づいていた。しかし友人同士のあいだで二カ月がなんだというのか。

「初回でしくじって、一からやりなおさなきゃならないとなれば、いいか、メリーゴーラウンドがまわって次に作戦成功の好機がやってくるころには、おまえさんは四十五歳になってるぞ。十年のあいだには、それはもういろんなことが起こりかねない。過去がおまえさんに逆らうとなればなおさらだ」

「わかってる」ぼくはいった。「あんたを見ればね」

「おれはタバコのせいで肺癌になった、それだけさ」アルは言葉を証明するかのように咳こみはじめたが、目には苦しみのほかにも、自分の言葉を疑っている気持ちがのぞいていた。「ああ、それだけのことだという可能性もあるね。ぼくもそれだけならいいと願ってる。でも、わからないことがもうひとつあって――」

アルの自宅の玄関ドアがいきなりひらいた。ライムグリーンのスモックを着て、白いナースシューズを履いた大柄な若い女が小走りにドライブウェイを進んできた。ぼくのトヨタの助手席に腰かけてぐったりしているアルを見つけると、女は勢いよくドアをあけた。

「ミスター・テンプルトン、どこにいたんですか？　あなたにお薬を飲ませるためにうかがったんですが、ご自宅にどなたもいらっしゃらないので、てっきりあなたが――」

アルはなんとか微笑みをのぞかせた。「あんたがなにを考えたかはわかるさ。でも、おれなら大丈夫だ。元気百倍とはいえないがね、それでも大丈夫だよ」

訪問看護師はぼくに目を移した。「あなたもあなたよ。この人を車で連れまわすなんて、なんのつもり？　この人がどれだけ弱っているかもわからないの？」

もちろん、そんなことは百も承知だった。しかしぼくとアルがなにをしていたかを正直に話せない以上、ぼくは口を引き結び、男らしく叱責を受ける肚を固めた。

「大事な件でこいつと話しあう必要があったんだよ」アルはいった。「いいな？　わかったな？」

「そうはいっても――」

アルはさらにドアを押し開けた。「家にはいるのに手を貸してくれ、ドリス。ジェイクはこれから自分の家に帰らなくちゃならないからね」

ドリス。

たとえば苗字はダニング。

アルはこの偶然に――そう、ドリスというのはありふれた名前なのだから偶然に決まっていた――気づいていなかった。それでもぼくの頭のなかには、この名前がくりかえし響きわたっていた。

6

ぼくは家に帰りついた。今回は、気がつくとサンライナーのサイドブレーキを求めて手を伸ばしていた。ぼくはエンジンを切りながら、デリーですっかり慣れるまで走らせていた車とくらべれば、このトヨタ車はなんて狭苦しく貧乏ったらしいだろうか、と考えていた――プラスティックとグラスファイバーでつくられた、基本的に不愉快ながらくたでしかない。家にはいって猫の餌を用意しかけたところで、餌の皿に置いてあるキャットフードがまだ新しく水分をうしなっていないことに気がついた。当たり前ではないか。この二〇一一年の世界では、餌が皿に盛られてから一時間半しかたっていない。

「ちゃんと食べろよ、エルモア」ぼくはいった。「中国にいる腹をすかせた猫たちなら、ひと皿の〈フリスキーズ・チョイス・カット〉でも大喜びで食べるぞ」

エルモアはこんなことをいわれた猫ならではの目つきでぼくを見ると、するりと猫用の扉をくぐって出ていった。ぼくはストウファーズ製の冷凍ディナーをふたつ、電子レンジで調理した（そのあいだ、話し言葉を学んでいるフランケンシュタインの怪物のようにこう考えていた――《電子レンジ・よし、いまの車・だめ》）。ぼくはすべてをたいらげて、ごみを捨てると、寝室へ行った。一九五八年の無地の白いシャツを脱ぎ（アルの訪問ナースのドリスが怒りのあまり、シャツについている血の染みを見逃したことを神に感謝した）、ベッドに腰かけて一九五八年の実用的な靴の紐をほどくと、そのままうしろに倒れこんだ。いまでも断言できるが、ぼくはまだ上半身がベッドにつかないうちに寝入っていた。

7

目覚まし時計をかけるのをすっかり忘れていたので、午後五時を過ぎても気づかずに眠っていたかもしれなかった。しかし猫のエルモアが四時十五分ごろにぼくの胸に飛び乗って来て、顔のにおいを嗅ぎはじめた。つまり自分の皿の餌をすっかり食べて、いまはお代わりを欲しがっているのだ。ぼくは猫に餌をやってから顔を冷たい水で洗い、〈スペシャルK〉のシリアルを用意して食べた――食事の習慣をふたたびきちんと確立するには何日かかかりそうだ、と考えながら。

腹が満たされると、ぼくは書斎へ行ってコンピューターを立ちあげた。電脳世界で最初に訪れたのは市立図書館のサイトだった。アルのいうとおりだった――このサイトのデータベースには、週刊新聞であるリスボン・ウィークリー・エンタープライズ紙のすべての号が保存されていた。バックナンバーにアクセスするためには図書館の友の会に入会する必要があった。会費は十ドルだったが、いまの自分の立場を考えるなら些細な出費でしかなかった。

さがしていたエンタープライズ紙は、十一月七日号だとわかった。二ページに――死傷者ひとりを出した自動車の衝突事故の記事と、放火が疑われている火事についての記事にはさまれて――《地元警察、謎の男を捜索》という見出しの記事が掲載されていた。謎の男はぼくのことだ……いや、アイゼンハワー時代に存在したもうひとりのぼくというべきか。サンライナー・コンバーティブルはすでに発見され、当然ながら血痕のことも記事にあった。ビル・タイタスがサンライナーを、自分がミスター・ジョージ・アンバースンなる人物に売った車にまちがいないと証言していた。記事のトーンに、ぼくは胸を打たれた――行方不明の（そしておそらくは負傷もしている）人物の所在にまつわる素朴な気づかいが感じられたからだ。ホームタウン・トラスト銀行の担当者だったグレゴリー・デューセンはぼくのことを〝上品な口ぶりの礼儀正しい男性〟と評していた。〈バウマーズ理髪店〉の店主であるエディ・バウマーも、本質的にはおなじことを話していた。アンバースンの名前に関連して、ごくわずかでも疑惑が寄せられているようなことはなかった。この時点でぼくがすでにデリーで発生した衝撃的な事件と関連づけられていれば、記事の調子も変わっていたかもしれないが、まだ関連づけられてはいなかった。

翌週の号でも、まだ関連づけられていなかった。この号ではぼくの記事は〈警察だより〉内の短信に縮められていた――《行方不明のウィスコンシン男性の捜索つづく》。さらに翌週ともなると、ウィークリー・エンタープライズ紙は近づく年末のクリスマス・シーズンへむけてお祭り騒ぎ一色になり、ジョージ・アンバースンは紙面から完全に消えていた。しかし、ぼくがあそこにいたことは事実だった。アルは一本の木に名前を彫りこんだ。ぼくは昔の新聞の紙面に自分の名前を見つけた。予想はしていたが、いざこうやって自分の目で見ると畏怖の念が呼び覚まされてきた。

次に訪ねたのはデリーのデイリー・ニューズ紙の公式サイトだった。ここの資料アーカイブにアクセスするには先ほどよりもかなり高額の金を――三十四ドル五十セント――支払う必要があったが、数分とかからずに一九五八年十一月一日の第一面を見ることができた。

地元で衝撃的な事件が発生すれば、地元新聞の第一面に見出しが躍ると思うのが普通だろう。しかしデリー――奇妙な小さな街――では、人々は自分たちの残虐性をできるかぎり表沙汰にしないように努めていた。この日の最大の記事は、ソ連とイギリスとアメリカの代表者がジュネーヴで核実験停止の可能性について協議した件をあつかっていた。この記事の下には、ボビー・フィッシャーという十四歳のチェスの天才についての記事。一面の最下部の左手側（マスコミの専門家にいわせると、読者が目をむけることがあるにしても、いちばん最後に目をむける部分）に《惨劇で死者二人》という見出しの記事が掲載されていた。記事によれば、〝小売業界の重鎮にして、多くの慈善運動にも活発に参加していた〟フランク・ダニングが、金曜の夜八時をわずかに過ぎたころ、〝酩酊状態で〟自宅に姿をあらわしたことになっていた。妻との口論ののち（そんなものがきこえなかったことは確実だ……その場にいたぼくがいうのだからまちがいない）、ダニングは妻をハンマーで殴打して腕の骨を折り、さらに母親をかばおうとした十二歳の息子アーサー・ダニングを殺害した。

記事は十二ページにつづいていた。該当ページをひらいたぼくは、友人であり敵でもあったビル・ターコットの写真という出迎えを受けた。記事には、〝たまたま通りかかったミスター・ターコットは、ダニング家から怒号と悲鳴がきこえてきたことに気がついた〟とあった。前庭の道を走って家にたどりついたターコットは、あいたままの玄関ドアから室内をのぞいてなにが起こっているのかを見てとり、フランク・ダニングに「ハンマーをふりまわす真似をいますぐやめろ」といった。ダニングは拒否した。ターコットはダニングが鞘におさめたハンティングナイフをベルトにつけていることを目にとめ、ナイフを抜きとった。ダニングは身をひるがえしてターコットにむかってきた。ふたりは取っ組みあいになった。つづく格闘のあいだにダニングは刃物で刺されて死亡した。それから時をおかずして、英雄ターコットは心臓発作を起こした。

ぼくはすわったまま昔のスナップ写真を見つめながら——写真のターコットは四〇年代のセダンのバンパーに得意げに片足をかけ、口の端にタバコをくわえていた——指で腿をドラムのように叩いていた。ダニングは正面からではなく背中から刺されたのだし、そのときの武器は銃剣であって、ハンティングナイフではなかった。そもそもダニングは、ハンティングナイフなど所持していなかった。たずさえていた武器は大ハンマー——記事にはハンマーとしか書かれていない——だけだ。警察がそこまで明々白々な事実を見のがすだろうか？　警察がレイ・チャールズなみの視力ならともかく、そんな事態は想像できなかった。しかし、ぼくが肌身で知るようになっていたデリーに照らしあわせるなら、これは首尾一貫してもいた。

記事を読んでいたぼくは、にやにや笑っていたと思う。これくらいいかれた記事となると、かえって天晴《あっぱれ》というしかない。未解決の部分がきれいにまとめられている。記事にいるのは酒に酔って頭がおかしくなった亭主と、恐怖にすくみあがった妻子、そして英雄的な行動に出た通行人だ（記事は、ターコットがどんな目的で通りかかっていたのかという点にはまったく触れていなかった）。これ以上なにが必要だろう？　さらに記事には、現場にいた〝謎の第三者〟についての言及がいっさいなかった。なにもかも、すばらしいまでにデリー的だった。

そのあとぼくは冷蔵庫をあさって、食べ残していたチョコレートプディングを見つけ、カウンターのところに立って裏庭をながめながらたちまちたいらげた。次にエルモアを抱きあげ、早く下へおろしてほしさに猫が身をよじるまで撫でまわしてやった。それからコンピューターのもとへ引き返し、キーを打つ魔法でスクリーンセイバーを追い払うと、なおしばらくビル・ターコットの写真を見つめた。一家の命を救い、その苦痛によって心臓発作を起こした英雄的な介入者。

そしてぼくはついに電話に近づき、番号案内に電話をかけた。

8

デリーの番号案内にはドリス・ダニングでの登録はなかったし、トロイやハロルドの名前での登録もなかった。窮余の一策でエレンの名前を試してみたが、結果を期待してはいなかった――いまでもあの街に住んでいるかもしれないが、その場合でも結婚して夫の姓を名乗っているだろう。しかし、〝だめでもともと〟が幸運に恵まれることもある（その点でいうなら、リー・ハーヴェイ・オズワルドこそ悪しき一例だ）。だから電話の音声ロボットが番号を吐きだしてきたときには、驚きに腰を抜かしそうになった。鉛筆さえ手にしていなかったほどだ。あらためて番号案内に問い合わせるのではなく、ぼくは直前に問い合わせた番号に電話をかけるために1を押していた。考える時間があったなら、はたしてそんなことをしていたかどうか自信はない。人がなにかを知りたくない場合もあるのでは？　ときには知ることに尻ごみするものでは？　そういう人はいったん足を進めては引き返す。しかしぼくは雄々しく受話器を手にしたまま、デリーの街で電話機が鳴らす呼出音に耳をかたむけていた。一回、二回、三回。四回めを過ぎれば留守番電話に切り替わるだろう、そうなったらメッセージは残さないことにしよう――ぼくは思った。なにを話せばいいのか見当もつかなかった。

しかし四回めの呼出音が途中で切れて、女性の声がきこえた。「もしもし？」

「失礼ですが、エレン・ダニングさんですか？」

「そうね、どなたからの電話かにもよるとは思うけど」用心していながらも、愉快に思っているかのような声だった。低くしわがれた声には、わずかながら猫なで声めいたところもあった。なにも知らなければ、六十歳になったか、その大台も目前という女性ではなく、三十代の女性を想像していたことだろう。

《これは――》ぼくは思った。《――プロとして声を仕事につかっている人の声だ。歌手？　女優？　それともやっぱりコメディアン（あるいはコメディエンヌ）になったのだろうか？》

といっても、そのどの職業もデリーには似つかわしくなかった。

「ぼくはジョージ・アンバースンといいます。ずっと昔にお兄さんのハリーと知りあいでした。このほどメイン州にもどってきたので、連絡がとれるものならとりたいと思ったんです」

「ハリー？」エレンは驚いた声を出した。「まあ、なんということ！　軍隊でのことかしら？」

そういうことだったのか？　ぼくはすばやく頭を回転させて、軍隊の件をつくり話に採用しない決定をくだした。落とし穴になりかねない要素が多すぎる。

「いえ、いえ、ちがいます。その前のデリー時代です。まだみんなが子どもだったころのことでした」ここで天啓がひらめいた。「ぼくたちはよく娯楽センターで遊んでいました。チームメイトでね。つるんで遊んでたんです」

「こんなことを話すのは残念だけど……ミスター・アンバースン、ハリーは亡くなったわ」

つかのま、ぼくはただ茫然としていた。とはいえ、電話でただ茫然自失しているのは褒められたことではない。ぼくはなんとか言葉を搾りだした。「ああ……それはお気の毒に」

「もうずいぶん昔のことよ。ヴェトナムで。テト攻勢のときにね」

胃がむかむかしてきて、ぼくは椅子に腰をおろした。ぼくがせっかくハリーを足が不自由になることや頭の一部に靄がかかるような運命から救ったのも、つまるところ人生を四十年ほども縮めてしまうためだったのか。最高だ。手術は成功したが、患者は死んだ、というところ。

その一方で、人生というショーはつづいたはずだ。

「トロイはどうしてるんです？　それにあなたは？　お元気ですか？　当時のあなたはまだほんの小さな子どもで、補助輪つきの自転車に乗ってましたっけ。それによく歌ってた。いつだって歌ってましたよ」ぼくは無理をして、弱々しい笑い声をあげた。「いや、もう、あなたの歌にはぼくたちみんな、頭がおかしくなりそうでしたね」

「このごろでは歌うといったら、〈ベニガンズ・パブ〉のカラオケ・ナイトだけになっているけれど、声を出すことだけはまったく飽きてないわね。いまはバンゴアのＷＫＩＴ局でラジオのＤＪをやってるのよ。おわかりかしら、ディスクジョッキーよ」

「なるほど……。では、トロイは？」

「パームスプリングズで〝狂乱の暮らし《ラ・ヴィーダ・ローカ》〟を送ってるわ。家族のなかではいちばんのお金持ちになったの。コンピューター・ビジネスでひと財産築いたわ。七〇年代に業界がはじまったころからかかわっていたおかげで。スティーヴ・ジョブズとそのスタッフたちとの昼食会に出てるのよ」エレンは笑った。すばらしい笑い声だった。この笑い声をきくためだけでも、メイン州東部一帯の人々がラジオをきいているにちがいない。しかし、あらためて話しはじめたとき、エレンの声はそれまでよりも低くなって、ユーモアはすっかり影をひそめていた。日ざしがさえぎられた——そんな感じだった。「それで、あなたは本当はだれなのかしら、ミスター・アンバースン？」

「どういう意味ですか?」

「わたしは週末のリスナー参加番組を担当しているのよ。土曜はガレージセール特集——『うちには回転耕耘機《こううんき》があるんだが、どうにもこうにも代金が支払えない。そこで、最低五十ドルでいちばんの高値をつけてくれた人に売るつもりだ』とか、そんな感じ。日曜日は政治特集。リスナーが電話をかけてきては、ラッシュ・リンボーをこきおろしたり、ラジオ・パーソナリティのグレン・ベックはどのように大統領選に出馬するべきかを話すのね。だから、わたしには人の声をきく耳がある。もしあなたが、娯楽センターのあった時代にハリーと友だちだったのなら、いまは六十代のはず。でも、ちがうわ。その声からすると、あなたは三十五歳以上ではないはずね」

まいったね、図星もいいところだ。「よく人から、年のわりに声が若いといわれますよ。あなたもおなじことをいわれているのではないですか?」

「上手な切り返しだこと」エレンは無表情な声でいい、たちまちずっと年老いた声を出した。「わたしはもう何年も、その若さの輝きが声に出るようにトレーニングしつづけてきたのよ。あなたもそうなの?」

これにはなんの返答も思いつかなかったので、ぼくはただ口をつぐんでいた。

「それに、小学校のころに遊んでいた友だちの現況を確かめるためにわざわざ電話をかける人なんて、どこにもいないわ。五十年もたってからそんなことをする人なんていないの」

《電話を切ったほうがいいぞ》ぼくは思った。《電話をかけた目的は達した。いや、それ以上のことがわかったんだから。さあ、あっさりと電話を切ろう》

しかし、受話器が糊で耳にへばりついているかのようだった。この瞬間、居間のカーテンに炎が駆けあがっていくのを目にしたとしても、受話器をその場に落としたかどうかは、いまもってわからない。

ふたたび話しはじめたエレンは、ぼくにかまをかけてきた。「あなたはあの男ね？」

「なんのお話か、さっぱり――」

「あの夜、ほかの人がいたのよ。ハリーはその男を見ていたし、わたしも見たわ。あなたがあの男ね？」

「あの夜？」ぼくはいったが、じっさいには〝あおーよゆ？〟としかいえなかった。唇がすっかり痺れていたからだ。だれかにマスクをかぶせられたような気分だった。それも雪で内張りされたマスクを。

「ハリーは、善の天使が来ていたと話してた。わたしはあなたがあのときの男だったと思ってる。それで、あなたはどこにいたの？」

今度はエレンの言葉までもが不明瞭になっていた。エレンが泣きだしていたからだ。

「マーム……エレン……お話の意味がまったくわからない――」

「兄さんに命令がおりて休暇がおわったとき、わたしは空港まで見送りにいったの。ヴェトナムに行くところで、わたしはくれぐれも気をつけるよう兄さんにいった。兄さんはこう答えたわ。『心配するなよ。ぼくには、目を光らせてくれる守護天使がついてるんだ。忘れたのかい？』って。あなたは一九六八年の二月六日にいったいどこにいたの、ミスター守護天使さん？　兄さんがケサンで死んだとき、あなたはどこにいたの？　あのときいったいどこにいたのよ、この人でなし！」

エレンはさらに言葉をつづけていたが、なにを話していたのかはわからない。なぜならエレンがあまりにも激しく泣きじゃくっていたからだ。ぼくは電話を切った。バスルームへ行った。バスタブにはいってシャワーカーテンを引き、両膝のあいだに頭をはさんでうなだれ、黄色いひなぎく模様のあるゴムのマットしか目にはいらないようにした。それからぼくは叫んだ。一度。二度。そして三度。そしてここが最悪の部分だ――このときぼくは、アルが忌まわしい兎の穴をぼくに教えなければよかったと思っていたが、それだけではなかった。もっと大それたことも思っていた。アルなど死ねばいいと願ったのだ。

9

アルの家のドライブウェイに車を乗り入れて家がまっ暗なのを目にするなり、いやな予感が胸にきざした。玄関ドアのノブを試しにまわして錠前がおろされていないことがわかると、予感はさらに強まってきた。

「アル？」

返事はなかった。

照明のスイッチを見つけて、ぱちんと押しこむ。メインの居間エリアは、定期的に掃除がなされてはいるものの、いまではほとんどつかわれなくなった部屋らしく、消毒されたように整然としていた。壁は写真のフレームで覆いつくされていた。そのほとんどがぼくの知らない人の写真だったが――アルの親戚だろう――ソファの上にかかっていた写真に写ったカップルは名前を知っていた。ジョン・ケネディと妻のジャクリーン。ふたりは海辺――マサチューセッツ州ハイアニスポートだろう――でおたがいの体に腕をまわしていた。空気にはグレード製の消臭芳香剤のにおいがただよっていたが、家のもっと奥からただよってくる病人の部屋の臭気を隠しおおせてはいなかった。どこかからテンプテーションズの歌う〈マイ・ガール〉がごく低い音量で流れていた。曇りの日に、ぼくは日ざしを手に入れた……とかなんとか。

「アル？　いるのかい？」

アルがほかのどこにいるというのか？　ポートランドのディスコ〈スタジオナイン〉で女子大生をナンパしようとしているとでも？　そんなことはわかっていた。ぼくは願い事をした。そして、願い事がかなえられる場合もある。

キッチンの明かりのスイッチを手さぐりでさがしあてると、盲腸の切除手術もできそうなくらい明るい蛍光灯の光がキッチンにあふれかえった。テーブルにはプラスティックの薬ケースがあった――一週間に服用する薬をわかりやすく収納できるタイプだった。その手のケースはおおむねポケットなりハンドバッグにおさまる小さなサイズだが、ここにあったのは百科事典にも匹敵する大きなものだった。その隣には漫画のキャラクターであるジギーをあしらったメモ用紙があって、そこにこんなメッセージが走り書きされていた――《八時のおくすりを飲み忘れたら、あなたを殺してやる!!!!　ドリス》

〈マイ・ガール〉がおわって、〈ジャスト・マイ・イマジネーション〉がはじまった。ぼくは比較的音楽をたどって、病人部屋の臭気に足を踏み入れた。アルはベッドに横たわっていた。

穏やかなようすに見えた。最期にあたって、閉じた両目の隅からひと粒の涙が流れ落ちていた。涙のあとはまだ濡れたまま光っていた。左のナイトテーブルに連装式のCDプレーヤーが置いてあった。テーブルには手紙もあり、錠剤のボトルが載せられていた。とはいえ、ほんのわずかなそよ風が相手でもペーパーウェイトの役をなさないだろう。ボトルが空《から》だったからだ。ぼくはラベルを見つめた――オキシコンチン、二十ミリグラム。ぼくは手紙を手にとった。

すまない、相棒。待てなかった。痛みが激しすぎた。おまえさんはダイナーの鍵をもっているし、なにをすればいいかもわかっている。だめなら再挑戦すればいいなどと呑気《のんき》にかまえるな。なにがあってもおかしくない。初回できっちりやりとげろ。こんなことに引っぱりこんだおれを恨んでいるかもしれないな。おれがその立場だったら恨むさ。でも、どうか手を引かないでくれ。ベッドの下にブリキの缶がある。そこにも五百ドルばかりはいっている――前に貯めた金だ。
頼れるのはおまえさんだけだ。朝になってドリスがおれを見つけたら、二時間後には大家がダイナーを新しい錠前で封鎖してしまうだろう。だからチャンスは今夜しかない。あの男を助けてくれ。いいな？　ケネディを救って、すべてを変えてくれ。
お願いだ。

アル

《この悪党め》ぼくは思った。《ぼくが考えなおして手を引くといけないと思って、こんなふ

うに予防線を張ったわけか。そうなんだろう？》

たしかにぼくは考えなおしていた。しかし、考えと選択はちがう。ぼくが手を引くかもしれないとアルが考えていたのなら、それは見こみちがいだ。オズワルドを阻止する？　了解。ただしこの時点でオズワルドは、厳密にいって副次的な目的に――先の見えない未来の一部に――なっていた。一九六三年のことを未来扱いして考えるのは珍妙にも思えるが、これは百パーセント正しい言い方だ。このときぼくの念頭にあったのはダニング家のことだった。

アーサー、またの名タッガ――まだあの少年を救うことはできる。そしてハリーも。

《ケネディなら考えなおしたかもしれない》アルはそう話していた。ヴェトナム戦争について話していたときに。

よしんばケネディが考えを変えずに戦争を遂行したとしても、ハリーは一九六八年二月六日のまったくおなじ時刻に、まったくおなじ場所に身を置いているだろうか？　そうは思えなかった。

「オーケイ」ぼくはいった。「オーケイ」それから体をかがめてアルに顔を近づけ、頬にキスをした。アルが最後に流した涙の、かすかに塩からい味が感じられた。「ゆっくり休めよ、相棒」

10

自宅にもどったぼくは、ロード・バクストン製のブリーフケースと洒落たダン製のオストリッチ革の財布のそれぞれの中身をあらためた。一九五九年九月十一日に海兵隊を追いだされてからのオズワルドの動きをたどった、アルの力作ノートも手もとにあった。身分証明書類はまだそろっていて、どれも有効だった。アルが貯めていた余分の現金と手持ちの所持金をあわせると、ぼくの純資産額はあいかわらず五千ドルを越えていた。

冷蔵庫の肉の抽斗《ひきだし》にハンバーガーがあったので、適当な量に火を通して、エルモアの餌の皿に入れてやった。肉を食べているエルモアをぼくは撫でた。

「もしぼくが帰らなかったら、お隣のリッターさんのうちに行くといい」ぼくはいった。「あの人たちなら、おまえの世話をしてくれるさ」

もちろんエルモアにぼくの言葉をきいているそぶりはなかったが、餌をやるぼくがいなくなればエルモアがこの言葉のとおりにすることはわかっていた。猫は生き延びることの達人だ。

ぼくはブリーフケースを手にとって玄関へむかった——寝室へ走って引き返し、ベッドカバーをかぶってしまいたいと一瞬だけ——しかし強く——思ったが、その衝動をふり払った。これからやろうとしていることに首尾よく成功をおさめたら、ここへ帰ってきたときには、まだうちの猫はここにいて、家はここにあるだろうか？　どちらもそのままだったとして、まだぼくのものだろうか？　いくら考えたところでわからない。笑える話をひとつききたい？　過去に生きる能力をもった者にも、未来の手の内は完全には見えないのだ。

「いいか、オジー」ぼくは小声でオズワルドに話しかけた。「いまからおまえのところへ行くぞ、せいぜい覚悟しておけ」

ぼくはドアを閉めて、足を踏みだした。

11

アルのいないダイナーは不気味な雰囲気だった。アルがまだそこにいるように感じられたからだ――アルの幽霊が、という意味だ。アルがつくった〈街の有名人の壁〉の多くの顔がぼくをにらみつけているように感じられた――彼らはぼくに、おまえはここでなにをしているかとたずね、おまえはここにいるべき者ではないと告げ、大宇宙のぜんまいをうっかり切ってしまうへまをする前に、よけいな手出しは控えろと強く勧告してきた。なかでもぼくをとりわけ不安にさせたのは、ハリーとぼくの写真があったところにかかっているアルとマイク・ミショー下院議員の写真だった。

食品庫にはいると、ぼくは小刻みなすり足で前に進みはじめた。《明かりがすっかり消えているなかで、階段のいちばん上の段をさがしてるふりをしろ》アルはそう話していた。《目をつぶってるんだ、相棒。そのほうが楽に進めるから》

そのとおりにした。二段おりたところで、空気圧がバランスをとる破裂音が耳の奥に響いた。肌に熱気が吹きつけてきた。閉ざした瞼ごしに明るい日ざしが見てとれた。織機の《しゃっ－ふうしゅっ、しゃっ－ふうしゅっ》という音がきこえた。一九五八年九月九日、正午二分前だ。タッガ・ダニングはふたたび生きている。ミセス・ダニングはまだ腕の骨を折られてはいない。ここからあまり遠くないところにある〈タイタス・シェヴロン〉では、まっ赤な洒落たフォード・サンライナーのコンバーティブルがぼくを待っている。

しかしまず最初に、元〈イエロー・カード・マン〉の相手をする必要があった。今回あの男は要求どおりに一ドルを手にいれることになる。五十セント硬貨をポケットに用意してこなかったからだ。ぼくはチェーンをぐった先で足をとめ、一ドル紙幣をスラックスの右ポケットにしまいこんだ。

紙幣はそのままの場所にとどまることになった。というのも乾燥小屋の門を曲がると、コンクリート舗装の上で大の字になって横たわる〈イエロー・カード・マン〉が見えたからだ。両目はかっと見ひらかれ、頭のまわりに血だまりが広がっていた。のどが左の耳から右の耳まで、ばっさりと切り裂かれていた。男の片手には、この仕事につかった緑のワインのボトルの鋭い破片が握られていた。反対の手にはカードがあった。グリーンフロントでの半額セールの日とやらに関係していることになっているカードだった。かつて黄色で、そのあとオレンジに色を変えたカードは、いまは漆黒になっていた。

第十章

1

従業員用駐車場を横切るのも、これで三度めだった。走るほどではないが足早な足どりだった。今回も通りすぎざまに、車体下部が赤くて上部が白いプリマス・フューリーのトランクを軽くぽんと叩いた。幸運のおまじないのようなもの。これからはじまる数週間、数カ月、そして数年のあいだ、ぼくにはかきあつめられるかぎり、ありったけの幸運が必要になる。

今回は〈ケネベク・フルーツ商会〉には立ち寄らなかったし、服や車を買うつもりもなかった。その手の用事はあした以降にまわしてもさしつかえないし、きょうはリスボンフォールズをよそ者がうろつくには都合のわるい日になりそうだ。もうすぐだれかが工場の中庭で死体を発見する。そうなれば、よそ者が尋問される。ジョージ・アンバースンの身分証明書のたぐいは尋問に耐えられないだろう――とりわけ運転免許証に記載の現住所であるブルーバード・レーンの家が、いまはまだ影も形もないとなれば。

駐車場を出たところにある工員むけのバス停留所にたどりついたそのとき、ちょうど行先表示に《**急行・ルイストン**》の文字があるバスがエンジン音とともに近づいてきた。ぼくはバスに乗りこみ、〈イエロー・カード・マン〉にわたすつもりだった一ドル紙幣を出した。運転手はベルトにとりつけたクロームめっきの両替器から、ひとつかみの銀色の硬貨を出してきた。ぼくは五十セント硬貨を運賃箱に入れて揺れる通路を先へと進み、最後部に近い座席に腰をおろした。前の席には、ふたりの肉づきのいい水兵がすわっていて——ブランズウィック海軍航空基地から来たのだろう——〈ホリー〉とかいうストリップ・クラブで会いたいと思っている女の子のことを話題にしていた。ふたりの会話の要所要所にはがっしりした肩同士の小突きあいがはさまれ、シュノーケリングを思わせる笑い声がたっぷりとふくまれていた。

ぼくは流れるように後方へ去っていく州道一九六号線を、見るともなしにながめていた。そのあいだ頭のなかではずっと死んだ男のことを考えていた。できるかぎり一刻も早く、自分とあの胸騒ぎを起こさせる死体とのあいだに距離を置きたかったが、それでもしばし足をとめてカードに触れてみた。最初の推測とは異なり、ボール紙製のカードではなかった。といってもプラスティックでもなかった。おそらくはセルロイド……しかし、感触はセルロイドとはまるっきりちがってもいた。なにに似ていたかといえば死んだ皮膚だ——胼胝《たこ》から剝がした皮膚に似ていた。カードにはなにも書かれていなかった。というか、見たかぎりではなにも。

アルは〈イエロー・カード・マン〉をただの頭のいかれた男だと考えていた。酒びたりのうえ、兎の穴のすぐ近くに身を置いていたという不幸な条件の組みあわせで狂気に追いやられただけだ、と。それに疑問をいだかなかったぼくだが、カードがオレンジ色に変わったのを見て疑問を感じるようになった。いまでは疑問を感じるどころではなかった——アルの話が頭から信じられなくなっていた。そもそもあの男は何者なのか？

《死人、それがいまのあの男だ。あいつは死人でしかない。だから、もう気に病むな。おまえにはやるべきことがあるんだぞ》

〈リスボン・ドライブイン〉を過ぎたところで、ぼくは停留所でとまってほしいことを伝えるための紐を引いた。運転手は、次の白く塗られた電信柱の前にバスを寄せた。

「楽しい一日を」ぼくは、ドアをさっとあけるためのレバーを操作している運転手に声をかけた。

「この仕事で楽しみっていったら、仕事おわりに飲む一杯の冷えたビールだけだね」運転手はいい、タバコに火をつけた。

数秒後、ぼくは州道の砂利が敷かれた路肩に立って、左手にブリーフケースをぶらさげた姿で、排ガスの尾を引きながら轟音とともにルイストンへむかって発進していくバスを見送っていた。車体後部の広告板には、片手にぴかぴかに輝いているフライパンを、反対の手に〈SOSマジックたわし〉をもっている主婦のイラストがあしらわれていた。大きく見ひらかれた青い目や、まっ赤な口紅を塗った唇をひらいて歯をのぞかせた笑顔から察するに、イラストの主婦はあとわずか数分で壊滅的な精神崩壊に見舞われそうだ。

空には雲ひとつなかった。高く伸びた草の茂みでは蟋蟀《こおろぎ》が鳴いていた。どこかで牛がもうもうと鳴いていた。バスが残していったディーゼルオイルの悪臭がそよ風に吹き散らされていくと、あとには甘く新鮮でみずみずしい空気の香りが感じられた。ぼくは〈タマラク・モーターコート〉までの四、五百メートルの道のりをとぼとぼと歩きはじめた。それほど長い道のりではない。しかし目的地にたどりつくまでにふたりの人が車をとめて、乗っていかないかとたずねてきた。ぼくは礼の言葉をいってから、大丈夫だと答えた。その言葉に嘘はなかった。〈タマラク〉に着くころには、ぼくは口笛を吹いていた。

一九五八年九月、アメリカ合衆国。〈イエロー・カード・マン〉がいようと〈イエロー・カード・マン〉がいまいと、ここへ帰ってこられたのがうれしかった。

2

その日はずっと部屋にこもって、もう何度読んだかもわからないアルのオズワルド・ノートを読んで過ごした。ひときわ注意して読んだのは最後の二ページ、《遂行方法についての結論》の部分だった。テレビを見ようと努めるのは——煎じつめればチャンネルはひとつしかなかった——愚行のための訓練でしかなかったので、あたりが夕暮れに包まれたころ、ドライブイン・シアターまでぶらぶら歩いていき、徒歩の客のための特別割引チケットを三十セントで買った。スナックカウンターの前に折り畳み椅子がならべてあった。ぼくはポップコーンをひと袋と、ペプソルというシナモン風味のおいしいソフトドリンクを買って、おなじく徒歩でやってきた数人の客といっしょに映画〈長く熱い夜〉を鑑賞した。ほかの客はほとんどが高齢者で、おたがいに顔見知りらしく、なごやかに談笑していた。〈めまい〉がはじまるころにはあたりが肌寒くなってきたが、上着をもってきていなかった。ぼくはモーターコートへもどって、ぐっすりと眠った。

翌朝はバスでリスボンフォールズへ引き返し（タクシーはつかわなかった。少なくとも当面は、かぎられた資金を大事につかうつもりだった）、まず最初に〈ジョリー・ホワイト・エレファント〉に立ち寄った。まだ早い時間であたりが肌寒かったので、ビートニクは店内にこもり、みすぼらしいソファでアーゴシイ誌を読んでいた。

「やあ、ご近所さん」店主はいった。

「やあ、どうも。スーツケースはあるだろうね？」

「ああ、いくつか在庫がある。といっても二、三百には届かないが。ここをずっと奥まで行って――」

「右を見るといい――そうだろ？」

「ああ、そのとおり。前にも来たことがあるのかい？」

「ぼくたちみんな、ここに来たことがあるのさ」ぼくはいった。「この店はプロのフットボール場よりもでかいしね」

ビートニクは笑った。「しびれるね、ジャクスン。あとは自分で好きなのを選ぶといい」

ぼくは前とおなじ革の小型スーツケースを選んだ。そのあと道をわたって、また前とおなじサンライナーを買った。今回は強気に出て、代金を三百ドルまで値切った。値段の交渉がおわると、ビル・タイタスはぼくを娘のもとに送りだした。

「お客さん、このへんの人のしゃべり方じゃないね」娘はいった。

「もとはウィスコンシンだけど、しばらく前からメインに来てるんだ。ビジネスでね」

「きのうリスボンフォールズに着いたわけじゃないの？」ぼくがきのうはこの街にいなかった

と答えると、娘は口のなかのガムをぱちんと鳴らしていった。「じゃ、ちょっとした事件を逃しちゃったね。向こうの工場にある乾燥小屋の横で、酔いどれの浮浪者が死んでるのが見つかったの」娘は声を落とした。「自殺ですって。ガラスの破片で自分ののどを切ったらしいわ。そんなことって考えられる？」

「きくだに恐ろしい話だね」ぼくはいいながら、サンライナーの売渡証を財布にしまいこむと、手のひらの上で車のキーをぽんぽんともてあそんだ。「死んだのはこのへんの人かい？」

「いいえ。でも身分証もなかったって。父さんは、アルーストック郡《ザ・カウンティ》あたりから貨物列車にただ乗りしてきたのかもしれないと話してた。キャッスルロックで林檎の収穫に雇ってもらうためにね。ミスター・ケイディ——グリーンフロントの店員さんよ——がきのう店に来て父さんと話していたけど、その男はグリーンフロントで酒を一本買おうとしていたんですって。でもすでに酔っていて、おまけにくさかったから、ケイディさんは男を店から叩きだしたそうよ。だからそのあと工場の中庭に行って、手もとに残っていたなにかのお酒を飲み、すっかり飲みおわると瓶を割って、その破片のひとつで自分ののどを切り裂いたのね」娘はそういって、またくりかえした。「そんなことって考えられる？」

　理髪店には行かなかったし、銀行も省いた。しかし今回もまた〈メイスンズ・メンズウェア〉で服を買った。

「青い服がお好きのようですね」店員は、ぼくが買うために積みあげた服の山のてっぺんにあるシャツを見ていった。「いまお召しのシャツとおなじ色ですよ」

　じつをいえば、そのシャツは同時にぼくが着ているシャツでもあった。しかし、そんなことは口にしなかった。話したところで、双方の頭がこんがらがるだけだったからだ。

3

その木曜の午後、ぼくは〝一分一マイル〟のハイウェイに車を走らせていた。今回デリーに到着したときには帽子を買う必要はなかった。〈メイスンズ〉での買い物のとき、洒落た夏用の麦わら帽子も買ったからだ。ぼくは〈デリー・タウンハウス〉に投宿して、ホテルのダイニングルームで夕食をとり、食後はバーへ行ってフレッド・トゥーミーにビールを注文した。今回の旅では、トゥーミーを会話に引きこもうという努力はしなかった。

翌日はハリス・アヴェニューにある馴染みのアパートメントを借りた。降下してくる旅客機の騒音は安眠妨害どころか、反対にぼくを眠りへいざなってくれた。あくる日はスポーツ用品店の〈メイチェンズ〉へ行って、仕事が不動産関係なので護身用に拳銃を買おうと思っている……などなどと店員に話した。店員はぼくの三八口径ポリス・スペシャルを出してきて、今回もまた、護身用におすすめの銃ですといった。ぼくはその銃を買って、ブリーフケースにしまった。そのあとカンザス・ストリートを歩いていって、あの小さなピクニック・エリアへ行こうかと思った。あそこに行けば、ダンスのオープニングを練習しているどぶのなか《ディッチー》住まいのリッチィと、川の土手《レヴィ》住まいのベヴィのふたりに会えるからだ。そう思ったところで、自分がどれほどふたりを懐かしく思っているかがわかった。短時間だけ二〇一一年に帰ったとき、十一月下旬のデイリー・ニューズ紙を調べておくことを思いつかなかったのが悔やまれた。調べていれば、ふたりが学芸会で優勝したかどうかもわかったはずだ。

またぼくは、夜の早めの時間、まだ店が混まない時間に〈ランプライター〉を訪れることを習慣にした。ロブスター・ピッキンズを注文することもあった。フランク・ダニングを見かけたことは一度もなかったし、見たいとも思わなかった。〈ランプライター〉の常連になったのには、ほかに理由があったからだ。万事順調に運べば、ぼくはもうじきテキサスへむかうことになる。そこで出発前に、手もちの現金を増やしておきたかったのだ。ぼくはバーテンダーのジェフと親しくなった。そしてある晩、ぼくが自分からもちだそうと思っていた話題をジェフが話しはじめた。

「ワールドシリーズでは、どっちを応援してるんだい、ジョージ？」

「決まってる、ヤンキースさ」ぼくは答えた。

「本気でいってるのか？　ウィスコンシンから来たのに？」

「生まれの州を誇りに思う気持ちとこれとは関係ないさ。ヤンキースこそ、今年優勝する運命にあるチームだね」

「ありえないな。ヤンキースのピッチャーは老いぼれぞろい。守備は抜け穴だらけ。マントルは不調だ。〝ブロンクス爆撃隊〟の時代はおわったね。ミルウォーキーがストレート勝ちで優勝してもおかしくないさ」

ぼくは笑った。「もっともな意見といえなくもないね、ジェフ。きみが野球にくわしいことはわかった。でも、正直に打ち明けろよ――きみはニューイングランドのほかの連中とおなじでヤンキースが憎くてたまらない、それで正常な判断ができなくなっている、とね」

「お客さん、口で話すだけじゃなくて金も出す気はあるかい？」

「もちろん。五ドル。賃金奴隷諸君からは、五ドル以上の金を巻きあげない主義なんでね。乗るかい？」

「受けるとも」話が成立したしるしに、ぼくたちは握手をした。

「オーケイ」ぼくはいった。「話がまとまったことだし、ちょうど野球と賭けというアメリカの二大娯楽の話題が出たついでにききたいんだが、この街で本格的にその手のことができる場所を教えてもらえるかな？　この言い方が遠まわしすぎたら、大きな賭けをしたいといいかえよう。ビールをもう一杯くれ。ついでにきみにも一杯おごるよ」

〝大きな賭け《メイジャー・ウエイジャー》〟という部分をぼくがメイン流に〝メイジア・ウェイジア〟と発音すると、バーテンダーは笑い声をあげてナラガンセット・ビールを二本出してきた（ちなみにぼくはこのビールを〝下品な《ナスティ》ガンセット〟と呼ぶことを学んでいた。ローマへ行ったら、人は可能な範囲で精いっぱいローマ人のように話すべきだ）。

ぼくたちはグラスのふちを触れあわせた。ジェフは、本格的とは具体的にどういうことかとたずねてきた。ぼくは考えをめぐらせるふりをしてから打ち明けた。

「五百？　それもヤンキースに？」ジェフはいった。「ブレーブスにスパーンとバーデットという投手がいるのに？　ハンク・アーロンと〝ステディ〟ことエディ・マシューズという打者だっているんだぞ。あんたは頭がいかれてる」

「そうかもしれないし、ちがうかもしれない。シリーズの開幕戦はたしか十月一日だったな？　それでデリーには、そのくらいの規模の賭けに応じてくれる人がいるのかい？」

次にジェフが口にする答えをぼくは知っていたのだろうか？　いや、答えはノー。ぼくには予知能力はない。では驚いただろうか？　今度も答えはノー。なぜなら過去は強情なだけではないからだ。過去はそれ自身と未来の双方と共鳴する。ぼくはその共鳴ぶりを、何度も何度もくりかえし体験することになった。

「チャズ・フレーティ。この店で顔を見たことがあるかもしれないね。質屋を何軒ももっている男だ。正確にはノミ屋とはいえないかもしれないが、ワールドシリーズのころや、ハイスクールのフットボールとバスケットボールのシーズンは、いつだって大忙しだ」

「そのチャズ・フレーティなら、ぼくの賭けに応じてくれるかな？」

「もちろん。賭け率だのなんだのも教えてくれる。ただし……」ジェフは周囲を見まわし、バーにいるのがまだぼくたちだけであることを確かめたが、それでも声をささやきにまで低めてつづけた。「ただし、踏み倒しだけは禁物だぞ、ジョージ。あいつには知りあいがいる。腕っぷし自慢の知りあいがね」

「ご忠告、しかときいたよ」ぼくはいった。「いろいろ教えてくれてありがとう。それだけじゃない、ちゃんと恩返しもするさ——ヤンキースがワールドシリーズで優勝しても、ぼくへの五ドルの払いは帳消しにするよ」

4

翌日ぼくは、チャズ・フレーティの〈マーメイド質店〉におもむいた。応対に出てきたのは、体重が百四十キロになろうかという石のように無表情な女性だった。紫色のワンピースを身にまとい、先住民のビーズの民芸品をつけ、ふくれあがった足にモカシンを履いていた。ぼくは、ミスター・フレーティにスポーツ関係の大がかりなビジネスの提案をしたい、とこの女性に告げた。

「ひらたくいえば賭博のこと？」女はたずねた。

「あんたは警官かい？」ぼくはたずねた。

「そのとおり」女はポケットからタバコのティパリロをとりだすと、ジッポのライターで火をつけた。「あたしはJ・エドガー・フーヴァーだよ、お若いの」

「ミスター・フーヴァー、あんたの見立てどおりだ。ぼくは賭博のことを話してる」

「ワールドシリーズ？　それともタイガースのフットボール？」

「あいにく街の人間じゃないものでね、デリー・タイガースとバンゴア・バブーンズの区別もつかない。だから野球のほうだ」

女は部屋の奥にある出入口のカーテンの隙間に顔を突っこみ、メイン州中部でまちがいなく最大の巨大な臀部《でんぶ》を惜しげもなくぼくに見せつけながら、大声でいった。「ねえ、チャジー、こっちへ来て。あんたにお客さんだよ」

チャズが奥から出てきて、この大柄な女の頬にキスをした。「ありがとう、愛しい人」シャツの袖がまくりあげてあったので、人魚の刺青が見えていた。「さて、おれでお役に立てるかな？」

「立てると思うな。ぼくはジョージ・アンバースン」そういってぼくは握手の手を差しだした。

「出身はウィスコンシンで、わが心は故郷の連中とともにある。ところがワールドシリーズの時期ともなると、わが財布はヤンキースとともにあってね」

チャズは背後の棚にむきなおったが、大柄な女は早くもチャズの目あての品を手にしていた――表紙に《個人融資》と書いてあるくたびれた台帳だった。チャズは台帳をひらき、おりおりに指先を舐めて湿しながら、空白のページを出した。「話に出ているその財布にはどのくらいの金がはいっているのかな、いとこくん《カズ》？」

「ヤンキースの優勝に五百ドル賭けるとしたらオッズは？」

太った女が声をあげて笑い、タバコの煙を吐きだした。

「爆撃隊にか？　同額だ、いとこくん《カズ》。きっぱり同額だね」

「だったらヤンキースが第七戦で勝って優勝するのに五百ドル賭けたとしたら？」

チャズは考えこみ、おもむろに大柄な女をふりかえった。女はあいかわらず愉快そうな顔でかぶりをふった。「無理ね」女はいった。「あたしの言葉が信じられないのなら、ニューヨークに電報を送って賭元に賭け率を問いあわせればいいわ」

ぼくはため息をつくと、時計や指輪がならぶガラスケースを指でとんとんと叩きはじめた。

「オーケイ、だったらこうしよう――ヤンキースが一勝三敗から引っくりかえして優勝するのに五百ドル」

チャズは笑った。「あんたも妙なユーマアのサンスがある男だね、いとこくん《カズ》。ちょっくらボスと相談させてくれ」

チャズは大柄な女（女とならぶと、チャズはトールキンの作品に出てくるドワーフのようだった）と小声でひそひそ相談してから、カウンターまで引き返してきた。「おれがお客さんのいってることをきっちり理解していると仮定しての話だが、それならあんたの賭けを四対一で引き受けよう。しかし、ヤンキースが一勝三敗から全勝で優勝する流れにならなければ、あんたは大損だ。おれとしては、とにかく賭けの条件をはっきりさせておきたい」

「それ以上はっきりさせるのは無理なほどだね」ぼくはいった。「それで――あんたやあんたの友だちに他意はないんだが――」

「あたしたちは夫婦だよ」大柄な女はいった。「だからさ、友だちなんて言い方はよしとくれ」そういって女はまたひとしきり笑った。

「あんたにも奥方にも他意はないんだが、四対一では納得できない。八対一なら……どちらにとってもいい賭けになるんじゃないか」

「五対一までは出そう。しかし、それ以上はぜったいに譲れん」チャズはいった。「おれにとっちゃ、これは副業でね。ラスヴェガスなみがお望みならヴェガスへ行くといい」

「七倍だ」ぼくはいった。「なあ、いいだろう、ミスター・フレーティ。ぼくの頼みをきいてくれたっていいじゃないか」

チャズは大柄な女と相談した。ついで引き返してくると六対一の条件を示した。ぼくはその条件を受け入れた。ここまでいかれた賭けのわりにはまだ低い賭け率だったが、チャズをあまり深く傷つけたくはなかった。この男がビル・ターコットの手先になってぼくに近づいたのは事実にせよ、それなりの事情があってのことだ。

そもそも、前世での話ではないか。

5

当時の野球は、この球技のあるべき姿どおりに試合がおこなわれていた――日ざしの明るい午後、それもまだ夏のように感じられる初秋の昼間に。試合を見るために人々がロウ・タウンの〈ベントン電機店〉の前にあつまっていた。ショーウインドウ内の台座に鎮座しているゼニス製の二十一型テレビで試合を見るためだ。テレビの上には、こんな掲示が出されていた――

《ご自宅でごらんになれるのに、なぜわざわざ街頭で？　らくらく月賦販売で！》

そうとも、こうこなくては。らくらく月賦販売。このほうが、ぼくが生まれ育ったアメリカらしい。

十月一日の第一戦は、四対三でミルウォーキー・ブレーブスがヤンキースをくだした。勝利投手はウォレン・スパーン。つづく十月二日、ミルウォーキーは十三対五でヤンキースを葬った。十月四日、ワールドシリーズがブロンクスへもどった最初の試合では、ドン・ラーセンがリリーフとして登板したライン・ダレンの助けを借りて、四対〇でミルウォーキーをくだした。ダレンはボールがひとたび手を離れたあとはどこに飛んでいくともわからない投手で、これが対決せざるをえない敵チームのバッターたちを死ぬほど怯えさせたのだ。いいかえるなら、勝ち試合をしめくくる抑えのピッチャーとしては完璧だった。

この試合の最初の部分はアパートメントのラジオできき、最後の二イニングは〈ベントン〉の店頭にあつまった人々とともに観戦した。そのあと、ドラッグストアへ行ってカオペクテイトを買った（前回の旅でも買った、同一のお徳用のLサイズ・ボトルだろう）。店主のミスター・キーンは今回も、黴菌にやられたのかとたずねてきた。ぼくがどこも具合はわるくないと答えると、この老いぼれの人でなしは失望の色をのぞかせた。じっさい、どこも具合はわるくなかった。それに過去が前回とおなじ、ライン・ダレンなみの速球で勝負してくるとは予想していなかったが、備えがあれば憂いなし。

ドラッグストアを出しなに、こんな文句が書かれた掲示の下にならんでいる商品に目を引かれた──《旅の記念に小さなメイン州はいかが》。ならんでいたのは絵葉書や空気でふくらませるロブスターのおもちゃ、甘い香りをただよわせている柔らかな松葉を詰めた袋、街に立っているポール・バニヤンの彫像のミニチュア、そしてデリー給水塔の絵があしらわれた小さな枕──給水塔は円柱状で、この街の飲料水を備蓄している。ぼくはこの枕をひとつ買った。「オクラホマシティの甥への土産にしようと思ってね」ぼくはミスター・キーンにいった。

第三戦がヤンキースの勝利でおわったあとで、ぼくはハリス・アヴェニューの延長部分にある〈テキサコ〉のガソリンスタンドに車を入れた。ガソリンポンプの前には、こんな看板が出ていた。《整備工が週七日常駐──大切な愛車は星をつけた男たちにおまかせあれ》

ポンプ係が給油して、サンライナーのフロントガラスの掃除をしているあいだ、ぼくは整備エリアにぶらぶらとはいっていき、ランディ・ベイカーという名前の勤務中の整備工を見つけ、ちょっとした交渉をおこなった。ベイカーは困惑していたが、ぼくの提案に同意してくれた。二十ドルがやりとりされた。ランディはぼくにスタンドと自宅の双方の電話番号を教えた。ぼくは満タンになったガソリンタンクときれいなフロントガラス、それに満足した心とともにスタンドをあとにした。いや……比較的満足した心というべきか。あらゆる不測の事態にそなえることは不可能だ。

翌日の準備をする都合上、ぼくはいつもよりも夜遅い時間に〈ランプライター〉に立ち寄ったが、フランク・ダニングと出くわす心配はなかった。きょうはダニングが子どもたちをフットボールの試合観戦のためにオロノまで連れていく日だ。帰り道の途中で父親と子どもたちは〈ナインティーファイヴァー〉に立ち寄って、ハマグリのフライとミルクシェイクの夕食をとることになっている。

チャズ・フレーティがバーカウンターに陣どって、ライウィスキーの水割りをちびちびと飲んでいた。「あしたの試合ではブレーブスが勝つのを祈ったほうがいいぞ。でないと、あんたは五百ドルの損だからな」

あしたはブレーブスが勝つことになっていた。しかし、ぼくの頭を占めていたのはもっと大きな問題だった。デリーにはチャズからわが三千ドルを受けとるまで滞在するつもりだったが、ここへ来た本題の仕事はあくる日に片づける心積もりだった。もし目論見どおりにことが運べば、あとになってブレーブスの決勝点だったと証明される一点を六回で獲得する前に、デリーでの用事をすっかりすませられるはずだった。

「まあね」ぼくはそういって、ビールとロブスター・ピッキンズを注文した。「結果を見るまではわからないんじゃないかな」

「それはそのとおりだ。だからこそ賭けは楽しいのさ。質問してもかまわないかな？」

「もちろん。ただし、ぼくが答えないからといって気をわるくされちゃ困る」

「そういうところが気にいったよ、いとこくん《カズ》――そのユーマアのサンスがね。ウィスコンシン気質ってやつなんだろうな。おれが好奇心をかきたてられているのはね、あんたがどうしてわれらが美しきこの街に来たのか、ってことなんだ」

「不動産だよ。前にも話さなかったかな」

チャズが顔を寄せてきた。オールバックに撫でつけた髪からはバイタリスの、呼気からはセンーセンのミントの香りがした。「おれがもし〝モール建設地さがし〟といったら、大当たりじゃないか？」

6

フランク・ダニングが顔を出していそうなときには〈ランプライター〉を避けていたと前に話したが、それはダニングについて知る必要のあることをすべて把握ずみだったからだ。嘘いつわりのない事実だが、だからといって事実をすっかり明かしたのではない。その点は明確にしておく必要がある。明確にしておかないことには、ぼくがテキサスでなぜああいった行動をとったのかを、みなさんに理解してもらえなくなるからだ。

たとえばある部屋にはいっていったら、テーブルの上に何層にもなる凝ったカードの館がつくってあったとしよう。きみの使命はカードの館を崩壊させることだ。それだけなら、じつに簡単ではないか？　床をどしんと踏むなり、誕生日のキャンドルを吹き消すときのように強く息を吹きかけるなりすれば、目的は達成できる。しかし、やるべきことはそれだけではない。

肝心なのは、しかるべき特定の瞬間にカードの館を崩壊させることだ。そしてその瞬間まで、カードの館はそこに建っていなくてはならない。

一九五八年十月五日の日曜日にダニングがどこへ行くのかはわかっていた。そしてぼくは、ほんのわずかなこと、ごくごく些細なことでダニングの行動コースを変えてしまう危険をおかしたくはなかった。〈ランプライター〉店内でぼくと一回だけ目があえば、それでダニングが予定を変えるかもしれない。お望みなら、ふふんと鼻で笑い、取りこし苦労が過ぎると評していただいてけっこう――そんなちっぽけな要素で出来事の流れがコースからはずれるはずはない、といえばいい。しかし、過去は蝶の翅《はね》のように脆弱だ。カードの館のように、といいかえてもいい。

ぼくがデリーへ来たのは、フランク・ダニングのカードの館を突き崩すためだ。ただしその瞬間になるまでは、カードの館を守る必要があったのである。

7

ぼくはチャズ・フレーティにおやすみの言葉をかけて、アパートメントに帰った。カオペクテイトの瓶は洗面所のメディシンキャビネットにあったし、買ったばかりの土産物――金色の糸で給水塔のイラストが刺繍《ししゅう》されている枕――はキッチンテーブルの上にあった。ぼくはカトラリー類の抽斗からナイフをとりだし、慎重な手つきで枕に対角線の切りこみを入れていった。それからリボルバーを枕に押しこめ、詰め物の奥深くに埋めこんだ。

眠れるとは思っていなかったが、ぼくはちゃんと眠れた――しかも、ぐっすりと。《全力をつくしたら、あとは流れにまかせろ》というのは、〈無名のアルコール依存症者たち《アルコホーリクス・アノニマス》〉の会合から足を引きずって帰ってきたクリスティーが口にした数多い格言のひとつでしかない。神が存在しているかどうかはわからないが――ジェイク・エピングにとって、この問題についての評決はまだ出ていない――この夜ベッドにはいったときには、自分が全力をつくした手ごたえがあった。あとはただいくばくかの睡眠をとり、自分の全力が充分なものであったことを祈るだけだった。

8

腹に来る風邪にかかることはなかった。夜明けの最初の光とともに目覚めたぼくは、体もろくに動かせなくなる人生最悪の頭痛に見舞われていた。これが偏頭痛というものか――とは思ったが、さだかではない。こんな頭痛は生まれて初めてだったからだ。仄暗《ほのぐら》い光をのぞきこむだけでも、胸のわるくなるような鈍痛がうなじから副鼻腔にかけて轟きわたった。両目からは意味もなく涙が流れていた。

ぼくは起きあがると（それだけでも痛みが走った）、北のデリーへの旅の途中で買った安物のサングラスをかけ、アスピリンを五錠飲んだ。これが多少は効いてくれたおかげで、着替えをすませてコートを着ることができた。コートは必要になる――どんよりと曇った肌寒い朝で、いまにも雨が降りだしそうだったからだ。ある意味では、天気に助けられていた。いまの状態ではまばゆい日ざしに耐えられそうもなかったからだ。

ひげ剃りが必要だったが、省くことにした。明るい光のもとに――しかも洗面所の鏡で二倍になった光のもとに――立ったりしたら、わが脳味噌があっさり崩壊しはじめるのではないかと思ったからだ。きょう一日をどうすれば乗り切れるのか見当もつかなかったので、そんなことを考えるのはやめた。《一歩ずつ着実に》ぼくは自分にいいきかせながら、ゆっくりと階段をおりていった。片手で手すりをつかみ、片手に土産物の枕をもって。このときのぼくは、テディベアをかかえた成長しすぎの子どものように見えたにちがいない。《一歩ずつ着――》

手すりがへし折れた。

つかのま、体が前方にむかってかしいだ――頭ががんがんと痛むなか、ぼくは両手を空中でがむしゃらにふりまわした。枕を落として（内部におさめた拳銃が金属音をたてた）、頭上の壁をつかもうと手を伸ばす。体の傾きが骨折確実な転落になる寸前、石膏ボードにねじ留めされていた古風な突きだし燭台型の電灯をつかむことができた。電灯は壁からはずれたが、内側に伸びた電気コードの長さがぎりぎりで足りていたおかげで、なんとか体のバランスをとりもどせた。

ぼくは階段に腰をおろし、ずきずき痛む頭を膝にあずけた。頭痛の搏動は、削岩機を思わせる心臓の鼓動とぴったりシンクロしていた。涙にうるむ両目が、眼窩におさまらないほど大きくなったように思えた。這いずってアパートメントへ引き返し、すべてを放棄したくなったといいたい気持ちもある。しかし、それは真実ではない。真実をいうなら、この階段でいますぐ死んでしまいたい、すべてをおわらせたいと思っていた。世の中にはこうした頭痛におりおりに悩まされるどころか、頻繁に悩まされている人もいるのでは？　もしそうなら、彼らに神のお助けを。

ぼくをふたたび立ちあがらせることのできるものが、世界にひとつだけあった。ぼくは痛む脳味噌を鞭打って、考えるだけではなく、それを見すえろと命じた——床を這ってぼくに近づいていたタッガ・ダニングの顔がいきなり消失した瞬間を。宙に撥ね散らかされていったタッガの髪の毛と脳組織を。

「オーケイ」ぼくはいった。「オーケイ、ああ、オーケイ」

土産物の枕を拾いあげると、ぼくはおぼつかない足どりで階段を最後までおりきった。外に出ると一面に雲の垂れこめた空が、午後のサハラ砂漠の空なみにまぶしく感じられた。キーホルダーをさぐる。しかし、あるべき場所になかった。キーホルダーがあるべきスラックスの右ポケットの底には、かなり大きな穴があいていた。ゆうべは穴があいていなかったことにはほぼ確信があった。ぼくはぎくしゃくした小刻みな動きで、うしろをふりかえった。キーホルダーは玄関ポーチに散らばった小銭のなかに落ちていた。体を前にかがめると頭のなかで鉛の塊が前方へ移動し、思わず痛みに顔をしかめた。キーホルダーを拾いあげてから、サンライナーに近づいていく。イグニションキーをまわしても、これまでずっと信頼できていたフォードのエンジンはかかろうとしなかった。ソレノイドからかちかちと音がした。それだけだった。

この偶発事への備えはすませていた、ただし、毒を盛られた頭をふたたび階段の上まで運びあげるしかない事態には、なんの備えもなかった。人生で手もとにノキアの携帯電話があればいいとこれほど強く思ったことはない。ノキアさえあれば運転席にすわったまま電話をかけ、あとはランディ・ベイカーが修理に来るまで目をつぶって静かにすわっていられたはずだ。

ぼくはやっとの思いで階段をまたあがっていった。折れた手すりの横を通り、割れた石膏ボードにへばりつくように——首の骨が折れた頭を思わせるようすで——ぶら下がっている電灯の横を通りすぎて。ガソリンスタンドの電話にはだれも出なかった——まだ朝も早く、しかも日曜日だったからだ。そこでベイカーの自宅に電話をかけた。

《あいつは死んでいるかもしれないな》ぼくは思った。《真夜中に心臓発作を起こしたか。強情な過去に殺されて。起訴されない共犯者はこのジェイク・エピングだ》

わが整備工は死んではいなかった。二回めの呼出音で電話に出たベイカーは眠そうな声だった。車のエンジンがかからないことを話すと、ベイカーはいたって論理的な質問を口にした。

「どうして、きのうのうちにそのことがわかっていたんです？」

「ぼくは勘の働く男でね」ぼくは答えた。「できるだけ早く来てくれないかな？　車を動かせるようにしてくれたら、また二十ドルを払うよ」

9

不可解にも夜のあいだに（スラックスのポケットに穴が出現したのと同時刻かもしれない）ゆるんでいたバッテリーケーブルを交換してもサンライナーのエンジンがかからないと、ベイカーはプラグを点検した。その結果、二本のプラグが腐蝕していたことがわかった。ベイカーが持参してきた大きな緑色の工具箱に予備のプラグがあった。プラグを交換すると、わが戦車はうなりをあげて息を吹きかえした。

「おれが口を出す筋じゃないかもしれませんが、いまお客さんが行くべき場所はたったひとつ、ベッドじゃないかと思いますよ。でなけりゃ、医者のところだ。なんだか幽霊みたいな顔色のわるさですよ」

「ただの偏頭痛さ。すぐによくなる。トランクをあけてみよう。スペアタイヤを調べておきたい」

ふたりでスペアタイヤを調べた。空気が抜けていた。

そのあとベイカーの車のあとからテキサコのガソリンスタンドへむかうころには、冷たい小雨が絶え間なく降るようになっていた。すれちがう対向車はヘッドライトをともしていた――サングラスをかけてはいても、ヘッドライトが見えてくるたびにその光がぼくの脳に穴を穿《うが》ってきた。ベイカーは鍵をあけて整備エリアにはいっていき、スペアタイヤに空気を補充しようとした。無駄だった。タイヤには人間の皮膚の毛穴ほどにも小さなひび割れが十あまりもあって、鋭い音とともに空気がどんどん抜けていった。

「まいったな」ベイカーはいった。「こんなのは見たこともありません。そもそも欠陥品だったんでしょう」

「新しいスペアタイヤにリムをとりつけておいてくれ」

ベイカーがその作業をしているあいだ、ぼくはスタンドをまわってその裏手へ行った。コンプレッサーの音に耐えられなかったからだ。ぼくはコンクリートブロックの壁によりかかって、顔を空へむけ、火照った肌に冷たい霧雨が落ちてくるにまかせた。《一歩ずつ着実に》ぼくは

自分にいいきかせた。《一歩ずつ着実に》

ぼくはタイヤの代金を払おうとしたが、ランディ・ベイカーは頭を横にふった。「お客さんにはもう週給の半分の金をもらってます。これ以上もらったら金の亡者呼ばわりされても文句はいえない。ただね、お客さんが車を道路からはみださせるとか、その手の目にあうんじゃないかってことだけが心配です。そんなに大事な用があるんですか?」

「親戚が病気でね」

「お客さんだって立派な病人ですよ」

これには否定の言葉もなかった。

10

ぼくは州道七号線で街をあとにした。途中のあらゆる交差点でスピードを落として左右を確かめ、自分が正しい方角へむかっているのかを確かめながら。これがすばらしい心がけだったことが判明した。赤信号にもかかわらず、砂利を満載したトラックが七号線とオールド・デリー・ロードの交差点に突っこんできたからだ。こちらは青信号でも一応は停止寸前にまでスピードを落としていたからよかったが、そうでなかったらわがフォードの愛車は大破していたにちがいない。車内のぼくはハンバーガー用の挽肉になっていたはずだ。頭痛に悩まされてはいたが、ぼくはクラクションを鳴らして抗議した。しかしトラックの運転手は、こちらを一顧だにしなかった。ゾンビがハンドルを握っているかのようだった。

《ぜったいやりとげられないに決まってる》ぼくは思った。しかしフランク・ダニングひとりを阻止できなくて、どうしてオズワルドを阻止できると思えるだろうか。どうしてわざわざテキサスへ行くことがある？

しかし、ぼくを前へ進ませていたのはその思いではなかった。ぼくを前へ進めていたのはタッガへの思いだった。ほかの三人の子どもはいうまでもない。ここで彼らをふたたび救わなければ、新たなリセットの引金を引いただけで、ぼく自身があの殺人事件に加担することになる。確実にそうとわかっているいま、どうすればその知識を払い捨てられるだろう？

〈デリー・ドライブイン〉に近づくと、ぼくはシャッターの閉まったチケット売場に通じている砂利道に車を乗り入れていった。道の両脇には、見栄えよくととのえられた樅《もみ》の木がならんでいた。ぼくはその並木の裏に車をとめて、エンジンを切り、車から外に出ようとした。出られなかった。ドアがあかなかった。二度ばかり肩から体当たりしてもドアがあかなかったが、そこでドアロックのボタンが押しこまれていることに気がついた。車のドアがオートロックされる時代はまだまだ先だし、そもそもロックボタンを押した記憶はない。ボタンを引っぱった。びくともしなかった。揺さぶってみた。それでもボタンはあがってこない。結局ぼくは窓ガラスをあけて外へ身を乗りだし、車外のドアハンドルの親指用ボタンの下にある鍵穴にキーをいれた。今回、ドア内側のロックボタンはぽんとあがってきた。ぼくは車外に降り立ち、手を伸ばして土産物の枕をとりあげた。

《過去がどれだけ強く変化に抵抗するかは、その特定の行動によって未来がどれだけ変化するかという要素に比例して決まるんじゃないか》ぼくはアルにむかって、とっておきの学校での講義用の声で話した。まさにそのとおりだ。しかしあのときは、自分がどのような代償を迫られるのかがわかっていなかった。いまは身にしみてわかっている。

そのあとぼくはコートの襟をたてて雨を防ぎ、帽子を深く引き下げて耳を覆った姿で、ゆっくりと七号線を歩いていった。めったになかったが、車が近づいてくると、ぼくは歩いている側の道路ぎわの木立ちに身を隠した。一度か二度は側頭部に手をやって、頭が腫れていないことを確かめたように思う。まるで腫れているような感じだったからだ。

やがて並木が道路から奥まったところへ引っこんでいった。代わりに石の塀があらわれてきた。塀の内側にはよく手入れされた丘陵地帯が広がり、そこに墓石や記念碑が点在していた。ロングヴュー墓地にたどりついたのだ。丘をひとつあがりきると、道の反対側に花屋の屋台があるのが見えた。屋台は鎧戸を閉めていて、明かりはついていなかった。ふだんの週末は死んだ親戚を訪ねる人々でにぎわっているのだろうが、こんな天気では客足も少なく、店番の老女もいまは店内で居眠りでもしているのだろう。しかし、のちのち店をあけることになる。以前にこの目でしっかり見たのだ。

ぼくは石の塀をのぼっていった。てっきり足もとで塀が崩れるものと予想したが、そんなことはなかった。さらにひとたびロングヴュー墓地の敷地に足を踏み入れると、すばらしいことが起こった——頭痛が軽くなりはじめたのだ。ぼくは枝が垂れ下がった楡の下の墓石に腰かけると、目を閉じて、頭痛レベルを見さだめようとした。これまでの頭痛を金切り声のレベル10とすると——いや、映画〈スパイナル・タップ〉のギターアンプなみにレベル11にまで上昇していたかもしれない——が、いまでは8にまでおさまっていた。

「ひょっとしたら、ぼくは突き抜けたみたいだぞ、アル」ぼくはいった。「ひょっとしたら、反対側に来られたのかもしれない」

　それでもぼくは、さらなる罠への警戒を絶やさず、慎重に行動した——木が倒れてくるかもしれないし、荒くれの墓泥棒がいるかもしれない。さらには、業火に包まれた隕石が落下してくるかもしれない。そんなことはひとつもなかった。やがて《アルテア・ピアース・ダニング》と《ジェイムズ・アレン・ダニング》という文字がそれぞれ彫りこまれているふたつの墓石がならんでいる場所にたどりつくころには、わが頭の痛みはレベル5にまで低くなっていた。まわりを見まわすと、馴染みのある名前がピンクの御影石《みかげいし》に彫りこまれている立派な霊廟《れいびょう》が目にとまった——《トラッカー》。ぼくは霊廟に歩み寄って、鉄のゲートがあくかどうかを試してみた。二〇一一年なら錠前がおりていたはずだが、いまは一九五八年、ゲートはすんなりとひらいた……ただし、錆びついた蝶番がホラー映画のような甲高い声をあげはしたが。

　ゲートの内側に足を踏み入れ、さらに地面にたまって脆《もろ》くなっている枯葉を蹴散らしながら進む。地下納骨場の中央には、墓参者が瞑想するためのベンチがもうけられていた。その両側に、一八三一年にまでさかのぼるトラッカー家の人々のための石づくりのロッカーがならんでいた。もっとも古いものの扉にはめこんである銅の銘板によると、このなかにはムッシュー・ジャン・ポール・トラシェの遺骨がおさめられているらしい。

　ぼくは目を閉じた。

　瞑想用ベンチに横たわると、うたた寝をした。

　それから本格的に眠りこんだ。

目を覚ましたときには正午に近かった。ぼくはトラッカー家の霊廟の玄関に近づいて、ダニングを待ちうけた……いまから五年後のオズワルドもまた、テキサス教科書倉庫の六階にあった狙撃者の〝巣〟で、このようにケネディのパレードの車列を待ちかまえることになるにちがいなかった。

頭痛はすっかり消えていた。

11

ダニングのポンティアックがあらわれたのは、ちょうどレッド・ショーンディーンストがホームに帰って、この日の試合でミルウォーキー・ブレーブスの決勝点となる一点を獲得したのとおなじころだった。ダニングは墓にいちばん近い枝道に車をとめると、外に降り立ち、服の襟を立ててから、車にむきなおって体をかがめ、花のバスケットをとりだした。ついで両手にひとつずつ花のバスケットをたずさえて坂道をくだり、両親の墓へむかっていく。

いよいよ待ち望んだ瞬間が近づいたいま、体にはなんの不調もなかった。ぼくを引き止めようとしていたものがなんであれ、ぼくはその反対側にまで達していた。土産物の枕はコートの下に隠した。片手はその枕のなか。濡れた芝が足音を消してくれた。ぼくの影を地面に投げかける太陽は出ていない。そのためぼくが名前を呼んで初めて、ダニングは背後に近づいているぼくに気がついた。ダニングはこちらをふりかえった。

「家族の墓参りをするとき、他人にそばにいられるのは歓迎できないね」ダニングはいった。

「いったい全体、おまえはだれなんだ？　それに、そいつはなんだ？」

　ダニングが見ていたのは、ぼくがコートからとりだした枕だった。ぼくは枕を手袋のように手にはめていた。

　ぼくは最初の質問にだけ答えることにした。「ぼくはジェイク・エピング。おまえにたずねたいことがあって、ここへ来た」

「とっとと質問して、おれをひとりにしてくれ」雨がダニングの帽子のつばからしたたっていた。ぼくの帽子からも。

「生きるうえで、いちばん大切なものはなにかな、ダニング？」

「なんだって？」

「男が生きるうえで、という意味だよ」

「なんなんだ、おまえは、いかれ頭め。それにその枕はなんだ？」

「話につきあってくれ。さっきの質問に答えろ」

　ダニングは肩をすくめた。「家族だろうな」

「同感だ」ぼくはそう答えて、引金を二度引いた。最初の銃声はくぐもった鈍い打撃音で、カーペット叩きをつかっているときの音に似ていた。二発めの銃声はわずかに大きかった。枕に火が燃え移るかもしれないと思っていたが――〈ゴッドファーザー PARTⅡ〉でそんなシーンを見たのだ――わずかに煙がくすぶっただけだった。ダニングは倒れこんでいき、父親の墓にみずから手向けた花のバスケットを押しつぶした。ぼくはその横に膝をつくと――膝が濡れた地面にあたって水音をたてた――枕の破れた側をダニングのこめかみに押しつけて、ふたたび発砲した。念には念を。

12

ぼくはダニングをトラッカー家の霊廟まで引きずって運び、焼け焦げた枕を顔にかぶせた。霊廟をあとにするときには、二台の車がゆっくりと墓地内を走っていたほか、数人の人たちが傘をさして墓参りをしていた。しかし、ことさら注意をむけてきた者はいなかった。ぼくは決して急がない足どりで石塀にむかい、その途中おりおりに足をとめては墓石や記念碑をながめた。ひとたび姿が木々に隠れると、ぼくは走ってフォードへ引き返した。近づく車の音がきこえたときには、木立ちに姿を隠した。そうやって身を隠した機会のうち一回をつかって、銃を地面の土と枯葉の下に埋めた。サンライナーはぼくがとめた場所で、なんの異状もなくぼくを待っていた。エンジンは一発でかかった。ぼくはアパートメントへ帰って、試合の終盤をきいた。少しだけ泣いた気がする。流したのは安堵の涙で、後悔の涙ではなかった。ぼくの身になにが起こっても、ダニング一家は無事だ。

その夜、ぼくは赤子のように眠った。

13

月曜日のデリー・デイリー・ニューズ紙は、トニー・キューベックのエラーのあとでホームベースにスライディングするショーンディーンストのすばらしい写真を含めて、多くの紙面をワールドシリーズに割いていた。レッド・バーバーのコラムによれば、これでブロンクス爆撃隊は息の根をとめられたという。「あのチームはお先まっ暗だ」バーバーはそんな意見を開陳していた。「ヤンキースは死んだ、ヤンキース万歳」

デリーのウィークデイ初日、フランク・ダニングの話はひとことも紙面に出ていなかったが、火曜の新聞では第一面の素材になっていた。記事には、〝おれは女たちの人気者〟と陽気に語っている笑みをのぞかせたダニングの写真が添えてあった。ジョージ・クルーニーめいた悪魔的な目のきらめきが、いかんなく写真にとらえられていた。

地元墓地でビジネスマンの死体発見
ダニング氏は多くの慈善運動で活躍

デリー警察署長の発表によれば、警察はあらゆる有力な手がかりを追っており、犯人逮捕は近いとのことだった。電話取材を受けたドリス・ダニングは、「ショックを受け、打ちのめされている」と語っていた。記事には、ドリスと被害者が別居していた話はひとことも出ていなかった。多くの友人や〈センター・ストリート・マーケット〉の同僚諸氏が同様のショックを表明していた。フランク・ダニングは文句なしに傑出した人物だったという点で全員の意見が一致していたようだし、そんな男を射殺しようとする理由はだれにも見当がつかないようだった。

なかでも強い怒りを表明していたのはトニー・トラッカーだった（おそらく、ダニングの死体が一族の死体倉庫で発見されたからだろう）。「この犯人のためだけにでも死刑制度を復活させるべきだ」トニーはそう語っていた。

十月八日の水曜日、カウンティ・スタジアムでの試合では同点で迎えた十回にヤンキースが二点を入れ、一点でおわったブレーブスをくだした。木曜日の試合では、二対二の同点から八回にヤンキースが一挙四点を獲得して、ワールドシリーズをおわらせた。金曜日には、ミセス仏頂面とミスター不機嫌に会うものと予想しつつ、ふたたび〈マーメイド質店〉を訪れた。大柄なご婦人は、ぼくのそんな予想をあっさりと裏切ったどころではなかった――ぼくの顔を見るなり、口もとを大きくほころばせ、こう叫んだのだ。

「チャジー！　ミスター大富豪のお出ましよ！」ついでこの女性は出入口を仕切るカーテンを押し割って、ぼくの人生から退場した。

チャズ・フレーティは、最初に〈ランプライター〉で会ったときに――といっても、これは生彩に富む過去のデリーを最初に訪れたときの話――のぞかせていたシマリス風の笑みをたたえて出てきた。片手にはぶあつい封筒があった。封筒の表には、《G・アンバースン》と書いてあった。

「やあ、よく来たな、いとこくん《カズ》」チャズはいった。「まぎれもなくご本人、しかも二倍は男前。さあ、これがあんたの分け前だ。かまわないから、数えて確かめるといい」

「あんたを信じてるよ」ぼくはそう答えて、封筒をポケットにおさめた。「三千ドルもの大金を他人にわたしたばかりにしては、あんたはずいぶん上機嫌のようだね」

「今年のワールドシリーズでの儲けがあんたのせいで減ったことは否定しないさ」チャズはいった。「それも大幅に減ったことはね。それでも、多少は稼がせてもらったよ。いつものことだ。でも、おれがこんな稼業をやっているのはもっぱらこれが……なんていうんだっけ、ああ、社会奉仕だからだ。人は賭け事に手を出す。そりゃもういつだって手を出すんだ。そしておれは、連中への払いが発生したらすぐに払う。その一方じゃ、おれも賭け事は好きだ。そっちは趣味みたいなもんさ。で、いちばん好きなのはどんなことだと思う？」

「さあね」

「あんたのような人間がやってきて、大方の予想にさからって型破りな賭けをしたあげく、ちゃんと成功をおさめていくことさ。そういうことがあると、この大宇宙に秩序なんてものはないというおれの信念が裏づけられるからね」

もしチャズがアル・テンプルトン作成のカンニングペーパーを目にしたら、宇宙はどのくらい無秩序なところだと考えるだろうか？

「奥さんの考えはあんまり……その……カトリック教徒らしくないように思えるね」

チャズは笑った。小さな黒い目がきらきら光っていた。勝つ、負ける、そして引きわけ。腕に人魚の刺青のあるこの男は、人生をあますところなく楽しんでいる。その点は賞賛するほかはなかった。「ああ、マージョリーね。悲しみに暮れた男が奥さんの結婚指輪をもってやってきて、涙々の話をすると、マージョリーはとことん泣き落としにやられちまう。ところがスポーツ賭博となると、完全に人が変わる。自分への挑戦だと受けとめるんだ」

「奥さんを心から愛しているんだろう、ミスター・フレーティ？」

「月と星々みたいなものさ、いとこ《カズ》くん。そう、月と星々みたいなものなんだよ」

マージョリーはさっきまできょうの新聞を読んでいた。いま新聞は、指輪をはじめとする品々をおさめたガラス製のショーケースに置いてあった。見出しには《謎の殺人者の捜索つづく　ダニング氏の葬儀しめやかに》とあった。

「あんたはこれがどんな事件だと思う？」ぼくはたずねた。

「さあね。ただ、ひとついえることがある」チャズは身を乗りだしてきた。顔の笑みは消えていた。「地元のちんけな連中はこぞってやつを聖人に仕立てちゃいるが、やつはそんな人間じゃなかった。きかせてやれる話ならどっさりあるさ」

「きこうじゃないか。きょうはもう予定がないんだ」

顔にふたたび笑みがあらわれた。「断わる。デリーの街は、内輪のことを内輪にとどめるのさ」

「それには気づいていたよ」ぼくはいった。

14

またコサス・ストリートに行ってみたかった。あの一家につねならぬ関心をむけている者の有無に警察が目を光らせていることはわかっていたが、それでも行きたい気持ちは強かった。ハリーに会いたかったのではない――会いたかったのは妹のほうだった。妹のエレンに、ぜひとも話しておきたいことがあった。

お父さんのことをどれほど悲しく思っていても、ハロウィンの夜になったら、ぜひ〝お菓子をくれなきゃいたずらするぞ〟をしに出かけなくてはいけないよ。

きみはきっと、だれも見たことがないほどかわいらしい先住民のお姫さまになるし、山ほどのお菓子をもらって家に帰れるはずなんだからね。

それにきみにはこれから少なくとも五十三年分の忙しい未来が待っているし、もっとたくさんの歳月が待っているかもしれないんだ。

いちばん大事なのはね、いつの日かきみのお兄さんが自分も軍服を着たい、兵隊さんになりたいといいだしたら、いいか、とにかく必死になって一生懸命になって、おまけにしゃかりきになって全力で説得し、なんとかあきらめさせることなんだ。

しかし、子どもは忘れるものだ。教師なら、だれでも知っているとおり。

それに子どもはみな、自分は永遠に生きるものと思いこんでいる。

15

いよいよデリーを去る頃合いだった。しかし、出発前に片づけなくてはならない野暮用があとひとつ残っていた。ぼくは月曜まで待った。その日――十月十三日の午後、ぼくは小型スーツケースをサンライナーのトランクにほうりこみ、しばらく運転席にすわったまま、短い手紙をひとつ書きあげた。便箋を封筒に入れ、封をして、表に受取人の名前を書いた。

それからロウ・タウンまで行って車をとめ、〈スリーピー・シルヴァー・ダラー〉にはいっていった。予想どおり、店にいたのはバーテンダーのピートだけだった。ピートはテレビで連続ドラマの〈ラブ・オブ・ライフ〉を見ながら、グラスを洗っていた。ピートは画面のジョンとマーシャ——だかなんだか、とにかくその手の名前の男女——から片目を離さないまま、しぶしぶぼくに顔をむけてきた。

「ご注文は？」ピートはいった。

「なにもいらない。ただ、ひとつ頼み事がある。もちろん、たんまりとお礼をさせてもらうよ——なんと大枚五アメリカ・ドルでね」

ピートは感じ入った顔ひとつ見せるでなかった。「それはそれは。で、頼みというのは？」

ぼくは封筒をバーカウンターに置いた。「しかるべき関係者が来たら、この封筒をわたしてほしい」

ピートは封筒の宛名に目を落とした。「ビル・ターコットになんの用がある？　それに、なんで自分であいつにわたさない？」

「単純な仕事だ、ピート。五ドル欲しいのか、欲しくないのか？」

「欲しいさ。ただし、これで厄介なことにならないかぎりはね。ビリーはまっとうな男なんだから」

「この手紙がビルに面倒を引き起こすことはぜったいにない。それどころか、ビルのためになるかもしれないほどさ」

ぼくは封筒の上に紙幣をおいた。ピートはあっという間に金を消失させ、また連続ドラマへもどっていった。ぼくは店を出た。封筒はターコットに届くだろう。ターコットが手紙に目を通したあとでなにかをするか、あるいはなにもしないかという疑問は残る。それもまた、ぼくが決して答えを知ることのない多くの疑問のひとつだ。ぼくが書いたのはこんな手紙だ。


親愛なるビル――

　きみの心臓には異状がある。いますぐ医者に行って診てもらうべきだし、さもないと手遅れになる。この手紙を冗談かと思うかもしれないが、冗談などではない。ぼくがそんなことを知っているはずがないと思うかもしれない。でも、ぼくは確実に事実として知っている――フランク・ダニングがきみの妹のクララと甥のマイキーを殺したことを、きみが事実として知っているように。頼むから、ぼくを信じて医者に行ってくれ！

友人より

16

　サンライナーに乗りこみ、道路に対して斜めになっている駐車スペースからバックで車を出していたそのとき、ドラッグストアからミスター・キーンが不信もあらわな細長い顔でぼくをじっと見ていることに気がついた。ぼくは窓ガラスをおろして腕を大きく突きだすと、キーンに中指を突き立てた。それからぼくはアップマイル・ヒルをのぼり、二度と訪れることのないデリーの街をあとにした。

第十一章

〝一分一マイルのハイウェイ〟を南へ車を走らせながら、ぼくはキャロリン・ポーリンの件に手を出す必要はないはずだ、と自分を納得させようとしていた。キャロリンはアルの実験であって、ぼくの実験ではなかったし、アルの命が消えたいま、アルの実験も消えたのだと自分にいいきかせて。キャロリンの件は、ドリスとトロイとタッガとエレンの件とは大幅にちがっていたと自分に念を押しもした。そう、キャロリンは下半身不随の身になるだろう。たしかに悲しむべきことだ。しかし弾丸を受けて体に麻痺が残るのと、大ハンマーで殴り殺されるのは大ちがいだ。車椅子生活になろうとなるまいと、キャロリン・ポーリンは充実した完全な一生を送ることができる。わざわざ強情な過去を挑発して——つかまえられるものなら手を伸ばしてつかまえてみろ、嚙み砕いてみろと挑発して——本来の使命を失敗の危険にさらすようなことはできない。そう自分にいいきかせもした。

なにを考えても、思いは消えなかった。

旅の最初の夜はボストンで過ごすつもりだった。しかし、父親の墓の前で花のバスケットを押し潰して倒れているダニングの姿が、くりかえし脳裡によみがえってきた。死んで当然の男だった――いや、死ぬ必要のあった男だ！　しかし十月五日の時点では、家族になんの手出しもしていなかったのも事実。少なくとも、ふたつめの家族には。だから、自分にこういいきかせることもできた（し、実際にいいきかせもした！）――ダニングは最初の妻と子どもに非道なことをした、だから一九五八年十月五日にはすでにふたりを殺した殺人者だった、しかも犠牲者のひとりはまだ赤ん坊も同然の幼児だったのだ、と。とはいえこの点については、ビル・ターコットの言葉以外に根拠はなかった。

最終的に行き着いた結論は――いかに必要だったとはいえ、正しくないと思われることをしたからには、正しいと思える行動でバランスをとっておきたい、というものだった。そこでぼくはボストンまで車を走らせる代わりに州南西部のオーバーンでターンパイクをはずれ、西へむかってメイン州の湖沼地帯を目指した。以前にアルが滞在したキャビンにチェックインしたのは、夜になる直前の時刻だった。湖に面して四棟あるキャビンのうちいちばん大きなキャビンを、信じられないほど格安のオフシーズン料金で借りることができた。

ここで過ごした五週間は、人生最高のひとときだったといえるかもしれない。顔をあわせたのは地元で商店をいとなむ夫婦と――この店では週に二回、多少の基本的な食品を買った――キャビンの所有者であるミスター・ウィンチェルだけだった。ウィンチェルは毎週の日曜日に立ち寄って、ぼくが元気で楽しく暮らしているかどうかを確かめていった。ウィンチェルにその点をたずねられるたびに、ぼくは元気で楽しくやっていると答えたし、そこに嘘はなかった。ウィンチェルからは物置小屋の鍵もあずかっていたので、湖が静かなときには朝と夕方にカヌーで湖面に漕ぎだしもした。いまでも覚えているのは、ある日の夕方、木々の上に音もなく昇ってきた満月に見とれていたことや、そのとき月の光が湖面につくっていた銀色の大通りのようす、そして自分の乗っているカヌーの姿が下に見える湖面に映りこんで、それが水中で溺れているカヌーの双子のように見えていたことだ。どこかで一羽の阿比《あび》が鳴いた。その声に、つれあいか仲間が答えた。まもなくほかの阿比も会話に参加してきた。ぼくはオールを船上にあげ、湖畔から三百メートル近く離れたその場所でただすわったまま月を見あげて、阿比の会話をきいていた。やはり覚えているが、このときぼくはどこかに天国があるとしても、ここのような場所でないかぎりは行きたくない、と考えていた。

野山が秋の色あいに染まりはじめた——最初はためらいがちな黄色になり、それが橙色に変わり、今年もまた秋がメイン州の夏を炎で焼きつくしていくにつれて、燃えあがるような赤、売春婦もかくやという赤に変わった。よろず屋には表紙のないペーパーバックを詰めこんだ段ボール箱があり、そこから手にとって読んだ本は三十冊以上になるにちがいない。エド・マクベインやジョン・D・マクドナルドやチェスター・ハイムズやリチャード・S・プラザーのミステリ。『楡の葉のそよぐ町』や『無頼の青春』といったエロティックなメロドラマ。そして『リンカーン・ハンターズ』というSF——これはエイブラハム・リンカーンの〝忘れられた〟演説を録音しようとする時間旅行者たちの物語だった。

本を読んだりカヌーを漕いだりしていないときには、野山を散策した。長い秋の午後は、おおむねあたりは靄でかすみ、暖かな陽気だった。めっきされたような埃っぽい光が、木の間ごしに斜めにさしいっていた。夜になるとあたりはあまりにも広大な静けさに、かえって静けさが響きあうように思えた。州道一一四号線はもとからほとんど車の往来がないうえに、夜十時をまわると一台も通らなくなった。十時を過ぎると、ぼくが休息のために訪れたこの地は、阿比と樅の木立ちを吹き抜ける風だけの地になった。父親の墓に横たわるフランク・ダニングの姿が少しずつ少しずつ薄れ、気がつくと、むしろ奇妙な瞬間を思い起こすことのほうが増えていた──トラッカー家の霊廟で、まだ煙をあげていた枕をダニングの見ひらいていた目の上に落とした、あの瞬間だ。

十月末になり、木々に最後まで残っていた葉もすっかり風に舞い落ちて、夜になると気温が氷点下にまで落ちこむようになると、ぼくは車でダーラムまで出かけてはボウイヒル周辺の土地勘をやしないはじめた──二週間後に猟銃の誤射事件が発生するはずの土地だ。アルの話にあったフレンド派の集会所が格好の目印になってくれた。そこから遠くないところでは、一本の枯れ木が道路にむかって傾いていた──アルが道路からどけようとしていたのはこの木だろう。アルがそうしているさなか、すでにオレンジ色の狩猟ベストを身につけたアンドルー・カラムがやってきたのだった。さらにぼくは、猟銃を誤射したこの人物の自宅を突きとめ、自宅からボウイヒルまでの考えられる経路をたどることまでしていた。

ぼくの計画なるものは、じっさいには計画でもなんでもなかった。アルが以前に目印をつけてくれた道をそのままたどるつもりだった。当時は朝早くにダーラムまで車を走らせて、倒れているはずの枯れ木の近くに車をとめ、木をどかそうとする。そのあとカラムが来て手伝ってくれたら、心臓発作を起こした芝居を打つ。しかしカラムの自宅を突きとめたあと、たまたま一キロも離れていない〈ブラウニーズ・ストア〉に寄って冷たい飲み物を飲んだとき、窓に張りだされていたポスターを目にして、あることを思いついた。いかれた考えだったが、興味をかきたてられもした。

ポスターの最上部には《アンドロスコッギン郡クリベッジ・トーナメント結果一覧》と書いてあった。その下に約五十の名前が掲載されていた。トーナメントの優勝者はウエスト・マイノット在住で——なんのことかはわからないが——一万〝ペグ〟という得点をあげたという。準優勝者は九五〇〇ペグ。八七二二ペグで第三位に入賞したのは——名前が赤丸で囲ってあり、だからこそ最初に目を引かれたのだが——ほかならぬアンディ・カラムだった。

世の中には偶然が存在する——ただし、のちにぼくは偶然がきわめて稀《まれ》だと信じるにいたった。なんらかの力が働いている——オーケイ？　この大宇宙のどこか（あるいはその舞台裏）で巨大な機械がかちかちと音をたて、その途方もなく巨大な歯車がまわっているのだ。

あくる日の午後五時少し前に、ぼくはふたたびカラム家まで車を走らせた。それからカラムが乗っている木製ボディをそなえたフォードのステーションワゴンのうしろにサンライナーをとめ、玄関に近づいていった。

ノックに応えて玄関に姿をあらわしたのは、愛らしい顔だちで襞飾《ひだ》りのついたエプロン姿、片腕に赤ん坊を抱いた女性だった。この女性を見ているだけで、自分が正しいおこないをしていることがわかった。十一月十五日に犠牲者になるのは、キャロリン・ポーリンだけではない——車椅子生活を余儀なくされる者だけではない——からだ。

「はい？」

「ぼくはジョージ・アンバースンといいます」そういって帽子のふちに指を添えて会釈をひとつ。「ご主人にお会いできないかと思いまして」

会えることにまちがいなかった。すでにカラムが妻の背後にやってきて、肩に腕をまわしていたからだ。まだ三十にもなっていない若い男で、いまは邪気のない穿鑿《せんさく》の表情をのぞかせている。赤ん坊がカラムの顔に手を伸ばした。カラムがその指にキスをすると、小さな娘は笑い声をあげた。ついでカラムがぼくに握手の手を伸ばし、ぼくはその手を握った。

「どのようなご用件ですかな、ミスター・アンバースン？」

ぼくはクリベッジ・ボードをもちあげた。「〈ブラウニーズ〉で、あなたが凄腕のプレーヤーだと知りました。そこで、ひとつご相談をしようと思いまして」

カラム夫人が警戒の表情をのぞかせた。「夫もわたしもメソジストなんですよ、ミスター・アンバースン。トーナメントに出たのも純粋に楽しみからです。夫はトロフィーを勝ちとりましたし、暖炉の上で見栄えがいいように、わたしも喜んでトロフィーを磨いてはいますが、もしお金目当てでゲームをしようと思われているのなら、訪ねる家をまちがえていますよ」

そういって夫人は微笑んだ。その微笑みには無理が感じられたが、それでもすばらしい笑顔だった。ぼくはこの女性に好意をいだいた。この夫婦どちらにも好意をいだいた。

「そのとおりです」カラムは残念そうに、しかしきっぱりといった。「昔、森のなかで働いていたころにはペグあたり一セントの賭けクリベッジもやってましたが、それはマーニーと会う前の話です」

「あなたと賭けクリベッジをしたがるほど頭がおかしくありませんよ」ぼくはいった。「クリベッジをまったく知らないんですからね。それで、ぜひ教えてもらいたくて」

「そういうことなら、おはいりください」カラムはいった。「喜んで教えてさしあげます。なに、十五分とかかりませんよ。どうせうちの夕食までは、まだ一時間もある。乱暴にいってしまえば、十五までの足し算ができて数を三十一まで数えられる人なら、だれにだってクリベッジができますよ」

「いやいや、簡単な足し算や数え方だけじゃないことくらいはわかってます。そうでなかったら、あなたがアンドロスコッギン郡トーナメントで第三位になるわけがない」ぼくはいった。

「実をいえば、あなたにはルールを教わることだけではなく、お願いしたいことがあります。あなたの時間を一日だけ買わせていただきたい。正確には十一月十五日です。たとえば……そう、朝の十時から夕方の四時までの時間を」

カラムの妻が怯えた顔をのぞかせはじめていた。妻は腕に抱いていた赤ん坊を、それまでよりも胸近くに抱き寄せた。

「あなたの六時間をいただけたら、そのお礼に二百ドルをお支払いします」

カラムは顔をしかめた。「なにが目的なんです?」

「あくまでもクリベッジが目的としておきたいのです」ぼくは応えたが、この答えだけでは充分ではなかった。そのことは夫婦の顔に書いてあった。「ええ、それ以外にはなんの魂胆もないふりで、おふたりを騙したくありません。しかし、もしそのあたりを説明しようとしたら、おふたりから頭がいかれていると思われそうです」

「ええ、もうそう思ってます」マーニー・カラムはいった。「アンディ、こちらにお引きとり願ってちょうだい」

ぼくはマーニーにむきなおった。「決して怪しいことではありませんし、犯罪でもなければ詐欺でもなく、危険なことでもありません。その点は誓います」

しかし誓おうと誓うまいと、ぼくはうまくいきそうもないと思いはじめていた。お粗末なアイデアだった。これでは十五日の午後にフレンド派の集会所近くで出会ったとしても、カラムから疑わしく思われるのがおちだ。

しかし、ぼくはあきらめずに食い下がった。

「クリベッジをするだけです」ぼくはいった。これはデリーで学んだやり方のひとつだった。「あなたはぼくにルールを教え、ふたりで数時間ばかりゲームをする。ぼくはあなたにお礼の二百ドルを支払い、ぼくたちは友人として別れる。さて、どうしますか？」

「どちらからいらしたんですか、ミスター・アンバースン？」

「つい先日までは、州北部のデリーにいました。不動産業界の人間でしてね。いまは南へ帰る前に、セバーゴ湖畔で休暇を楽しんでいるところです。何人かの名前を教えましょうか？　いわば問い合わせ先として？」ぼくは微笑んだ。「ぼくがいかれた男ではないことを、あなたに教えてくれる人たちとして？」

「狩猟シーズンには、この人は毎週土曜日になると山へ行くんです」ミセス・カラムはいった。「それしか狩りに行く機会がなくって。ウィークデイはずっと仕事ですし、家に帰ってくるころにはあたりはほぼまっ暗、銃に弾をこめることも無理なほどです」

マーニーはあいかわらずぼくを信じていない顔を見せてはいたが、それ以外の表情も見せてとれていた。それがぼくに希望を与えてくれた。まだ若くて、子どもをかかえ、夫が肉体労働についていれば――肌が荒れて胼胝《たこ》だらけのカラムの手を見れば、そのことは察せられた――二百ドルはすなわち多くの食料品が買えることを意味している。あるいは、一九五八年なら、住宅ローン返済の二回半に相当する。

「森で過ごす日が一日減ったところでどうということはないさ」カラムはいった。「どのみち、街の連中がずいぶん獲物を狩っちまってる。いまじゃ鹿を仕留められるのは、ボウイヒルだけというクソふざけた話さ」

「赤ちゃんがいるところでは言葉に気をつけて」マーニーは夫にそういった。鋭い口調だったが、夫から頬にキスをされると笑顔を見せた。

「ミスター・アンバースン、ちょっと女房と相談したいんです」カラムはいった。「一、二分ばかり、玄関ポーチで待っていていただけますか？」

「もっといいことをして時間をつぶしますよ」ぼくは答えた。「〈ブラウニーズ〉へ行って、ドープでも飲んでます」ドープといえば普通は薬《ドラッグ》のことだが、大方のデリー住民は炭酸飲料をそう呼んでいた。「おふたりにも、冷たい飲み物を買ってきましょうか？」

ふたりは礼を述べつつ辞退し、マーニーがぼくの鼻先でドアを閉めた。ぼくは〈ブラウニーズ〉まで車を走らせ、自分用にはオレンジクラッシュを買い、赤ん坊が好きそうな紐状のリコリス菓子を買った。といっても、あの子がこういったものを食べられる年になっていればだが。カラム夫妻はぼくの申し出を断わるのだろう、とぼくは思った。礼を述べつつ、しかしきっぱりと。ぼくは風変わりな申し出をした風変わりな男。今回は過去を簡単に変えられると思いこんでいた。アルがこれまでに二回も変えていたからだ。しかし、ことはそんなふうに運びそうもない。

しかし、ぼくは驚きに見舞われた。カラムが申し出を受けるといい、妻はぼくがリコリス菓子を赤ん坊にあげるのを許してくれたのである。赤ん坊は楽しげな高笑いをあげながら菓子を受けとり、ちゅうちゅうと吸ってから、まるで櫛のように菓子で髪の毛を梳《と》きはじめた。おまけに夫婦はぼくを夕食に誘ってくれもした。ぼくは誘いを断わり、アンディ・カラムに手つけ金として五十ドル払うと申し出た。カラムはこの申し出を断わった……しかしそれも、妻に受けとっておけと説得されるまでのことだった。

その日セバーゴ湖畔へ引き返すあいだ、ぼくは天にものぼるくらいうれしい気持ちだった。しかし十一月十五日の朝、ふたたびダーラムへ車を走らせているときには（ちなみに地面はぶあつい霜で覆われてまっ白になり、すでにグループをつくって外を歩いていたオレンジ色のベスト姿のハンターたちの足跡がくっきり残るほどだった）、ぼくの気分は変化していた。《カラムは州警察なり地元の警官なりに通報しているかもしれないぞ》ぼくは思った。《ぼくは最寄りの警察で尋問される……警官たちが、ぼくはどんな頭のいかれた人間なのかを見さだめようとしている一方、カラムは狩りをしにボウイヒルへ出発してしまうんだ》

しかし、カラム家のドライブウェイには警察車両など見あたらず、アンディ・カラムの愛車である木製ボディをそなえたフォードのステーションワゴンがあるだけだった。ぼくは買ったばかりのクリベッジ・ボードをたずさえて玄関へむかった。ドアをあけたカラムはこういった。
「授業の準備はととのっていますかな、ミスター・アンバースン」

ぼくは笑顔でいった。「はい、先生。ととのっていますとも」

カラムはぼくを裏のポーチへと案内した。ミセスが、自分と赤ん坊のいる家にぼくを置いておきたくなかったのだろう。ルールは単純だった。ペグは得点をあらわし、一ゲームでボードを二巡する。ぼくはライトジャックやダブルランのことを教わり、マッドホールに落ちてしまうとはどういうことかを教わり、カラムのいう〝謎の十九〟のことを教わった——いわゆる、ありえない手である。それから、ぼくたちは実際にゲームをした。最初のうちこそぼくは点数を記録していたが、カラムに四百も差をつけられてからはやめた。ときおり遠くのほうからハンターの発砲の音がきこえて、そのたびにカラムはささやかな裏庭の向こうに見える森に目をむけていた。

「来週の土曜には」そういった機会のひとつをとらえて、ぼくはいった。「来週の土曜には狩りに行けますとも、まちがいなく」

「雨になるかもしれませんよ」カラムはいい、声をあげて笑った。「文句をいってはばちがあたりますね。だって、こうやって楽しんで金を稼いでるんですから。それに、ジョージ、あなたもだんだんこつをつかんできてますよ」

昼になると、マーニーが昼食を用意してくれた。大きなツナ・サンドイッチと自家製のトマトスープ。ぼくたちはキッチンで食事をした。食べおわると、マーニーが午後のクリベッジは室内でつづけたらどうかと提案してきた。どうやら、ぼくが危険人物ではないという結論を出したようだった。これがうれしかった。カラム夫妻はいい人たちだった。愛らしい子どものいるすてきな夫婦。のちに安アパートメントでおたがいに金切り声をぶつけあっているリー・オズワルドと妻のマリーナの喧嘩をきいたり、さらには一度は街頭でそれぞれが悪意を剝きだしにしている光景を見たりしたおりに、カラム夫妻を思い出すことがあった。過去は共鳴する。

同時に過去はバランスをとろうとするし、おおむねそれに成功する。カラム夫妻は、いわばシーソーの片側に乗っていた――反対側に乗っていたのがオズワルド夫妻である。

では、ジェイク・エピング、またの名ジョージ・アンバースンは？ シーソーがどちらかに傾く転換点だ。

果てしないゲーム・マラソンもおわりに近づくころ、ぼくはようやく一勝した。その三ゲームののち、信じられないことにぼくはカラムにスコンクでの勝ちをおさめ、うれしさに声をあげて笑っていた。赤ん坊のジェンナも声をそろえて笑ってから、子ども椅子から身を乗りだしてきて、友だち思いの親しげな手つきでぼくの髪をぐいぐい引っぱった。

「そのとおり！」ぼくは笑いながら声を張りあげた。カラム家の三人も、いっしょに笑っていた。「いまがぼくの引きどきだ！」ぼくは財布をとりだすと、キッチンテーブルを覆う赤白チェックのオイルクロスに三枚の五十ドル札をならべた。「おまけに充分もとはとらせてもらったよ！」

カラムは三枚の紙幣をぼくのほうへ押しもどした。「これはあんたの財布にもどしておけよ――そこが本来の居場所だ。こんなに楽しませてもらっちゃ、いまさらあんたの金は受けとれないよ」

ぼくは、話はわかったといいたげにうなずいてから、金をマーニーにむけて押しやった。マーニーはすかさず金を手にとり、「ありがとうございます、ミスター・アンバースン」といい、いったん叱りつけるような目で夫を見てから、またぼくに目をもどした。「大事につかわせてもらいます」

「それならよかった」ぼくは立ちあがって、伸びをした。背骨がぽきぽきと鳴るのがきこえた。どこかで——ここから八キロ、あるいは十キロばかり離れたところで——いまごろキャロリン・ポーリンとその父親が、ドアに《ポーリン建設&建築》と書いてあるピックアップトラックに引き返しているところだろう。彼らは鹿を仕留めたかもしれないし、仕留めなかったかもしれない。どちらにせよ、ふたりが父親と娘のかわすような会話をかわして森で楽しい午後を過ごしたことは確かで、ふたりにとって喜ばしいことだった。

「夕食を召しあがっていきませんか、ジョージ?」マーニーがいった。「豆の料理とホットドッグを用意したんです」

そこでぼくは残った。食事をすませたあとは、カラム家の小さな卓上モデルのテレビでニュース番組を見た。ニューハンプシャー州では狩猟事故が起こっていたが、メイン州ではそのような事故はなかった。腹がはち切れそうなほど満腹だったが、それでもぼくは誘われるまま、マーニー手づくりのアップルコブラーのお代わりを自分に許してから立ちあがり、一家のもてなしに深く感謝するという言葉を口にした。

アンディ・カラムが握手の手を差しだした。「この次は、いっさい金を関係させずにゲームをしたい。いいね?」

「もちろん」次の機会がめぐってくることはなかった。カラムもそれを知っていたと思う。

カラムの妻マーニーも、それを知っていたことが判明した。ぼくが車に乗りこむ寸前、マーニーはぼくのところへやってきた。赤ん坊を毛布できっちりと包み、頭に小さな帽子までかぶせていたが、マーニー本人はコートも着ていなかった。吐く息が白く見えていたし、寒さに震えているさまも見えた。

「ミセス・カラム、風邪をひかないうちにおもどりになったほうが――」

「夫をなにから救ってくれたんです？」

「ええと……どういう意味ですか？」

「あなたがその目的でいらしたことはわかってます。きょう、あなたとアンディがポーチにいるあいだ、わたしは神さまに祈りました。神さまは答えを与えてはくれましたが、すべての答えを明かしてはくれませんでした。あなたは夫をなにから救ってくれたんですか？」

ぼくは寒さにふるえているマーニーの肩に手をかけて、目をのぞきこんだ。「マーニー……もし神がその部分もあなたに知ってほしいと思っていたのなら、ちゃんと話したはずですよ」

マーニーはいきなりぼくの体に両腕をまわして抱きしめてきた。ぼくはあまりのことに驚いて、マーニーを抱きかえしていた。はさみこまれた赤ん坊のジェンナが、目を丸くしてぼくたちを見あげていた。

「答えがなんであれ、お礼をいわせて」マーニーはぼくの耳もとでささやいた。温かな吐息に、ぼくは鳥肌を誘われた。

「さあ、おうちに帰ってください。ここで凍《こご》える前に」

玄関ドアがひらいた。アンディ・カラムが缶ビールを手にして立っていた。「マーニー？　マーン？」

マーニーは一歩あとずさった。大きく見ひらかれた目は暗く翳っていた。「神さまがわたしたちに守護天使をつかわしてくださったのね。このことはだれにも話さず、胸にしまっておきます。胸にしまって、じっくりと考えをめぐらせるつもりです」それだけいうと、マーニーは急ぎ足で庭の道を歩いて、夫が待っているところへ引き返していった。

天使。その単語を耳にしたのは二回めだ。ぼくはその言葉について、自分の胸でじっくりと考えをめぐらせた。その晩キャビンで横になって眠りの訪れを待つあいだも、そして翌日、冬へとむかいつつある冷え冷えと晴れわたった青空のもと、日曜日の静かな湖でカヌーを漕いでいるあいまにも。

守護天使。

十一月十七日の月曜日、渦を巻きながらふわふわ舞い飛ぶ初雪が目にとまり、ぼくはこれをサインだと受けとめた。ぼくは荷物をまとめて山を降り、セバーゴ村へ行った。ミスター・ウィンチェルは、〈レイクサイド・レストラン〉でコーヒーを飲みながらドーナツを食べていた（一九五八年ではドーナツを食べる人がじつに多かった）。ぼくはウィンチェルに鍵をわたし、おかげですばらしい休養のひとときを過ごさせてもらったと告げた。ウィンチェルはぱっと顔を輝かせた。

「それはけっこうでした、ミスター・アンバースン。まさしく、そのためにある場所ですからね。あなたからは、今月末までの賃料をもらってます。月末までの二週間分の賃料をお返ししたいので、お送り先のご住所を教えていただけますか？　小切手を郵送しますよ」

「それが、本社の連中が社としての決定をくだすまで、次の滞在先がわからなくてね」ぼくは答えた。「でも、忘れずに手紙でそちらに連絡するよ」時間旅行者は嘘の常習犯だ。

ウィンチェルは片手を差しだした。「あなたをお迎えできて光栄でした」

ぼくはその手を握った。「その気持ちはぼくもおなじだよ」

それから車に乗りこみ、南へむかった。その夜はボストンの〈パーカー・ハウス〉に宿をとって、悪名高い歓楽街《コンバット・ゾーン》を偵察した。のどかなセバーゴ湖畔での数週間のあとだけに、ネオンが目にやかましく感じられ、夜の街をうろつく人々――そのほとんどが若く、ほとんどが男、そしてほとんどが軍服姿だった――の波のようなうねりを前にすると、広場恐怖症めいた気分になったばかりか、わずかな商店が六時には閉まり、十時を過ぎると道を走る車もなくなるメイン州西部の平穏な夜を懐かしく思う気持ちがつのった。

あくる日の夜は、ワシントンDCのホテル・ハリントンに泊まった。その三日後、ぼくはフロリダ州の西海岸に身を置いていた。

第十二章

1

ぼくは国道一号線を南へむかった。途中、〝手づくりのおふくろの味〟を謳《うた》った国道ぞいの多くのレストランで食事をとった。そういった店の売り物は、仕切りつきの皿にまとめて盛りつける〝ブループレート・ランチ〟で、最初に出てくるカップいりの果物から、デザートのパイ・アラモードまで含めて値段は八十セント。〝二十八の風味のアイスクリーム〟の看板とシンプル・サイモンのロゴをかかげている〈ハワード・ジョンソン〉はともかく、それ以外にファストフードの店は一軒も見かけなかった。ボーイスカウトの一団がスカウトマスターともども、秋の落葉で焚火をしているところを目にした。コートを着て、半長のオーバーシューズを履いた女たちが、いまにも雨の降りそうな曇りの午後に洗濯物をとりこんでいるところを目にした。〈南方快速《サザン・フライヤー》〉や〈タンパの星《スター・オブ・タンパ》〉といった名前をもつ編成の長い客車が、アメリカ国内で冬の存在を許さない地方へむけて驀進《ばくしん》していくところを目にした。街の広場のベンチにすわった老人たちがパイプをふかしている姿を目にした。百万もの教会を目にし、またある墓地では少なくとも百人強の会葬者が掘られたばかりの墓穴を囲んで、〈丘の上に十字架立つ〉を歌っているところを目にした。納屋をつくっている男たちの姿を目にした。人々が助けあうところを目にした。サンライナーのラジエーターのキャップが吹き飛び、道路ばたで立ち往生していたときには、いずれもピックアップトラックを走らせていたふたりの男が車をとめて、ぼくを助けてくれた。ヴァージニア州内にいたときのことで、時刻は午後四時ごろ。そのうちひとりは、今夜泊まる場所が必要かとぼくにたずねてきた。二〇一一年の世界でもおなじ場面は想像できなくはないが、精いっぱい想像をたくましくしなくては無理だ。

そして、もうひとつ。ノースカロライナ州内でハンブル石油のガソリンスタンドに給油のために立ち寄ったときのことだ。ぼくはトイレをつかおうとして、建物の角をまわっていった。トイレのドアはふたつ、案内標識は三つあった。ひとつのドアにはきれいなステンシル文字で《殿方用》とあり、もうひとつのドアには手書きで《ご婦人用》とあった。もうひとつの案内標識は、矢印が描かれた木の棒だった。矢印がさし示しているのは、スタンド裏手の灌木の茂みに覆われた斜面だった。標識には手書きで《有色人種》とあった。ぼくは好奇心のおもむくままに小道をたどっていったが、途中二カ所では体を横にして慎重なカニ歩きを強いられた。つやつやと光沢があり、緑から蝦茶《えびちゃ》色に変わっていく色あいをそなえた葉――見まちがえようのない蔦漆《つたうるし》の葉――をよけなくてはならなかったからだ。この先にどんな設備があるにせよ、ここをたどって子どもたちをトイレへと連れていく父母たちが、かぶれの原因になるこの厄介な植物を見わける目をそなえていることを祈らずにはいられなかった。五〇年代末のこの時代、多くの子どもたちが半ズボンを穿いていたからだ。

設備は存在しなかった。小道に果てにあったのは細い小川と、崩れかけたコンクリートの柱をつかって小川にわたされた一枚の板……それだけだった。小用を足したい男たちは土手に立ってズボンのジッパーをひらき、放尿すればいい。女は灌木をつかんで支えにして（それが蔦漆のたぐいでないと仮定しての話）しゃがみ、用をすませる。川にかかった板は、大便をしたい者がしゃがむためのものだった。たとえ大雨でも、ここをつかうしかないのだろう。

もしぼくが、一九五八年のアメリカはアンディとオピー父子が暮らすテレビドラマ〈メイベリー110番〉そのままののどかな世界だという印象をみなさんに与えているのなら、どうかこの小道のことを思い出してほしい。両側に蔦漆のあるこの小道を。川にわたされた一枚板を。

2

ぼくはタンパからさらに南へ約百キロのところにあるサンセットポイントの街に腰を落ち着けた。そして月額八十ドルで、これまで見たこともないほど美しい（そして事実上は無人の）ビーチに面した〝貝殻小屋〟を借りた。ぼくが借りたあたりの砂浜には、同様の小屋がほかに四軒あり、どれもわが住まいなみに慎ましやかだった。後世になると、フロリダ州のこのあたりには新醜悪様式の〝マックマンション〟がコンクリート製の雨後の筍《たけのこ》のごとく林立するようになるが、いまは一軒もなかった。南に十五キロちょっと行ったところにスーパーマーケットが一軒あり、ヴェニスには眠ったような商店街があった。タミアミ・トレイルの名前をもつ国道四一号線は、田舎道に毛の生えたような道路でしかなく、車を低速で慎重に走らせなくてはならなかった——夕暮れどきにはよくワニやアルマジロが道路を横断するので、とりわけ慎重な運転が求められた。サラソタとヴェニスのあいだには果物の屋台があり、道ばたの市場があり、バーが二軒あったほか、〈ブラッキーズ〉というダンスホールがあった。ヴェニスから先は、よろしいか、自分ひとりの世界が広がっていた——少なくともフォートマイヤーズまでは。

ぼくはジョージ・アンバースンの不動産業者というペルソナを捨てた。一九五九年春には、アメリカに景気後退の波が訪れていた。フロリダ州のメキシコ湾沿岸地帯では不動産は売りに出されるばかりで、買手がいなかった。そこでジョージ・アンバースンは、アルが思い描いたとおりの人物になった。そこそこ金持ちの叔父が亡くなり、少なくとも当座のあいだ食べるに困らない額の遺産を譲られた作家志望者だ。

じっさい、ぼくは書いていた。それもひとつにとどまらず、ふたつのプロジェクトを進めていた。いちばん頭が冴えている朝のうちは、いまみなさんがお読みの原稿を書いた（もし〝みなさん〟がそこに存在していれば）。夜になると、とりあえず『殺人の地』という仮題をつけた長篇を書き進めた。タイトルの土地はもちろんデリーを指すが、作中ではドースンという地名を与えた。最初は完全に小道具づくりの気持ちだった——いずれ友人ができたときに、どんなものを書いているのかとたずねられたら見せられるものが欲しかったのだ（〝朝の原稿〟のほうは、錠つきの鉄の箱にしまってベッドの下に隠していた）。やがて『殺人の地』はカモフラージュ以上の存在になった。出来のいい作品に思えはじめ、さらにはいつの日か出版されることもあるかもしれないと夢想もした。

朝の一時間を回想録の、夜の一時間を長篇小説の執筆にあてても、まだまだ埋めるべき空き時間は多かった。ぼくは釣りに手を出した。釣りあげられるのを待っている魚はたくさんいたが、あまり趣味にあわず、結局はあきらめた。散歩は、夜明け時か夕方なら快適だったが、暑い日中はそうでもなかった。ぼくはサラソタに一軒だけの書店の常連客になり、ノコミスとオスプレイにある小さな図書館で長い（おおむねは幸せな）時間を過ごした。

また、アルが作成したノートをくりかえし何度も熟読した。しまいには、これが強迫観念にとり憑かれた行動だとわかって、アルのノートを〝朝の原稿〟ともども錠つきの箱にしまいこんだ。以前にはこのノートを労作と呼んだし、そのときはそう思えていた。しかし、時間——ぼくたち全員が乗らなくてはならないベルトコンベヤー——が経過し、ぼくの人生が暗殺者志願の若者の人生と融合するかもしれない時点へと着実にぼくを近づけていくにつれ、しだいにそうは思えなくなってきた。あちこちに穴があったのだ。

ときには、この計画を否応もなくぼくに押しつけたアルを呪わしく思うこともあったが、頭が落ち着いたときに冷静に考えれば、時間の余裕があってもなにかが変わったわけではないことはわかった。それどころか事態が悪化したかもしれない。アルもそのあたりはわきまえていたのだろう。たとえアルが自殺しなくても、ぼくに残された時間はせいぜい一、二週間だったはずだし、ダラスでのあの日につながっている出来事の連鎖について書かれた本はこれまで何冊あった？　百冊？　三百冊？　おそらく千冊に迫ろうかという数字だろう。オズワルドの単独犯行だったというアルの意見を支持する本もあれば、複雑怪奇な陰謀の一部だったと主張する本もあり、さらにはオズワルドは引金を引いてもいないし、そもそも逮捕後に本人がいったとおり、捨て駒にすぎないと自信たっぷりに断言している本もある。アルは自殺することで、学者たちの最大の弱点を消し去ってしまった――つまり、ぐずぐずためらっていることを調査と称するという弱点を。

3

ぼくはおりおりにタンパまで足を運んだ。そしてこっそりと調べまわった結果、エデュアルド・グティエレスというノミ屋と会うまでに漕ぎつけた。ぼくが警官でないことが確かめられると、グティエレスは喜んでぼくの賭けを受けつけてくれた。ぼくはまず一九五九年のNBAの優勝決定戦ではミネアポリス・レイカーズがボストン・セルティックスをくだして優勝するほうに賭けた。自分で自分を〝いいカモ〟に見せるための賭けだった――レイカーズは四試合中一勝もできなかった。その次はアイスホッケーのスタンリー・カップ・シリーズで、カナディアンズがメイプルリーフスに勝つほうに賭けた。この賭けには勝ったが、賭けた金が同額で返ってきただけだった。ちんけな端金《はしたがね》だよ、いとこくん《カズ》――わが友チャズ・フレーティならそういいそうだった。

ぼくが一回だけ大勝ちしたのは一九六〇年の春、ケンタッキー・ダービーでいちばん人気があったバリー・エイクを抑えてヴェネシャン・ウェイが勝つほうに賭けたときだった。グティエレスは賭け金が千だったら四対一、二千だったら五対一にするといった。ぼくは不自然に思われない程度にためらいの言葉をあれこれ口にしたあげく、二千ドル賭けて、一万ドルの儲けを得た。グティエレスはチャズ同様の明るい態度でぼくに金を支払ったが、その目にのぞいていた鋼鉄を思わせる冷たい光はどうにも気にくわなかった。

グティエレスはキューバ生まれ、全身びしょ濡れになっても体重は六十五キロにも達していなかっただろうが、当時はカルロス・マルセロという悪人が率いていたニューオーリンズ・マフィアを追放された男でもあった。このちょっとしたゴシップは、グティエレスが賭博の仕事をしている理髪店（だけではなく、奥の部屋ではろくに裸身を隠してもいないダイアナ・ドースの写真のもと、いつ果てるともないようすでポーカーがつづけられてもいた）の隣にあるビリヤード場で仕入れたものだ。ぼくとビリヤードをしていた男は身を乗りだし、周囲に目を走らせて、店の隅のテーブルにいるのが自分たちだけであることを確かめてから、小声でこう話しかけてきた。

「マフィアについて人がなんといってるかは知ってるだろ――ひとたび足を踏み入れたら決して足抜けできない、ってな」

こんな話をきかなかったら、グティエレスにニューオーリンズ時代の話をせがんでいたかもしれない。しかし、あまり穿鑿がましくするのは賢明ではないと思うようになった。とりわけ、ダービーで獲得した大金を支払ってもらってからは。もしぼくに勇気があったら――そしてこの話題をもちだす、もっともらしい口実を見つけられたら――グティエレスにたずねてみたいことがあった。マルセロの組織でやはり名前を馳せていたメンバーのひとりで元ボクサーの〝ダッツ〟ことチャールズ・マレットと知りあいだったのかどうかを質問してみたかった。なぜか、その答えはイエスのような気がした。なぜなら過去は共鳴しがちだからだ。ダッツ・マレットの妻はマーゲリート・オズワルドの姉にあたる。すなわちマレットはオズワルドの伯父にあたる人物だった。

4

一九五九年の春のある日（フロリダにも春は来る――地元民からきいた話だと、長いときは春が一週間もつづくそうだ）、郵便受けをあけたところ、ノコミス公共図書館からの通知状が目にとまった。予約していたバッド・シュールバーグの新作長篇『夢やぶられて』が、図書館に届いたという知らせだった。ぼくはサンライナーに飛び乗って――当時、〝太陽の海岸〟という通り名が広まりつつあった土地に、これほどふさわしい車はなかった――本を受けとるべく図書館へと急いだ。

その帰り道、図書館の玄関ホールのさまざまな掲示でごちゃごちゃしている掲示板に貼りだされた、新しいポスターに目がとまった。見逃すほうがむずかしかった――鮮やかな青いポスターで、氷点下十度を示している巨大な温度計を見ながらぶるぶる震えている男が漫画風のイラストで描いてあったからだ。

《学位《デグリー》のことでお悩みですか？》ポスターは温度《デグリー》との駄洒落でたずねかけていた。《オクラホマ統合大学の通信講座制度を利用すれば、あなたにも修了証書の取得資格があるかもしれません！　詳細はお問い合わせを！》

オクラホマ統合大学という名前は、サバのシチューなみにふんぷんとにおったが、このポスターを見て思いついたことがあった。退屈がおもな理由だった。オズワルドはまだ海兵隊にいるし、除隊は九月。そのあとすぐソ連へむかうことになっている。除隊後まずまっさきに、アメリカの公民権を捨てようとするのだ。これはうまくいかない。しかしモスクワのホテルでの派手な——そしておそらくは狂言の——自殺未遂事件ののち、ソ連政府はオズワルドを国内に滞在させることにする。いわば〝試用期間〟だ。オズワルドは三十カ月ばかりソ連に滞在し、ミンスクのラジオ工場で働いた。そしてあるパーティーでマリーナ・プリュサコーワという若い女と出会う。

《赤いドレス、白いスリッパ》アルはノートにそう書いていた。《愛らしい。ダンスのための服》

それはけっこう。しかし、そのあいだぼくはなにをしていればいい？　統合大学がその選択肢のひとつを提供してくれた。詳細を問い合わせる手紙を送ると、すぐに返事が来た。届いたカタログは、多すぎるほどの種類の学位をしつこく売りこんでいた。その結果、三百ドル（現金または郵便為替）で英文学の学士号が受けとれることがわかって、関心をかきたてられた。そのためには、五十問の選択式問題からなる試験に合格するだけでいいというのだ。

ぼくは郵便為替をつくり、心のなかでわが三百ドルに別れのキスをすると、申込書を送った。二週間後、薄っぺらい茶封筒が統合大学から送られてきた。封筒の中身は、かすれがちの謄写版印刷の用紙が二枚。すばらしい問題がずらりとならんでいた。以下は、とりわけ気にいった二問だ。

問22　〝モービーズ〟のラストネームはなにか？

A　トム
B　ディック
C　ハリー
D　ジョン

問37　『七卓子《テーブルズ》の家』の作者はだれか？
A　チャールズ・ディケンズ
B　ヘンリー・ジェイムズ
C　アン・ブラッドストリート
D　ナサニエル・ホーソーン
E　いずれでもない

このすばらしい試験問題に目を通しおわると、ぼくは答えを書きこみ（おりおりに「おいおい、マジでからかってるんだろ！」と大声をあげながら）、オクラホマ州イーニッドあてに郵送した。返信として、試験合格を祝う葉書が送られてきた。その葉書で、〝事務手数料〟として追加の五十ドルを払えば、学位証書を送ってもらえることを知らされた。いわれたとおりにすると、なんと、そのとおりになった。学位証書は、先の試験よりもずっと立派な見栄えのするもので、堂々とした金の印章が捺《お》されていた。ぼくはこの証書を、サラソタ郡教育委員会の代表者に提出した。代表をつとめる名士はなんの疑問もいだかずにぼくの申し出を受理、かくしてぼくの名前は非常勤教員リストに掲載された。

こんな次第で、一九五九年から一九六〇年にかけての学究生活期間に、週一日か二日だけ、教師生活に逆もどりするにいたった。もどるのは気分のいいものだった。生徒たちとのふれあいは楽しかった――てっぺんが平らに刈りこまれたクルーカットの男子生徒、ポニーテールで脛までの長さのあるプードルスカート姿の女子生徒たち。ただし、痛いほど意識していたこともあった――訪れる教室はあちこちさまざまだが、目にする顔のすべてがプレーンなバニラ・アイスクリームの色をしていたことだ。非常勤教員をつとめていたこの日々に、ぼくは自分の性格の基本的な事実を再認識させられた。書くことは好きだし、それなりに巧みに書けることもわかっていたが、ぼくは教えることを愛しているという事実だ。教えることは、自分でも説明のつかない方法でぼくを満ちたりた気分にさせた。説明したくないといえた。説明とは、いたって安手の詩でしかない。

非常勤教員としての最良の一日は、ウエスト・サラソタ・ハイスクールで訪れた――アメリカ文学の授業で、生徒たちに『ライ麦畑でつかまえて《キャッチャー・イン・ザ・ライ》』のあらすじを話したあとで（ちなみにこの本はいうまでもなく学校図書館では禁書扱いであり、神聖なる教育の場にもちこむ生徒がいれば没収の対象でもあった）、生徒たちにホールデン・コールフィールドの主張――学校も、大人たちも、アメリカでの生活全般も、なにもかもが茶番だという主張――について自由に話してみるといいとうながしたときのことだ。生徒たちは最初のうちこそ口が重かったものの、授業終了のベルが鳴るころには全員がいっせいにしゃべろうとしているありさまだったし、半ダースほどの生徒たちは次の授業に遅刻をすることで、身のまわりに見える社会や親の世代が自分たちに用意している人生コースの問題点について、いくばくかの最終意見を表明しようとまでした。彼らは目を輝かせ、顔を昂奮に上気させていた。あの暗赤色の表紙のペーパーバックを求める客が、地元書店に殺到するのはまちがいないと思えた。最後まで教室に残っていたのは、フットボール・チームのスエットシャツを着た筋肉質の男子生徒だった。ぼくの目には、〈アーチー・コミックス〉のムース・メイスンそっくりに見えた。「先生がずっといてくれたらいいのにな、アンバースン先生」生徒は柔らかな南部風のアクセントでいった。「おれ、先生のことがさいこおに好きだ」

この生徒はぼくにただ好感をもっただけではない――さいこおに好きになってくれた。学校生活で初めて完全に目を覚ましたように見える十七歳の若者から、こういった言葉をかけてもらえる瞬間にまさるものはない。

その月の下旬、ぼくは校長に呼びだされて校長室におもむいた。校長は二、三の儀礼的な言葉を口にし、ぼくにコカコーラをすすめたあとで、こうたずねてきた。「もしやきみは破壊活動分子なのかね？」

めっそうもない、とぼくは断言した。アイゼンハワーに投票しました、とも告げた。校長は満足していたようだったが、それでも今後は〝世間で認められている推薦作リスト〟の枠をはずれないほうがいいとも示唆した。ヘアスタイルは変わるし、スカートの丈やスラングも変わる。しかしハイスクールの運営方針は？　こればかりは変わらない。

5

かつて大学の講義のひとつで（ここでいう大学はメイン州立大学、ぼくが本物の学士号を取得した大学だ）、ある心理学教授が人間には本物の第六感があるという意見を開陳するのをきいたことがある。教授はこれを〝虫の知らせ思考〟と呼び、もっとも発達しているのが霊能者と無法者だと述べた。ぼくは霊能者ではないが、自分自身の時代を追われた流刑の身であり、殺人犯だった（ぼく自身はフランク・ダニングを射殺したのが正当な行為だったと思わないでもなかったが、警察がおなじ見方をすることは断じてないだろう）。これだけの要素があってもなおぼくが無法者でなければ、なにをもってしても無法者にはなれそうもない。

「わたしから諸君に助言をしておく——危険が迫る気配が立ちこめるような局面に立たされたら」一九九五年のあの日、心理学教授はそういった。「とにかく虫の知らせに従いたまえ」

一九六〇年七月、ぼくはまさにそのとおりにしようと心に決めた。エデュアルド・グティエレスの件で、しだいに不安を感じるようになってきていたからだ。グティエレス本人は小男だったが、悪名高いマフィアとの関連についても考えなくてはならず……さらにダービーの賭けでぼくが得た金を払うときに目にのぞいていた光も忘れてはならない。いまにして思えば、あれは愚かしいほど多額の儲けだった。破産にはほど遠い状態でありながら、なぜあんな真似をしてしまったのか？　欲をかいたのではない。腕のいい打者が、すっぽ抜けのカーブボールを差しだされたときのようなものといえば当たらずといえども遠からずか。ときには、どうしたってホームラン狙いで全力でバットを振るのを我慢できないことがある。ぼくは——〝おしゃべりレオ〟ことレオ・ドローチャーが生彩に富むラジオの番組でよくいっていた言葉を借りるなら——全力でバットを振った。しかし、いまはそれを後悔していた。

グティエレスを通じておこなった過去二回の賭けでは、意図して負けるようにした。自分を愚か者に見せ、たまたま一回は幸運に恵まれたものの、やがてその儲けが帳消しになるまで負けていく、珍しくもない無謀なギャンブラーに見せかけようという努力の一環だった。しかしわが虫の知らせ思考は、この作戦が効果をあげていないと考えていた。またわが虫の知らせ思考は、グティエレスがこんな文句でぼくを迎えはじめたことも気にくわないと思っていた。「やあ、よく来た！　ヤンキーランド出身のわがヤンクィーのお出ましだ」と。ただのヤンクィーではなかった。わがヤンクィーだ。

たとえばグティエレスがポーカー仲間のひとりに命じて、タンパからサンセットビーチへもどるぼくを尾行させていたとしたらどうなる？　ひょっとしたらグティエレスがポーカー仲間のひとり——あるいは非道な高利貸しならではのグティエレスの利息の軛《くびき》から逃げたい一心の、腕自慢の男のふたり組でもいい——に命じて、ちょっとした回収仕事を請け負わせ、一万ドルのうち——金額は問わず——残っている金をとりもどそうとしていたら？　わが前頭葉の理性は、それが〈サンセット77〉のような私立探偵もののドラマに出てくる穴だらけのプロットだと考えていたが、虫の知らせはちがう意見だった。虫の知らせは、あの髪が薄くなりかけた小男は家宅侵入計画に青信号を出し、ぼくが抵抗したら叩きのめしてやれと不法侵入の実行犯たちに命じかねない人物だと考えていた。叩きのめされるのはいやだったし、強盗にあうのはもってのほかだ。なによりも、書きかけの原稿がマフィアとつながりのあるノミ屋の手に落ちるような事態だけはなんとしても避けたかった。尻尾を巻いてすごすごと逃げるのは本意ではなかったが……かまうものか、どうせ遅かれ早かれテキサスへ行かなくてはならない身、だったら早めに出発してなにがわるい？　だいたい格言にもいうではないか——君子危うきに近寄らずと。母親の膝に載っているうちに学んだことだ。

そこである七月の一夜、虫の知らせというソナーの探知音がひときわ強く響いて、ろくに眠れないまま過ごしたのち、ぼくは所持品をまとめ（回想録と現金をおさめた錠つきの箱は、サンライナーのスペアタイヤの下に隠した）、大家に手紙と最後の家賃を残し、国道一九号線を北へむかった。最初の夜はデフニアック・スプリングズの崩れかけたようなモーテルに泊まった。網戸は穴だらけで、明かりを消すまで（それも電気コードの長さだけ天井からぶらさがっている裸電球だった）戦闘機サイズの蚊の猛攻を受けっぱなしだった。

それでもぼくは赤子のように熟睡した。悪夢を見ることはなく、わが裡《うち》なるレーダーは探知音をあげずに静かにしていた。それだけでも、ぼくには充分だった。

八月一日はミシシッピ州ガルフポートに泊まった。しかし街の郊外で最初に立ち寄った宿では宿泊を断わられた。〈レッドトップ・イン〉のフロント係は、ここは〝黒人専用〟だといい、ぼくに〈ザ・サザン・ホスピタリティ〉へ行くようにすすめた——フロント係の言葉を借りれば、〝ガアフーポットで最高級〟とのことだった。そのとおりかもしれない。しかし全体的に見て、ぼくにはレッドトップのほうが好ましかったと思う。隣のバー＆バーベキューの店から流れてくるスライドギターが絶品だったのだ。

6

ニューオーリンズは、正確にはビッグDことダラスへの途上にあるわけではなかったが、勘のソナーが静かだったこともあって、気がつくとぼくは観光客気分になっていた……といっても、ぼくが訪ねたかったのはフレンチクォーターでも、ビヤンヴィル・ストリートにある蒸気船の波止場でもなく、〝古い広場《ヴュー・カール》〟でもなかった。

街角の屋台で買った地図を調べると、行きたかった目的地までの道順がわかった。車をとめて五分ばかり歩くと、そこはもうマガジン・ストリート四九〇五番地の家の前だった――ジョン・ケネディが生涯最後の春と夏を過ごすあいだ、リー・オズワルドが妻のマリーナと娘のジューンともども暮らすことになる家だ。家そのものは、かなりくたびれてはいるが廃屋とまではいえない程度のもので、腰高の鉄のフェンスが雑草で荒れた庭を囲んでいた。かつては白かったらしい一階部分の塗装は、いまでは小便を思わせるほど黄ばんで剝がれかけていた。二階は塗装もされないまま、納屋めいた灰色になっている。二階のガラスが割れたままの窓は段ボールでふさがれて、そこに《貸家　電話MU三-四一九二》と書かれていた。ポーチは錆だらけの網戸で囲われていた。一九六三年九月になれば、日没後にリー・オズワルドが下着姿でそのポーチで椅子に腰かけ、「ぱーん！　ぱーん！　ぱーん！」と低くつぶやきながら、通りかかる通行人をライフルで撃つ真似をすることになっている――アメリカ史上、もっとも有名になるライフルで。

そんなことを考えていたとき、いきなり背後からだれかに肩を叩かれて、ぼくはあやうく悲鳴をあげかけた。じっさい飛びあがったらしい。というのも、肩を叩いてきた若い黒人男はなにももっていない両手をかかげながら、とりなすように一歩あとずさったからだ。

「こいつはすまない、旦那。ほんと、すまない。旦那をびっくりさせる気なんてこれっぽかしもなかったんだ」

「いや、気にしないでくれ」ぼくはいった。「わるいのは全面的にこっちだ」

このぼくの言葉で若者は落ち着かない気分になったようだが、この男は商売をするつもりであり、引き下がる気はなかった……とはいえ、そのためにはふたたびぼくに近づく必要があった。商売の性質上、普通の会話よりも声を低く抑えざるをえなかったからだ。若者はぼくに、〝ジョイスティック〟を何本か買う気はないかとたずねてきた。マリファナタバコのことだろうとは思ったが、その推測が正しいとわかったのは、若者がこんな言葉をつづけたからだった。

「最高級の沼地草《スワンプウィード》だよ、旦那」

ぼくは買物は遠慮すると答え、代わりにこの〝南部のパリ〟でいいホテルを紹介してもらえたら、その情報に半ドル払っても惜しくない、といった。ふたたび口をひらいたとき、若者の口調はこれまでよりも歯切れがよかった。

「いろんな意見があるにはあるけど、おれはホテル・モンテレオンがいいと思うね」つづいて若者は、わかりやすく道順を教えてくれた。

「恩に着るよ」ぼくはそういって、コインを手わたした。コインは、数多いポケットのひとつに吸いこまれて消えた。

「それで、旦那はまたなんでこの家をじっと見てたんだい？」若者はあごを動かして、おんぼろのアパートメントハウスをさし示した。「まさか、ここを買おうかと考えてるのかな？」

かつてのジョージ・アンバースンのきらめきが、わずかに浮上してきた。「きみはこの近所に住んでいるようだね。どうかな、いい商売ができると思うか？」

「この通りぞいなら、ほかにいい物件もないわけじゃない。でも、こいつはちがう。おれには幽霊が住みついてるように見えるな」

「それは先の話さ」ぼくはいい、狐につままれたような顔で見送っている若者をその場に残して、車へむかった。

7

ぼくは錠つき箱を車のトランクからとりだすと、ホテル・モンテレオンの自室まで自分で運んでいくつもりで——じっさいそうした——いったん助手席のシートに置いた。しかしドアマンがほかのバッグを運んでいるさなか、後部座席のフロアに落ちている品物が目に飛びこんできて、そのとたん罪の意識に顔がかあっと火照ってきた。品物そのものからすれば理不尽なほど大きな罪悪感だったが、子ども時分に叩きこまれた教えはまたいちばん強い教えでもある。これも、まだ母親の膝に載っているころに叩きこまれた教えだ——図書館から借りた本はかならず期限までに返しなさい。

「ドアマン、すまないが、そこに落ちている本を拾ってわたしてくれるかな？」ぼくはたずねた。

「かしこまりました！　喜んで！」

　本は『夜の収穫――チャップマン報告』だった。そろそろ旅立ちの頃合いだと心を決める一週間ばかり前に、ノコミス公共図書館から借りた本だ。透明な保護カバーの隅に貼ってあるステッカー――《貸出期間七日厳守　次の利用者への思いやりを》――が、ぼくを叱責していた。

　客室にはいって腕時計を確かめると、まだ午後六時だった。夏のあいだ図書館は開館を正午まで遅らせる代わりに、夜は八時まであいている。長距離電話は、二〇一一年よりも一九六〇年のほうが高額なもののひとつだったが、ぼくはまだ子どもじみた罪の意識にとり憑かれていた。ぼくはホテルの交換台に電話をかけ、本のうしろの見返し紙に貼ってあるカードポケットに書いてあったノコミス公共図書館の番号を交換手につたえた。番号の下に小さな活字で印刷されたメッセージ――《貸出期限を三日以上過ぎるときは電話でお知らせください》――が目にとまると、だめ人間になった気持ちがいちだんと強まった。

　ホテルの交換手が別の交換手と話をした。その声のうしろでは、かすかな声のさざめきがきこえていた。ふと、いまこうして長距離電話で話している人々の大半は、ぼくが出発してきたあの時代ではすでに死んでいるのだと気がついた。ついで、電話線の反対側で呼出音が鳴りはじめた。

「はい、ノコミス公共図書館です」ハティー・ウィルカースンの声だった。しかし、この温和な老婦人の声は、本人が巨大な鉄の樽に閉じこめられているかのような響きを帯びていた。

「もしもし、ミセス・ウィルカースン――」

「もしもし？　もしもーし？　きこえますか？　まったく、長距離電話ったら！」

「ハティー？」ぼくも大声を出していた。「ジョージ・アンバースンです！」

「ジョージ・アンバースン？　まあ、驚いた。この電話はどこからかけているの？」

うっかり事実をそのまま口にしてしまいかけた。しかし虫の知らせレーダーがすこぶる大きな警告音を一回だけ発してきたので、ぼくはこうわめいた。「バトンルージュです！」

「ルイジアナ州の？」

「そうです！　じつはうっかり図書館の本を一冊こっちにもってきてしまいました！　いま気づいたんです！　そちらにお送りします——」

「もう大声を出す必要はないわ、ジョージ。接続の具合がうんとよくなったから。きっと交換手がプラグをきっちり奥まで挿《さ》しこんだのね。あなたの声がきけて本当に安心したわ。あのとき、あなたがあの場にいなかったのは神さまのご配慮ね。消防署長さんからは、当時あの家が無人だったときいたけれど、それでもみんな心配していたのよ」

「なんの話ですか、ハティー？　海辺のぼくが借りていた家のことですか？」

しかし……それ以外のどこの話だというのか？

「そうよ！　だれかがガソリンを詰めた瓶に火をつけて、窓から投げこんだの。ほんの数分間で、火は家をすっかり飲みこんだんですって。デュランド署長は、お酒に酔った若者の悪ふざけだって考えてる。昨今じゃ、その手の腐った林檎のような若者が増えたわね。うちの夫がいうには、若者がそんなふうになるのは、原爆を怖がっているかららしいわ」

そういうこと。

「ジョージ？　まだそこにいるの？」

「ええ」

「あなたがもっていった本はなに？」

「なんですって？」

「あなたがもっていった本の題名を教えてちょうだい。わたしがカードカタログを調べる手間が省けるもの」

「ああ。『夜の収穫——チャップマン報告』です」

「それならお手数だけど、できるだけ早い機会に図書館あてに送ってもらえる？　順番を待っている人が大勢いるの。アーヴィング・ウォーレスはかなりの人気作家だから」

「わかりました。そうさせてもらいます」

「あの家のことは本当にお気の毒だったわね。なにかなくしてしまったものはある？」

「いえ、大事なものはすべて運びだしていました」

「それは不幸中のさいわいね。こっちに帰ってくる予定は——」

耳が痛くなるほど大きな〝がちゃん〟という音とともに電話が切れて、ただの発信音がきこえてきた。ぼくは受話器をもどした。向こうに帰る予定はあるだろうか？　こちらからあらためて電話をかけ、いまの質問に答える必要があるとは思えなかった。しかし、過去には警戒の目を絶やさないようにしよう。なぜなら過去は改変をもくろむ工作員の存在を探知するからだし、牙をそなえてもいるからだ。

あくる日の朝いちばんに、ぼくは『夜の収穫——チャップマン報告』を図書館あてに発送した。

そのあと、ダラスへむけて出発した。

8

三日後、ぼくはディーリー・プラザのベンチにすわって、煉瓦づくりの四角い立方体の建物、すなわちテキサス教科書倉庫をながめていた。午後の遅い時間で、あたりは焼け焦げるような暑さだった。ぼくはネクタイをゆるめて引き下げ（一九六〇年では、たとえ猛暑の日でも、ネクタイを締めていなければ無用の注目をあつめてしまいがちだ）、無地のホワイトシャツのいちばん上のボタンをはずしていたが、なんの効果もなかった。ベンチの背後から楡の木がわずかな影を落としていたが、これにも効き目はなかった。

コマース・ストリートのアドルファス・ホテルにチェックインしたときには、部屋タイプの選択肢を提示された。エアコンのある部屋とエアコンのない部屋。ぼくは追加の五ドルを支払って、窓づけタイプの冷房機が室温を二十三度にまで下げてくれる部屋をとった。もしいまもまだ頭に脳味噌が残っていたら、熱中症でひっくりかえってしまわないうちに、いますぐあの客室にもどるべきだった。日が暮れたら、少しは涼しくなるだろう。ほんの申しわけ程度には。

しかし、煉瓦の立方体がぼくの視線をとらえて離さず、建物の窓——とりわけ六階の右の角の窓——がぼくを品定めしているかのようだった。この建物には、手を伸ばせば触れそうなほどの忌まわしい気配が立ちこめていた。みなさんは——これを読むみなさんが、もし存在しているのなら――こんな話は鼻でせせら笑い、たまたまぼくに唯一無二の先見の明があるからそう感じるだけだというかもしれない。しかし、殴りつけるような炎暑のなかにいたにもかかわらず、ぼくがベンチに縛りつけられていたことの理由はそこにはなかった。ぼくが動けなかったのは、この建物を以前にも見た気がしたからだ。

この建物を見ていると、デリーのキッチナー鉄工所が思い出された。

教科書倉庫は廃墟ではなかったが、なにやら知性をもつ脅威の気配をうかがわせる点で共通していた。ぼくが思い出していたのは、横倒しになって水にひたった煤まみれの煙突に行きあたったときのことだった。雑草のなかで、煙突はなにやら日なたでまどろんでいる先史時代の巨大な蛇のように見えた。あの暗い内部をのぞきこんだことも思い出した。煙突の内部は大きくて、ぼくが立って歩いていけそうだった。その闇の奥になにかがいる気配を感じたことも思い出した。生きているもの。ぼくが煙突にはいることを望んでいるもの。ぼくが訪ねていけるように。たぶん、じっくりと長い長い時間をかけて。

《ここへ来ればいい》六階の窓がささやいた。《ここにはいま、だれもいないぞ。夏のあいだ働いていたわずかな基幹要員《スケルトン・クルー》もみんな家に帰った。でも鉄道線路のそばにある荷物の積降場をうろつけば、あいている出入口が見つかるはずだ。だいたい、ここにどんな守るべき値打ち物があるというんだ？　あるのは教科書だけ。学生のための教科書だが、なに、その学生だってこんなものは欲しがってない。おまえがよく知っているようにな、ジェイク。だから、ここへ来い。六階まであがってこい。ここは博物館になっている。世界じゅうから人々がやってくる。なかには殺された男のことや、その男なら達成できたかもしれないことを思って、さめざめと涙を流す者もいる。でも、いまは一九六〇年、ケネディはまだ上院議員で、ジェイク・エピングは存在しない。存在するのはジョージ・アンバースンだけ。髪を短く刈りこみ、汗のしみたシャツを着て、ネクタイをゆるめている男だけ。いってみれば、時代にふさわしい男。だからここへ来い。もしや幽霊が怖いのか？　なんで怖がったりする？　まだあの犯罪は起こってもいないというのに？》

しかし、あの六階に幽霊がいるのは確実だった。ニューオーリンズのマガジン・ストリートの家にはいなくても、あの六階には？　いるはずだ。しかし、そこにいる幽霊どもとは顔をあわせなくてもすむ。なぜならデリーで倒れた煙突にはいっていかなかったように、いまは教科書倉庫に近づくつもりはないからだ。オズワルドは暗殺に先立つこと、わずか一カ月ばかり前に教科書を積みあげる仕事につく。そこまで待っていては、ことを阻止するのにあまりにも切迫してしまう。そう、ぼくはアルがオズワルド・ノートの最後の部分、《遂行方法についての結論》と題した部分にあらましを書きとめていた計画に従うつもりだった。

アルはオズワルドの単独犯行説に自信をもってはいたが、自分がまちがっているかもしれないという、ごくわずかな、しかし統計の上では大きな意味をもつ可能性を捨てきれていなかった。ノートでアルはそれを〝不確実性の窓〟と呼んでいた。

あの六階の窓のような。

アルはその窓を、ケネディのダラスへの旅に先立つ半年以上も前の一九六三年四月十日に完全にふさいでしまう計画を立てていた。ぼくには筋の通った計画に見えた。おなじ四月ののちの日でもいいし、あるいはいっそおなじ十日の夜に――なぜ待つ必要がある？――かつてフランク・ダニングを殺したように、マリーナの夫でありジューンの父親であるオズワルドを殺す。もう後悔の一片も感じることなしに。赤ん坊のいるゆりかごにむかって床をこそこそ歩いていく蜘蛛を見ただけなら、ためらうかもしれない。いったんつかまえて瓶に入れ、蜘蛛がささやかな命で生きながらえるよう、裏庭にはなしてやろうと思うかもしれない。しかし、その蜘蛛に毒があると確実にわかっていたら？　黒後家蜘蛛だったら？　もしそうなら、ためらう人はいない。正気ならためらうわけはない。

足を踏みだして、蜘蛛を踏み潰すだけのことだ。

（中巻につづく）

本書は二〇一三年九月に文藝春秋より上下二巻で刊行された単行本を文庫化にあたり、三分冊としたものです。

文春文庫

11《イチイチ》/22《ニイニイ》/63《ロクサン》　上

定価はカバーに
表示してあります

2016年10月10日　第1刷

著　者　スティーヴン・キング
訳　者　白《しら》石《いし》　朗《ろう》
発行者　飯窪成幸
発行所　株式会社 文藝春秋

東京都千代田区紀尾井町 3-23　〒102-8008
TEL 03・3265・1211
文藝春秋ホームページ　http://www.bunshun.co.jp

落丁、乱丁本は、お手数ですが小社製作部宛お送り下さい。送料小社負担でお取替致します。

印刷製本・凸版印刷

Printed in Japan
ISBN978-4-16-790721-1